BESTSELLER

Biblioteca
JULIA LLEWELLYN

Por fin en casa

Traducción de
Sheila Espinosa Arribas

DEBOLS!LLO

Título original: *Love Nest*

Primera edición: octubre, 2012

© 2010, Julia Llewellyn
   Todos los derechos reservados
© 2012, Random House Mondadori, S. A.
   Travessera de Gràcia, 47-49. 08021 Barcelona
© 2012, Sheila Espinosa Arribas, por la traducción

Printed in Spain – Impreso en España

ISBN: 978-84-9989-866-7 (vol. 624/5)
Depósito legal: B-20838-2012

Compuesto en M. I. maqueta, S. C. P.

Impreso en Novoprint, S. A.
Energia, 53. Sant Andreu de la Barca (Barcelona)

P 998667

Para Ella Winters. Y para su madre

AGRADECIMIENTOS

Gracias a la Fundación Nacional para la Donación de Gametos de Reino Unido por ayudarme a investigar el fascinante mundo de la donación de óvulos y la fecundación in vitro, y en especial a Julie Hinks del Centro de Medicina Reproductiva de Bristol por responder a todas mis preguntas con tanta paciencia (¡y por dar la cara por los derechos de las enfermeras!). Quien quiera saber más puede consultar la web de la fundación, ngdt.co.uk (en inglés). Como siempre, gracias a Lizzy Kremer, a Laura West y a todos los que trabajan tan duro en David Higham Asociados. Mari Evans, eres la más brillante de las editoras y siempre es una alegría trabajar contigo. Ruth Spencer, eres una estrella, dicho por Natalie Higgins, por no mencionar al equipo de Penguin al completo. Kate Gawryluk, no podría haberlo hecho sin ti. Victoria Macdonald, Maryam Shahmanesh e, indudablemente, James Watkins. Y mis disculpas y un sentido homenaje a Thomas Hardy.

PRELUDIO

—De las cenizas a las cenizas —entonó el párroco—. Del polvo al polvo.

Era una mañana glacial de febrero, y en la esquina suroeste del cementerio de San Miguel de Todos los Ángeles, en Little Dittonsbury, Devon, el ataúd de Nadia Porter-Healey descendía lentamente a la fría tierra junto al de su marido, fallecido tiempo atrás.

La huérfana de ambos, Grace, reprimía el llanto tras un pañuelo de papel. Tenía la cabeza apoyada en el hombro de su hermano Sebastian, que miraba a lo lejos con una expresión neutra en la cara, como si se le hubiera escapado una ventosidad en un ascensor lleno de gente.

Al otro lado de Sebastian, Verity, su esposa, suspiraba y se arrebujaba en su abrigo de cachemira, mientras echaba un vistazo al fino reloj de oro que le adornaba la muñeca.

—¿Qué está pasando, mami? —preguntó el pequeño Basil, de tres años de edad, sin despegarse de la pierna de su madre.

Alfie, que ya tenía cinco, permanecía de pie, rígido como un soldado a punto de ser enviado al frente.

El enterrador dio un paso adelante y empezó a echar tierra sobre el ataúd. Alfie se metió un dedo en la nariz. Verity ni siquiera se molestó en disimular un bostezo.

—Mami, ¿cuándo comeremos pastel? Dijiste que habría pastel —insistió Basil.

Grace ya fue incapaz de contener más el llanto. La presa

que se había formado durante los últimos cinco años por la acumulación del dolor y el agotamiento no pudo soportar más la presión y reventó. Las lágrimas se le desbordaron. Su madre estaba muerta. Su madre, siempre tan hermosa y a la que tanto quería. Grace había hecho todo lo que estaba en su mano para salvarla, pero no había sido suficiente. Había fallado, como siempre.

—Tranquila, tranquila —masculló Sebastian, mientras le acariciaba inútilmente el brazo.

Algunos de los presentes se volvieron hacia ella, compadeciéndola. Grace sintió el cálido contacto de un brazo alrededor de los hombros.

—Eh, cariño. Tranquila. Todo irá bien.

Era Lou, asistenta, cocinera ocasional y manitas a tiempo completo en la mansión Chadlicote durante los últimos dieciséis años. Grace percibió el olor a lejía y a pan recién horneado, el resultado de estar levantada desde las seis de la mañana preparando la mansión para un nuevo día. Esa misma mañana Grace había devorado una bandeja entera de los sándwiches que Lou preparaba, con la esperanza de armarse de valor, y luego le había echado las culpas de su desaparición a Silvester, el spaniel de la familia. Pero qué podía hacer ella si estaba de luto.

—Nada irá bien, Lou. Mamá está muerta.

—Lo sé. Es muy triste. Pero saldrás adelante.

—He sido incapaz de salvarla.

—Nadie habría podido hacerlo. —Lou le acarició el pelo—. A veces la vida es muy cruel.

Grace se enjugó las lágrimas de las mejillas, consciente de que su hermano esperaba a su lado sin saber muy bien cómo interrumpir la conversación.

—Ejem, Grace. Creo que deberíamos irnos. La gente ha empezado a marcharse.

—Claro. —Grace se sonó la nariz, se ajustó la bufanda que llevaba al cuello y se recolocó ligeramente el sombrero—. Nos vemos en casa.

—De hecho —intervino Verity—, Sebby se preguntaba si, ya que tenéis tanto de lo que hablar, podría volver en tu coche.

—¡Vaya! —Grace estaba emocionada. Desde que su hermano conoció a Verity hacía ya diez años, apenas disponían de un instante a solas. Aunque Sebastian había pasado los dos últimos días en la mansión, este se había encerrado en el despacho para ocuparse del papeleo. Durante las cenas, que Grace había preparado para él, apenas abría la boca. «Estoy agotado» era lo máximo que había salido de él, a pesar de que tras la cena no se iba a dormir, sino que regresaba al despacho mientras Grace rebañaba las sobras.

De niños siempre habían estado muy unidos. Crecieron juntos en el paraíso que representaba Chadlicote, recorriendo los jardines en bicicleta, construyendo puentes sobre el arroyo, nadando en el lago, acampando en el granero o simulando ser daleks salidos de *Doctor Who*, su serie favorita de televisión. Aquella casa siempre había sido el sitio preferido de Grace sobre la faz de la tierra, como algo salido de un cuento de hadas, un hermoso laberinto repleto de historias.

Sin embargo, desde que los enviaron a dos internados distintos, casi no se habían visto. Sebby abandonó los estudios con diecisiete años tras un misterioso incidente con el cortacésped del jardinero, y se dedicó a los «negocios», aunque Grace nunca llegó a saber qué quería decir exactamente aquello. Ella se decantó por la universidad. De vez en cuando su hermano se presentaba por sorpresa y la llevaba a cenar, y Grace se sentía glamurosa y popular, sensaciones que, con sus veinte kilos de sobrepeso (bueno, puede que fueran veinticinco, a veces incluso treinta), raramente experimentaba.

Sin saber muy bien qué hacer con una licenciatura en estudios clásicos, decidió ir a por el doctorado. Dos años más tarde tiró la toalla. Le gustaba la investigación, pero estaba harta de dar clase a un montón de estudiantes aburridos, apenas unos años más jóvenes que ella, aunque por su apariencia parecían de otro planeta. Estudiantes que enseñaban el ombligo y vestían pantalones cortos, minifaldas y vestidos vaporosos en lugar de las blusas floreadas que Grace se había resignado a llevar.

Parecían siempre tan ocupados, leyendo mensajes en el móvil, entregando trabajos copiados palabra por palabra de internet o comprobando sus cuentas de Twitter y de Facebook, que ya no les quedaba espacio libre en la cabeza para los donuts, la gelatina, el pollo estilo coronación y toda la comida que perseguía a Grace hasta en sueños. Miraban su cuerpo rechoncho y ni siquiera se molestaban en disimular la pena que sentían por ella.

Se dio cuenta de que estaba engordando porque se sentía triste, porque echaba de menos el campo donde había crecido. Había llegado la hora de cambiar de profesión, aunque eso ella todavía no lo sabía. Grace decidió pasar las vacaciones en Chadlicote y pensar en su futuro. Dos semanas antes de su regreso, su padre se estrelló con el coche de camino a casa. Había estado apostando en las carreras de galgos cerca de Totnes y estaba borracho. Murió en el acto.

Grace dejó su trabajo. A pesar de que su padre había hecho testamento, el resto de sus asuntos eran un auténtico caos. Con su madre conmocionada por lo sucedido, a Grace no le quedó más remedio que ocuparse de todo.

Esperaba que Sebastian le echara una mano. Al fin y al cabo no estaba atado a ningún trabajo en particular. Por aquel entonces ya lo había intentado con varios negocios: un bar de tapas que no atraía a suficiente clientela (con el tiempo descubrieron que el emplazamiento no era el más apropiado), un par de páginas web y la producción de una o dos películas que ni siquiera se habían estrenado. A mamá le hubiese encantado verlo más a menudo. Nunca se había molestado en disimular que Sebby era su favorito, y no le faltaban razones: era más guapo, más listo y más divertido que Grace. Pero por aquella época Sebastian acababa de conocer a Verity y estaba demasiado ocupado cortejándola (como a Grace, la romántica, le gustaba describirlo) como para echarle una mano a su hermana.

Así que intentó lidiar, a solas y sin demasiado éxito, con las numerosas deudas de su padre. Estaba tan cansada, tan ocupada y abatida por el dolor que se olvidó de cualquier forma de vida social, hasta el punto que tuvo que pasar un año para que pudiera prestar atención al estado de la casa y sus alrededores. Tampoco es que Chadlicote llevara generaciones en la familia: su abuelo había comprado la propiedad en un estado ruinoso, muy por debajo de su precio, y se había dedicado a restaurarla. Cuando su padre la heredó, el trabajo aún estaba a medias y, como a él le interesaba más el hipódromo de Doncaster que sustituir maderas podridas, el lugar siguió siendo una ruina. Para Grace ese era parte de su encanto.

No obstante, las cosas no podían seguir así. Pensó en todas las formas de revivir Chadlicote que se le ocurrieron: convertir los cobertizos de la propiedad en alojamientos vacacionales, abrir un restaurante, alquilarla para celebrar bodas… El proyecto la colmaba de ilusión. Su madre, sin embargo, tenía dudas. Nadia Briggs, su apellido de soltera, era hija única. Sus padres, ferroviario él y ama de casa ella, querían lo mejor para su hija, así que la enviaron a terminar sus estudios. Luego realizó algunos trabajos como modelo, antes de casarse con Blewit Porter-Healey, a quien, como heredero de una gran casa, todos consideraron un muy buen partido.

Treinta años viviendo en aquella enorme casa, asolada por las corrientes, imposible de controlar y a casi siete kilómetros de la tienda más cercana (y a veinte de algo remotamente parecido a una tienda de ropa o a un salón de belleza), apenas habían afectado a la elegancia natural de Nadia. A sus cincuenta años, era mucho más atractiva que su hija.

Grace adoraba a su madre. También le tenía un poco de miedo. La certeza de no haber cumplido ninguno de los objetivos que su madre esperaba de ella era una de las muchas razones por las que se refugiaba tan a menudo en la caja de las galletas.

—Has perdido peso —le dijo una tarde Nadia con el ceño fruncido, cuando ya había pasado casi un año de la muerte de su padre y ambas contemplaban el lago desde la terraza que dominaba el jardín trasero de la casa—. ¿Has estado siguiendo la dieta Scarsdale como te dije?

—Más o menos, mamá. Creo que pasar tanto tiempo al aire libre también ha ayudado.

—Gracias a Dios. —Le dio un manotazo a su hija en la mano cuando esta se disponía a servirse del bol de galletas de arroz—. ¡No! He dicho que has perdido peso, no que te puedas volver loca con la comida.

—Lo siento, mamá.

—Sigue esforzándote. Quizá te sirva para encontrar marido. Dios sabe que no lo tienes fácil. Las chicas de tu edad no deberían vivir con sus padres en medio de la nada. Tendrían que compartir piso en Londres con otras chicas de su edad. Salir a bailar y a divertirse. Eso es lo que hice yo cuando acabé los estudios.

—Pero Londres no me gusta. Prefiero el campo. Y soy muy feliz aquí contigo, mamá.

Nadia se encogió de hombros.

—Y a mí me hace feliz que estés conmigo, cariño. Es agradable tener compañía después de tantos años sola mientras tu padre se iba al canódromo. Eres tú quien me preocupa. Estos son los mejores años de tu vida. No deberías desperdiciarlos encerrada aquí conmigo en medio de ninguna parte, escondiendo esa cara tan bonita que tienes bajo una capa de grasa.

—No los desperdiciaré —respondió Grace. Y no tenía intención de hacerlo. No era un bicho raro. Tenía veinticinco años. Encontraría la manera de resucitar la casa y también de perder peso, y con un poco de suerte conocería a un hombre por el camino.

Pero sus ilusiones aún tendrían que esperar. Nadia, que siempre había sido tan activa y caminaba un mínimo de ocho kilómetros diarios con los perros, un día empezó a quejarse de dolor y rigidez en las articulaciones.

Los síntomas fueron empeorando hasta que finalmente

fue a ver a un especialista. El médico la sometió a varias pruebas antes de comunicarles que Nadia padecía la enfermedad de la neurona motora.

—¿Qué? ¿Como Stephen Hawking?

El médico se aclaró la garganta.

—Bueno, ese es un estado muy avanzado de la enfermedad.

—Me está diciendo que acabaré en una silla de ruedas..., hablando... como... un... robot. —Nadia dijo esto último imitando un sintetizador.

—Y siendo un físico de fama mundial —añadió Grace.

Al médico pareció no hacerle mucha gracia la broma.

—Existen muchos, muchísimos tratamientos disponibles para maximizar la calidad de vida del paciente —dijo.

Empezaron de inmediato con los tratamientos. Nadia tomaba decenas de pastillas todos los días. Visitó a un terapeuta tras otro. Grace dedicaba sus días en exclusiva a trasladar a su madre de una cita a la siguiente; le temblaban tanto las manos que no podía conducir. No le quedaba tiempo para nada más. ¿Qué otra opción tenía? Era su madre y la adoraba. Y de todas formas no podían permitirse contratar a una enfermera, además de que a Nadia la idea le parecía intolerable.

—No quiero que me bañe ni que me ayude a ponerme la ropa interior un hombre incapaz de encontrar un trabajo mejor —protestó—. No si mi querida hija puede ayudarme.

Sebastian y Verity ya estaban prometidos, así que su hermano siempre andaba liado con los planes de la boda. Llamaba un par de veces por semana y a su madre siempre le alegraba saber de él, tanto que se pasaba el resto del día contándole los detalles a Grace: que Sebby estaba pensando en contratar un fondo de inversión, que Verity iba a cobrar casi un millón de libras de incentivos en el banco en el que trabajaba, que estaban planeando una gran celebración en el hotel Grosvenor y una luna de miel en las Maldivas. Grace se alegraba de que Nadia pudiera vivir indirectamente a través de ellos. Ella, por su parte, estaba tan ocupada cuidando de su madre que no tenía tiempo para ocuparse de la casa ni de sus alrededores. Algunas zonas del jardín, tan glorioso en el pasado, habían desaparecido bajo la maleza. El papel se desprendía de las paredes. Las algas se habían adueñado del lago.

Las piernas de Nadia se fueron debilitando lentamente hasta que acabó postrada en una silla de ruedas. Luego empezó a perder el control de los brazos y de las manos; cualquier gesto cotidiano, como abrir un grifo, cepillarse el pelo, vestirse o abrocharse un botón, se le hacía cada vez más difícil. Los músculos del cuello fueron perdiendo fuerza hasta que ya no fue capaz de mantener la cabeza erguida.

Los dos últimos años le costaba hablar y tragar por la atrofia que sufría en los músculos de la garganta. En sus últimos días, Grace le dio de comer, la bañó e incluso le cambiaba los pañales. Lou ayudó en todo lo que pudo y trató de convencer a Grace para que se tomara una tarde libre y fuera a cenar con ella a su pequeña casa en el pueblo. Pero su madre la llamaba sin cesar, frustrada porque no conseguía desvestirse o porque simplemente estaba asustada, lo cual sucedió cuando su mente empezó a debilitarse como el resto del cuerpo. Y aunque no lo hiciera, Grace se sentía tan culpable solo de pensar en separarse de ella que sabía que no se lo pasaría bien. Le resultaba mucho más sencillo quedarse en casa y comer: los pasteles que Lou preparaba, las galletas, tabletas de chocolate de tamaño familiar devoradas en un par de mordiscos, patatas asadas sepultadas bajo una deliciosa montaña de queso cheddar fundido, botes enteros de helado, directamente del congelador, que le abrasaban los labios y le provocaban acidez, pero que se deshacían lentamente sobre su lengua…

Pasaron cinco años entre el diagnóstico y la muerte de Nadia. Fue a finales de un largo y crudo invierno en el que la caldera de la casa no dejaba de romperse y el tejado se parecía cada vez más a un colador. Grace no podía hacer nada por su querida casa. Cuando no estaba ayudando a su madre, se sentía tan agotada que solo le quedaban fuerzas para prepararse un paquete entero de pasta, cubrirla con mantequilla, devorarla y perder el sentido.

Ahora Nadia se había ido y Grace estaba agotada. Tenía treinta y cuatro años, aunque aparentaba unos cuantos más. Le aliviaba saber que por fin su madre descansaba en paz, pero no podía evitar que todas sus preocupaciones se concentraran en aquella casa que se caía a trozos y que ahora les pertenecía a su hermano Sebastian y a ella; Sebastian, tras la pronta llegada de Alfie y Basil y el devenir incierto de unas cuantas aventuras empresariales más, tampoco se había librado del paso de los años. Grace estaba convencida de que todo saldría bien. Con la ayuda de Lou, trazó un plan un tanto vago que le permitiría tomarse unas vacaciones, las primeras desde que todo había comenzado. A continuación, perdería veinticinco kilos y luego se pondría manos a la obra para conseguir el dinero necesario para restaurar Chadlicote y devolverle el esplendor de sus remotos días de gloria.

—Y bien… —dijo Sebastian, mientras se montaba en el viejo Land Rover que apestaba a Silvester, el spaniel, y a Shackleton, el carlino.

—¿Estás seguro de que no quieres quedarte a pasar la noche? —Grace puso en marcha el motor y retrocedió marcha atrás hasta salir del aparcamiento. Verity y los niños habían llegado la noche anterior, y desde entonces no habían dejado de quejarse de lo fría que estaba la casa y del miedo que pasaba Basil cada vez que crujían las tuberías por la noche, así que a Grace no la sorprendió que su hermano le dijera que no con la cabeza.

—Tenemos que volver. Alfie tiene una fiesta de cumpleaños mañana. —Se aclaró la garganta mientras el coche avanzaba a trompicones por un sinuoso camino de tierra—. Escucha, quería hablar contigo de algo —continuó, un tanto dubitativo—. ¿Qué vamos a hacer con Chadlicote?

Grace miró a su hermano mientras tomaba una curva cerrada, justo en la entrada de la granja de los Cudd.

—Ya sé que necesita muchas horas de trabajo, pero todo llegará. A partir de ahora podré dedicarle todo mi tiempo.

—Mmm… Lo siento, pero creo que eso no es una opción.

—¿Qué quieres decir? —Grace clavó la mirada en su hermano y metió cuarta.

Las palabras salieron de la boca de Sebastian de manera atropellada.

—Como sabes, he estado revisando las cuentas. Y no nos queda más remedio que vender.

—¿Vender Chadlicote? —Grace no podía apartar los ojos de la carretera, pero abrió la boca dibujando una «o» como un personaje de dibujos animados.

—He repasado las cifras. Es insostenible. Tenemos que pagar un dineral en concepto del impuesto de sucesiones y, aunque no fuera así, no podemos permitirnos las reformas que necesita la casa. Y además, aunque lo hiciéramos, ¿qué sentido tendría? Es decir, ¿qué pasaría con Chadlicote a la larga?

—Bueno…, no lo sé. Había pensado en quedarme a vivir aquí. Y más adelante… Pues no sé, supongo que tendrían que decidirlo nuestros hijos.

—¿Nuestros hijos? —Su hermano parecía desconcertado—. Ah, ¿te refieres a si los tuvieras? —Por el tono de su voz, era evidente que le parecía más bien poco probable—. Bueno, sí, supongo que sí. Pero ¿qué harían ellos? Tampoco podrían vivir todos juntos, como si la casa fuera una comuna. Y además…, Vee y yo necesitamos el dinero. La crisis nos está afectando como a todo el mundo. Últimamente los negocios no me van demasiado bien y ella tampoco va a cobrar la comisión de otros años. Todo es mucho más caro y Alfie no mejora en la escuela del barrio, así que tenemos que empezar a plantearnos la opción de llevarlo a una privada. —Suspiró—. De verdad que lo siento, Grace, pero tenemos que deshacernos de ella.

—¿Y dónde viviré yo? —preguntó mientras el coche tomaba la última curva y cruzaba las enormes puertas metálicas, flanqueadas por la caseta del guarda en ruinas, que marcaban el inicio de la propiedad.

—Vee y yo lo hemos estado hablando. Lo que está claro es que no te quedarás en la calle. Quiero decir que recibirías una suma bastante decente de dinero por la venta de la casa, suficiente para comprarte algo para ti sola. Por otro lado, has cuidado de mamá durante mucho tiempo, no estás casada, y no tienes nada parecido a una carrera, así que hemos pensado que lo justo sería que pudieras quedarte la casa del pueblo en cuanto el inquilino actual se marche.

—¡Vaya! —A Grace le daba vueltas la cabeza.

Acababan de detenerse frente a la entrada de la casa. Chadlicote, con su hermosa fachada de ladrillo rojo estilo isabelino, cubierta de hiedra. Las ventanas con su parteluz que reflejaban los rayos del sol. Los grandes escalones de piedra. Las proporciones perfectas. Bueno, quizá la piedra se caía a trozos y habían tenido que tapiar un par de ventanas con listones de madera, pero aun así, para ella, aquella casa era su hogar. La mitad de ella, al menos. Sebastian, en cambio, tenía la suya propia, una casa estupenda en Wimbledon, cerca de The Common.

Ni siquiera se le había ocurrido la posibilidad de que su hermano no le permitiera quedarse.

Pero ya no había tiempo para más discusiones. La entrada estaba repleta de coches y la gente, vestida de negro, esperaba alrededor de la fuente, seca hacía ya mucho, para darle el pésame. Grace no podía enfrentarse a ellos, necesitaba estar a solas. Todavía no había asimilado la noticia: su hermano y su cuñada la enviaban a vivir a una vieja casa desvencijada a las afueras del pueblo, casa que, si mal no recordaba, no tenía calefacción y sí un minúsculo jardín lleno de malas hierbas.

—Oye, ¿de verdad tenemos…? —empezó, pero la señora Legan, la cotilla oficial del pueblo, la observaba a través de la ventanilla del coche. A regañadientes, Grace hizo girar la maneta para bajar el cristal.

—Grace. No sabes cuánto siento no haber tenido la oportunidad de decírtelo antes, pero te acompaño en el sentimiento.

—Gracias —respondió Grace, y se volvió hacia su hermano—. ¿De verdad tenemos que hacerlo? —preguntó con un hilo de voz mientras subía la ventanilla.

—Lo siento, debería habértelo dicho antes. Anoche llamé a la inmobiliaria. Vendrán mañana a tasar la propiedad. No creen que tengamos problemas para venderla.

—Yo… —No pudo terminar porque los invitados se acercaban. Grace se dio por vencida y salió del coche. Lucharía aquella batalla más adelante, se dijo, aunque si Sebby decía que no había más remedio…

Necesitaba llevarse algo a la boca. Eso la ayudaría a pensar con claridad.

1

Era la última visita del día y el cliente llegaba tarde, como siempre. Lucinda lo esperaba junto a las pesadas puertas de aquella antigua fábrica de botellas reconvertida en apartamentos, mientras golpeaba la acera con el tacón de uno de sus zapatos y miraba fotografías en el móvil. ¿Cómo pasaba el rato la gente antes de que existieran aquellos aparatejos? Sonrió al verse en una foto del verano anterior en la que aparecía junto a la piscina de la villa de Tobago, con un biquini de color naranja que le quedaba francamente bien. Mamá y papá, sentados a la mesa, se protegían del sol del Caribe bajo una sombrilla. Ginevra y Wolfie posaban con el brazo alrededor del hombro del otro. Benjie, a punto de lanzarse de espaldas a la piscina.

Recuerdos felices. Al levantar la mirada, Lucinda vio su reflejo en las puertas de cristal que daban acceso al vestíbulo y descubrió que estaba sonriendo. Se sabía especialmente guapa aquel día, aunque fuera el tipo de apreciación que era mejor no hacer delante de terceros. Le brillaban el pelo, de un hermoso color castaño, y los ojos, verde esmeralda; su piel despedía un suave fulgor aterciopelado. Cuestión de suerte, se dijo, consciente de que estaba a punto de pasar de la seguridad en sí misma a la soberbia. Contaba con una genética privilegiada, era joven y tenía un gran futuro por delante. No podía evitarlo: sonrió de nuevo al pensar en lo afortunada que era por haber nacido así.

—¿Lucinda?

Lucinda se sobresaltó al oír su nombre. Se dio media vuelta. Un hombre, seguramente su cliente, le sonreía con una calma desconcertante, como si le hubiera leído el pensamiento. Era más o menos de su edad, larguirucho, rubio, con el pelo ligeramente de punta, ojos muy azules, vaqueros ajustados, camiseta de los Sex Pistols y americana azul marino un tanto maltrecha. Muy distinto de los chicos de ciudad con los que Lucinda solía hacer negocios. Intrigada, le ofreció la mano a modo de saludo.

—¿Señor Crex? Soy Lucinda Gresham. ¿Qué tal?

—Lucinda.

Acento del norte. Muy mono.

—Encantado.

No lo mostró, pero por dentro Lucinda no pudo evitar esbozar una mueca. La educación siempre había sido muy importante en su familia, y si en algo se había hecho especial hincapié, era en los modales. Su madre le había enseñado que la respuesta a «¿Qué tal?» tenía que ser «Bien, gracias. ¿Y usted?». Ridículo, lo sabía, pero cuando alguien respondía cualquier otra cosa, automáticamente su opinión sobre esa persona empeoraba y tenía que reprimir el impulso de corregirla. No se trataba de que creyera que Nick Crex estaba equivocado, no lo pensaría ni aunque se bajara los pantalones y le enseñara el trasero. Una de las primeras reglas del sector inmobiliario era aceptar que el cliente siempre tenía la razón, al menos mientras se estaba en su presencia. Una vez de vuelta en la oficina podía despotricarse de dicho cliente a placer.

Pero, por el momento, Lucinda se limitaría a asentir con una sonrisa en los labios, aunque Nick Crex le dijera que la princesa Diana había sido víctima de los alienígenas. Tenía que demostrar que Niall se equivocaba. Nunca lo había dicho en voz alta, pero era perfectamente comprensible su reticencia a aceptarla en la sede de Clerkenwell de Dunraven Mackie, sobre todo en una época en la que estaban despidiendo a tantos agentes inmobiliarios.

A pesar de que no soportaba su forma de ser, Lucinda no podía negar que Niall tenía razón. Había llegado a la empresa sin experiencia y debía su trabajo a un nepotismo flagrante, pero estaba decidida a demostrar su valía. Ya habían pasado seis meses y Niall tenía que admitir que se le daba bien el negocio inmobiliario, incluso con el mercado en su peor situación en años.

—¿Echamos un vistazo? —preguntó.

—Soy todo suyo.

Lucinda introdujo el código que abría la puerta principal, cruzaron el vestíbulo y llamó al ascensor. Ping. Primera planta. Un largo pasillo empapelado en rojo. Llamó a la puerta verde del apartamento número 15. Gemma Meehan le había asegurado que no estaría, pero toda precaución era poca. El fin de semana anterior se había llevado un buen susto, no por ello exento de cierta comicidad, al invitar a una pareja de estadounidenses un tanto estirados a entrar en el 12 de Dorchester Place, una pequeña casa de estilo georgiano en una calle de pareadas cerca del Barbican.

Convencida de que los propietarios, los Kitson, estaban de vacaciones en Mallorca, Lucinda había abierto la puerta principal y había cruzado el recibidor hasta la sala de estar, donde Carlota Kitson, vestida únicamente con un minúsculo tanga de color fucsia, dejaba que un hombre que no era Linus Kitson le golpeara el trasero con una raqueta de tenis.

—¡Ups! —exclamó Lucinda con desenfado—. ¡Lo siento! —Y literalmente arrastró a la pareja de estadounidenses primero hasta el recibidor y luego por el tramo de escaleras decorado con laureles de plástico hasta la acera. Las posibilidades de sorprender a Gemma Meehan en la misma situación eran escasas, entre otras cosas porque esta era mucho más remilgada. Claro que siempre se dice eso de que las más calladas son las peores.

Nadie respondió a la llamada, de modo que Lucinda abrió la puerta y entró.

—Vaya —dijo Nick Crex, incapaz de disimular su sorpresa.

—Es un espacio fantástico, ¿verdad? —Imitando el lenguaje corporal de su cliente, Lucinda miró a su alrededor.

A la izquierda de la enorme estancia, una cocina con encimeras de mármol italiano y electrodomésticos de última generación. Frente a ellos, la zona destinada a comedor. El resto del espacio lo ocupaba la sala de estar, presidida por un sofá de grandes dimensiones tapizado con piel de cebra. Ventanales hasta el techo a ambos lados, con vistas a los tejados a dos aguas de Clerkenwell. Un piso impresionante. La primera impresión siempre era inmejorable. A Lucinda le recordaba a Fabio, el ex de su hermana Ginevra: perfecto en la superficie, aunque un segundo vistazo bastaba para detectar todos sus defectos. Aun así, a Ginevra no le había importado, al menos no al principio; quizá Nick Crex sería la persona que, por la razón que fuese, no viera los problemas más que evidentes del apartamento 15 y, en su lugar, se concentrara en sus puntos positivos.

De momento todo iba bien. Nick Crex daba vueltas sobre sí mismo, registrando cada detalle. Lucinda percibió el olor a pan recién hecho. Todo el mundo recurría al mismo truco. Y el jarrón con flores frescas sobre la mesa. Menudo aburrimiento. Cuánto daño habían hecho los cursos de formación para agentes inmobiliarios.

—Esgrima —dijo Nick Crex mientras señalaba con la cabeza hacia la pared de ladrillo decorada con una colección de armas de hoja fina y larga.

—Eso creo —respondió Lucinda, sorprendida. No quería parecer clasista, pero la esgrima era algo así como un deporte para pijos, y si algo no era Nick Crex, era precisamente eso: pijo.

—Lo practiqué en el colegio —dijo él—. Un programa de aquellos para ayudar a los jóvenes con menos recursos. —El tono de su voz era de burla, para que quedara bien claro que la había calado a la primera, a ella y sus prejuicios.

Lucinda no pudo evitar sonrojarse.

—Vaya, qué divertido. —Hizo girar el brazalete de perlas y diamantes de Cartier que su padre le había regalado al cumplir los dieciocho años. Siempre jugueteaba con él cuando se ponía nerviosa.

—Lo era. —Nick Crex rodeó la mesa cubierta de fotografías enmarcadas en plata—. Y ella es bailarina —continuó al tiempo que tomaba entre sus manos un marco en el que Gemma Meehan vestía un tutú.

—Ya no. Tuvo que dejarlo. Una lesión, creo.

Gemma era una mujer atractiva, a pesar de su delgadez y de un aura un tanto oscura. Estaba volviendo loca a media oficina quejándose a todas horas por lo mucho que tardaba en venderse el piso, pero gracias a Dios las fotografías no dejaban ver nada de eso.

—Han viajado mucho —siguió Nick Crex al tomar otra foto de los Meehan, sonrientes, en lo que parecía ser una playa tailandesa.

—Es un piso perfecto para organizar fiestas —dijo Lucinda, tratando de recuperar el control de la conversación.

—Sí, sobre todo gracias a esa especie de balcón. —Señaló con la cabeza hacia arriba.

—El altillo —lo corrigió Lucinda, incapaz de contenerse—. Es genial, ¿verdad? ¿Subimos?

La siguió por la escalera de caracol hasta la planta superior. Una zona para ver la televisión, con una pantalla de alta definición enorme y algunos pufs de aspecto mullido. Otra zona que hacía las veces de estudio con una mesa de obra, iluminada por una Bestlite original. Al fondo, dos cuartos de baño: esta era la parte en la que la gente se daba cuenta de que quizá no todo era tan perfecto y preguntaban cosas como si no era una distribución un poco extraña y si no hubiera sido mejor unir los baños en uno solo. Lucinda ya tenía el discurso preparado: que se trataba de un almacén convertido en vivienda, que los planos respetaban la distribución original, que era un edificio histórico, bla, bla, bla.

Pero Nick Crex no dijo nada. Buen chico.

Lucinda permaneció a un lado mientras él echaba un vistazo. Para ocupar el tiempo en algo, repasó las fotografías de boda que colgaban de la pared. Alex con una corbata negra, más delgado que ahora. El vestido de novia de Gemma no le gustaba. Demasiado recargado. Pero el amor que se intuía en su mirada resultaba conmovedor, incluso para alguien como Lucinda, que nunca había acabado de entender el misticismo que rodeaba a las novias.

—¿Esto es el dormitorio? —preguntó Nick al tiempo que señalaba con la cabeza los tres peldaños que llevaban al dormitorio principal.

—Sí. Es muy... ¡original! —Código que equivalía a absolutamente ridículo.

Lo siguió hasta la estancia. Un espacio vacío. A la derecha, una escalera de mano para subir a la cama, situada sobre el armario vestidor (un nombre un tanto ambicioso). El típico aroma a velas de vainilla en el ambiente. Pobre Gemma. Ansiaba tanto vender el piso que no había nada que no estuviera dispuesta a hacer.

—¿No es genial? —preguntó Lucinda con entusiasmo. No se le ocurría nada peor que dormir encaramada a aquella especie de percha. Ella se pasaría toda la noche subiendo y bajando, intentando ir al lavabo y acabando irremediablemente de bruces en el suelo. Aunque tal vez Nick Crex tuviera una vejiga más resistente que la suya. O un catéter y una bolsita—. Mire, y aquí debajo tiene su propio armario vestidor. ¿No es fabuloso?

—Mmm.

Era evidente que el apartamento le gustaba. Lucinda podía leerlo en su lenguaje corporal. ¿A qué se dedicaba para poder plantearse siquiera la posibilidad de comprar un apartamento como aquel? Por mucho que los precios hubieran bajado, debería estar fuera de su alcance. Lo único que sabía de él era lo que le había dicho aquella misma mañana por teléfono: que había visto el piso por internet, más una dirección de Belsize Park, lo cual lo convertía automáticamente en un cliente serio y no en una pérdida de tiempo.

—¿Quiere ver el otro dormitorio?

—*Rock 'n' roll swin-dle, rock 'n' roll swin…*

Lucinda no pudo reprimir una exclamación de sorpresa al oír aquel sonido inesperado. Era el teléfono móvil de su cliente. Impaciente, Nick Crex sacó el aparato del bolsillo de los vaqueros.

—¿Sí? Eh, hola.

Parecía molesto. Lucinda podía oír la voz de una mujer.

—Sí. Ahora mismo estoy un poco ocupado… ¿Te puedo llamar dentro de un rato? Sí, no tardaré tanto… Luego te llamo… Luego te llamo, ¿vale? Yo también te quiero —murmuró, como si fuese un adolescente obligado a besar a su madre delante de todo el equipo de fútbol—. Claro. Hablamos. —Colgó y volvió a guardar el móvil en el bolsillo.

—¿El otro dormitorio? —preguntó Lucinda con una sonrisa.

Se accedía a él subiendo un pequeño tramo de escaleras. Otra estancia cuanto menos peculiar con la cama elevada sobre una estantería en un rincón, pero diferente, completamente diferente.

—La zona es ideal —continuó—. Está cada vez más de moda, con tantos bares y restaurantes. Y además las conexiones de transporte son inmejorables. Se puede coger el Eurostar en esta misma calle, en la estación de Saint Pancras…

—¿Por qué lo venden?

—Es una pareja. Creo que quieren tener un hijo. Y claro… —Lucinda señaló el altillo, con su barandilla de barrotes demasiado separados y la caída de cinco metros hasta el suelo de baldosas de piedra. No tenía sentido mentir. De todas formas, estaba bastante segura de que Nick Crex todavía no se había planteado la posibilidad de tener hijos—. Vamos, que no es el mejor sitio para un bebé, ¿no cree?

—Supongo que no. —Se le escapó una sonrisa, pero un segundo después fue como si se sintiera incómodo—. Bueno, gracias por la visita. Estaremos en contacto.

—Tiene los detalles, ¿verdad? ¿No? Espere que se los doy. —Lucinda rebuscó en el maletín Smythson de color verde lima que su madre le había regalado como felicitación por su primer trabajo—. Aquí tiene.

—Gracias —dijo Nick Crex, sin molestarse siquiera en mirar el folio plastificado que Lucinda acababa de entregarle.

—Muchas gracias —dijo ella, de nuevo en la calle.

Le ofreció otra vez la mano y él la estrechó sin demasiado entusiasmo. Era evidente, pensó Lucinda, que aquello no era lo que se estilaba en el lugar del que él procedía. Clasista, sí, pero no por ello menos cierto.

—Estaremos en contacto —repitió él. Dio media vuelta y se alejó calle abajo.

Lucinda lo observó durante un segundo antes de darse también la vuelta en la dirección opuesta. Podría llamar a la oficina e irse a casa; en cambio, decidió volver y trabajar al menos una hora más. Nadie podría acusar jamás a Lucinda Gresham de holgazana.

2

A pesar de que su cita con el reflexólogo se había alargado y llegaba un poco tarde, Gemma Meehan fue la primera en llegar a la cafetería donde había quedado con su hermana pequeña, Bridget. Nada nuevo, pensó Gemma, mientras se sentaba en una esquina del local y pedía un té de menta.

Le apetecía más un capuchino, pero tenía prohibida la cafeína hasta que su futuro hijo, Chudney (como a Alex, su marido, le gustaba llamarlo —el mismo Alex que se había pasado una hora entera sin poder parar de reír al enterarse de que Diana Ross, en un ataque de crueldad, le había puesto ese mismo nombre a su hija—), estuviera sano y salvo entre sus brazos. Claro que para entonces Gemma le estaría dando el pecho, así que la cafeína seguiría en la lista negra. Y más adelante, quién sabe, con un poco de suerte quizá llegaría otro pequeño Chudney. En otras palabras, nada de café en ¿qué? ¿Tres, cuatro años? No importaba. Estaba dispuesta a hacer cualquier cosa por sus futuros hijos.

Ya basta, se dijo a sí misma, casi en voz alta. Otra vez se estaba adelantando a los acontecimientos. Esos hijos todavía ni existían, y que llegaran a hacerlo dependía en parte de lo que sucediera en la próxima hora. Al pensar en la conversación que estaba a punto de tener, sintió que se le aceleraba el corazón, como gotas de lluvia repiqueteando contra un tejado de latón. Tranquilízate, se dijo. Y nada de malas vibraciones por el retraso de Bridget. Desde el día en que su madre regresó del hospital con un bultito malhumorado y llorón entre los brazos, lo único que Gemma recordaba era a Bridget siendo una continua molestia para ella, aunque eso sí, una molestia muy mona. En cuanto fue capaz de gatear, lo primero que hizo fue apropiarse de sus juguetes, destrozar sus dibujos, soplar todas las velas del pastel de Gemma en su octavo cumpleaños. Cada vez que Gemma lloraba o se quejaba, sus padres le decían que no fuera tonta, que tenía que hacer algunas concesiones, que no podía esperar que un bebé tan pequeño comprendiera las normas, que algún día lo haría.

Pero ese día nunca había llegado. Gemma quería a su hermana —gracias al instinto maternal que desde pequeña albergaba en su interior—, pero a veces no podía evitar sentirse frustrada. Gemma trabajaba duro en el colegio y se esforzaba aún más en las clases de ballet; Bridget, sin embargo, siempre era de las últimas de la clase. Lo peor de todo es que no parecía importarle. Gemma se sentía fatal si llegaba a casa con una nota remotamente mala, pero a Bridget le daba igual. Sus padres se limitaban a sacudir la cabeza y a suspirar. Le decían: «Cariño, tienes que esforzarte más», pero ella se reía y el tema se olvidaba al instante.

Gemma fue al conservatorio de ballet y se dejó literalmente la piel en sus estudios. Durante un tiempo subsistió con dos manzanas y un vaso de leche al día para conseguir bajar hasta los cuarenta y cinco kilos de las alumnas más aventajadas. Bridget, por su parte, dejó los estudios tras los exámenes finales de secundaria (dos suficientes y un insuficiente) y se fue a España a trabajar en un bar durante un par de años.

Cuando Bridget regresó con Pablo, su prometido, Gemma ya había conseguido un puesto en el cuerpo de ballet de una pequeña compañía con sede en Manchester. No se parecía demasiado al cuento de hadas que había imaginado: el trabajo era agotador, el sueldo una porquería y, con cada nuevo día que pasaba, su sueño de convertirse en primera bailarina se le antojaba más improbable.

Pero nunca llegó a saber si ese sueño llegaría a convertirse en realidad, porque poco después de conocer a Alex, que se encontraba en Manchester trabajando en un caso, se torció un pie, lo que acabó significando el fin de su carrera profesional como bailarina. Sin embargo, estaba tan enamorada que tampoco le importó demasiado. Cinco meses después, Alex le propuso matrimonio con un anillo de zafiros y un diamante enorme que había pertenecido a su abuela, que a su vez lo había recibido de manos del rajá para el que trabajaba como institutriz en la India antes de la guerra.

Gemma abandonó la compañía de ballet, se mudó a Londres para estar con Alex y encontró un trabajo de media jornada dando clases de baile a niños, por lo que le quedaba mucho tiempo libre para preparar la boda.

Mientras tanto Bridget, que había descubierto que Pablo tenía otra prometida en Málaga, trabajó en una zapatería unos meses hasta que la despidieron por faltas de puntualidad. Se fue a la India durante un tiempo y volvió con un delfín tatuado en el hombro izquierdo y un desorden gástrico que hacía que sus ventosidades olieran a huevo podrido. Pronto encontró trabajo como chica para todo en una pequeña empresa de venta de sujetadores por internet, algo que a Gemma le parecía fascinante, pero de nuevo fue despedida a los pocos meses por pasar demasiado tiempo chateando. Sus padres fueron muy comprensivos con ella y la dejaron que se mudara a su casa de Norwood hasta que las cosas volvieran a su cauce.

A Gemma no le importaba. Estaba acostumbrada. Alex, sin embargo, se ponía furioso.

—Nosotros rechazando todas las ofertas de ayuda económica para la boda, y tu hermana aprovechándose de tu madre para que le haga la colada y le prepare sus comidas veganas —se quejaba.

—Pero yo no quiero que mi madre me haga la colada —respondía Gemma.

Al fin y al cabo, su madre era una cocinera pésima y nunca conseguía separar correctamente la ropa blanca de la de color. Sea como fuere, Gemma no podía ser más feliz junto a Alex. Podían cuidarse perfectamente solos. ¿Por qué tener entonces envidia de su hermana?

Gemma y Alex se casaron con una bonita ceremonia en el Orangery, un edificio del siglo XVIII en Holland Park. Alex y Bridget tuvieron un pequeño enfrentamiento el mismo día porque ella insistía en vestir de negro. Gemma no le dio importancia. Estaba demasiado ocupada viviendo el día más feliz de toda su vida, o al menos el más feliz hasta que naciera Chudney.

Durante la luna de miel en Sudáfrica, Gemma se deshizo de las pastillas anticonceptivas. Pasaron seis meses y luego seis más. Gemma solo tenía veintisiete años, así que estaba convencida de que no tenía de qué preocuparse. Aun así, pasados seis meses más decidió que lo mejor sería acudir a un médico. Mientras tanto, pusieron el piso en venta. Fue por aquel entonces cuando se quedó sin trabajo; la academia de ballet en la que trabajaba tuvo que cerrar. Y aunque estaba molesta por lo sucedido, prefirió no buscar otra. Esperaba que no trabajar minimizara su nivel de estrés y disparara las posibilidades de concebir. También tuvo tiempo libre suficiente para buscar la casa perfecta para su futura familia.

—¿No crees que quizá te estás precipitando? —le preguntó su amiga Lila, tras ser sometida a otra de las interminables sesiones de investigación de Gemma en busca del hogar perfecto.

—Por supuesto que no. John y Alison empezaron a buscar cuando ella estaba de seis meses y dicen que fue una pesadilla. Los trabajadores en casa con el bebé, todo el día con el taladro, llenándolo todo de polvo. No me gustaría pasar por lo mismo.

Al final hicieron falta cinco meses de búsquedas por internet, de abordar a agentes inmobiliarios por la calle para presentarse, de quedarse levantada hasta las tantas repasando listas de notas medias de decenas de colegios. Tres semanas atrás, justo un día antes de la primera visita con el especialista en fertilidad de los famosos, el doctor Malpadhi, Gemma encontró el número 16 de Coverley Drive.

Y no pudo resistirse. Metió la mano en el bolso y sacó la hoja plastificada con los datos de la casa, esos detalles que ya tenía grabados a fuego en el corazón. Los cuatro dormitorios, decorados con tanto gusto: uno para Alex y para ella, uno para cada niño y otro para los invitados —incluso para Bridget, si aceptaba colaborar—. La sencilla cocina-comedor, con sus encimeras de granito, sus azulejos mexicanos y su suelo de piedra que daba paso a un jardín de veinte metros, maduro y orientado hacia el oeste. Gemma no estaba segura de por qué era tan bueno que estuviese orientado en esa dirección, pero todo el mundo guardaba una especie de silencio respetuoso al saberlo. En cuanto a lo de maduro, tenía que ser mejor que inmaduro, que le hacía pensar en un jardín contando chistes de pedos y llorando cada vez que no se salía con la suya.

Luego estaban las cosas que no se veían a simple vista, aunque sí se reflejaban en el precio: una de las mejores escuelas de primaria de la zona en la misma calle, por ejemplo; el pueblo con sus pequeñas tiendas, en cuyas calles la gente todavía se saludaba al cruzarse; la estación, a diez minutos andando, conectada con la ciudad para que Alex pudiese ir a trabajar todos los días en transporte público.

Vale, quizá la decoración era demasiado rimbombante para ella: colores primarios, alfombras persas y extrañas figuritas de metal. Gemma prefería un estilo más neutral, más sosegado. Pero todos esos detalles no eran más que pura apariencia. Deseaba aquella casa con todas sus fuerzas y, para su sorpresa, Alex también, a pesar de lo especial que solía ser para ese tipo de cosas. Temiendo que el mercado tocara fondo y los precios empezaran a subir de nuevo, presentaron la primera oferta, cien mil libras por debajo del precio inicial y, tras una semana de negociaciones, se la quedaron con un descuento de cincuenta mil.

Ya era suya. Bueno, todavía no. Primero tenían que vender el apartamento 15, la guarida de soltero de Alex, que a Gemma le había parecido tan peculiar y tan moderna cuando se mudó, pero que ahora se había convertido en un lastre que nadie quería comprar y que les impedía seguir adelante con la compra de la casa. El apartamento 15, tan poco adecuado para albergar una familia, porque las familias no vivían en el centro de las ciudades ni en espacios diáfanos, sino en casas de dos plantas en las afueras donde el aire era limpio, las escuelas buenas y no había borrachos durmiendo la mona en cada esquina. Ese era el ambiente en el que Gemma había crecido y que con tanta determinación deseaba para sus hijos.

Por suerte, los Drake de Coverley Drive todavía estaban buscando casa, así que de momento no les importaba esperar. Y antes o después el apartamento 15 acabaría por venderse. De hecho, en aquel preciso instante tenían una visita. Gemma cerró los ojos y concentró todas sus energías para que fuera un éxito. Había hecho todo lo que se aconsejaba en los folletos de información: preparar café por la mañana, repartir jarrones con flores por toda la casa, colocar fotografías divertidas de Alex y de ella en actitud cariñosa y despreocupada…, incluso había encendido algunas velas de vainilla, que le habían provocado un ataque de sinusitis, pero que, al parecer, resultaban irresistibles para todo aquel que quisiera comprar una casa. Esta vez tenía que funcionar.

Gemma regresó a la realidad. Vender el apartamento no era su única preocupación. También tenía que ocuparse de Bridget. Ya era hora de concentrarse en su hermana.

La puerta se abrió y una corriente de aire helado se coló en el local.

—¡Holaaa! —saludó Bridget desde la puerta.

Llevaba un jersey a rayas de colores, una boina azul con lentejuelas y ni rastro de maquillaje. Se había recogido el pelo en dos coletas sujetas con gomas de pollo y parecía haber ganado algo de peso desde la última vez que Gemma la había visto, en Navidad, antes de irse otra vez de viaje a la India. ¿No se suponía que lo normal era perder peso por culpa del curri y la disentería? Ya basta, se dijo Gemma. Bridget no era bailarina, así que podía ganar el peso que quisiera.

La mayor parte del tiempo sentía pena por su hermana, pero de vez en cuando no podía evitar admirarla por la forma en que vivía al margen de las normas. A veces sospechaba que Bridget era una mujer mucho más valiente que ella. Alex, como es lógico, no estaba de acuerdo.

—No es valiente. Es holgazana, maleducada e irrespetuosa.

—Eso que has dicho es muy cruel.

—Bueno, ahí la tienes, largándose a Goa cada vez que se le antoja para encontrarse a sí misma. Para ella la vida es como unas vacaciones continuas.

—¿Y qué tiene eso de malo?

—Pues que las vacaciones no tienen sentido a menos que sean para descansar de la realidad.

A veces Gemma se preguntaba si su marido estaba celoso de la vida de Bridget, entre falafeles, festivales y manifestaciones antiglobalización. Después de todo, no podía ser más distinta de la de él, que se asemejaba a los cien metros vallas: primero dejándose los codos con el fin de conseguir una beca en el instituto privado más prestigioso de Belfast, que le abriría las puertas de Oxford; luego licenciándose en derecho y luchando por conseguir una plaza de becario, para finalmente hacerse con un puesto fijo y trabajar entre sesenta y setenta horas semanales, incluidos los fines de semana, casi todas las noches hasta las tantas y sin apenas disfrutar de vacaciones por si se presentaba algún caso interesante.

Pero si Bridget aceptaba lo que estaba a punto de proponerle, Alex no tendría más remedio que tomarse las cosas con más tranquilidad. Gemma no le había dicho que se iba a ver con su hermana. El plan era sorprenderlo con la mejor de las noticias.

—¡Vaya por Dios, lo siento! —exclamó Bridget, que acababa de pisar a una señora mayor.

La mujer continuó su camino mascullando entre dientes, sin que Bridget se diera cuenta.

—¡Eh! —Abrazó a su hermana y la estrujó contra su pecho en un torpe abrazo impregnado de perfume pachuli.

—Me alegro de verte. Estás guapísima. ¿Qué tal todo? —Seguramente estaba siendo demasiado efusiva, pero no podía evitarlo. Estaba nerviosa. Todo dependía de los próximos veinte minutos.

—¡Muy bien! —exclamó Bridget mientras tomaba asiento—. Estoy pensando en retomar los estudios. He estado mirando las distintas posibilidades.

—¡Vaya! —dijo Gemma, aunque más por obligación que debido a un entusiasmo sincero.

Bridget llevaba años haciendo anuncios como aquel, y cada vez Gemma se alegraba tanto por su hermana que intentaba ayudarla cuanto podía a perseguir su sueño: le buscaba información por internet, conseguía todo tipo de folletos, hacía llamadas en su nombre… Pero cuando finalmente conseguía reunir toda la información disponible, Bridget ya había descubierto su siguiente vocación, por lo que con los años Gemma había dejado de preocuparse.

—Estoy pensando en hacer un curso de músicas del mundo. Hay uno en Leeds. O puede que algo de cine y televisión. O estudios de la mujer. Hola. —Bridget le dedicó una gran sonrisa a la camarera—. Un capuchino, por favor. Ah, y un trocito de ese pastel de chocolate. Tiene una pinta deliciosa. ¿Tú quieres algo?

—Nada, gracias. —Gemma sonrió a la camarera, que se dirigió hacia la barra. Para acallar la molesta vocecilla que resonaba en su cabeza preguntándole por qué no y que siempre aparecía en momentos como aquel, rápidamente añadió—: Así que, por el momento, nada de viajes en una buena temporada, ¿no?

—Nada de eso, el plan es ahorrar algo de dinero. Estoy detrás de un trabajo en una bocadillería. En cuanto haya ganado lo suficiente, creo que me iré a Indonesia a meditar.

Pero eso no será hasta más o menos septiembre, cuando las temperaturas bajen un poco, así que tendrás que soportarme unos cuantos meses.

—Pero ¿qué pasa con el curso? ¿No empieza en octubre?

Bridget agitó una mano con aire despreocupado.

—No tengo intención de empezar este año. Quizá el que viene. Qué quieres que te diga, hay cosas más importantes que hacer cursos o sacarse diplomas.

—Mmm —murmuró Gemma, alegrándose de no haber invitado a Alex. Esa clase de comentarios lo sacaban de sus casillas—. Y... ¿sabes algo de papá y mamá?

—Solo el correo electrónico que nos enviaron a las dos.

Sus padres se habían mudado a España hacía apenas tres meses.

—Parece que los vecinos se están poniendo un poco tontos con lo de la extensión —añadió Bridget.

—Acabarán ganándoselos, estoy segura.

—Eso espero, porque en cuanto esté construida, me planto allí a la velocidad del rayo. No podrán deshacerse de mí. Papá dijo que me pagaría el vuelo.

Típico, pensó Gemma con una sonrisa.

—¿Y dónde vives ahora?

—Con mi amiga Estelle, en Acton. ¿Te acuerdas de Estelle? Una mujer increíble. Algún día pídele que te eche las cartas. Duermo en su sofá. No es muy cómodo que digamos pero está muy cerca de un centro comunitario donde dan clases de yoga gratis para parados, así que voy todas las mañanas.

Gemma respiró profundamente. Era el momento de preguntárselo. De pronto sonó su móvil y sintió que había perdido el impulso. Miró la pantalla con la intención de ignorar la llamada, pero era de Dunraven Mackie.

—Perdona —se excusó, y se llevó el teléfono a la oreja—. ¿Sí?

—Hola, Gemma —dijo Lucinda al otro lado del hilo, con su tono de niña rica—. Soy Lucinda Gresham. Me ha llamado, ¿verdad?

—¿Cómo ha ido? —preguntó Gemma.

—¡Muy bien! Está muy interesado…

—Pero ¿ha hecho alguna oferta?

—Bueno, no. Todavía no. Pero es muy poco corriente que lo hagan en la primera visita. Estoy prácticamente segura de que volverá para verlo otra vez.

—Está bien.

—La mantendré informada. Crucemos los dedos. Adiós, que tenga un buen día.

—Adiós. —Gemma colgó, desilusionada.

—¿Os han hecho una oferta por el piso?

—Aún no. —Trató de recomponerse—. Pero al parecer tiene buena pinta.

—¿Sigues obsesionada con comprarte aquella casa unifamiliar? —La voz de Bridget desprendía amabilidad, pero tenía aquella mirada en los ojos que volvía loco a Alex, una mirada que parecía decir «Dios, qué burgués». Como si querer una casa bonita en una calle agradable fuera algo malo, sobre todo comparado con un futón en casa de un amigo en una zona en la que era más fácil comprar drogas duras que fruta o verdura frescas.

—Será perfecta para los niños —replicó Gemma.

—Supongo que sí. —Guardó silencio durante una milésima de segundo y acto seguido preguntó—: ¿Y cómo os va con eso?

Había llegado el momento. Gemma apenas podía hablar; se sentía como si le hubieran dado un puñetazo en la boca. Tomó un sorbo de té y, mirando a su hermana a los ojos, se armó de todo el valor que fue capaz de reunir.

—Bueno… al menos ahora sabemos a qué nos enfrentamos.

—¿Qué quieres decir?

—El especialista… —No pudo evitarlo: una lágrima resbaló por su mejilla y cayó dentro de la taza—. El especialista dice que tengo los ovarios de una niña de nueve años.

—Que quiere decir… —Bridget parecía conmocionada.

—Quiere decir que nunca estarán maduros. —Es tan injusto, gritó una voz en su interior, como todos los días, a todas horas, aunque ella nunca se permitiera el lujo de decirlo en voz alta.

—Nunca has tenido la regla, ¿verdad? —preguntó Bridget, como si fuese una reputada ginecóloga—. Aunque siempre he pensado que era por la danza.

—Bueno, pues no era por eso. Sencillamente he nacido así.

—Tampoco comías demasiado, ¿verdad? Y eso puede afectar a tu menstru…

—¡Siempre he comido lo suficiente! —le espetó Gemma a su hermana, e inmediatamente se arrepintió de su reacción—. Lo siento, no quería ser grosera. Lo que pasa es que siempre he sido alérgica a muchas cosas.

—¿Como qué?

—A la mantequilla.

—Tú no eres alérgica a la mantequilla. ¿Te sale un sarpullido? ¿Vomitas? No la comes porque tiene demasiadas calorías.

Justo en aquel preciso instante, llegó la camarera con el pastel de chocolate.

—¡Oh, gracias! Qué bueno. ¿Estás segura de que no quieres un poco?

—No, gracias. He comido tarde. —Gemma no tenía intención de discutir con su hermana sobre sus alergias. Tenía que recuperar el control de la conversación—. Pues, como te decía, según el médico la única posibilidad es la donación de óvulos.

—¿Usar los óvulos de otra mujer?

—Exacto. Los juntarían con el esperma de Alex y los implantarían en mi útero.

—¿Y no sería hijo tuyo?

—Biológicamente no, pero sí de Alex. Y yo lo llevaría en mi vientre y daría a luz. Pero no es tan sencillo como parece. En Reino Unido no hay ningún óvulo disponible. El gobierno ha cambiado la ley para que las donantes dejen de ser anónimas, lo cual significa que ya nadie quiere donar por si acaso el niño se presenta en la puerta de su casa dieciocho años más tarde. Y las listas de espera son interminables. Si quieres un óvulo, básicamente tienes que irte al extranjero. Claro que entonces no tienes ni idea de a quién pertenecen esos óvulos. Es decir, te dicen que sí, pero no puedes estar seguro, y circulan rumores sobre chicas del este a las que obligan a donar y...

—Entiendo. —Bridget cogió la mano de Gemma por encima de la mesa y la apretó. Se había hecho un tatuaje nuevo en los nudillos. Respiró hondo y la soltó.

—Me preguntaba si podría usar uno de tus óvulos.

—¿Cómo?

—Uno de tus óvulos. —Se encogió de hombros—. Si te parece bien, claro está. —Lo dijo como si le estuviera pidiendo prestado un jersey, a pesar de que prefería la muerte a dejarse ver con uno de ellos, comidos como estaban por las polillas y tejidos con lana de llama sostenible—. Es decir, sé que podríamos adoptar un bebé, pero es prácticamente imposible encontrar un recién nacido, y además me gustaría tener algún vínculo de sangre con él y si fuera con tu óvulo...

Observó detenidamente el rostro de su hermana, esperando ver la emoción, el asco, las dudas que había imaginado encontrar, pero Bridget solo sonreía.

—No veo por qué no. Yo no quiero tener hijos, así que ¿por qué no dártelos a ti?

Gemma sintió que las lágrimas rodaban por sus mejillas, cálidas y saladas.

—Es tan considerado por tu parte... No me lo creo. No me lo creo. Yo...

—No pasa nada —dijo Bridget con una sonrisa, las mejillas sonrosadas y claramente encantada de su reacción.

—¡Es maravilloso! —Gemma trató de controlarse—. Antes de que te comprometas en firme, debes saber exactamente en qué consiste el proceso. Es bastante complicado. Tendrás que tomar todo tipo de pastillas y...

—Bueno, tampoco será la primera vez —se rió Bridget.

Esa risa trajo a Gemma de vuelta a la Tierra.

—Bridget, no puedes consumir drogas si vas a donar tus óvulos. Sería increíblemente irresponsable.

Bridget soltó una carcajada y le quitó hierro al asunto con un gesto de la mano.

—Tranquila, Gems. Solo bromeaba. Ya sé que no se puede borrar lo que he hecho en el pasado, pero ahora estoy limpia. Bueno, bastante limpia... Es decir, de vez en cuando me hago un porro y tal pero...

—Si vas a donarme tus óvulos, tendrías que dejar de hacerlo.

Por un instante, se hizo el silencio.

—Vaya, lo siento. Pensaba que te estaba ayudando, pero es evidente que no —dijo Bridget finalmente, y se levantó de la mesa mientras se enrollaba la bufanda alrededor del cuello.

—¡No, lo siento, lo siento! No quería decir eso. Lo siento, es que significa tanto para mí y no puedo... He perdido el sentido del humor.

—¿Estás segura de que tenías? —bromeó Bridget, y se sentó de nuevo.

Gemma intentó controlarse.

—Escucha, no tienes que tomar una decisión ahora mismo. Piénsatelo. Busca información. Puedo enviarte algunos enlaces.

—Vale. —Bridget se encogió de hombros—. Pero lo haré de todos modos. ¿Por qué no debería?

El teléfono de Gemma volvió a sonar.

—Vaya, lo siento, será mejor que lo coja. Es Alex. ¡Hola, cariño! Sí, Lucinda dice que le interesa el apartamento... No, no me hago ilusiones, pero la cosa pinta bien... Lo sé, ya veremos, pero por una vez voy a ser optimista. Y... —Miró a su hermana, que levantó los pulgares con una sonrisa en los labios. Gemma estaba llena de amor hacia su hermana y hacia el mundo en general—. Tengo buenas noticias... Te veo más tarde. ¿Crees que podrías salir antes del trabajo?

3

Era viernes por la mañana en las oficinas del periódico *Sunday Post* y Karen Drake, editora adjunta del suplemento *¡Todo mujer!*, intentaba editar un artículo que acababa de aparecer en su bandeja de entrada y que hablaba de cómo las fundas para huevos adornaban «las mesas más a la última» —al parecer, Kate Moss era una gran fan— mientras navegaba por Net-a-porter y escuchaba a Sophie, la editora de contenidos, hablando por teléfono con una de sus amigas.

—He decidido que durante la baja maternal aprenderé a hacer mermelada. Y también pintaré. Y organizaré todas mis fotos en álbumes.

Karen sonrió. Sophie estaba embarazada de cuatro meses y le encantaba fantasear sobre cómo sería la maternidad. Karen no tenía el valor necesario para corregirla. Cuando levantó el auricular del teléfono, aún no se le había borrado la sonrisa de la cara.

—¿Sí? —preguntó, sujetando el auricular con el hombro izquierdo.

—¡Cariño! —exclamó Phil, su marido—. Tengo buenas noticias.

—Ah, ¿sí?

Lo que para Phil eran buenas noticias no tenía por qué coincidir con el criterio de Karen. Para él, normalmente se trataba de algo relacionado con Tiger Woods o con el equipo inglés de críquet.

—Scott acaba de enviarme los detalles de otra casa. Es perfecta, incluso mejor que Doddington. Y adivina qué: podemos hacer una primera visita. Antes incluso de que salga al mercado.

—Ah —respondió Karen. Intentó mostrarse emocionada, pero lo cierto era que se sentía como si acabaran de darle un puñetazo en el estómago.

Hablando de mala suerte… Los dueños de Doddington, por alguna extraña razón, habían decidido echarse atrás y no vender aquella ruinosa casa rústica, y ella lo había celebrado. Luego había dado por sentado que pasarían meses, quizá años, hasta encontrar una propiedad similar. El último par de días se había permitido el lujo de sentirse culpable imaginando cómo comunicarían a los Meehan que ya no pensaban vender, con lo ilusionados que estaban con la compra del 16 de Coverley Drive. Pero había tenido la mala suerte de encontrarse con Scott, el agente inmobiliario que su marido había contratado, que pensaba hacer todo lo que estuviera en su poder para ganarse la comisión.

—Está en Devon —continuó Phil—. Una mansión isabelina. Nueve dormitorios, diez acres de terreno. Eso sí, necesita mucho amor. Una oportunidad real con posibilidades de convertirse en un negocio viable. Y Scott está seguro de que podemos pactar una rebaja en el precio porque los actuales dueños quieren deshacerse de ella cuanto antes.

Devon. Casi tres horas en coche desde Londres. Ya podía ir olvidándose de ir a trabajar en transporte público.

—¿Te parece que te envíe los detalles por correo electrónico? Lo ideal sería ir a verla mañana.

—Bea tiene un cumpleaños —protestó Karen.

—Puede perdérselo —dijo Phil, como si un cambio de planes así, lejos de romperle el corazón a una niña de nueve años, no tuviera la menor importancia—. Ya habrá más fiestas, pero casas como esta no.

—Está bien —respondió Karen, preparándose ya para la reacción de Bea. Tragó saliva al ver aparecer un correo nuevo en la pantalla de su ordenador. Mansión Chadlicote, Little Dittonsbury, Devon, rezaba el asunto—. Te llamo más tarde, cuando haya leído los detalles. Parece… —Tragó saliva—. Parece muy emocionante.

Karen examinó los detalles. Justo lo que se temía. Un montón de viejos escombros repleto de habitaciones absurdas y rodeado por acres de barro. Horas y horas de trabajo, pagadas a precio de oro, para devolverle la gloria de antaño. ¿Cuál era el código postal? Esa sería la prueba de fuego. Karen introdujo el número en la página web del supermercado en el que solía hacer la compra. Genial, justo lo que imaginaba. No repartían en la zona. Para colmo, las posibilidades de que Ludmila, la au pair, accediera a irse con ellos eran casi tantas como que Britney Spears resolviera el conflicto entre Israel y Palestina.

En otras palabras, Chadlicote significaba el fin de todo lo que mantenía la vida de Karen en funcionamiento.

Nunca se había creído el sueño idílico del retiro en el campo que los medios, entre ellos el suyo, se habían ocupado de inventar. Conocía la verdad de primera mano. Había nacido en un pueblo remoto de Gales, donde había pasado su infancia bajo una lluvia incesante. No había nada en los alrededores, aparte de ovejas y árboles. Una vez, una familia negra se hospedó en la pensión del pueblo. Fue el acontecimiento del año. Todos se pasaron por allí con las excusas más inverosímiles para poderlos ver.

En el colegio sus compañeros se metían con ella por ser lista, así que agachó la cabeza y se dejó la piel en los estudios, decidida a salir de aquel agujero en cuanto tuviera ocasión de hacerlo. Pero si el curso escolar era horrible, las vacaciones eran aún peor. Semanas de aburrimiento, sin nada que hacer que no fuera subir y bajar las colinas en bicicleta y esperar en la parada del autobús que hacía el recorrido hasta Swansea dos veces al día. Bebía sidra en el bosque con su mejor amiga, Andrea, mientras hojeaban el último número de la revista de moda para adolescentes que guardaban como si de un tesoro se tratara. Estudiaban los reportajes de moda y fantaseaban con ir a Londres, donde la cultura era algo más que acudir a la feria de tractores del pueblo e ir al supermercado no se consideraba irse de compras.

Estaba decidida a escapar de allí en cuanto pudiera y la oportunidad se presentó antes de lo que había imaginado. Sus padres se separaron cuando tenía dieciséis años; su padre se fue a vivir a Australia y nunca más supo de él, y su madre sufrió una especie de crisis nerviosa y acabó en una comuna. Con el paso de los años se fue recuperando, y ahora trabajaba en el ayuntamiento de Ludlow, pero Karen nunca había conseguido superar por completo la situación de extremo abandono que le había tocado vivir en una etapa tan determinante de su vida.

Sin nadie que se preocupara por ella y unas notas más bien mediocres, Karen partió hacia Londres con la esperanza de labrarse un futuro. Claro que las cosas no salieron como ella esperaba. Al principio se quedó en casa de un amigo de la familia, pero tras discutir con él por haber dejado la ropa interior mojada sobre un radiador, se vio de patitas en la calle.

Durante los dieciocho meses siguientes vivió en un albergue para los sin techo rodeada de alcohólicos y drogadictos, gente desesperada e impredecible. Siempre que necesitaba animarse, algo que durante el último año le sucedía a menudo, recordaba aquella etapa de su vida y daba gracias a Dios por lo afortunada que había sido al no sufrir ningún asalto, y no digamos una violación. Muchos de los que vivían allí con ella no habían tenido la misma suerte. Consiguió salir adelante gracias a su capacidad para abstraerse de la situación, para fingir que aquello no le estaba pasando a ella. Se esforzaba por parecer lo menos atractiva posible a ojos de sus compañeros e iba de un lado a otro con las llaves bien apretadas entre los nudillos. Se ganaba la vida a duras penas como camarera o haciendo los trabajos más extraños. Al final consiguió salir de allí, pero las cosas no mejoraron.

En los dos años siguientes vivió en un total de diecisiete sitios distintos, a cuál peor. En uno de ellos el casero, sobre cuya cabeza pesaban nueve condenas por delitos como agresión o incendio provocado, llevaba a su mujer y a sus hijos a la casa todos los días, los encerraba en una habitación y les pegaba. Karen tenía que ponerse tapones en los oídos para no oír los gritos. Luego estaba el piso de protección oficial en la decimoctava planta de un edificio en la zona este de Londres, en el que los vecinos se escondían detrás de las columnas armados con pistolas y cuchillos, y los ascensores también hacían la función de urinarios públicos. Intentó vivir la experiencia con espíritu aventurero, pero sus nervios se resentían por momentos.

Fue entonces cuando conoció a Phil. Y él la salvó. Era uno de los clientes del restaurante en el que Karen trabajaba. Al principio ni siquiera se había fijado en él. Al fin y al cabo, ¿qué tenía de especial un tipo al que, con el paso de los años, ella misma definiría como el hombre «más o menos»? Más o menos alto, más o menos rellenito, más o menos rubio. Pero él seguía yendo al restaurante y dejándole propinas cada vez más sustanciosas, hasta que al final un día empezaron a hablar. Un mes más tarde quedaron para ir al cine como amigos, no como pareja. Él era inversor, lo que en sus propias palabras quería decir que se dedicaba a invertir su dinero en negocios ajenos a cambio de un porcentaje importante de los beneficios.

—Eso suena muy maduro —dijo Karen un día mientras se montaba en el BMW de Phil para que la llevara a casa—. No pareces tan mayor como para dedicarte a algo así. —De pronto se dio cuenta de que ese era el motivo por el que no se sentía atraída por Phil: tenía las mejillas suaves como un melocotón y ceceaba tanto al hablar que era difícil ver en él a un hombre hecho y derecho. Era como un niño grande.

—Tengo veinticuatro —dijo él—. Y me dedico a esto desde los dieciocho. —Puso el pie en el acelerador y el coche emitió un rugido de satisfacción—. ¿Adónde la llevo, señorita?

Cuando se detuvieron frente al bloque de Karen, Phil no podía creérselo.

—No puedes vivir en un sitio así.

—¿Por qué no? —preguntó ella, encogiéndose de hombros.

Phil señaló el grafiti de tres metros de altura en el que podía leerse: «Chúpale la polla a tu padre, zorra, Alisha».

—No me puedo permitir nada mejor. —Karen se preguntó qué opinaría Phil si viera la caja de zapatos en la que vivía, con el retrete roto y la caldera estropeada que no tenía dinero para arreglar.

—Yo tengo una casa —dijo él—. Podrías vivir en ella.

—¡No puedo vivir contigo! No sé, apenas te conozco.

—No vivirías conmigo. Es una de mis casas. También me dedico a la inversión inmobiliaria, ¿sabes? Venga, sin compromiso. Mírame. ¿Te parece que tengo cara de pervertido?

—Me lo pensaré.

Al día siguiente, alguien apuñaló a una chica de quince años en los ascensores. Karen llamó a Phil, esforzándose con todo su empeño en contener las lágrimas.

—Sería genial si pudiera quedarme en tu casa una temporada.

Y así lo hizo. Tres años en su casa de Kensal Rise, tres años durante los cuales Phil no le puso ni un dedo encima y sí le consiguió un trabajo como ayudante en el *Daily Sentinel*.

Empezó a escribir algún que otro artículo cuando no había nadie más disponible y en un par de años fue ascendida a redactora. Para ella era como el trabajo de sus sueños. Viajaba por todo el país y a veces incluso al extranjero. Sabía qué políticos tenían hijos secretos con presentadoras de televisión y conocía sus historias al detalle. Ganaba un sueldo digno, suficiente para pagarle el alquiler a Phil e invertir el resto en el sueño londinense, que por fin empezaba a materializarse.

Salía todas las noches e iba de copas a los bares de moda, y a veces dejaba que la invitaran. Veía películas meses antes de su estreno. Salía con hombres atractivos pero de mala reputación. Se lo pasaba en grande, aunque uno detrás de otro le fueron rompiendo el corazón. Fue tras sufrir la millonésima humillación por parte de uno de ellos, Ryan, que le había ocultado que tenía pareja y dos hijos, cuando Phil la invitó a cenar a un restaurante de lujo, donde disfrutaron de una comida deliciosa regada con unas cuantas botellas de vino.

Al final de la noche, confusa y desesperada por olvidar, acabó acostándose con él. A la mañana siguiente ya eran oficialmente pareja, o al menos eso creía Phil. Y Karen tampoco dijo lo contrario. Porque estaba cansada, cansada de hombres en los que no se podía confiar, de tener que buscarse a alguien que no viviese la vida como un vaquero para que le arreglara los desagües, de estar siempre preocupada por si las cosas no le iban a ir bien y acababa teniendo que volver al antiguo cuchitril, en lo alto de aquel peligroso bloque. Phil se ocuparía de todo, le haría la vida más fácil. De todas formas, el amor romántico no existía, solo era cuestión de hormonas. Puede que el corazón no le diese un vuelco cada vez que veía a Phil, pero para ella aquello era infinitamente mejor que dejarse cegar por los instintos más primarios. Su relación con él sería madura, sensible, adulta. Segura.

Estuvieron saliendo durante dos años. Con veintiocho, Karen aceptó casarse con Phil. Fue por aquella misma época cuando el *Sunday Post* le ofreció el puesto de editora adjunta. Más dinero. Más estatus. Comidas y cenas gratis en un montón de restaurantes que se morían por una simple mención, descuentos en ropa, vacaciones pagadas a cambio de una buena reseña. Dos años más tarde nació Eloise. Fue el final del cuento de hadas; con la llegada de su primera hija, surgieron las primeras desavenencias en el matrimonio Drake.

—No podemos seguir viviendo aquí —dijo Phil un buen día, abarcando con la mano la sala de estar de su enorme apartamento en el lujoso edificio Clapham.

—¿Y se puede saber por qué no? A mí me encanta vivir aquí. —Todos esos restaurantes y tiendas caras que habían sido tan importantes para ella antes de ser madre y a los que esperaba poder volver algún día, en cuanto fuera capaz de permanecer despierta frente a un plato de miso y Eloise no tirase los caros juegos de té al suelo.

—La ciudad no es un buen sitio para criar niños. Necesitan respirar el aire del campo, espacio para correr.

—¡Phil! Ya sabes lo que pienso del campo. Con doce años los niños ya se drogan porque no tienen nada mejor que hacer. Además, mi trabajo está aquí. —Karen no podía decirlo en voz alta, pero se había sacado un peso de encima al finalizar los seis meses de baja maternal. Sus compañeras del trabajo le decían: «Vaya, qué pronto has vuelto, ¿no echas de menos a la chiquitina?». (Jamila, que ahora acababa de ser madre, le dijo un día: «No sabes cuánto admiro tu valentía al volver, cuando todo el mundo a tu alrededor se sorprende de que hayas dejado al bebé».) Ella se encogía de hombros y respondía: «Sí, bueno, qué remedio», a pesar de que todo el mundo sabía que Phil tenía suficiente dinero como para que ella no tuviese que volver a trabajar nunca más. Decir que para ella pasarse el día con un bebé era más aburrido que ver una partida de dardos no era políticamente correcto.

Trabajar de lunes a viernes y no poder descansar los fines de semana era agotador, pero Karen lo prefería a pasarse las mañanas tomando café y comparando los puntos de la episiotomía, o a helarse de frío en el parque.

El trabajo era su fuente de cordura, lo que la había ayudado a soportar los compromisos adquiridos al casarse con Phil; era lo que definía su identidad más allá del matrimonio y los hijos, lo que la ayudaba a sentir que la persona que era no se había perdido por completo. Y el único sitio en el que podía desarrollarlo era en Londres, donde se encontraban las oficinas del periódico.

Pero Phil no era feliz. Siempre había querido tener un perro, dar largos paseos por caminos embarrados, apuntarse a un club de golf, cazar y pescar. Claro que Phil había crecido en Croydon, muy cerca de Londres, así que no tenía ni idea de cómo era el campo en realidad. Las discusiones duraron dos años, hasta que Karen se quedó embarazada de Bea y hubo que tomar una decisión.

—Mira, Karen, aquí no hay espacio para los cuatro, y ni siquiera con el dinero que yo gano podríamos permitirnos comprar una casa acorde con nuestros gustos aquí, en Londres. Pero ¿qué te parece esta?

«Esta» era el 16 de Coverley Drive, en Saint Albans. Cuando Karen vio los detalles de la propiedad, su primera reacción fue gritar. ¿Saint Albans? ¿Se podía ser más pijo que eso? Una casa con cinco dormitorios y garaje para dos coches. ¡Puaj! Pero Phil la convenció para ir a verla y, para sorpresa de ambos, se enamoró al instante. La casa era el doble de grande que cualquiera que hubiesen podido permitirse en Londres, y el tejado a dos aguas le daba un cierto aire retro. Y el pueblo, que ella había imaginado como una calle de mala muerte con un colmado en el que comprar fruta y verdura putrefactas a precio de oro y un monumento en recuerdo de la guerra lleno de chavales con capucha bebiendo cerveza, resultó ser precioso, lleno de tiendas de ropa y delicatesen.

Karen empezaba a hacerse a la idea de que sus prioridades estaban cambiando. Cosas como tener el metro cerca o poder escoger entre docenas de bares sin salir del barrio ya no ocupaban los primeros puestos de la lista. En cambio, había empezado a obsesionarse con todos los catálogos de utensilios de cocina que caían en sus manos, prometiéndose que algún día se daría el gusto de regalarse un cortador de aguacates y sin dejar de preguntarse qué tenía que hacer para merecerse un hornillo eléctrico Remoska («Un placer cocinar con él», «Menudo descubrimiento»). Estaría bien pasar más tiempo al aire libre.

Así pues, finalmente se mudaron.

Y todo fue muy bien. Karen redecoró la casa para que no pareciera tan sobria con alfombras étnicas y coloridos objetos que había comprado en sus viajes, y pintó las paredes en tonos alegres. Encontraron una niñera excelente. La frecuencia de paso de los trenes a Londres era buena, así que solo tardaba unos quince minutos más que antes en llegar al trabajo.

El primer año de colegio de Bea marcó el inicio de tres o cuatro años absolutamente perfectos: Karen adoraba su trabajo (a pesar de que Christine, su jefa, no tuviera intención de dejar su puesto, por lo que ella seguiría siendo editora adjunta el resto de sus días), y las niñas estaban en ese breve intervalo entre el final de la niñez y el principio de la adolescencia. Ya no necesitaban niñera —les bastaba con una au pair que las llevara y recogiera del colegio— y aparte de Katerina, que destrozó el coche, y Liljiana, a la que encontraron haciendo el amor con su novio marino en el sofá de la sala de estar, todo funcionó bastante bien.

Los negocios de Phil iban viento en popa —vendió casi todas las propiedades que había comprado en los noventa a precio de saldo por cuatro o cinco veces lo que le habían costado. Disfrutaban de vacaciones de ensueño y comían con los amigos los fines de semana. Por primera vez en su vida, Karen se sentía completa. Las niñas empezaban a ser más independientes, así que pudo recuperar una cierta libertad de movimiento. Iba al cine o al teatro una vez a la semana para estar al día y se apuntó a un club de lectura. De acuerdo, su trabajo no era perfecto —algunas de las cosas que publicaban eran tan malas que a su lado las memorias de Jordan estaban al nivel de Proust; Christine siempre le encargaba recados y para colmo cobraba menos que en otros periódicos porque era demasiado cobarde para pedir un aumento. A veces se enfadaba con Phil cuando lo veía delante del televisor con la mano metida en el frontal de los pantalones, o cuando en las raras ocasiones en que ella podía disfrutar de, por ejemplo, una buena película, a él le daba por poner el teletexto sin avisar para consultar los resultados del críquet. Cuando iban por la calle, él siempre andaba cuarenta pasos por delante de Karen y las niñas, y si lo enviaba a comprar al supermercado ignoraba la lista de la compra y volvía con las bolsas llenas de cosas como patatas, simplemente porque estaban de oferta, aunque luego acabaran pudriéndose en un armario de la cocina.

Pero la vida no era perfecta para nadie y tampoco el matrimonio. La clave era encontrar el equilibrio entre dar y recibir. Por eso se sorprendió cuando una noche en la cama, después de una de las dos sesiones de sexo semanales a las que Karen se había comprometido consigo misma, Phil cambió los términos del trato.

—Me aburro. El trabajo ya no me plantea ningún reto. He hecho todo lo que tenía que hacer, he ganado todo el dinero que quería ganar. Creo que ha llegado la hora de echar el freno y bajarme de este tren desbocado que es mi vida.

Otra cosa que sacaba a Karen de sus casillas: la manía que tenía Phil de usar metáforas rebuscadas para todo.

—¿Qué te gustaría hacer?

—Bueno, sé que siempre has estado en contra, pero me gustaría que pensaras en la posibilidad de mudarnos al campo. Pero al campo de verdad. Podría buscar una casa destartalada y reformarla. Ser una especie de terrateniente, si quieres.

Karen se puso rígida.

—No puedo trabajar desde el campo —dijo.

—Claro que podrías. Hoy en día ya llega la banda ancha. Podrías trabajar como freelance.

Karen sintió que un escalofrío le recorría la espalda. Sabía perfectamente en qué consistía trabajar como freelance desde el campo: escribir artículos sobre otras mujeres que también habían emigrado desde la ciudad para iniciar su propio negocio de fundas para tronas bordadas a mano; rogar para que becarias de diecinueve años se dignaran a escuchar sus ideas; ganar unas setenta y tres libras al año. Gracias, pero no.

—Ya hemos hablado de esto antes. Yo necesito estar en Londres. Me gusta mi trabajo, Phil.

—Pero yo no. Odio coger el tren todos los días…

—Eras tú el que quería vivir en Saint Albans.

Phil la fulminó con la mirada, algo que no hacía a menudo.

—Odio coger el tren —repitió—. Me aburre sentarme en mi mesa todos los días a picar números. Quiero espacios abiertos, un reto nuevo.

—Cariño, lo hablamos mañana por la mañana. Estoy agotada. Buenas noches.

Karen confiaba en que al día siguiente se le hubiera olvidado todo, pero para su decepción Phil volvió a sacar el tema. Y al día siguiente, y al otro, y así durante meses. A menudo lo sorprendía buscando casas por internet.

—Cariño, las niñas son muy felices en su colegio. No estarás sugiriendo que las apartemos de todo lo que conocen...

Todo el asunto resultaba cuanto menos molesto, pero Karen nunca llegó a tomárselo en serio. En general Phil siempre intentaba tenerla contenta y siempre había sido así. Ella se había comprometido a casarse con él y luego a mudarse a Saint Albans. No podía pedirle nada más.

Pero de pronto todo cambió.

Phil no dejaba de coger resfriados de los que le costaba mucho recuperarse. Siempre estaba agotado. Le dolía la cabeza y adelgazaba sin razón aparente. Al final el médico le hizo un análisis de sangre.

El diagnóstico fue demoledor: leucemia.

Nunca olvidaría la noche en que Phil recibió la noticia, cómo había intentado por todos los medios mantener el control de la situación. Phil, que siempre era tan tranquilo, tan cabal, perdiendo los nervios. Maldiciendo su cuerpo a gritos por haberlo traicionado.

—Resulta que ahora sabe cómo desarrollar un cáncer —gritó, hasta que Bea apareció por las escaleras medio dormida preguntando qué era aquel ruido. Le dijeron que papá y mamá habían estado cortando cebolla y que habían acabado llorando y un poco enfadados.

En los días previos a la primera visita, Phil se pasaba el

día gritando a todo el mundo sin ningún motivo. A veces se encerraba en su despacho a ver viejos DVD de golf, y le enseñaba los dientes a Karen si se le ocurría acercarse a preguntar algo tan inocente como qué le apetecía para cenar.

—¿Qué más da? —gritaba, el rostro deformado por el miedo—. Ya nada importa.

Karen era consciente de que los hombres y las mujeres vivían la enfermedad de forma distinta. Como madre que era, su cuerpo había experimentado grandes cambios y estaba acostumbrada a los hospitales y a los procedimientos médicos más incómodos. Sabía qué se sentía al entregar el cuerpo a un completo desconocido. Claro que sus embarazos habían tenido finales felices. No podía saber qué se sentía al saberse moribundo. Ella siempre se había imaginado a sí misma reaccionado con valentía, soportando lo peor con una sonrisa en los labios. Phil, sin embargo, se había convertido en un despojo, un ser llorón, autocompasivo y en ocasiones incluso violento. No era agradable presenciarlo y mucho menos vivir con él.

Pero ¿quién podía culparlo? Durante los siguientes once meses soportó dos rondas de quimioterapia y otras dos de radioterapia. Perdió peso rápidamente. Se le cayó el pelo a mechones. Vomitó infinitas veces en una palangana de color naranja que colocaban junto a la cama. Hasta que un día supieron que la historia tendría un final feliz. Karen jamás olvidaría el momento en que el especialista les dio la noticia: la última analítica había salido limpia. Surgieron las lágrimas y la alegría, a pesar de que por dentro Karen estaba aturdida. Y, por supuesto, las cosas no serían tan sencillas —¿acaso algo lo era en la vida?— porque el cáncer estaba en fase de remisión, lo cual equivalía a cuatro años más de análisis de sangre antes de librarse oficialmente de él.

Durante esos once meses, Phil tuvo mucho tiempo para pensar. Decidió que su vida necesitaba un cambio radical, que iba a deshacerse de su último negocio y usaría el dinero para empezar de cero. Habría ganado mucho más si hubiese vendido tres o cuatro años antes, pero aun así la cifra final resultó ser obscenamente abultada.

—No necesitamos volver a trabajar nunca más —se había jactado Phil entonces, orgulloso.

Ahora, viendo las siete cifras del precio de la mansión Chadlicote, Karen ya no estaba tan segura. Aunque consiguieran negociar un descuento importante, la compra se comería una buena parte de su capital. Y la restauración costaría muchos millones más.

Phil odiaba que Karen hiciera esa clase de observaciones.

—El dinero está para gastarlo —le dijo, enfadado—. ¿Ni siquiera ahora, después de lo que hemos pasado, eres consciente de lo corta que es la vida?

Y tenía razón. Pero es que él no había crecido deseando algo con todas sus fuerzas. Karen, que aún se acordaba de que en su casa no había calefacción once meses al año porque su padre era demasiado rácano para encenderla, se quedaba petrificada ante semejante comentario. El dinero no era para gastarlo, al menos no todo. Había que guardarlo con celo por si algún día era necesario.

Sophie se asomó por encima de su hombro.

—Vaya. ¿Esta es la casa que tenéis ahora en el radar? No pensarás mudarte ahí, ¿verdad? ¿De dónde sacarías tu ración diaria de sushi? ¿Pescarías una trucha en el río y la limpiarías con tus propias manos?

—No si puedo evitarlo —respondió Karen, encogiéndose de hombros.

—Siempre queremos lo que no tenemos, ¿verdad? Yo mataría por un jardín y mírate tú, dueña y señora de un millón de acres de tierra. —Las palabras de Sophie sonaban más a reflexión filosófica que a reproche; ella siempre se conformaba con su suerte.

El teléfono de Karen volvió a sonar.

—¿Sí? —preguntó, sin poder evitar sentirse culpable porque sabía que debería haber llamado a Issie, la cocinera que les escribía las recetas, para pedirle que la próxima semana intentara no incluir alcachofas de Jerusalén en sus platos; los lectores no dejaban de quejarse porque provocaban gases.

—Soy yo. Buenas noticias. Podemos ver la casa mañana. El de la inmobiliaria tiene una boda, pero los dueños estarán encantados de enseñarnos la propiedad ellos mismos. Podemos pasar todo el día fuera: salir pronto, ver la casa y luego comer por allí. ¿Qué te parece?

—Me parece estupendo, pero aún tenemos que cancelar la fiesta de Bea. ¿Quieres llamar a la madre de Isobel? Su nombre está en una lista que hay en la puerta de la nevera.

—Vaya. ¿No puedes llamarla tú?

Karen apretó los dientes. Ahora que Phil no trabajaba, estaba mucho más involucrado en el día a día de las niñas, pero seguía resistiéndose a participar en la logística de organizar reuniones, hacer pelucas para la obra de teatro del colegio o lidiar con los profesores.

—Estoy bastante ocupada, cariño.

—Pero, pero… Tú eres madre como ella. La conoces. A mí me da vergüenza.

Karen miró a Sophie, que aporreaba el teclado del ordenador. Pobre ilusa. No tenía ni idea de las consecuencias reales de ser madre. Todavía recordaba que en ocasiones, antes de que Phil enfermara, el peso de todo lo que tenía que hacer la superaba. «Cuando esté en las últimas, serás tú el que les tenga que preparar los bocadillos y comprar todos los regalos para las fiestas de cumpleaños de sus amigos» solía gritar.

Ahora era incapaz de decir algo como aquello.

—Está bien, la llamaré esta noche —cedió finalmente, segura de que acabaría arrepintiéndose—. Pero tú te ocupas de darle las malas noticias a Bea.

—Vale. Karen, estoy muy emocionado por lo de mañana.

—Yo también —mintió Karen.

—Te quiero.

—Adiós, cariño —se despidió ella.

4

Al llegar a casa, Gemma buscó por todo el apartamento en busca de señales de la visita. Como siempre ocurría, todo estaba exactamente donde lo había dejado. Tampoco es que hubiera nada que ocultar: el cajón de las braguitas siempre estaba ordenado, el armario del lavabo lleno de Lancôme y Jo Malone, con cualquier cosa que pudiera resultar indiscreta escondida a buen recaudo.

Aun así, no podía evitar sentir cierta incomodidad al saber que un desconocido había estado en su casa juzgando su gusto, preguntándose qué le podía pasar a alguien por la cabeza para comprar un apartamento con una cama en lo alto de una plataforma y dos lavabos escondidos tras un tramo de escaleras.

Por un momento, había sopesado la posibilidad de dejar una nota. «No fui yo. Fue mi marido. Cuando lo compró, era un chico de ciudad al que no le preocupaba la colocación de los lavabos. ¿No le parece el sitio ideal para organizar fiestas? Ironías de la vida, porque mi marido hace tiempo que no organiza ninguna. Solo tiene treinta y un años, pero está tan cansado cuando llega a casa de los juzgados que prefiere quedar con los amigos para comer en un restaurante tranquilo. Pero, eh, el apartamento encajaba con la imagen que tenía él de sí mismo por aquel entonces, cuando acababa de ser nombrado oficialmente abogado.

¿Y sabes qué? Aquí hemos sido muy felices. Viendo películas en el altillo. Organizando cenas en la planta baja. Pasándonos el día metidos en la cama, sobre la plataforma, leyendo el periódico y comiendo cruasanes y haciendo el amor, para luego salir por la puerta principal y estar en el corazón de Londres. Siempre pensé que era nuestro nidito de amor. Es hora de que sigamos adelante, pero estoy segura de que tú serás tan feliz como nosotros.»

Obviamente no pensaba hacerlo. Aunque quizá podía esconderse en algún sitio cercano y asaltar a los interesados en comprar el apartamento. A Alex no le parecería bien. Alex, que jamás llegaba a casa antes de las ocho, que seguramente comía deprisa y corriendo para volver rápido a su mesa. Esa era la dura vida del abogado; cuando se disponía a abandonar los juzgados, su asistente le entregaba un informe de última hora de un caso para la mañana siguiente en el que tenía que defender a un presunto violador en Bromley. Para él, la tarde se había terminado.

Gemma se había acostumbrado a ver películas sola, a quedar para comer con sus amigos y ser la única sin compañía, a cancelar vacaciones y planes para el fin de semana en el último momento. Era una auténtica experta en la preparación de platos que pudieran ser recalentados en el microondas en cuanto escuchara el sonido de la llave de su marido en la cerradura de casa. Estaba acostumbrada a irse a la cama sin él para que luego la despertara a las tres entre caricias y besos.

Nunca se quejaba; ella misma lo había firmado de su puño y letra. Y ahora mismo se alegraba de que Alex no estuviera; así tendría tiempo que dedicar a su obsesión secreta. Fue a «su» baño —como el piso tenía dos, puerta con puerta, se había adjudicado el que tenía bañera, mientras que Alex se había quedado el de la ducha— y abrió el bolso. En el fondo, escondido bajo el billetero y una copia del *London Lite*, por si a su marido se le ocurría registrarle el bolso, había un test de embarazo.

Ya, ya, lo sabía. Solo uno a la semana. Porque en algún momento había llegado a hacerse uno al día y se estaban arruinando, por no mencionar la montaña rusa constante de esperanzas y decepciones en la que se habían metido. Tras hablar muy seriamente con Alex, Gemma se había esforzado por controlarse, por limitar la liturgia de la orina en el palito a los viernes por la mañana, justo después del desayuno. Pero de vez en cuando, sobre todo cuando estaba nerviosa, no podía resistir la tentación y hoy era uno de esos días. Sabía cuál iba a ser la respuesta. ¡Si los suyos eran los ovarios de una niña de nueve años, por el amor de Dios! Pero aun así no podía evitarlo.

Rompió el plástico del envase con gesto tembloroso. Luego, con la soltura de quien ha repetido un mismo proceso cien veces, metió el plástico y la caja dentro de un rollo de papel higiénico vacío, lo tiró todo a la papelera y lo cubrió con el periódico, que en realidad debería reciclar. Ya lo recuperaría de la papelera más tarde.

Gemma no solo estaba obsesionada con tener un bebé, también lo estaba con no permitir que esa misma obsesión afectara a su matrimonio. Había leído infinidad de artículos sobre mujeres tan desesperadas por concebir que acababan sin hijos y sin marido por culpa de su estupidez. En consecuencia, de vez en cuando era ella la que buscaba a su marido, sin importar el cansancio o la falta de ganas, para no cometer nunca el terrible pecado de convertir la concepción de un hijo en un acto de fornicación. Buscaba a su marido, aunque no le apeteciera hacerlo, ahora que el cuerpo que durante tantos años había mimado cuidadosamente la había traicionado. Pero eso Alex nunca lo sabría porque ella siempre se retorcía de placer bajo el cuerpo de él, fingiendo los orgasmos más escandalosos.

Cada vez que las pruebas salían negativas o pasaban una etapa menos activa, Gemma evitaba llorar. Sabía que, si lo hacía, Alex se sentiría culpable, así que se limitaba a encogerse de hombros y decir: «Oh, vaya».

Pero aunque su aspecto exterior fuera siempre el de una mujer alegre, Gemma sabía que por dentro la infertilidad la deformaba por momentos. Siempre se había considerado una mujer generosa, pero cada vez que veía a una mujer embarazada algo se retorcía en su interior, como las raíces de un manzano centenario. Cuando algún amigo la llamaba para darle la feliz noticia, ella intentaba mostrarse encantada, aunque para sus adentros no podía evitar colocar a esa persona en su tabla de clasificación particular, una tabla en la que la gente recibía puntos en función de las desgracias o los abortos que hubiesen sufrido a lo largo de su vida. Los que se atrevían a decir cosas como «Si te soy sincera, no nos lo esperábamos» caían a lo más bajo de la clasificación, y a partir de aquel momento Gemma hacía todo lo posible para evitarlos.

Había esperado el diagnóstico del doctor Malpadhi con auténtico pavor, pero extrañamente saber que nunca se quedaría embarazada de forma natural resultó ser un alivio. Al menos ahora tenía algo en lo que trabajar. Antes de eso, había pasado años tomándose la temperatura cada mañana, gastando verdaderas fortunas en kits de ovulación y viajando por todo el país para estar con su marido en el momento «oportuno», mientras fingía que en realidad lo que quería era hacerle compañía en las habitaciones de los hoteles más lúgubres. Ahora sabía que, si no se producía un milagro, nunca tendría óvulos suficientes que pudieran estar en contacto con el esperma de Alex. Era el momento de seguir adelante e investigar otras alternativas. Empezando por la adopción, a la que Alex se oponía categóricamente.

—Sinceramente, no sé si sería capaz de querer a un niño que no fuera mío.

—Todo el mundo dice que sí, que es exactamente lo mismo. A veces incluso más intenso.

Alex sacudió la cabeza.

—Tendría que ser el último recurso. Antes agotemos el resto de opciones.

Y la única opción real era la donación de óvulos. El problema consistía en encontrar uno. En el Reino Unido apenas había, por lo que tendrían que buscar en otros países. A Gemma le parecía bien, pero a Alex no.

—No sabríamos qué nos están dando. Una mujer lo suficientemente desesperada como para vender sus ovarios… Vamos, que no quiero que mi hijo lleve sus genes.

—Te equivocas, no funciona así. He estado mirando algunas webs americanas. Puedes escoger una donante que se parezca a ti, que tenga un título universitario…

—Sigue pareciéndome demasiado raro. Que la mitad de nuestro hijo no tenga nada que ver con nosotros. La mejor mitad —añadió, acariciando el pelo de su mujer.

—Pero crecería envuelto de mis hormonas, dentro de mi matriz.

—No me convence la idea —sentenció Alex, como si ella fuera uno de sus clientes intentando explicar que el hombre de la cámara de seguridad que tira el ladrillo a través del cristal se parece mucho a él, pero que en realidad es su hermano gemelo al que lleva toda la vida sin ver y que casualmente ha venido a visitarlo desde la Patagonia.

La idea se le ocurrió un día en plena sesión de reflexología. ¡Cómo no lo había pensado antes! ¡Bridget! Al fin y al cabo, compartían exactamente el mismo ADN. Y a pesar de lo distintas que eran, tanto en personalidad como en apariencia, Gemma estaba convencida de que la combinación entre el esperma de Alex y los genes de su familia (que, quitando a Bridget, harían palidecer a los mismísimos Walton de la serie) daría como resultado un niño cuanto menos más fiable que su hermana.

Y ahora que Bridget había dicho que sí, solo faltaba ponerlo todo en marcha. Le faltaba la aprobación de Alex, pero eso no era más que una simple formalidad. Aun así, antes de decírselo, se haría una última prueba para asegurarse de que ningún óvulo hubiera acabado fecundado por casualidad.

Quitó el plástico y orinó en el palito pensando que sería el colmo que, después de haberse asegurado los servicios de Bridget, estuviera embarazada. Pero mientras lo pensaba, una línea roja apareció en la parte inferior de la ventanita. La superior seguía vacía.

Mierda.

De pronto, se oyó la puerta. Gemma dio un salto como si hubiera escuchado un disparo.

—¡Hola, cari! —gritó Alex, llamándola por el mote cariñoso que ambos utilizaban prácticamente desde que se habían conocido.

¿Por qué volvía tan pronto? Daba igual. No había tiempo para las lágrimas, para llorar en secreto por otro hijo que nunca vería la luz del día.

—¡Estoy en el lavabo!

—¡Prefiero no saberlo!

Uno de los primeros pactos tácitos de la pareja consistía en no verse nunca sentados en el trono. Gemma tenía amigas que hacían sus necesidades tranquilamente mientras sus maridos se duchaban. Ella, por su parte, se negaba a reconocer la existencia de sus propios intestinos en público, lo cual no dejaba de ser un problema en un piso en el que se accedía al lavabo directamente desde la sala de estar. Con los años, había acabado convirtiéndose en una experta en abrir los grifos a tope, por mucho que le preocupara que tanto derroche de agua afectara al medio ambiente y al futuro planeta del pequeño Chudney. No tenía ni idea de cómo se las arreglaría para dar a luz si, como solía pasar, se le escapaban sus necesidades en pleno paritorio, pero confiaba en que llegado el momento sentiría tanta gratitud por poder traer a su hijo al mundo que acabaría superándolo.

Escondió el test en la papelera, debajo del periódico, tiró de la cadena y salió del baño. Alex estaba en la zona de comedor, mirándola desde abajo con el pelo alborotado y la corbata ligeramente torcida.

—Hola, cari. ¿Cómo estás? ¿Cómo te ha ido el día?

—He estado ocupado. Nada importante. ¿Y tú? ¿Cuál es esa noticia que tenías que darme?

Tenía una expresión de emoción en la cara que Gemma reconoció al instante. Oh, Dios. Sin querer le había hecho creer lo que no era y ahora tendría que sacarlo del error.

—Oh, cari. No estoy embarazada.

—Vaya. —Alex se frotó la nariz con fuerza, como solía hacer en momentos de mucha emoción. Era evidente cuánto deseaba tener hijos, cuatro cuando eran más jóvenes, aunque ya se lo había sacado de la cabeza—. Entiendo.

Gemma bajó las escaleras de caracol corriendo y le plantó un beso en los labios.

—¡No pasa nada! Hoy he quedado con Bridget.

—Ah, ¿sí? —Alex parecía confuso. ¿Qué buena noticia podía incluir a Bridget? ¿Que había emigrado a la luna?

—Quiere ser nuestra donante.

Se hizo el silencio.

—¿Bridget? —preguntó Alex.

—Sí. Nos va a dar uno de sus óvulos. ¿No es genial?

—¿Significa eso que tengo que acostarme con ella?

Gemma no pudo reprimir la risa al ver la expresión de terror en su rostro.

—Por supuesto que no, cariño. Cogen los óvulos de ella como lo harían con cualquier donante anónima, y luego los juntan con tu esperma en una probeta y ponen el embrión en mi útero. Así el bebé también tendrá mis genes.

—Pero estamos hablando de la loca de tu hermana. Con su pasado con las drogas, la misma que le gorronea a todo el mundo y es incapaz de comprometerse con nada más de cinco minutos seguidos.

—Que Bridget haya sido en el pasado una bala perdida no significa que su…, es decir, nuestro hijo sea igual. También puede salir a mí. Al fin y al cabo, las dos compartimos exactamente los mismo genes, solo que repartidos de distinta manera.

—Pero aun así… —Alex se pasó la mano por el pelo—. No sé qué decirte, cari.

Por segunda vez en el mismo día, Gemma sintió que se le llenaban los ojos de lágrimas.

—Amor, ¿qué otra opción nos queda? Yo no puedo darte un hijo y tú te niegas a la adopción. Tampoco quieres una donante española.

—¿Una tortilla? No, gracias.

—No las llames así. —Gemma respiró profundamente—. Tiene que ser Bridget. Es un gesto increíble por su parte. Deberíamos estar agradecidos.

—No es mi intención hacer todo esto aún más difícil.

Solo digo que no podemos apresurarnos. Tenemos que asegurarnos antes de dar el salto.

—¿Asegurarnos de qué? Queremos un bebé y ella nos ofrece la posibilidad de tenerlo. Es la única opción que nos queda.

Las lágrimas empezaron a correr por sus mejillas. Maldita sea. Había intentado controlarse con todas sus fuerzas. Él la rodeó con un brazo. Ella se apretó contra su cuerpo.

—Cari —susurró Alex contra su pelo—. No pasa nada. No digo que no lo hagamos, solo que Bridget no es alguien de quien te puedas fiar. ¿De verdad queremos embarcarnos en este viaje que cambiará nuestras vidas con ella como timonel?

Gemma intentó detener los sollozos, pero era incapaz de contener las lágrimas. Sentía el cálido aliento de su marido en el pelo, su cuerpo inclinándose sobre el suyo.

—Vale, está bien, aceptaremos. La verdad es que es muy amable por su parte. Aunque, no sé… Eso no nos garantiza un bebé, ¿verdad?

—No. Pero las posibilidades son del cincuenta por ciento. Mucho más altas que con la fecundación in vitro normal. Y si sobran óvulos podemos congelarlos para que, si no funciona a la primera, podamos volver a intentarlo.

—¿Bridget entiende qué supone someterse a esto?

—Más o menos —mintió Gemma—. Se está informando. —Rodeó los hombros de su marido con los brazos—. Gracias, cariño. Muchas, muchas, muchas gracias.

Él le devolvió el beso y aprovechó para deslizar las manos hasta su pequeño trasero de bailarina. Gemma no estaba de humor: estaba demasiado agotada emocionalmente para tener sexo y quería buscar información en internet sobre los pros y los contras de dar a luz en casa. Sin embargo, siempre fiel a sus propias normas, se contoneó contra el cuerpo de Alex a modo de respuesta y colocó una mano sobre la bragueta de sus pantalones.

—Vamos —le dijo, mientras lo guiaba de la mano hacia el dormitorio con la cama elevada que nadie quería, pero que, en aquel preciso momento, no podía importarle menos.

5

En el dormitorio de invitados de su piso de lujo de Belsize Park, Nick Crex estaba recostado contra un montón de cojines con una libreta en una rodilla y un bolígrafo en la boca. Llevaba todo el día trabajando en una canción y el estribillo acababa de encajar en la melodía. Un buen estribillo, aunque no un clásico en potencia. Y es que a Nick no le gustaba producir nada que no fuera de primera clase.

No era la mejor de las situaciones, sobre todo teniendo en cuenta las presiones de la productora para que acabaran de ultimar el segundo disco. Tenían el estudio alquilado para la semana siguiente y Andrew, el mánager de los Vertical Blinds, le había repetido un montón de veces que más le valía aparecer con algo que fuera «un puto bombazo». Sin embargo, de momento solo tenía dos canciones mínimamente buenas y empezaba a estar un poco cabreado. Su máxima ambición siempre había sido escribir una canción como «Imagine», tan sencilla que te provocara dolor de cabeza.

Alguien llamó a la puerta y por la rendija apareció la cabeza de Kylie. Llevaba su chándal verde de terciopelo y las botas Ugg que siempre se ponía en cuanto llegaba a casa de trabajar en el salón de belleza. Le sonrió y sus enormes ojos azules se convirtieron en dos finas líneas en su rostro rosado y mullido.

—La cena casi está lista. Salchichas y patatas fritas. Tu plato favorito. Luego podríamos ver un una película.

—Tengo que acabar esta canción.

—Llevas todo el día aquí metido. Te vendría bien un descanso.

—Imposible. Ponte alguna peli.

—Vale —dijo ella, tras una pequeña pausa—. Te aviso cuando esté lista la cena.

Kylie salió de la habitación cerrando la puerta tras ella. De pronto el teléfono de Nick emitió un pitido. Se lo sacó del bolsillo. Era un mensaje de texto de Ian.

Vamos a la fiesta de un estreno en Docklands. ¿Te vienes?

Nick se sintió tentado. Normalmente se lo pasaba bien de fiesta. Pero no conseguiría quedarse tranquilo hasta que acorralara los acordes que corrían desbocados por su cerebro. Además, estaba Kylie. No estaría bien ir sin ella, pero si iban juntos se pegaría a él como una lapa. Era demasiado tímida para hablar con desconocidos, demasiado consciente de que era muy bajita, muy rotunda, muy normal para ser la novia de una estrella del rock. Pero si iba solo, le enviaría mensajes cada hora preguntándole a qué hora pensaba volver.

Cuando vivían en Burnley, Kylie era una chica muy divertida; era como si Londres le hubiera robado la chispa, hasta el punto que se había vuelto tan tímida que casi sufría de agorafobia. Había encontrado trabajo de manicura, pero ni siquiera había hecho el esfuerzo de conocer a sus compañeras del salón de belleza.

Por Dios santo, pensó Nick, mientras observaba la zona comunitaria del edificio a través de la ventana. Tenía que reunir el valor suficiente para decirle a Kylie que se había acabado. Ian, su mejor amigo en la banda, conocía la situación porque Nick se lo había contado todo, pero, lejos de entenderlo, se había limitado a decir: «Claro, tío, te estás perdiendo a un montón de pavas buenorras por culpa de no estar soltero».

Pero no se trataba únicamente de perder oportunidades, sino también de alejarse de sus raíces, a las que estaba atado por culpa de Kylie. De pronto se acordó de la agente inmobiliaria que le había enseñado el apartamento 15. No tenía la sensualidad tan evidente de Kylie y sí un aura que la hacía parecer intocable, lo cual no hacía más que alimentar las ganas de cogerla, de magrearla un poco. Además olía muy bien, entre misteriosa y picante. Kylie olía a ambientador.

Había quedado con ella al día siguiente en el piso para una segunda visita. Nick sonrió. Aún no podía creerse que él, un chaval de un pueblo perdido del norte, estuviera a punto de comprarse un piso en el centro de Londres, con la facilidad de quien compra un cartón de leche en el supermercado. Pero ¿quién podía imaginarse que el grupo iba a tener tanto éxito?

Y es que apenas hacía dos años todavía estaban tocando en bares de mala muerte para sus madres y un par de abuelos más. Por aquel entonces, vivía con Kylie en un estudio minúsculo en el mismo edificio que su madre y trabajaba en una pequeña empresa de material de oficina, donde pasaba las horas escribiendo canciones en su PC en lugar de rellenar facturas. Pero un buen día el grupo fue descubierto, primero por Andrew, que se convirtió en su mánager, y luego por un cazatalentos de Prang Records.

Antes de que se dieran cuenta, ya habían grabado su primera demo y firmado un contrato para dos discos. Su primer single, «Mercury River», había caído como una bomba en la lista de los más descargados y sonaba en la radio a todas horas. De pronto, en poco más de un año, eran la banda más escuchada en todo el planeta. Bueno, vale, quizá no en todo el mundo, pero sí en Gran Bretaña, y pronto conquistarían Estados Unidos.

Así que un buen día su cuenta del banco, en la que normalmente no había más de veinticinco libras, alcanzó por primera vez un número de cuatro cifras. Más adelante fueron cinco hasta que, sin apenas darse cuenta, casi había un millón de libras. Andrew se sentó a hablar con él a solas.

—Tienes que hacer algo con ese dinero. No lo dejes ahí quieto y menos a un interés tan patético. Ni te lo pules en drogas y coches, que es lo que harán los demás. Búscate un asesor financiero. Inviértelo. Tendrás algo en lo que apoyarte cuando la fiesta se termine.

Nick había encontrado un asesor financiero llamado Charles que le había aconsejado invertir en propiedades mientras el mercado estuviera cayendo. Así pues, Nick había empezado a buscar pisos y casas por internet como la mayoría de los hombres mira porno. Y al mismo tiempo había empezado a concebir un plan para escapar de Kylie.

Kylie. Nick recordó la primera vez que la había visto. Él tenía diecisiete, ella dieciséis, y se apartaba el pelo de la cara mientras le reía los chistes a algún amigo. Unas tetas increíbles enmarcadas por una camiseta escotada. Una minifalda que enseñaba unas piernas bien definidas aunque no muy largas. Una cara bonita, quizá demasiado redonda. Mucho maquillaje, aunque todas las chicas de Burnley pecaban de lo mismo. Era preciosa y la nueva novia de su amigo Shane. Pero Nick la quería para él, así que solo era cuestión de tiempo.

Necesitó un par de meses para convencerla. Al principio Kylie ignoraba sus miradas y apenas respondía. Nick se dio cuenta de que tendría que esforzarse un poco más de lo normal si quería conquistarla. No le importaba. Es más, lo divertía tener un nuevo reto. Una noche le echaba un piropo y a la siguiente la ignoraba por completo.

La estrategia pronto dio sus frutos. Mientras esperaba junto a la barra, podía sentir sus ojos clavados en la nuca, y cuando volvía a la mesa con bebida para todos, ella lo ignoraba descaradamente. Estuvieron así más o menos un mes hasta que una tarde, mientras estaban en el pub del pueblo, Shane les dijo:

—Chicos, ¿sabéis qué? Kylie y yo tenemos algo que contaros.

—Ah, ¿sí? —preguntaron todos al unísono.

Kylie se puso colorada y clavó los ojos en el suelo; cuando los levantó, se encontró con la mirada de Nick.

—Anda, cuéntaselo, Kylie.

—No, cuéntaselo tú.

—Está bien, lo haré yo. Nos hemos prometido.

—¡Vaya, qué sorpresa!

Gritos emocionados de las chicas, apretones de manos de los chicos. Nick esbozó una sonrisa socarrona mientras Kylie levantaba la mano izquierda para que todos pudieran admirar el anillo de compromiso.

—Ostras, ¡menudo diamante! Qué suerte tienes.

Mientras se sucedían las felicitaciones, Kylie se levantó de la mesa para ir al baño. Nick también se puso en pie. Cuando ella salió de los servicios de mujeres, la estaba esperando en el pasillo sórdido y estrecho desde el que se accedía, junto a la máquina de tabaco.

—Felicidades —le dijo.

Ella fingió asustarse y se llevó una mano al pecho.

—¡Me has dado un susto de muerte!

—Lo siento. —Nick sonrió—. Espero que seáis muy felices.

—¿Y a ti qué más te da, Nick?

—A mí nada. Nada en absoluto. —La atrajo hacia su cuerpo y le dio un beso en los labios tal y como lo hacía Clark Gable en esa película que su madre veía continuamente. Por un instante ella se lo devolvió y luego se lo quitó de encima de un empujón.

—¿Qué coño crees que estás haciendo?

—Algo que llevas esperando hace mucho tiempo.

—¡Eres un gilipollas! Estoy prometida.

—Entonces ¿por qué te besas con el amigo de tu novio?

El momento fue tan eléctrico que era como si los dos fuesen vestidos de nailon de los pies a la cabeza. Ella regresó al bar a toda prisa moviendo el trasero de forma provocativa.

Habían pasado siete años desde entonces, pensó Nick. Siete años de lágrimas, gritos, intercambio de insultos de un lado de la calle al otro e incluso alguna amenaza de muerte más bien poco convincente por parte de un rencoroso Shane Vranch. Siete años que habían comenzado con una etapa de felicidad extrema, durante la cual él le escribía poemas y hacían cosas como bailar descalzos a la luz de la luna en el parque nacional de North York Moors. Nick siempre se había sabido especial. Un romántico. Su relación con Kylie encajaba perfectamente con ese sentimiento.

Cuando finalmente se fueron a vivir juntos, la vida dejó de ser tan bohemia. A pesar de ello, siguieron siendo bastante felices. Comían curri frente al televisor mientras veían alguna de las extrañas películas en versión original que a Nick tanto le gustaban, y en una ocasión se fueron de vacaciones a España, lo cual fue un éxito más bien modesto porque Nick no sabía nadar y encima su pálida piel no se llevaba demasiado bien con los rayos del sol. Pero aun así se lo pasaron en grande bebiendo sangría barata en bares de mala muerte fuera de los circuitos turísticos y visitando iglesias de adobe blanco.

Luego llegó la tercera fase, cuando el grupo empezaba a definirse. De pronto, algunas costumbres de Kylie que a Nick siempre le habían parecido adorables, como quemar las tostadas, lo sacaban de sus casillas. Discutían porque él pasaba mucho tiempo con la banda, porque tenía otras cosas en la cabeza y en realidad no quería buscar un piso nuevo, porque no podía asistir a la boda de un primo de ella por culpa de un concierto, porque se negaba a plantearse la posibilidad de casarse, mientras muchos de sus amigos ya lo habían hecho y Shane Vranch incluso había sido padre.

Las cosas habían empezado a ponerse un poco tensas cuando un buen día la discográfica se fijó en ellos y firmaron su primer contrato. Nick no se molestó en consultarlo con Kylie; se limitó a dejar el trabajo y anunció a todo el mundo que se mudaba a Londres, por lo que la decisión de si se iba con él o no recayó únicamente en ella. En su interior, Nick se debatía entre dos polos opuestos: por un lado, no podía imaginarse viviendo en cualquier sitio sin ella, y mucho menos en Londres; pero al mismo tiempo empezaba a pensar que una novia rubia y con la permanente, adicta a los magazines matinales de la tele, no era el tipo de chica que le convenía. Estaba convencido de que Kylie se quedaría en Burnley: estaba muy unida a su familia y le encantaba vivir cerca del parque nacional de Moors. Cuando la relación se resintiera por la distancia, Nick esperaba que ella conociese a alguien.

Pero para su sorpresa, Kylie dijo que se iba con él.

—¿Y qué pasa con tu trabajo? ¿Y con tu madre? ¿Y tus hermanas?

—En Londres también hay salones de belleza, ¿verdad? Y teléfonos. Y trenes. Te quiero, Nicky. Quiero estar contigo.

Y él como un idiota se lo había permitido. Era su secreto más oscuro: a pesar de usar rímel y llevar los brazos cubiertos de tatuajes, Nick Crex era un cobarde. Se había pasado toda su infancia escondiéndose frente al televisor mientras sus padres discutían en el dormitorio; desde entonces odiaba los enfrentamientos. Antes de salir con Kylie, nunca había dejado a ninguna de sus otras novias directamente. Se limitaba a dejar de llamarlas y las ignoraba si por casualidad se las encontraba por la calle. Ellas captaban rápidamente el mensaje, les gustara o no. Y aunque se pasaba los días deseando y temiendo al mismo tiempo que Kylie echara de menos el pueblo y decidiera volver, lo cierto era que ya habían pasado ocho meses y, aunque era evidente que no era feliz en el sur, tampoco mostraba intención alguna de hacer las maletas.

De ahí que la visita al apartamento 15 hubiera sido realizada en secreto. Por patético que pareciera, la única forma que se le ocurría para hacerle llegar el mensaje era mudarse a un sitio nuevo y no darle una copia de las llaves.

No es que ya no la quisiera, porque en cierto modo seguía haciéndolo. Kylie desprendía calidez y dulzura; sabía exactamente cómo le gustaba el té, cuántos azucarillos le ponía y que le daban miedo los perros. Se había tatuado un dragón como el suyo en el brazo izquierdo y adoraba a Jammie Dodgers. Le lavaba los calzoncillos y le compraba calcetines nuevos. No había nadie más atenta que ella, nadie que comprendiese mejor sus cambios de humor. Pero no daba la talla como novia de una estrella del rock.

Y Nick no era el único que se había dado cuenta. Andrew no dejaba de presionarlo.

—No le digas a nadie que tienes novia estable —le dijo un día, justo cuando empezaban a despuntar en las listas de éxitos—. No le pega a tu imagen de inconformista.

Con los demás nunca tuvo ese problema. Salían con modelos, actrices y famosas de la televisión. Jack, el cantante del grupo, tenía una relación intermitente con Myrelle Saint Angelo, la modelo más popular del momento. Sus vidas eran un torbellino de drogas y aviones privados. Kylie, por su parte, se conformaba con tomarse una pinta en el pub del pueblo y pasar el resto de la noche frente al televisor.

Nick no le había sido del todo fiel: había tenido un puñado de historias de una noche estando de gira —solo un robot sería capaz de no sucumbir a la tentación—; pero en esencia se consideraba monógamo. Quería vivir en pareja, aunque a poder ser con una mejor de la que tenía.

El rostro de la agente inmobiliaria volvió a cruzarse por su mente. Ella sí era la clase de mujer que le gustaría tener a su lado: fría, altiva, de buena familia.

Un plan empezaba a gestarse en su cabeza.

—¡Nicky!

—Ya voy.

La cena esperaba sobre la mesa de roble del enorme comedor, con su aire sepulcral. Kylie quería convertirlo en estudio, pero Nick se negaba e insistía en que comieran allí siempre que fuera posible.

—Tiene buena pinta —dijo, dándose cuenta de pronto de que estaba hambriento.

Ella se sonrojó.

—Bueno, por algo es tu plato favorito.

Abrieron una botella de vino. El vino era algo nuevo para ambos; en realidad preferían la cerveza, pero Nick había decidido que aquello tenía que cambiar. Las salchichas estaban deliciosas, y las patatas, doradas y grasientas. Nick era bastante especial con la comida. Odiaba todos los vegetales menos las zanahorias, toda la fruta menos las manzanas y todas las salsas. Las cenas con los ejecutivos de Prang eran un verdadero suplicio porque siempre pedían cosas como sashimi y ostras. Nick jugueteaba con la comida y luego hacía parar la limusina en el primer restaurante de comida para llevar que encontraban.

Sabía que tenía que trabajar en sus gustos para conseguir un paladar más sofisticado, pero la idea de llevarse a la boca cualquier cosa que no estuviera en su círculo habitual de alimentos le provocaba arcadas.

—¿Has conseguido acabar la canción? —preguntó Kylie.

—La verdad es que no, me está costando.

—Pobrecito mío —se compadeció Kylie con una sonrisa. Guardó silencio un instante y continuó, intentando parecer relajada—. He hablado con Becky. Al parecer Ian dice que os vais de gira a Estados Unidos a finales de año.

Nick detuvo el tenedor de camino a la boca.

—¿Eso te ha dicho? Bueno, sí, esa es la idea.

—Siempre he querido ir a Estados Unidos. Nueva York. Dicen que ir de compras allí es una experiencia única.

La misma sensación de siempre, como si alguien intentara asfixiarlo.

—No sé si iremos a Nueva York. De momento no hay nada decidido.

Kylie no reaccionó.

—He pensado que quizá podríamos ir nosotros por nuestra cuenta. No sé, un fin de semana. Becky e Ian fueron hace un par de semanas para celebrar su cumpleaños. Se pasaron el viaje bebiendo champán. Dicen que fue increíble. —Su voz se suavizó—. Nos iría bien pasar algún tiempo a solas.

—Puede que sí —respondió Nick, sintiéndose el hombre más vil del planeta.

A la mañana siguiente Kylie salió de casa antes de las ocho. Nick se levantó una hora más tarde y tomó el metro hacia Farringdon. Por el camino le pareció que una chica lo miraba, una joven oficinista vestida con un traje gris. Le devolvió la mirada y ella apartó los ojos. Nick sonrió. Podía sentir su desconcierto. ¿Es él? No, no puede ser. Eso era lo mejor de ser el compositor y guitarra solista, que disfrutaba de todos los beneficios del dinero y de la fama, pero podía seguir tomando el metro de forma más o menos anónima. Jack, el cantante del grupo, no podía salir por la puerta de su casa sin que se dispararan un millón de flashes de los paparazzi.

Pero sin Nick, Jack no era nada. Él se encargaba de escribir las canciones, que eran lo que había convertido a los Vertical Blinds en el grupo del momento, por mucho que las fans de Jack insistieran en lo contrario. Y también era lo que generaba dinero. A los otros tampoco les iban mal las cosas, la verdad, pero Nick cobraba derechos de autor cada vez que sus canciones sonaban en la radio, y un porcentaje muy superior al del resto de sus compañeros cuando se vendía o se descargaba un disco. De ahí que pudiese pagarse un piso increíble a toca teja y aún le quedara suficiente dinero para comprarle una casa a su madre.

Lucinda lo esperaba junto a la puerta de la calle, como la última vez. Estaba aún más guapa de lo que la recordaba: con un traje pantalón gris marengo y el pelo recogido en un moño. Los pómulos casi le atravesaban la piel de las mejillas, dejando bien clara su superioridad genética. Era tan perfecta, tan brillante como un caballo de carreras. Kylie… En comparación con ella, Kylie se parecía más a un poni: simpática y amigable, pero más bien monótona.

—Hola —lo saludó Lucinda—. Me alegra verle de nuevo.

Nick no sabía cómo responder.

—Claro —musitó.

—¿Le parece que entremos?

Al igual que le había pasado con Lucinda, el piso le gustó mucho más que la primera vez. Ser el dueño de algo así sería como cumplir el mayor de sus sueños. Pero una de las reglas de Nick consistía en tomarse las cosas con calma. Si se mostraba demasiado interesado, Lucinda le soltaría el rollo de siempre: que si ya había varios compradores detrás del piso, que si la competencia iba a ser feroz, que si tal vez lo mejor sería hacer una oferta en firme o arriesgarse a que a la mañana siguiente ya se hubiera vendido... Nick se dio una vuelta por el piso en silencio y ella, a diferencia de la última vez, apenas hizo comentarios.

—Creo que me lo voy pensar —anunció Nick finalmente.

—Por supuesto.

—Sí —dijo él y, decidiendo de pronto que ya era hora de cambiar de tema, añadió—: Me gusta tu vestido. Muy Katharine Hepburn.

—No parece usted el típico admirador de la Hepburn. —Lucinda parecía divertirse.

—¿Por qué no? —Zorra presumida. Aunque no le faltaba razón. Una de las ventajas de tener una madre adicta a las películas en blanco y negro.

—Bueno, no sé, toca en un grupo y...

—¿Nos has visto tocar en directo?

—¿Qué? ¿A su grupo? ¡No! No me gusta mucho la música.

¿Que no le gustaba mucho la música? ¿Cómo podía decir algo así? Era como decir que no le gustaba mucho comer para mantenerse con vida, o que no le gustaba lavarse —de hecho, Nick había pasado una fase en la que no se lavaba demasiado, cuando era un adolescente, aunque no era lo mismo—. O respirar, o que el corazón le latiera. A Kylie le encantaba la música. Quizá era de las cosas que más los había unido al principio, cuando se iban de concierto, o preparaban listas de canciones, o sintonizaban emisoras del extranjero. A veces le gustaban grupos demasiado comerciales, pero siempre estaba abierta a cosas nuevas. De hecho, Kylie le había descubierto unos cuantos grupos que, con el tiempo, se habían convertido en las principales influencias en la música de Nick. Pero no era el momento de pensar en eso.

—Deberías venirte a vernos un día. Puede que te convirtamos.

—Estaría bien.

—Tocamos la próxima semana por San Valentín. En el Shepherd's Bush Empire.

—¿Dónde está eso?

¿Qué? Si Kylie le hubiera preguntado algo así, la respuesta de Nick habría sido tan cortante que se podría haber talado un bosque con ella. Sin embargo, Lucinda era su nuevo objetivo, así que decidió responderle educadamente.

—En Shepherd's Bush.

Lucinda se puso colorada.

—¡Oh! Debe de pensar que soy idiota.

Él sonrió.

—Pondré tu nombre en la lista. —Guardó silencio un segundo y añadió—: Más uno.

—Genial. Me llevaré a mi hermano.

Así que no tenía novio. Ni alianza en el dedo.

—Puedes pasarte por el camerino después, si te apetece.

—Será divertido.

Estaban de nuevo en el rellano, esperando el ascensor. Cuando se abrieron las puertas, sus codos se tocaron. Nick podía sentir el calor que despedía el cuerpo de ella en aquel espacio tan reducido.

—Nos vemos allí —le dijo, una vez en la calle.

—Espero noticias suyas —respondió ella, y se alejó con paso decidido.

¿Estaba interesada en él? Nick no podía estar seguro, lo cual no hacía más que alentar su curiosidad por ella. Lucinda era un reto. El siguiente paso era planear el próximo encuentro.

6

Lucinda regresó a la oficina llena de confianza, disfrutando por el camino de un aire inusualmente cálido para el mes de febrero. Tenía la venta en el bote. Podía leerlo en los gestos de Nick Crex. Y como lo había investigado y sabía que era el compositor de las canciones de los Vertical Blinds, estaba segura de que no le haría perder el tiempo, de que tenía dinero en el banco y se moría de ganas de gastárselo.

Era un hombre bastante atractivo, pensó, con la cintura delgada como una serpiente y el pelo rubio. Lucinda estaba tan concentrada en su trabajo que normalmente ni siquiera se fijaba en el físico de sus clientes, pero Nick Crex era algo más glamuroso que los típicos chicos de ciudad con los que solía trabajar. Al fin y al cabo, incluso ella había escuchado a los Vertical Blinds, y eso que su idea de lo que era buena música se parecía más a algo tipo Michael Bublé. Era difícil no conocerlos. Se pasaban la vida de discoteca en discoteca, hasta las cejas de droga, montándoselo con modelos y ganando premios a todas horas. Era emocionante estar relacionada con ellos, por mucho que fuera de rebote, aunque no se lo contaría a su padre. Seguro que le parecería fatal.

Abrió la puerta de vidrio de Dunraven Mackie. Niall, director del área residencial, estaba explicándole a un cliente estadounidense por teléfono las particularidades del sistema británico de compra de inmuebles, según el cual se puede comprar una propiedad con todos los derechos o solo su uso durante un número determinado de años. Como siempre sucedía en estos casos, la cara de Niall era un poema. Tenía dos gemelos de un año que nunca dormían y una esposa enfadada que llamaba al menos tres veces al día para recordarle lo afortunado que era por estar en el trabajo.

Gareth, director de alquileres, también estaba al teléfono, explicándole a alguien que llevarse todas las bombillas al finalizar un contrato no eran las mejores maneras (aunque era una práctica muy extendida, lo mismo que con las manetas de las puertas; sin embargo, nadie se acordaba de la escobilla del váter).

—Hola, Marsha. —Lucinda sonrió a la secretaria—. Te he traído un *frappuccino*.

El rostro delgado de Marsha se iluminó al ver el vaso de papel frente a ella.

—Eres un amor.

Lucinda no había necesitado ni quince segundos para darse cuenta de que, si no le hacía la pelota a Marsha, tendría menos futuro en Dunraven Mackie que un caramelo en la puerta de un colegio. Nadie excepto Niall sabía quién era en realidad, aunque Lucinda era consciente de que tarde o temprano acabarían descubriéndolo. Y cuando eso sucediera necesitaba que toda la oficina estuviera de su parte. Ya sospechaban de su acento, que se parecía más al de una duquesa de los cincuenta, y es que Lucinda había crecido en un extraño ambiente multilingüe en el que todos hablaban como ella, y lo que tampoco podía hacer era dejar de pronunciar las eses a su manera solo para intentar encajar con el grupo.

También estaba la cuestión de su residencia. No había tenido más remedio que darle una dirección a Marsha. Joanne, que vivía en South Norwood, no había podido evitar escucharla.

—South Kensington. Una zona *fantássstica*.

—Mi hermano estudia en la Universidad Imperial y el campus está cerca —explicó Lucinda. Y era verdad. Claro que luego decidió añadir un poco de pimienta a la historia—. Encontramos un alojamiento a precio de estudiante.

—Tuvisteis suerte —dijo Joanne, a lo que ella asintió alegremente, cuando en realidad lo que le apetecía era dejarla sin conocimiento.

—Sí, tuvimos suerte. —De vuelta al presente, Lucinda sonrió—. Hola, Gareth. ¿Cómo estás?

—De rechupete, como siempre —le respondió Gareth con una sonrisa que Lucinda le devolvió al instante. Le encantaba Gareth, aunque no de esa manera, claro está; adoraba la forma redonda de su cara, el pelo rubio casi blanco, su sonrisa permanente y aquel acento de pueblerino que le hacía parecer un granjero subido en lo alto de su tractor y mascando un trozo de paja, y no un agente inmobiliario enseñando áticos a niños pijos—. ¿Dónde has estado?

—Hemos hecho la segunda visita al apartamento 15 con el tipo de los Vertical Blinds. Creo que va a morder el anzuelo.

—Espero que tenga la vejiga de acero si piensa dormir subido a esa cama.

—No es problema nuestro.

—Seguro que los vecinos estarán encantados cuando sepan que van a tener por vecino al yonqui más famoso de Gran Bretaña —se burló Joanne desde su mesa.

Llevaba un minivestido azul eléctrico y unas mallas, y un collar de bisutería que parecía hecho de caramelos hervidos. A Lucinda, como siempre, le parecía poco adecuado. Ella que era tan clásica vistiendo, con sus vestidos, sus camisas blancas, sus bufandas al cuello y sus mocasines de marca. En los círculos en lo que había crecido todo el mundo vestía así. Las chicas inglesas, sin embargo, tenían un estilo mucho más atrevido, y ella no podía evitar sentirse como la tía solterona cuando estaba en su presencia, sobre todo si se ponían a maldecir como camioneros y acababan vomitando en sus bolsos. En Ginebra, se tomaba una copa de vino con la comida, dos como mucho, y si se vomitaba era porque algo te había sentado mal, no porque te hubieras metido seis vodkas con Red Bull entre pecho y espalda. Londres era otro mundo y a veces Lucinda se tenía que esforzar para sentirse como en casa.

—No es un yonqui. Creo que ese es el cantante —respondió con la sonrisa más adorable que fue capaz de fingir.

—Me sorprende que lo hayas reconocido. Tú eras la que no sabías quién es Sharon Osbourne.

—Tampoco es un crimen —intervino Gareth—. De hecho, Lucinda se merece una medalla precisamente por no reconocer a esa bruja.

—Es porque llevo poco tiempo viviendo aquí —se disculpó Lucinda. Siempre se metían con ella por no conocer a Cheryl Cole, Jordan y Kerry Katona, por mencionar algunos.

—Ah, sí, lo había olvidado. Fuiste a la universidad en Estados Unidos. ¿Sabes que Sharon también es muy famosa allí? ¿O vas a decirme que eras tan pobre por aquel entonces que no podías ni permitirte un televisor?

—Disculpadme —dijo Lucinda. Sin dejar de sonreír ni un solo instante, se levantó de la mesa y se dirigió hacia el lavabo. Cerró la puerta y observó su reflejo en la luz fluorescente. ¿Por qué Joanne no podía ser amable con ella? Se estaba esforzando mucho. Ella no tenía la culpa de no haber crecido aquí o de no entender las bromas de doble sentido con personajes de series infantiles que provocaban en el resto de la oficina ataques de risa incontrolables.

Se sobresaltó al ver que la puerta se abría. Giró el mando del grifo y fingió estar lavándose las manos. Pero solo era Marsha.

—¿Estás bien, Luce? —Al menos ella sí tenía una gran sonrisa en los labios que regalarle.

—Sí —respondió Lucinda, intentando sonar lo más alegre posible—. ¿Y tú, Marsha? ¿Cómo va el recurso de Dionne? ¿Ha conseguido encontrar algo para mantener a los administradores a raya?

—Sí, se ha ofrecido a echarles un polvo a los dos y parece que ha sido más que suficiente. —Marsha se detuvo junto a la puerta del cubículo—. No te preocupes por Joanne. Lo hace porque se siente insegura. Tú dale un año y ya verás cómo te acepta en el equipo.

—¿Un año? —¡Vaya, genial! Solo le quedaban seis meses por delante.

—Te tiene envidia porque eres muy guapa. Y muy pija. —Marsha le guiñó un ojo a través del espejo—. No dejes que eso te afecte. Los demás te queremos. Si te sirve de consuelo, ayer Gareth estuvo preguntando por ti.

—¿Qué quieres decir con preguntando por mí?

—Quería saber si tienes novio.

—¿En serio? —Lucinda se regocijó por un momento en aquella información mientras una leve sonrisa iluminaba su rostro. No es que estuviera ni remotamente interesada en Gareth, pero aun así a nadie le amargaba un dulce—. ¿Y qué le dijiste?

—Tuve que decirle que sí. Lo aceptó bastante bien, dijo que no lo sorprendía.

—Pero ¿por qué le has dicho eso? —Lucinda estaba desconcertada—. Si no tengo novio.

—¡Sí, claro que sí! ¿Quién es ese Benjie con el que vives?

—¡No es mi novio! ¡Es mi hermano! Dios, ¿es que todo el mundo cree que salgo con él? —Lucinda se imaginó saliendo con Benjie que, a sus diecinueve años de edad, estudiaba zoología, fumaba porros como un camionero y era más gay que los cinco de Village People en un concierto de Liza Minnelli, y fue incapaz de contener la risa.

—Así me gusta. Nunca dejes de sonreír. ¿Te vienes luego al Fox?

—Claro. —Todos los de la oficina iban al Fox & Anchor los viernes por la tarde, y Lucinda nunca se lo perdía.

Regresó a su mesa más animada, como uno de los soldados de Enrique V de Inglaterra en la víspera de la batalla de Agincourt. Ya casi había finalizado la jornada y uno a uno fueron apagando los ordenadores y poniéndose el abrigo. Lucinda se iba a unir a ellos para demostrar que era parte del grupo, pero antes aprovechó para atar algunos cabos sueltos, enviar unos correos, llamar a un par de clientes nerviosos y comprobar sus visitas para el lunes siguiente. Antes de que se diera cuenta, solo quedaban Gareth y ella en la oficina. Con disimulo aprovechó para echarle un vistazo por encima de la pantalla del ordenador.

Así que se había fijado en ella. De todas formas, hacía tiempo que lo sabía, aunque nunca estaba de más tener la confirmación oficial. Volvió a mirarlo. No. Lo sentía mucho, pero tenía las mejillas demasiado sonrosadas y también estaba lo del acento. Era un tipo majo, eso sí. Sería un buen novio para la chica que se enamorara de él, pero no para Lucinda. Su mejor amiga, Cass, siempre se burlaba de lo quisquillosa que era con los chicos, y lo cierto es que razón no le faltaba.

A sus veinticuatro años, Lucinda estaba orgullosa de poder afirmar que nunca había estado enamorada y, a pesar de ello, era una mujer totalmente feliz. Por supuesto no era virgen y le gustaba el juego de la seducción como al que más, pero en cuanto conseguía al chico, enseguida perdía el interés.

La diversión estaba en los preliminares. ¿Quién quería pasar por el sufrimiento de una relación? ¿Qué sentido tenía? O te rompían el corazón como a Cass, o acababas casada como su madre, sometiéndose a un estiramiento facial tras otro con la esperanza de mantener a su marido contento. Una esperanza más bien inútil: su padre había tenido amantes desde que Lucinda tenía uso de razón. O como Ginevra, que se pasaba el día de compras o hablando de abrir una tienda de ropa para niños con su amiga Stacey, un proyecto que nunca vería la luz porque cuidarse el pelo consumía demasiadas horas de su tiempo.

No tenía sentido y además se había quedado anticuado. Por el amor de Dios, estaban en el siglo XXI. Los hombres ya solo servían para tener hijos y a veces ni siquiera para eso porque ya vendían esperma, así que ni siquiera hacía falta acostarse con ellos. Lucinda quería tener hijos algún día, aunque de una forma más bien abstracta. Pero lo que más deseaba era heredar el imperio de su padre. Estaba orgullosa de lo bien que le iban las cosas, sobre todo teniendo en cuenta lo fácil que hubiera sido para ella acabar como otra de esas niñas de papá sin oficio ni beneficio. Para ella los hombres solo podían ser una distracción.

Gareth levantó la mirada y la sorprendió en plena maquinación para dominar el mundo.

—¿Te vienes al pub? —le preguntó con una sonrisa.

—Sí. —Apagó el ordenador—. Vamos cerrando, ¿no?

Apagaron las luces, comprobaron que las ventanas estuvieran cerradas y activaron la alarma antirrobo. A Lucinda le gustaba la minuciosidad con la que Gareth lo hacía todo. Era un buen trabajador, no un líder, pero sí alguien a quien te gustaría tener en tu equipo.

De pronto su teléfono sonó.

—¿Sí?

—Hola. Soy Nick Crex.

¡Sí! Justo a tiempo.

—Quiero hacer una oferta.

La cifra estaba cien mil libras por debajo del precio inicial. A Alex Meehan no le iba a gustar lo más mínimo, aunque la primera oferta siempre era eso, la primera, algo así como una tarjeta de visita.

—Creo que está un poco por debajo de las expectativas de mi cliente, pero yo de todas formas lo comentaré con él y le mantendré informado.

—Vale —dijo él, un tanto sorprendido por el tono gélido de sus palabras. Muy bien. Así que esa era su táctica: hacerle perder los nervios—. En ese caso, espero tener pronto noticias tuyas. Y no te olvides del concierto.

—Veré si encuentro un hueco. Adiós, señor Crex.

Colgó el teléfono con una sonrisa en los labios. Lucinda uno, Nick Crex cero. Ahora tenía que llamar a los Meehan. Lo intentaría con el fijo; con un poco de suerte, lo cogería Gemma. Lucinda siempre intentaba hablar con ella porque era la más nerviosa de la pareja y cedía con mayor facilidad a las presiones. Alex, sin embargo, ni se inmutaba. Parecía bastante cuadriculado y muy, muy crítico. Pobre del agente que tuviera que lidiar con él en la compra de su futura casa. Era el típico que se fijaba en el detalle más insignificante durante una visita y luego se pasaba meses dándole vueltas.

—¿Dígame?

Mierda. ¿Qué hacía tan pronto en casa? Claro, era viernes. Mañana no había juicios.

—Señor Meehan, buenas tardes. Soy Lucinda Gresham. Tengo buenas noticias. El cliente que está interesado en su piso ha hecho una oferta formal.

—¿Lo suficientemente buena? —le espetó él.

Lucinda le comunicó la cifra.

—Es demasiado baja.

—Bueno, tal y como están las cosas…

—Es demasiado baja. Le digo que no.

—De acuerdo. Se lo comunicaré al cliente.

—Se lo agradezco. Buenas tardes.

—Bue… —Pero ya había colgado. Lucinda puso los ojos en blanco, imaginándose el jolgorio en el apartamento 15. Seguro que Gemma estaba desesperada por aceptar.

—Que tengáis un buen fin de semana, pareja —dijo mirando el auricular del teléfono, que permanecía en silencio.

—¿Estás lista? —preguntó Gareth.

—Una última llamada. —Marcó el número de Nick.

—¿Sí?

Se oían guitarras sonando de fondo a todo volumen. Bueno, lo raro hubiera sido que escuchara a Chopin. Lucinda le comunicó la reacción de los Meehan y él se rió.

—Sabíamos que pasaría esto. Vale, subiré otras cincuenta mil, pero es mi última oferta.

—¿Su última oferta? —Ella sonrió, manteniendo el tono de su voz lo más amable posible.

—La última —respondió él con brusquedad y colgó. Lucinda volvió a llamar a Alex Meehan.

—Está bien. Nos lo pensaremos durante el fin de semana. El lunes le digo algo.

—¡Hecho! —exclamó Lucinda mientras colgaba el teléfono. Cogió la gabardina de su colgador y se pasó la bufanda de Hermès alrededor del cuello—. ¿Vamos? —le preguntó a Gareth, que se había puesto un anorak gris de quinceañero.

—Vamos —respondió él, y cerró la puerta principal con llave—. Y ¿qué?, ¿tienes planes para el fin de semana?

—Me mudo a casa de mi amiga Cassandra. La ha dejado su novio. Necesita animarse.

—Vaya. Lo siento por ella.

—No lo sientas. El tío no valía la pena. Yo lo sé desde que, en una fiesta, lo escuché hablar de Cass como su «novia actual».

Gareth silbó entre dientes.

—Muy bonito por su parte.

—Lo sé. En fin, que voy a cumplir con todos los clichés: la película de *Bridget Jones*, el cofre de *Sexo en Nueva York*, un montón de helado…

—Botellas de chardonnay. Paquetes de clínex a tutiplén.

—Veo que te lo sabes —se rió Lucinda. No tenía ni idea de qué le pasó por la cabeza, pero lo siguiente que dijo fue—: ¿Sabes? No tengo novio.

—¿Cómo? —Gareth se detuvo en seco y la miró.

—Que no tengo novio. Sé que se lo preguntaste a Marsha y ella te dijo que sí, pero estoy soltera. Vivo con mi hermano.

—Ah. Vale. —Gareth reemprendió la marcha, agachando la cabeza para protegerse del gélido viento invernal.

—Sí… —continuó Lucinda, aunque esta vez su voz ya no sonaba tan firme. No estaba segura de por qué había sentido la necesidad de iniciar aquella conversación. Tal vez quería dejar las cosas claras, aunque la voz de su conciencia insistiera en que solo quería comprobar que Gareth estaba realmente interesado en ella, que aquello era otra forma de alimentar su propia vanidad, que, en el fondo, le apetecía tontear con él—. Solo quería que lo supieras.

—Está bien. —Se habían detenido en el borde de la acera de Farringdon Road, y miraban a un lado y al otro esperando que no pasaran coches para cruzar. Pero de pronto Gareth la miró directamente—. Mmm, ¿te gustaría ir a tomar algo?

—Es lo que estamos haciendo, ¿no? —respondió ella, sin dar importancia a la pregunta.

—Esto… No. Quiero decir… los dos solos. —Gareth había perdido la seguridad inicial y no sabía muy bien qué decir.

Lucinda lo había visto antes. Tenía que detenerlo cuanto antes.

—Gareth, no creo que sea buena idea —le dijo con dulzura—. No sé, es mejor no salir con compañeros de trabajo. Simplemente no quería que la gente creyera que mi hermano es mi novio. ¡Puaj!

—Ah, claro. —Gareth empezó a cruzar la calle. Ella lo siguió tan rápido como pudo con sus tacones de Roger Vivier.

—¡Lo siento! —exclamó casi sin aliento cuando por fin llegaron al otro lado sanos y salvos—. No era mi intención avergonzarte. Es solo que no quería dar una impresión equivocada.

—Pues tienes unos métodos bastante curiosos —dijo Gareth. Su tono de su voz era amable, pero aun así Lucinda se sintió atacada.

—No, ¡no es cierto! Yo solo…

—Mira. —Se detuvo y ella hizo lo mismo—. No estoy muy seguro de cuál es el mensaje que intentas comunicarme. ¿Quieres tomar algo conmigo o no?

—Yo… —De pronto Lucinda ya no se sentía tan segura de sí misma. Esa forma de hablar tan directa le daba a Gareth un aire muy varonil. Quizá sí era bastante atractivo, y era evidente que había percibido su cambio de actitud, porque sonrió. Tenía unos dientes sorprendentemente bonitos.

—Podría enseñarte algunos rincones secretos de Clerkenwell. Por aquí hay algunos bares que seguro que no conoces.

—Mmm.

—Y también restaurantes… —Su voz sonaba persuasiva, casi provocadora.

Lucinda se dio cuenta de que tenía las pestañas muy largas, pero... —sabía que sonaba fatal— pero ella era la hija de Michael Gresham, y Gareth no era suficiente para ella.

—No, no puedo. Gracias igualmente.

Gareth se sonrojó.

—Bueno, en ese caso nada. Mmm. ¿Aún quieres ir al Fox con los demás?

Ella le sonrió para demostrarle que todavía le caía bien, que su opinión de él seguía siendo la misma.

—Pues claro.

Recorrieron el resto del camino en un silencio tenso. Lucinda se sentía mal por Gareth. A nadie le gustaba sentirse rechazado, y ella le había hecho caer en la trampa como un cazador armado con cebo fresco. Esperaba que pudieran seguir siendo amigos.

—Hoy me han contado algo divertidísimo... —empezó Lucinda, intentando romper el hielo, y se entregó al relato de la anécdota de una clienta a la que, al parecer, se le había caído un vibrador del bolso, pero Gareth apenas esbozó una sonrisa. Bueno, pues que le den. Lucinda no tenía la culpa de no querer ser su novia. Aun así se sentía un poco incómoda. Le gustaba saberse rodeada de gente que la apreciaba, sobre todo en el trabajo, y acababa de cargarse la relación con su aliado más cercano.

Era curioso porque sabía que no necesitaba amigos para escalar hasta la cima, pero aun así le gustaba tenerlos. Apenas se atrevía a reconocérselo a sí misma, pero desde que vivía en Londres se sentía sola. Aparte de Cass, sus amigos estaban en Francia, Suiza o Estados Unidos, y no sabía muy bien cómo entablar nuevas amistades. También tenía a Benjie, claro está, pero él se pasaba el día manteniendo relaciones con desconocidos en el parque Clapham Common, donde Lucinda difícilmente podía sentirse bienvenida.

Se disponía a intentar otra táctica con Gareth cuando, de pronto, un hombre con gabardina gris y aspecto malhumorado les cortó el paso.

—Gareth. ¿Cómo estás? —Tenía acento sudafricano, que para Lucinda siempre sonaba frío y sin gracia.

—Ah, hola, Anton.

Se dieron la mano con energía. El tal Anton debía de rondar los cuarenta años y era bastante agraciado, aunque tenía un rictus que le hacía parecer irritado. Lucinda se preguntó qué era lo que lo tenía tan enfadado.

—¿Cómo estás? —preguntó Gareth.

—Muy ocupado, como siempre. Decían que la crisis del crédito nos iba a dejar a todos a dos velas, pero no ha sido así. La demanda sigue en su mejor momento.

Gareth se dio cuenta de que Lucinda los observaba, expectante.

—Anton, te presento a Lucinda. Acaba de empezar a trabajar con nosotros. Lucinda, este es Anton Beleek. Es un promotor inmobiliario muy importante. ¿Conoces el edificio Craighill? Es suyo.

—Ah, ¿sí? Ayer mismo fui a ver un piso ahí.

—Fíjate. —Anton Beleek apenas se había dado cuenta de su presencia, no apartaba los ojos de Gareth.

Machista asqueroso, pensó Lucinda. Lo más probable es que la ignorara por creer que era una secretaria sin importancia.

—¿Qué tal va todo, Gareth? ¿Qué opinas de la evolución del mercado?

Los dos hombres continuaron con su conversación. Mientras, empezaba a caer una fina lluvia. Lucinda fue cambiando el peso de un pie al otro, incómoda. Siguieron hablando. Se cubrió el pecho con los brazos de la forma más exagerada que pudo para que quedara bien claro que estaba empapada y tenía frío y se aburría, pero a pesar de sus esfuerzos siguieron ignorándola. Al final no pudo reprimirse y carraspeó.

—Chicos, como veo que tenéis mucho de lo que hablar, lo mejor será que os deje a solas. Gareth, nos vemos en el Fox dentro de un rato.

Gareth tuvo la decencia de mostrarse un poco avergonzado. Anton lo-que-fuera, no. Bueno, peor para él.

—No, no, no te voy a tener aquí de pie, bajo la lluvia, Anton, pero me alegro de verte. Deberíamos comer juntos un día de estos.

—Haremos eso —dijo Anton.

Se dieron la mano y le hizo un gesto con la cabeza a Lucinda.

—Adiós —añadió.

—Qué hombre tan maleducado —se quejó ella, sin apartar la mirada de la espalda del promotor, que se alejaba calle abajo.

—Es su forma de ser —dijo Gareth, un tanto brusco.

—¿Y se dedica a las grandes propiedades? —preguntó Lucinda, aún molesta por lo que acababa de suceder—. Seguro que no se comporta así cuando intenta camelarse a sus inversores.

—Pues al parecer sí. No diferencia entre unos y otros. La mitad de los edificios de esta zona son suyos, por valor de trillones. Sin embargo, a pesar de ello, en el fondo es un buen tipo. Un poco serio.

—¿Está casado?

Por primera vez en aquella caminata corta pero llena de incidentes a Gareth se le escapó la risa.

—La pregunta típica de una mujer. No, no está casado. Por lo que he oído ha tenido algunas novias, pero nunca ha terminado de funcionar. Demasiado adicto a su trabajo.

—Demasiado arrogante y maleducado, mejor dicho —dijo Lucinda, mientras abría la puerta del Fox & Anchor y una bocanada de aire caliente le golpeaba en la cara—. Eh, gente —saludó al grupo, acercándose a la barra—. ¿A quién le apetece tomar una copa?

7

A última hora de la mañana del sábado, el Volvo de la familia Drake apareció por las oxidadas puertas de hierro de la finca y recorrió el camino sinuoso y lleno de baches que llevaba hasta la casa, flanqueado por hayas desnudas debido al gélido viento de febrero. El cielo era de un amarillo apagado que amenazaba nieve y la tierra estaba dura. Aparte del motor del coche, el silencio era total, incluso un tanto amenazante.

—Papá, esto es increíble —dijo Eloise, sin dejar de volver la cabeza de un lado a otro—. ¿Cuánto terreno hay?

—Mucho —respondió Phil, sonriéndole a través del espejo retrovisor—. De sobras para que las dos podáis tener un poni.

Por primera vez desde que escuchara de boca de sus padres que se iba a perder la fiesta de Isobel, Bea sonrió.

—¡Dos ponis!

—¿Podremos tener piscina?

—No veo por qué no. Hay espacio de sobra.

Antes de enfermar, Phil había sido siempre muy firme en su voluntad de no malcriar a las niñas, pero desde que se había recuperado, básicamente les daba todo lo que le pedían. Karen se ponía de los nervios.

Las chicas gritaron y se abrazaron la una a la otra.

—¡Una piscina! Amelia se va a morir de envidia.

Phil sonrió de oreja a oreja mientras miraba a su mujer de soslayo. Karen le respondió con una sonrisa todavía mayor, aunque no se reflejaba en sus ojos.

—Esto es exactamente lo que necesitamos —farfulló Phil, emocionado—. Vivir en el campo. Aire limpio. Podríamos cultivar nuestro propio huerto. Se acabó el estrés. Tendremos todo el tiempo en familia que nos apetezca.

El coche tomó una última curva y, de pronto, allí estaba: la mansión Chadlicote.

—Es como el castillo de los cuentos —exclamó Bea quien, para diversión de su madre, a sus nueve años seguía inmersa en la típica obsesión por el rosa y las princesas Disney de cualquier niña pequeña.

—No, no es verdad —la contradijo Eloise—. ¿Tiene almenas? ¿O un foso? ¿O un puente levadizo? Es una mansión Tudor, ¿verdad, mamá? Las estudiamos el semestre pasado en clase de historia.

—Tienes razón, cariño —dijo Karen, intentando borrar la expresión de horror de su cara. Nadie podía negar que la casa fuera bonita, pero no hacía falta ser arquitecto para saber que se encontraba en un estado ruinoso.

Aparcaron el coche. Las niñas se bajaron a toda prisa y se dirigieron a la carrera hacia los amplios peldaños de la entrada principal, flanqueada por dos galgos de piedra cubiertos de musgo. Phil sujetó la enorme aldaba con forma de cabeza de león y golpeó la puerta de roble con ella.

A lo lejos se escuchó el ladrido de un perro, seguido de un «Ya voy» y el sonido metálico de pestillos y cerraduras antes de que la puerta se abriera despacio. Tras ella esperaba la señorita Porter-Healey. Karen se había imaginado a una anciana bajita, ataviada con un vestido a cuadros comido por las polillas y desprendiendo un intenso olor a violetas. Sin embargo, aquella mujer del chándal verde era más joven que ella. Y tan, tan diferente. Mientras que Karen era delgada y tenía el pelo de un negro intenso como la noche, la señorita Porter-Healey era alta, parecía tímida y —no había forma de decirlo más educadamente— estaba gorda. Tenía una cara bonita, sí, pero tanta grasa eclipsaba sus ojos azules y el pronunciado arco de Cupido de sus labios. Un carlino gordo y negro jadeaba junto a ella como si fuera asmático, mientras un spaniel cobrizo ladraba detrás de ambos.

—¿Qué tal? —preguntó la mujer, ofreciéndoles la mano. Tenía una voz suave y se mordía las uñas hasta el hueso—. Soy Grace. Disculpen que les reciba así, no los esperaba tan pronto. Estaba intentando tenerlo todo listo para ustedes. Entren, entren.

Se dieron la mano, murmurando vagas presentaciones, y entraron tras ella en el enorme recibidor de la casa.

—¡Cómo mola! —exclamó Bea.

—Mamá, mira, hay una galería de trovadores —dijo Eloise, emocionada—. Es como en *Romeo y Julieta*. —Se volvió hacia la señorita Porter-Healey—. Es mi obra favorita de Shakespere.

Lo más probable es que a la señorita Porter-Healey le apeteciera darle una colleja a aquella niñata sabionda y mandarla a jugar con las Barbies, pero para su sorpresa le dedicó una sonrisa amable.

—Mi hermano y yo solíamos representar obras ahí arriba. Vosotras podríais hacer lo mismo. Vuestros padres podrían ver el espectáculo desde aquí abajo. Eh, Silvester, bájate. —Cogió al spaniel, que se había enganchado jovial a la pierna de Phil—. Lo siento mucho.

—Está bien. No pasa nada —se rió Phil.

Las niñas no pudieron contener la risa. Silvester se tumbó patas arriba en el suelo y Bea empezó a hacerle cosquillas en la barriga.

—Mami, si viviéramos aquí, ¿podríamos tener un perro?

—Mmm. Puede que sí, cariño. —Karen miró a su alrededor.

Era un espacio realmente impresionante, con una enorme escalera en el centro dominada desde lo alto por una lámpara de araña sin bombillas. Quizá la señorita Porter-Healey las había quitado con la esperanza de que una luz más tenue disimulara que el papel, con un diseño de flores de lis, se despegaba de las paredes, o la grieta en el suelo junto a los pies de

Karen. Las niñas inspeccionaban la mesa de ping-pong que había en una esquina, calzada por una pila de libros de la editorial Penguin.

—¿Queréis jugar? —preguntó Grace.

Karen sintió pena por ella. Eloise y Bea no jugaban a ping-pong, echaban partidas a la Wii y chateaban por MSN. Pero, para su asombro, las niñas respondieron que sí y, segundos más tarde, ya se reían a carcajadas mientras la pequeña bola de plástico saltaba de un lado de la mesa al otro.

—Qué niñas tan adorables —dijo Grace, y parecía sincera.

Karen la miró, fascinada. Pues sí, no cabía duda, se encontraba en presencia de una solterona clásica, de las que creía que solo existían en las novelas de Miss Marple. Grace miró a su alrededor con una sonrisa melancólica en los labios.

—Mi hermano y yo vivimos momentos maravillosos aquí. Sin duda es una casa mágica. Pero ahora mi madre ha muerto y... tenemos que deshacernos de ella. —Otra sonrisa tímida—. Se necesitaría mucho trabajo para recuperar la gloria de antaño. Mucho tiempo y mucho dinero. Pero volvería a ser espectacular.

—Y..., mmm..., ¿usted? —preguntó Phil con cautela, sin saber muy bien cómo hacer la pregunta, pero Grace lo entendió a la primera.

—Me encantaría quedarme. Chadlicote es mi hogar. —Guardó silencio un instante, y luego continuó—: Pero el resto de la familia quiere venderla. Yo me mudaré a una casita que tenemos en Little Dittonsbury. Así siempre estaré cerca por si necesitan mi ayuda.

A Phil le brillaban los ojos. Era su gran sueño convertido en realidad, alimentado tras meses de convalecencia frente al televisor viendo programas de decoración y de casas de famosos. Karen casi podía imaginarlo en un programa de televisión de una hora de duración dedicado en exclusiva al reto al que se enfrentaba su familia. Pareja compra mansión en ruinas. Pareja sufre infinidad de contratiempos, a cual más divertido, mientras la reforman. Pareja se pasa del presupuesto y el trabajo se alarga dos años más de lo esperado, pero al final todo sale bien y el presentador aparece un día por sorpresa para anunciar que al principio tenía sus dudas, pero que ahora le encanta la visión creativa de los propietarios y su atención por el detalle. Títulos de crédito y avance del programa de la semana siguiente.

Karen se estremeció.

—Lo siento —se disculpó Grace, señalando la fina ropa de Karen con la cabeza—. He puesto la calefacción a tope esta mañana, pero tarda un poco en notarse. ¿Quiere que le preste un abrigo?

—Oh, no, estoy bien —mintió Karen, resistiéndose a la necesidad de cubrirse el torso con los brazos.

Siguieron a Grace por toda la casa. Karen tomó nota de las grietas en los suelos, de los marcos de las ventanas que se desintegraban, de las telas de araña, del moho en las contraventanas de madera, de los agujeros en las paredes fruto de un ataque imaginario de las fuerzas especiales. Todo era tan ruinoso, tan poco chic, tan deprimente... También vio las pilas de vídeos de *Doctor Who* (¡ni siquiera eran DVD!) en la minúscula estancia a la que Grace llamaba estudio y en la que era evidente que prefería pasar el día, en lugar de hacerlo en la fría y enorme sala de estar.

Cuando entraron en el pequeño dormitorio de Grace, en la segunda planta, a Karen se le aceleró el corazón. A veces se regañaba a sí misma por no haber sabido apreciar su antigua vida de soltera, de dormir hasta las tantas, ir de cóctel en cóctel y escaparse a Nueva York el fin de semana para ir de compras. Pero ahora se daba cuenta de que la suya era una versión urbana de la soltería. En Devon, ser soltera equivalía a vivir entre cuatro paredes empapeladas con motivos florales. Una estantería llena de versiones de bolsillo de *El jardín secreto* y *Los lobos de Willoughby Chase* adaptadas para niños. Una mesa cubierta de figuritas de porcelana *kitsch* que en la sala de estar de cualquier barrio de modernos habría quedado genial, pero que allí, en cambio, solo era el resultado de toda una vida comprando en la tienda de saldos del pueblo y de una incapacidad supina para deshacerse de la basura.

Phil miró por la pequeña ventana.

—Mira, Karen, se ve el lago.

—Por eso escogí esta habitación —dijo la señorita Porter-Healey—. Cuando era pequeña dormía aquí, y cuando regresé de mayor podría haber ocupado una más grande, pero no hay nada como despertarse por la mañana y ver el agua. Y además... me recuerda mi juventud.

Phil asintió con entusiasmo y su emoción fue a más después de visitar el dormitorio principal, la «guardería», los otros seis dormitorios, los dos estudios y un sinfín de estancias más.

—Imagina las posibilidades —le dijo a Karen en voz baja, aunque no lo bastante baja como para que la señorita Porter-Healey no lo oyera—. Podríamos poner un cine o una sala de juegos. La calefacción está en las últimas, así que podríamos quitarla y poner suelo radiante en toda la casa.

Karen recordó su infancia en una casa minúscula de dos dormitorios, donde recibían las visitas de la prima Genette, que tenía un salón de masajes en Swansea, y de su tía abuela Noreen, que se había presentado en el funeral de la abuela de Karen sin dientes porque su dóberman se había comido su dentadura, y se maravilló por haber llegado tan lejos. ¿Pero era tan desagradecida? ¿Por qué no quería vivir en aquella mansión?

Después del tour, visitaron la maleza salvaje y moribunda que eran los jardines. Alguien los había trabajado en el pasado, plantando lirios y rosas y delimitando el césped con tejos, pero con el tiempo se habían transformado en una densa maraña de zarzas. Aun así, las niñas no cabían en sí de gozo, como si les hubieran dado doscientas libras a cada una para gastárselas en Claire's. Karen las observaba sin dar crédito a lo que estaba viendo. Aquellas no podían ser sus hijas, emocionadas por el mero contacto con la naturaleza.

—Mira esto —dijo Phil, satisfecho, cuando se detuvieron para recuperar el aliento junto a un cenador, en el punto más elevado de la propiedad. Desde allí la vista era espectacular: colinas cubiertas de verde y, en el horizonte, un trozo de mar. La luz del campo resaltaba su delgadez. Todavía no había empezado a recuperar el peso que había perdido durante la enfermedad, y tampoco le había crecido el pelo; según los médicos, no tenía por qué volver a crecer. De pronto, el bolsillo de sus pantalones empezó a pitar.

—¡Oh! —exclamó la señorita Porter-Healey—. ¿Qué demonios es eso?

—Mi alarma —dijo Phil, metiendo la mano en el bolsillo y sacando un envoltorio en el que ponía «tarde». Vació las pastillas en la palma de la mano, abrió la botella de agua que siempre llevaba encima y se las tragó todas—. Lo siento. Necesito tomar un montón de vitaminas para mantenerme en forma y la mejor forma de hacerlo es tomando unas cuantas cada pocas horas.

—Por supuesto —dijo la señorita Porter-Healey.

Karen se sintió avergonzada, como le sucedía cada vez que Phil representaba aquel papelito. Podía entender por qué lo hacía; después de todo, había estado al borde de la muerte, pero tanta obsesión la ponía nerviosa.

Phil le pasó un brazo alrededor de los hombros.

—Parece que aquí hay una energía muy especial.

—Yo también lo creo —intervino la señorita Porter-Healey.

—He estado muy enfermo, ¿sabe? —Levantó una mano en alto para silenciar el aluvión de tópicos que siempre se producían tras el anuncio de su enfermedad—. No se preocupe, ya estoy recuperado, pero me ha obligado a revisar mi vida a conciencia. A hacer muchos cambios. —Sonrió a Grace con la condescendencia que utilizaba cuando quería convencer a alguien para que le entregara un gran porcentaje de una empresa a cambio de una cantidad ridícula de dinero—. Espero que no le moleste que se lo diga, pero este sitio tiene muchas posibilidades. Podría abrirse al público, para bodas o para convivencias de empresas.

—Totalmente de acuerdo. —Grace sonrió, aunque parecía un poco triste—. Yo misma consideré esas mismas opciones, pero entonces mi madre se puso enferma y cuidarla se convirtió en mi máxima prioridad. Me haría muy feliz que más personas pudieran compartir la belleza de Chadlicote. Y sería de gran ayuda con los gastos, que me temo que no son pocos.

—Bueno, eso es evidente —dijo Phil en tono distendido, y todos rieron al unísono—. Pero parece ideal para nosotros. A Karen no acaba de convencerle la posibilidad de renunciar a su trabajo, y esto podría convertirse en un nuevo proyecto para ella.

Lo dijo como si reformar Chadlicote fuera el equivalente a, por ejemplo, comprar y envolver cuarenta regalos de Navidad: un jaleo considerable y al mismo tiempo un placer. Otra sonrisa helada de Karen. Le dolía la mandíbula de tanto fingir y la cabeza de calcular para sus adentros cuánto podía costar todo aquello. Años, décadas incluso, de obras interminables; inviernos largos y gélidos. Y todo a cambio de un futuro de discusiones sobre carpas con novias estresadas y de compras al por mayor de vino blanco para servir a ejecutivos júnior en estancias pagadas por sus empresas.

Una vida exiliada lejos de los amigos que tanto le había costado hacer, que se desharían en promesas de futuras visitas que nunca se harían realidad; una vida presenciando cómo su carrera, que tanto adoraba, recibía una herida mortal de necesidad.

Una vida atrapada en medio de ninguna parte con un hombre a quien ya no estaba segura de querer.

Karen tendría que vivir el resto de sus días ocultando un secreto: que, aunque se alegraba de que su marido siguiera con vida, a veces imaginaba cómo sería su vida si hubiese muerto. Por supuesto que las niñas y ella lo habrían pasado fatal, pero estaría sola y podría empezar de cero.

Y es que Karen compartía su vida con una persona que no se parecía en nada al hombre con el que se había casado. El Phil que había sobrevivido al cáncer era más ansioso, se ponía nervioso por cosas sin importancia y, en cambio, no le preocupaban asuntos más importantes como el dinero. Siempre decía que quería pasar más tiempo con las niñas, apreciando los pequeños placeres de la vida, viendo la hierba crecer, pero luego se pasaba las horas muertas frente al televisor mirando deportes o —lo que para Karen era aún más grave— en internet comunicándose con otros «supervivientes» del cáncer, intercambiando trucos sobre suplementos vitamínicos y homeopatía.

Todas las cargas de las que siempre se había hecho cargo, como pagar las facturas u ocuparse de las pequeñas reparaciones de la casa, recaían ahora únicamente en Karen porque, según él, el estrés era malo para su salud. Ya no quería ir de vacaciones a climas cálidos porque le daba miedo el sol, e insistía en que siguieran una dieta vegetariana e incluso vegana, algo un tanto difícil teniendo en cuenta que las niñas comían poco más que salchichas, pollo y salsa boloñesa (que Bea siempre inspeccionaba con minuciosidad de forense en busca de cualquier resto vegetal).

Todo ello había provocado que Karen también cambiara. Estaba enfadada con el mundo como nunca lo había estado; enfadada con su marido por pregonar su sufrimiento a los cuatro vientos; por sus exigencias que, a pesar de ser perfectamente razonables, no por ello dejaban de resultar odiosas; enfadada consigo misma por ser tan poco comprensiva.

Y luego todo el mundo le decía lo valientes que estaban siendo. Era la forma en que la gente se enfrentaba al cáncer: convirtiéndolo en una experiencia ennoblecedora. Pero lo cierto era que el cáncer no había expandido sus espíritus, sino que los había reducido, había hecho de ellos personas airadas y estrechas de miras.

De pronto miró a Phil de nuevo. Tenía las mejillas coloradas. Parecía feliz como Karen no lo había visto en meses.

No le quedaba más remedio que seguir con el plan. Hacía rato que tenía los ojos fijos en el suelo; cuando los levantó, se encontró con los de Grace y el dolor que intuyó en ellos la hizo sentirse un poco mareada.

Pero aquel no era su problema.

—Claro que sí —dijo finalmente, echando los hombros hacia atrás y levantando la barbilla—. Me mantendría ocupada. Y no hay nada que me guste más que un reto.

Phil se dio cuenta de que habían ido demasiado lejos, que era demasiado evidente que se morían por comprar la propiedad. Si pretendía conseguirla por el precio que tenía en mente, había llegado el momento de retirarse.

—Claro que tenemos que hablarlo seriamente. —Miró el reloj—. ¡Caramba! ¿Ya es tan tarde? Será mejor que vayamos desfilando si queremos volver a Londres a tiempo para ver *Robin Hood*.

Recorrieron el camino de regreso a la casa, cubriéndose con los brazos para protegerse del frío. Cuando llegaron al coche, se dieron la mano de nuevo.

—Estaremos en contacto —prometió Phil.

—Dios mío, papá. Vamos a vivir en un... castillo —dijo Bea en cuanto Phil arrancó el coche.

—En un castillo no. ¡En una mansión isabelina! Mamá, ¿por qué sigue diciendo castillo?

—Bueno, eso aún no lo sabemos, cariño —dijo Karen—. Antes tenemos que hacer números.

—Pero papá es rico, ha vendido su empresa —dijo Bea.

—Dios, Bea, espero que no vayas diciendo por el colegio que tu padre es rico. Qué vergüenza.

Phil soltó una carcajada mientras cruzaban el pequeño puente de piedra.

—Rico no, cariño. Bueno, al menos no mucho, aunque sí lo suficiente para que podamos permitirnos esta casa. ¿Os gustaría vivir aquí?

—¡Síííí! —gritaron las niñas al unísono.

Phil se rió de nuevo. Y los últimos vestigios de esperanza que le quedaban a Karen se marchitaron en cuestión de segundos hasta morir. Cuando las princesitas de su padre querían algo, no había discusión posible.

—¿Dónde queréis comer?

—En algún sitio donde hagan espaguetis a la boloñesa —dijo Bea.

Eloise puso los ojos en blanco.

—Espaguetis no. Macarrones. Están mucho mejor.

—Y helado de vainilla —continuó Bea, impertérrita.

—Para mí de pistacho. Es mi favorito.

—Señoritas, sus deseos son órdenes —exclamó Phil.

Tendremos suerte si encontramos helado de pistacho en este agujero en medio de la nada, pensó Karen, aunque se limitó a sonreír.

Era increíble lo obedientes que podían llegar a ser los músculos de su cara.

8

Lucinda pasó prácticamente todo el fin de semana con Cassandra, su amiga desde que coincidieran en el colegio La Chêneraie, viendo películas malas, escuchando sus lamentaciones e insertando de vez en cuando algún «tranquila, tranquila» que otro. En realidad estaba convencida de que su amiga se había librado de una buena. Saltaba a la vista que Tim, el ex novio de marras, era un imbécil. Lucinda aún recordaba el día en que Cass se lo había presentado durante una fiesta. Tenía un aire de suficiencia insoportable y era como si sus ojos gritaran a los cuatro vientos «Eh, estoy bueno, trabajo para un banco y gano cantidades obscenas de dinero por joder la economía, así que soy el Santo Grial de cualquier mujer y encima soy consciente de ello».

—Hola —lo saludó Lucinda, decidida a no hinchar aún más su ego.

—Lucinda es agente inmobiliaria —los presentó Cass con un brillo de emoción en los ojos, encantada de poder presentar al fin a las dos personas más importantes de su vida.

—Ah, vaya —dijo él, con una sonrisa burlona en los labios—. ¿Qué son veinte agentes inmobiliarios encadenados en el fondo del mar?

—No lo sé —respondió Lucinda, mientras pensaba: Puf, otro que se cree que nunca he escuchado un chiste de agentes inmobiliarios—. Pero sí sé qué son veinte banqueros. Un buen principio.

Tim se rió a disgusto.

—*Touché* —dijo, antes de dar media vuelta y desaparecer.

Desde aquel día se habían odiado mutuamente con todas sus fuerzas. No con picardía, como si se gustaran mucho y esa fuera su forma de demostrarlo, sino un odio a la vieja usanza. Cass, como es obvio, ni siquiera se había enterado. Le compró un reloj caro por su cumpleaños y le pagó un fin de semana en Babington House para celebrar su primer mes juntos. Salía antes del trabajo para ponerse guapa para él y llegaba tarde por las mañanas con la cara enrojecida tras una noche de pasión, motivos más que suficientes para ganarse la animadversión de su jefe. Lucinda se divertía con todo aquello. Es cierto que Cass era una chica privilegiada que, como casi todos sus compañeros de colegio, veía su trabajo en la oficina de prensa de Sotheby's como un agradable pasatiempo, algo así como unas clases de bailes de salón a las que uno puede dejar de asistir cuando le apetezca. Pero, aun así, Lucinda no estaba de acuerdo con que un perdedor de la talla del tal Tim pudiese ocupar un puesto más alto que el trabajo en la lista de prioridades de alguien, por muy trivial que este fuera.

—Si te soy sincera —le dijo a Cass el domingo por la mañana, aprovechando que los lloros de su amiga habían sido temporalmente por un cruasán de almendra—, sé que ahora mismo todo te parece una mierda, pero ese chico no valía la pena. A mí nunca me gustó.

Cass levantó la mirada del cruasán, con el ceño fruncido.

—¿En serio? ¿Y por qué no me lo dijiste?

—Porque era tu novio, no el mío. Y esperaba cambiar de idea con el tiempo.

—¿En qué crees que me he equivocado?

—En nada. Es él quien ha hecho las cosas mal al alejarse de ti.

—¿De verdad crees que no hay alguien más? Me juego lo que quieras a que ha conocido a otra y es demasiado cobarde para decírmelo.

Lucinda estaba convencida de ello, aunque se limitó a emitir todo tipo de sonidos indeterminados.

—Oh, Luce —continuó Cass—. ¿Qué voy a hacer ahora? Lo quiero tanto... Sé que es un idiota, pero había algo en su o-o-olor.

Lucinda acarició la espalda de su amiga, que había sucumbido de nuevo a las lágrimas. Lo sentía mucho por ella y al mismo tiempo no lo acababa de entender.

Siempre había sentido muy poco interés por lo que, al parecer, era la principal obsesión de cualquier mujer, y quizá el problema lo tenía ella. Pero no tenía sentido preocuparse por ello, decidió Lucinda. No era ella la de los ojos hinchados y la nariz goteando mocos.

—Y encima el martes es San Valentín. Le he comprado una tarjeta y un regalo, y he reservado en Le Caprice. Y resulta que voy a pasar la noche sola en casa.

—No, no es cierto —dijo Lucinda—. Voy a un concierto. Los Vertical Blinds. Puedes venir conmigo.

Cassandra abrió la boca de par en par.

—¡Los Vertical Blinds! ¿No son un poco modernos para ti, Luce?

—Uno de ellos es cliente mío. Pensaba ir con Benjie, pero seguro que no le importa. Él siempre me deja tirada cada vez que queda con alguno de sus amigos de internet.

—Genial. —Por primera vez en todo el fin de semana, Cassandra reaccionó como si mereciera vivir la vida—. Gracias, Luce. El cantante es guapísimo. ¿Crees que podremos conocerlos personalmente?

—Nunca se sabe. —Lucinda se levantó, orgullosa de haberle arrancado una sonrisa a su amiga—. Oye, mira qué hora es. Tengo que irme. Pero llámame si necesitas desahogarte y recuerda que iremos al concierto de San Valentín las dos juntas.

Gemma y Alex se habían pasado toda la noche del viernes discutiendo sobre si debían aceptar la oferta revisada de Nick

Crex. Alex sostenía que aún era demasiado baja. Gemma, por su parte, opinaba, eso sí, con una sonrisa en los labios, que era la única oferta que habían recibido en cinco meses; el mercado se estaba desplomando, pero, si aceptaban, Alex obtendría beneficios de la venta porque ya habían pasado diez años desde que compró el apartamento.

—Pero me siento como si me estuvieran estafando —protestó—. Esos agentes inmobiliarios sin escrúpulos nos dijeron que le pusiéramos ese precio al piso para sacar beneficios, y ahora se pasan el día repitiendo eso de «Bueno, sí, pero el mercado se está desplomando. Yo de usted aceptaría…». Nos han tomado el pelo. Me pone de los nervios. Y encima el tío es una estrella del rock.

Al principio, Alex y Gemma se habían emocionado al conocer la identidad del comprador, pero ahora les molestaba saber que alguien que tenía tanto dinero para ketamina y putas estuviera regateando el precio de un apartamento.

—No nos han tomado el pelo, cariño, solo nos han aconsejado mal. —Gemma le acarició la frente—. Y todas las estrellas del rock son personas avaras. He leído que Mick Jagger se prodiga menos con el dinero que sus pantalones de cuero con la tela.

Alex gruñó entre dientes. Llevaba todo el día de mal humor. Era un abogado de éxito, pero durante el último año había visto cómo disminuía su carga de trabajo gracias a los cambios de legislación que había introducido el gobierno, según los cuales buena parte de sus colegas trabajaban ahora por su cuenta al servicio de la fiscalía del estado, llevándose consigo un número considerable de casos de los que hasta entonces se habían ocupado abogados independientes como él mismo.

—Soy más pobre que hace un año, por eso no podemos aceptar una oferta tan baja —le explicó el sábado por la mañana mientras desayunaban copos de avena en un bar—. El tratamiento de fertilidad nos está costando una fortuna. —Levantó una mano en alto antes de que Gemma pudiera protestar—. Y que conste que no me quejo, pero es algo que nos conviene tener en cuenta. Si el banco no ve bastantes garantías de que mis ingresos son suficientes para cubrir la ampliación de la hipoteca, nos la denegarán. Hay una cifra que no podemos sobrepasar. Ahora tengo que trabajar. Necesito empezar a preparar un caso nuevo.

—Pero dijiste que faltaban semanas.

—Y así es. Pero es un caso complicado. El cliente es un tipo chungo, de la familia Holmes. Es una de las familias del East End al estilo gemelos Kray, con una lista de condenas como de aquí a China. Si lo ayudo a librarse de esta, será la hostia. Todos los mafiosos de la ciudad harán cola para contratar mis servicios. Se dispararán entre ellos en plena calle.

Gemma arrugó la nariz. No hacía falta que dijera nada, ya habían tenido aquella misma discusión al menos un millón de veces.

—No nos queda más remedio si queremos comprar Coverley Drive, cari. Soy como un taxi libre. Cuando voy con la luz encendida, tengo que llevar a cualquiera que requiera mis servicios. Así que deja que empiece a prepararlo todo.

—Está bien. Yo iré a nadar un rato.

De pronto se hizo el silencio, un silencio dramático al estilo *¿Quién quiere ser millonario?* cuando el concursante está a punto de saber si ha acertado la pregunta de las doscientas cincuenta mil libras.

—Oh, por Dios, está bien —explotó Alex finalmente, un poco enfadado—. El lunes llamaré para decir que aceptamos la oferta. Eso sí, espero que seas consciente de que eso significa que esta es la última vez que comemos fuera. A partir de ahora no nos lo podremos permitir.

A Gemma se le escapó un grito de felicidad, idéntico al de un concursante cuando gana.

—Oh, gracias, cariño. Gracias.

Su marido sonrió avergonzado mientras ella lo cubría de besos.

—No pasa nada. Supongo que con el nacimiento de Chudney se habrían acabado los restaurantes igualmente.

—Y las vacaciones en el extranjero. Y la ropa bonita. Demasiado estresados para volar. O para arriesgarnos a llevar algo de cachemira.

A menudo solían jugar a «Cuando Chudney llegue», que consistía en enumerar todos los contras de tener hijos. Los ayudaba a mantener la distancia de lo mucho que deseaban tener uno.

—Ve a nadar y yo mientras intentaré ganarme las habichuelas honradamente. O no.

Menos mal que Cass le había recordado lo del día de San Valentín, pensó Lucinda a la mañana siguiente de camino al trabajo. Salió del metro en Chancery Lane y se dirigió a un quiosco cercano para comprar dos tarjetas de San Valentín. Una para su padre, otra para Benjie. La misma para los dos: un poco cursi pero muy bonita, con un corazón de raso sobre fondo plateado.

Pero al llegar a la oficina, las abrió y se dio cuenta de que se había equivocado. Ambas llevaban la inscripción «Cásate conmigo». Para Benjie ya le iba bien. Se limitó a añadir, sonriendo: «Y nos mudaremos a un cámping para caravanas en Kentucky y nos sentiremos como en casa ¿? Besos». A su padre, sin embargo, no podía enviársela. Si lo hacía, seguro que no le haría ni pizca de gracia, y si tachaba la inscripción, no quedaría perfecta; y todo lo que Lucinda hacía para su padre tenía que serlo. Compraría otra de camino a su cita de las 10.45. ¿Y qué podía hacer con la tarjeta que le sobraba? Era demasiado bonita para tirarla.

Consideró por un instante la posibilidad de enviársela a Cass para animarla un poco. No, mejor no. Seguro que creería que era de Tim y eso sería muy cruel. Lucinda repasó mentalmente la lista de hombres a los que conocía. Tampoco. Nadie que le hiciera tilín ni remotamente, lo cual la hizo pensar en Gareth, no sin cierta malicia. No estaba en su mesa. De pronto se sintió aliviada. La histeria de Cass no le había dejado demasiado tiempo libre para pensar en él durante el fin de semana, pero cada vez que recordaba lo sucedido se sentía terriblemente culpable. ¿Por qué lo había humillado de semejante manera haciéndole saber que estaba al corriente de lo que sentía por ella? Respuesta: porque era una mujer vanidosa, porque se sentía extraña en aquel ambiente que le era desconocido y necesitaba que alguien la ayudara a recuperar la confianza en sí misma. A pesar de que Marsha ya le había hablado de los sentimientos de Gareth, oírlo en boca de él había supuesto una inyección de autoestima considerable.

Lucinda sintió que se le ponían las orejas rojas. En pocas palabras, no era una buena persona. Tendría que esforzarse más. El sonido del teléfono la arrancó de tales pensamientos.

—Dunraven Mackie, dígame.

—¿Lucinda? Soy Alex Meehan.

—Ah, buenos días. ¿Qué tal está?

—Bien, gracias. Escuche, mi esposa y yo hemos estado hablando de la oferta durante el fin de semana y, aunque la cifra es inferior a lo que usted nos dijo que conseguiríamos, vamos a aceptar.

El humor de Lucinda mejoró al instante.

—De acuerdo. Creo que han tomado la decisión más acertada.

—Y yo creo que no teníamos elección.

Dios, qué hombre más maleducado, pensó Lucinda.

Pero no queremos perder la casa que tenemos apalabrada y no podemos hacerlos esperar eternamente. En cualquier caso, ya hemos hablado con nuestro procurador, que nos mantendrá informados. Espero noticias suyas hoy mismo.

—Descuide.

Colgó el teléfono con un «¡Sí!» apenas susurrado, pero no había nadie con quien celebrarlo. Niall, con una mancha enorme de vómito de bebé en el hombro, estaba al teléfono, al igual que Marsha. Los demás habían salido. Bueno, no importa. Ya se enterarían en la reunión de mediodía. Lucinda se moría por ver la cara de Joanne cuando supiera que había vendido el piso invendible. Rápidamente llamó a Nick Crex. Buzón de voz. Qué sorpresa. Las estrellas del rock no se levantaban hasta las tantas. Le dejó un mensaje pidiéndole que la llamara, y luego cogió la agenda y empezó a redactar una lista de clientes con los que contactar.

De pronto se abrió la puerta de la agencia. Lucinda levantó la mirada y vio a Anton, el promotor sudafricano, rodeado por el mismo halo de tristeza que el viernes por la noche. Niall colgó el teléfono, se puso en pie de un salto y le ofreció la mano.

—¡Anton! Me alegro de verte.

—Y yo a ti, Niall. Estaba por la zona y he pensado que podía pasarme un momento para ver cómo va el mercado.

—No tan mal como parece —dijo Niall, y se enfrascaron en una conversación que Lucinda se sabía de memoria sobre cómo el mercado había tocado fondo y ya empezaba a remontar.

Prestó atención durante un minuto o dos; luego cogió el teléfono y llamó a su primer cliente. Buzón de voz. Le dejó un mensaje en un tono de voz quizá demasiado alto. Colgó. Anton seguía sin mirarla. Qué grosero. Ni siquiera se había percatado de la presencia de Marsha o de la suya.

Decidió mirarlo fijamente, ver cuánto tardaba en darse cuenta, pero un minuto después Anton seguía hablando con Niall, ajeno a todo lo que lo rodeaba. A simple vista, parecía el tipo de hombre a quien no le podía importar menos la opinión de una mujer. Cerdo machista.

Disimuladamente, Lucinda le sacó la lengua. Se volvió hacia el teclado de su ordenador y, dejándose llevar por un impulso, buscó su nombre en Google. No recordaba el apellido y tampoco encontró nada por «Anton, promotor inmobiliario, Clerkenwell». Probó con «Anton edificio Craighill EC1». Pues claro, Anton Beleek. Obviamente, no tenía Facebook, pero sí encontró la dirección de su oficina. En la misma calle que ellos, detrás de Clerkenwell Green. Volvió a mirarlo. Seguía actuando como si no la hubiera visto. Bajó la mirada. La levantó de nuevo.

La volvió a bajar… hasta la tarjeta de San Valentín.

De pronto fue como si algo se apoderara de ella. Cogió un bolígrafo y escribió «No puedo dejar de pensar en ti» debajo de «Cásate conmigo». Añadió un gran interrogante seguido de «Besos».

Metió la tarjeta en su sobre y escribió el nombre y la dirección de Anton, con un «PRIVADO» a un lado. Lo cerró, le puso un sello y se lo guardó en el bolso. Se había hecho tarde y tenía una cita con un cliente.

—Niall, tengo una visita en Finsbury Square. Nos vemos más tarde.

Cuando se disponía a salir por la puerta, se encontró a Gareth de cara.

—Hola, ¿qué tal? —Apenas se atrevía a mirarlo a los ojos.

—Bien, gracias. ¿Te lo has pasado bien el fin de semana con tu amiga? —Parecía tan normal y sonriente como siempre.

—Si para ti escuchar «I Will Survive» repetidamente es pasárselo bien, entonces supongo que sí.

Gareth se rió. Ella también. Genial. Sin rencores. Por un segundo sopesó la posibilidad de presentárselo a Cass. Mejor no. Maldito acento pueblerino. ¿Qué problema tenían los hombres que la rodeaban con su forma de hablar? Primero Gareth, como si fuera sentado en lo alto de un tractor, mordisqueando una hebra de paja, y luego Ent-on.

—Nos vemos luego. Podríamos ir a comer al Pret después de la reunión, ¿no?

—Sí —respondió él, con una sonrisa—. ¿Por qué no?

Lucinda se alejó calle abajo, aliviada. Se estaba comportando como una paranoica. Gareth seguía siendo su amigo. Al pasar junto al buzón de correos, se detuvo y consideró sus opciones. Era absurdo enviarle una tarjeta de San Valentín a un desconocido simplemente porque le sobraba una y porque el desconocido en cuestión la había humillado al ignorarla. Lucinda hizo girar el brazalete que llevaba en la muñeca. La misma voz que la había reprendido por jugar con los sentimientos de Gareth le decía ahora que se estaba comportando como una engreída… otra vez. Justo entonces sonó el teléfono. Ajá. Nick Crex.

—¿Sí? Lucinda al habla.

—Eh, hola, soy Nick Crex. He recibido tu mensaje. Así que ¿el piso es mío?

—Bueno, todavía no. Pero cuando hayamos redactado el contrato y bla, bla, entonces lo será. Felicidades.

—Muy buena. ¿Y qué hago ahora?

—Informe a su procurador. Le recomiendo que encargue un estudio para que podamos ponerlo todo en marcha.

—¿Cuándo crees que podré mudarme?

—Bueno, según tengo entendido, los Meehan han hecho una oferta por una propiedad en el campo. Depende de si esa otra propiedad también está en espera. No sé…, un mes. ¿Dos?

—¿Dos meses? Mierda. Pensaba que estaría allí para finales de semana.

—Me temo que no. Comprar una propiedad puede llevar su tiempo, sobre todo si es en cadena. Pero no se preocupe, no creo que tengamos mayores problemas. ¿Por qué no me llama más tarde con los datos de su procurador y yo me pongo en contacto con él?

—Vale —respondió Nick a disgusto—. Adiós.

Mierda. Era evidente que Nick Crex no tenía ni idea de cuánto podía tardar todo el proceso. ¿Y si cambiaba de idea? Les diría a los Meehan que tenían que actuar cuanto antes.

Se mordió el labio, tratando de encontrar las palabras adecuadas para los Meehan, y sin darse cuenta metió el sobre con la tarjeta de San Valentín en el buzón de correos.

Maldita sea.

De pronto le dio la risa. ¿Acaso importaba? Lo más probable era que la secretaria de Anton el sudafricano abriera la carta y la tirara sin que él llegara a verla. Y aunque así fuera, ¿dónde estaba el problema? Si ni siquiera la había firmado. Nunca sabría que la había enviado ella.

Ya más tranquila, se dirigió hacia su cita.

9

Gemma esperaba frente a un edificio georgiano de gran altura, con el abrigo envolviéndole su diminuto cuerpo. El día había amanecido húmedo y sombrío, como si alguien lo hubiese cubierto con una lona, pero aun así en su corazón brillaba un sol rutilante. Iban a aceptar la oferta de Nick Crex. Y, aunque se lo había ocultado a Alex, hoy Bridget conocería a su gurú de la fertilidad, el doctor Malpadhi. Quizá Gemma había sido un tanto presuntuosa al concertar la visita antes de que su hermana aceptara, pero gracias a Dios le había parecido perfecto. Gemma no podía estar presente durante el encuentro. La clínica se había mostrado muy firme al respecto. Pero nada le impedía asegurarse de que Bridget llegara a tiempo o quedar con ella después de la visita.

Volvió a mirar la hora. La presión sanguínea le subía por momentos. A pesar de que la había llamado para asegurarse de que estaba en camino, Gemma estaba segura de que se entretendría por el camino, perderían la hora y el doctor Malpadhi retrasaría todo el proceso un mes más. Pero no, allí estaba, acercándose entre la multitud con unos vaqueros manchados de pintura y una camiseta teñida con la técnica del batik.

—¡Bridge! No me puedo creer que te hayas vestido así.

—¿Y qué más da? Les interesan mis habilidades reproductivas, no mi sentido de la moda.

—Lo sé, pero…

Pero ¿qué? Bridget tenía razón. Gemma le dio un abrazo.

—Muchas gracias por venir. Ya puedes entrar. Con un poco de suerte, el doctor Malpadhi irá con retraso y podrás disfrutar de todas las revistas.

—Sabes que odio las revistas. Crean modelos inalcanzables para las mujeres.

—¡Está bien, está bien! ¡Lo siento! Tienen galletas gratis y té y café.

—¡Eso es otra cosa!

Gemma le apretó afectuosamente el brazo.

—Estaré en la cafetería Lebanese, en la calle Wigmore. Nos vemos allí.

Gemma se pasó la siguiente hora intentando leer el periódico sin demasiado éxito y observando a través de la ventana el desfile de cochecitos de bebé. Bugaboo seguía siendo la marca de moda, era evidente, y lo más probable era que también ella se decantara por alguno de sus modelos, por muy tópico que fuese. Claro que quizá debería comprar un Phil & Ted para poder convertirlo en un carrito doble si tenían un segundo hijo… Si Bridget quería. Si...

Tenía que controlarse. Aunque los óvulos de Bridget estuvieran bien y pudieran extraérselos sin problemas, existía la posibilidad de que no se implantaran correctamente en su útero. Podía sufrir un aborto. El corazón de Gemma se encogió mientras repasaba la lista de desastres posibles: el bebé podía nacer prematuro o deforme, o desarrollar una pasión enfermiza por la obra de J. R. R. Tolkien, o convertirse en un cristiano radical. Pero ¿qué alternativas tenía? Podía seguir con su vida de cenas en restaurantes, películas, vacaciones. Todo perfección, lógicamente. Pero la idea de que eso fuera todo, de que no hubiese nada más, la aterrorizaba. Era como si la vida se extendiese frente a ella como una línea infinita e imperturbable, como una carretera atravesando el desierto sin una sola curva. Necesitaba que la maternidad se interpusiera, que la obligara a dibujar una tangente.

Por lo menos Coverley Drive sería un giro en la carretera, la llegada de nuevas posibilidades.

—¡Heeey! —exclamó la voz de Bridget a sus espaldas.

Gemma empezó a sospechar al instante.

—Qué rápido. ¿Te ha recibido? ¿Qué ha dicho?

—Ah, ya sabes. —Bridget le dedicó una sonrisa al camarero—. Un expreso doble, por favor. Las típicas tonterías: que está encantado de conocerme, que voy a hacer algo maravilloso. Después me ha preguntado si sabía exactamente en qué consiste el proceso. Le he dicho que he leído algo por internet, pero ha insistido en que aun así tenía que repasarlo conmigo, así que me ha explicado todo el procedimiento de la fecundación in vitro. Casi me quedo dormida. Luego me ha dicho que me harán unas pruebas y que tendré que ver a un consejero. Yo le he dicho que no hacía falta, que he hablado con un montón de curanderos en mi vida, pero según él es obligatorio.

—Ya te lo dije yo.

—Lo sé, pero esperaba poder convencerlo y ahorrarnos la molestia. Le he preguntado que qué era eso tan importante de lo que teníamos que hablar y me ha dicho que está el tema de que no tengo hijos, y no he podido aguantarme la risa. Le he contestado: «Sí, ¡gracias a Dios!».

¿Cómo podía ser tan frívola? Aunque, por otro lado, no le faltaba razón.

—Le he dicho que no quiero tener hijos, que me parecen una forma de acabar con los recursos de la Tierra y que, de todas formas, tengo demasiados problemas con mis padres pendientes de resolución. Entonces él me ha dicho: «De acuerdo, pero eso puede cambiar». Y que si, por la razón que fuera, en algún momento decidiera tener hijos y no pudiese, haberte donado mis óvulos podría ser un problema.

Gemma cerró los ojos y hundió las uñas en las palmas de las manos. Pero a Bridget se le escapaba la risa.

—Le he dicho que no se preocupe, y él ha insistido, que tenía que hacerlo. Una sesión yo sola y otra con vosotros. Tenemos cita dentro de quince días.

—¿Quince días? Todavía falta mucho.

—El consejero está de vacaciones. Mientras tanto, me harán varias pruebas médicas: sangre, hormonas, tienen que medirme, pesarme… Le he dicho: «¡Uau!, ¿está seguro? Se arrepentirá cuando le rompa la báscula y tenga que comprar otra nueva».

—No seas tonta —dijo Gemma, y guardó silencio.

El tema del peso le preocupaba, podía interferir con la ovulación. Al menos Bridget estaba bebiendo café negro y no uno de sus mejunjes habituales de leche y azúcares. Ella preferiría que no bebiese ni café, pero aquel no era el momento para discutirlo.

—Eso es lo que me han dicho. Tengo que venir el viernes para las pruebas.

—Eres muy buena, Bridget —dijo Gemma, poseída por uno de sus repentinos accesos de amor fraternal. Bridget estaba haciendo tanto por ella, y a cambio de nada. Solo por amor.

—Ah, es un placer. ¿Te apetece otro…? ¿Qué estás tomando? ¿Café? ¿Té?

—Té de hierbas. No, gracias. Me encantaría, pero tengo que irme. Tengo sesión de reiki.

No era estrictamente cierto; tenía sesión de reiki, pero no hasta las cuatro. Lo cierto era que, ahora que el trato estaba casi hecho, Gemma sentía la necesidad imperiosa de largarse. No quería arriesgarse a que Bridget la pusiera nerviosa y ella saltara, y todo se fuera al traste. Mejor irse cuanto antes.

—Oh, qué lástima. Bueno, antes de que te vayas, ayúdame a escoger una tarjeta de San Valentín.

—¿Una tarjeta de San Valentín?

—Sí. Venga, señora Braguitas por Colores, no me digas que has olvidado qué día es mañana.

—Claro que no. —Gemma había comprado la tarjeta de Alex hacía ya una semana, junto con un regalo elegante, una pequeña lámina de una galería de Islington, y los ingredientes para preparar una cena especial. Nunca había salido a cenar fuera el mismo día. ¿Había algo más vulgar que pasar la noche metidos en un restaurante con un menú sobrevalorado y un montón de parejas obligadas a mirarse a los ojos en actitud romántica?

—¿Para quién es? —preguntó, mientras se ponía el abrigo.

—Oh, para un chico. —A Bridget se le escapó una risita, algo no muy propio en ella. Un gesto dulce y claramente femenino. Se volvió hacia su hermana, sonriendo—. Se llama Massimo y es barrista.

—¡Barrista! —Gemma no daba crédito.

¿Tendría algo que ver con el Cirque du Soleil? Su hermana siempre salía con taxistas y refugiados políticos que querían casarse con ella por los papeles, nunca con artistas o bohemios, y mucho menos si tenían algún tipo de futuro por delante. Ella, en cambio, prefería a los hombres con carreras prestigiosas y lucrativas. Una parte de ella se alegraba de que por fin Bridget empezara a ver la luz, mientras la otra se sentía extrañamente amenazada por la noticia.

—Sí, es increíble. Rubio, ojos azules.

—¿Dónde os habéis conocido?

—En el Costa Coffee, en Ealing. Trabaja allí.

—¿Trabaja allí? ¿Con el portátil? —Gemma se imaginó a un hombre atractivo y musculado rodeado de pobres, tomando notas para su último espectáculo en un Mac y sorbiendo de una taza de *frullato*.

—Con un portátil no. Detrás de la barra. —Bridget la miró extrañada y de pronto se le escapó una carcajada—. Oh, no, no habrás creído que me refería a un barrista de circo. Es barrista. Trabaja detrás de una barra.

—Ah. —A Gemma también se le escapó la risa—. Ya me parecía extraño.

Ya habían llegado al quiosco y estaban buscando en el estante de las tarjetas.

—Y… ¿ha pasado algo entre ese chico y tú?

—Todavía no, pero siempre nos reímos mucho cuando voy a verlo. Creo que necesita que lo empuje un poco en la dirección adecuada. —Levantó una tarjeta en alto—. Esta, ¿qué te parece?

Era una monstruosidad llena de corazones y de flores, púrpura y dorada, con lentejuelas y brillantina. La clase de tarjeta que Gemma odiaba.

—Sí, esa está bien —respondió, diplomática, encogiéndose de hombros.

—Pone «Te quiero». ¿Crees que es demasiado?

—No, es una tarjeta de San Valentín, se trata de eso —mintió Gemma.

Al fin y al cabo, lo más probable es que aquello no fuera a ninguna parte, como los ocho millones de relaciones que Bridget había tenido antes.

—Tienes razón, se trata de eso, ¿verdad? —Bridget acarició el brazo de su hermana—. No sabes cuánto me alegro de estar haciendo esto. Creo que nos va a unir más. Más que nunca.

—Siempre hemos estado muy unidas.

—Supongo que sí. —Bridget se encogió de hombros—. Pero no sé, a veces no lo he sentido así. La última vez que estuve en Goa, le hablé a mi maestro de meditación de nuestra relación.

—No siempre nos hemos visto tan a menudo como debiéramos —asintió Gemma—. Pero tú nunca estás aquí. Oye, lo siento, pero de verdad que me tengo que ir.

—Vale. —Otro de los abrazos torpes de Bridget—. Ya te llamaré para que sepas cómo han ido las pruebas.

—Gracias —dijo Gemma, y de pronto sintió las malditas lágrimas de siempre nublándole la vista, superada por un afecto genuino hacia su hermana por ser tan grande, tan caótica y tan genuinamente buena.

Aun así, había llegado la hora de irse.

—No firmes la tarjeta, ¿vale? —gritó por encima del hombro mientras abría la puerta. Pero el rugido del tráfico en la calle se tragó la respuesta de Bridget.

10

Era martes por la mañana. Nick estaba en la playa, haciendo la rueda sobre la fina arena y desnudo. Las gaviotas graznaban desde las alturas y había un fuerte olor a... quemado. ¿Era su piel, tan pálida, bajo el sol tropical? De pronto se oyó el sonido de una sirena. ¿Lo perseguía la policía? ¿O era una ambulancia?

—¡Nicky! ¡Nicky, despierta!

—Uf.

—Estaba intentando hacerte el desayuno y se ha disparado la alarma contraincendios —exclamó Kylie, a punto de perder los nervios—. Ayúdame, que no llego.

—¡Joder! —Nick se levantó de la cama y corrió desnudo hasta la cocina. Se subió a la mesa, arrancó la alarma del techo y le sacó la pila.

Silencio.

—Hostia puta, Kylie, tienes que dejar de quemar las tostadas.

—Lo siento, lo siento —se disculpó ella—. Es que no consigo pillarle el punto al trasto este de De'Longhi. Iré a comprar uno nuevo. —Su rostro se contrajo en una mueca de tristeza.

Tenía unos rasgos muy bonitos, pensó Nick, como si la viera por primera vez.

—Ahora bájate de ahí. Tengo una sorpresa de San Valentín para ti.

San Valentín. Nick no lo había olvidado; tendría que ser

sordo, ciego e imbécil, teniendo en cuenta la cantidad de pistas que Kylie llevaba meses dejando caer a la más mínima oportunidad. No era una chica materialista, pero le gustaba recibir tarjetas cursis y ositos de peluche en las ocasiones especiales, como los aniversarios. Nick le había pedido a Andrew que encargara un gran ramo de flores para que se lo entregaran a lo largo del día. Seguro que así la tenía contenta, y es que hoy no habría cena romántica porque tenían la actuación de Shepherd's Bush. Antes de eso, estarían ocupados con una sesión de fotos para una revista, seguida de ensayo en el estudio.

—Venga —dijo Kylie, cogiéndolo de la mano y guiándolo, todavía desnudo, hasta el comedor—. ¡Tachán!

—¡Madre mía! —Nick miró a su alrededor.

Unos globos enormes de color rosa colgaban del techo. Todo estaba cubierto por una fina capa de purpurina rosa. Había velas rosas sobre la mesa de caoba, que estaba preparada con platos rosas y copas rosas llenas de…

—¿Champán a estas horas de la mañana? Debes de creer que soy una estrella del rock o algo así.

Kylie le rodeó el cuello con los brazos entre risas.

—Oh, Nicky, eres tan divertido. Feliz día de los enamorados, amor mío. Como sé que no podemos ir a cenar esta noche, he pensado que, en vez de eso, podemos tener un desayuno especial de San Valentín. ¡Mira qué he hecho!

Nick miró su plato. En él había un huevo cortado sin demasiada destreza en forma de corazón. De pronto se le formó un nudo en la garganta. Seguro que Jack y Myrelle Saint Angelo estaban esnifando cocaína el uno en el trasero del otro. El gesto de Kylie, en comparación, resultaba conmovedor.

—¿Quieres comértelo así? ¿O te traigo una camiseta? —Le dedicó una sonrisa lasciva—. Yo sé cómo te prefiero.

—Camiseta, por favor. Esto no es un cámping nudista.

Kylie se rió de nuevo y salió dispara en busca de una. Nick miró el plato. Junto a él descansaba un paquete de color fucsia. Antes de que pudiera abrirlo, Kylie regresó.

—Sé que esta noche, en el concierto, habrá un montón de *groupies* tirándote bragas, así que he pensado que estaría bien empezar el día reclamándote para mí sola. —Le dio un beso—. Come.

Mientras Kylie hablaba, sonó el timbre.

—Eso debe de ser mi coche.

—Son solo las nueve. Llegan pronto, ¿no?

—No, la hora de recogida era a las nueve. —Apuró el té de un trago y apartó el huevo, aún sin tocar, a un lado—. Oye, gracias por esto. Nos vemos luego, ¿vale?

—En el concierto.

—Eso —dijo él, recordando que también había invitado a Lucinda. De pronto imaginó con horror la posibilidad de que esta se encontrara con Kylie. Lo más probable era que su opinión de él empeorara en cuanto viese lo ordinaria que era su novia. Pero ¿por qué tendrían que hablar la una con la otra? Habría miles de personas. El teléfono empezó a sonar.

—¿Sí?

—Nick. Soy Charles.

—Eh, hola —lo saludó, disimulando.

Su asesor financiero, apenas unos años mayor que él y ya con las mejillas carnosas y siempre rojas, pero con una seguridad en sí mismo con la que Nick solo podía soñar, el resultado inequívoco de una educación en colegios privados. Charles admiraba a Nick por formar parte de un grupo, pero la admiración del músico era mucho mayor, aunque nunca la mostraba.

—¿Cómo va lo del piso?

—Mmm, espera un segundo. —Se metió en el dormitorio y cerró la puerta tras él—. Les he hecho una oferta y la han aceptado —respondió con un tono de voz apenas perceptible.

—¿Cómo?

—Que han aceptado mi oferta.

—Excelente. He estado investigando por internet y parece una inversión muy segura. Felicidades, colega. Ahora tienes que nombrar un procurador.

—Eso es lo que ha dicho la de la inmobiliaria. ¿Y cómo lo hago?

—Ya me ocupo yo. Y también tienes que solicitar un estudio.

—¿Un qué?

—Un estudio. Para asegurarte de que el piso no se cae a trozos ni nada por el estilo. Es importante, Nick, no te lo saltes.

—¿Te puedes ocupar tú?

—Claro. Pero tendré que cobrártelo.

—Me parece bien.

—¿Y qué piensa tu novia del piso? Se llamaba Kelly, ¿no?

—Mmm, le encanta.

Kylie llamó a la puerta.

—Nick, ¡tu coche está esperando!

—Tengo que irme, Charles. Hablamos más tarde. Gracias, tío.

—De nada. Es parte del servicio. Buscaré un procurador para la venta.

—¿Quién era? —le preguntó Kylie en cuanto salió del dormitorio.

—Cosas de trabajo. Nos vemos esta noche, ¿vale?

—Estoy impaciente.

Ya se había sentado en la parte de atrás del Mercedes con chófer que lo llevaría a la sesión de fotos cuando se dio cuenta de que se había dejado la tarjeta de San Valentín junto al desayuno. Kylie se sentiría fatal.

Venga, hombre, por el amor de Dios, que no eres tan importante, se dijo a sí mismo.

La sesión se realizaba en un estudio en la zona oeste de Londres. Nick le dio las gracias al chófer (había leído en algún sitio que siempre hay que ser «amable con las personas pequeñas») y entró en el edificio por una puerta giratoria.

—¿Nick? —Una chica alta y delgada, con el pelo rubio recogido en una coleta que le llegaba hasta el culo, salió a su paso—. Hola, soy Zinnia de *Fashionista*. Qué bien conocerte por fin. Tengo todos vuestros discos.

—¿Todos nuestros discos? Querrás decir el único que hemos sacado hasta el momento.

La chica echó la cabeza hacia atrás y soltó una carcajada histérica.

—Sí, sí, eso mismo. Ja, ja. Ven por aquí.

La siguió hasta el ascensor y subieron a una especie de ático: un espacio enorme y blanco, con una terraza desde la que se veía toda la ciudad. No muy distinto al apartamento 15, pensó Nick. Un hombre en vaqueros y camisa a cuadros preparaba las cámaras, mientras la maquilladora se instalaba en una esquina y un indio delgado, con pantalones de campana y una camiseta de lentejuelas azul más apropiada para una luna de miel en las Maldivas que para Londres en pleno mes de febrero, buscaba entre las prendas que colgaban de un perchero. Nick saludó con la mano a Paul e Ian, que esperaban cómodamente instalados en sendos pufs, bebiendo té y sirviéndose de una bandeja de pastitas danesas. Andrew, como siempre, estaba hablando por teléfono mientras se tapaba la otra oreja con un dedo. Él era así: cagaba y practicaba sexo mientras hacía llamadas, y seguramente seguiría haciendo lo mismo cuando lo enterraran.

—¡Buenos días!

—Mira a quién tenemos aquí.

—Vete a la mierda —respondió Nick—. ¿Cómo estáis?

—Hechos polvo. Me he pasado la mañana celebrando San Valentín. —Ese era Paul, que parecía sacado de un casting para roquero del año. Era pelirrojo, no muy alto y con la barbilla probablemente demasiado grande, pero desde que se habían subido al tren de la fama se había tirado a cualquiera que tuviese dos cromosomas X—. Con esa modelo tan mona que conocí en Mahiki. Hace una cosa increíble con el meñique...

—Demasiada información. Gracias. —Nick le rodeó el

cuello torpemente con un brazo muy al estilo eres-mi-colega-y-no-sé-otra-forma-de-demostrar-afecto.

—¿Tú qué tal, Nick? ¿Has estado consumando el matrimonio en la mañana de los enamorados? —Esta vez era Ian, cuya nueva novia, Becky, modelo para más señas, era lo más parecido a una amiga que Kylie tenía en Londres.

—Claro que sí. —Nick puso los ojos en blanco y cogió otra taza de té de la mesa del catering.

—Espero que no haya afectado a tu capacidad para escribir canciones —intervino Andrew, mientras guardaba el móvil en el bolsillo.

Parecía estar bromeando, pero Nick sabía que en realidad estaba preocupado. Maldita sanguijuela. Lo único que hacía era hincharse a pastelitos y cafés gratis a su costa y encima se quedaba el veinte por ciento de su dinero. Era ridículo. ¿Y si se deshacían de él? Podrían ocuparse de su propia carrera. Si las niñatas de las Spice Girls lo habían hecho, no podía ser tan descabellado.

—Nick, Andrew te ha hecho una pregunta —dijo Ian.

—No era una pregunta, era una afirmación. Y sí, estoy avanzando.

—¿Algo que se pueda llevar al estudio la próxima semana?

—¡Por supuesto! —Miró a su alrededor, en busca de una distracción—. ¿Dónde está Jack?

—Esa es una muy buena pregunta —respondió Andrew en tono poco amistoso—. Estoy intentando localizarlo. Creo que debería volver a intentarlo. —Sacó el teléfono del bolsillo y marcó un número, aunque sin demasiada confianza. Y de pronto—: ¿Hola? Eh, Jack, cabrito, ¿dónde coño te has metido? ¡No! ¡No es suficientemente buena! Tío, te necesitamos para la sesión fotográfica… ¿Y el concierto de esta noche?

Los chicos del grupo se miraron los unos a los otros, como niños que se han portado mal y van camino del despacho del director. Jack llevaba semanas comportándose así. A todos les gustaban los extras que conllevaba un trabajo como el suyo, pero Jack se había enamorado perdidamente de ellos.

Cada vez pasaba más noches en vela, poniéndose de coca hasta arriba, y luego era incapaz de dormir sin tomarse un buen puñado de somníferos. Normalmente era imposible despertarlo antes de mediodía, así que su ausencia de hoy no era ninguna sorpresa.

—Vale, vale. Hostia puta, Jack… Bueno, ya se nos ocurrirá algo para la sesión, pero esta tarde… ¿Qué se supone que vamos a hacer? No, no me da la gana de tranquilizarme. Tendremos que cancelar el puto concierto. Vale, que te den.

Andrew tiró el móvil al otro lado de la estancia y a punto estuvo de darle al chico indio, que gritó un «¡Madre del amor hermoso!».

—¡Joder! —exclamó—. Gilipollas. —Hizo el gesto de tirarse de los pelos—. Está bien —continuó con una calma un tanto inquietante—. Vale. Estamos total y absolutamente jodidos, ¿no? No tenemos más remedio que cancelar la actuación. Voy a llamar a los promotores.

Andrew salió de la habitación dando grandes zancadas. Paul, Ian y Nick se miraron entre ellos, desconcertados. Cancelar un concierto no era lo ideal.

—Becky estará encantada —dijo Ian, que siempre veía el vaso medio lleno—. Me la llevaré a cenar esta noche. ¿Creéis que Andrew podrá conseguirme mesa en el Nobu?

—Algo me dice que ahora mismo no está en su lista de prioridades —respondió Nick, sin perder detalle de los aspavientos de su mánager al otro lado de las puertas de cristal.

Visto lo visto, no le quedaba más remedio que organizar algo con Kylie. De pronto recordó algo: Lucinda. La había invitado al concierto. Normalmente no le habría dado más importancia, pero por alguna extraña razón no le gustaba la idea de que se presentara esa noche a las puertas de un Empire vacío. Sacó el teléfono y llamó a Dunraven Mackie.

—Lucinda hoy tiene fiesta —le dijo una mujer con una voz muy desagradable.

Por un momento, Nick imaginó a Lucinda entre las sábanas blancas de una cama, en los brazos de su amante. Claro que, según ella, tenía pensado llevar a su hermano al concierto.

—La llamaré al móvil.

Se sintió aliviado al escuchar el mensaje del buzón de voz. Lucinda lo intimidaba hasta la incomodidad, aunque al mismo tiempo eso era lo que más le ponía de ella.

—Mmm, Lucinda. Soy Nick Crex. Eeeh, la actuación de esta noche se ha cancelado. Lo siento. Pensé que te gustaría saberlo. Eeeh, y ya me he puesto con lo del procurador y todo el rollo ese, así que hablamos pronto. Eeeh, adiós.

Colgó el teléfono, extrañamente incómodo. Zinnia esperaba de pie frente a él.

—¿Preparado para el maquillaje?

—Supongo que sí —murmuró él.

Mientras le aplicaban base en las mejillas, se dio cuenta de que su mente se debatía entre el enfado por el concierto cancelado, la preocupación ante la evidencia de que lo de Jack iba a peor y una cierta inquietud sobre cuándo volvería a ver a Lucinda. Con ella sentía lo mismo que la primera vez que fue al dentista y le hicieron una limpieza: un ligero cosquilleo tras deshacerse de la capa de sarro, tan agradable que no podía dejar de pasarse la lengua por los dientes. Pero aquella sensación había desaparecido rápidamente, y lo mismo sucedería con su interés por Lucinda. Joder, por muy pija que fuera, no era más que una simple agente inmobiliaria. Tenía que empezar a controlarse.

11

Lucinda estaba desayunando sentada en la barra del enorme piso de South Kensington que, al igual que el resto del edificio, era propiedad de su padre, comiendo muesli y observando el jardín comunitario bañado por los primeros rayos de sol, débiles aunque no por ello menos prometedores. Era martes, día de San Valentín —fecha que para ella no significaba nada—, y su día libre.

La noche anterior, Benjie y ella se habían quedado despiertos hasta tarde viendo una película mala sobre un perro del espacio, así que había dormido hasta las nueve. No es lo que Benjie llamaría quedarse en la cama hasta tarde, sobre todo teniendo en cuenta que para él levantarse a mediodía era sinónimo de madrugar. Para Lucinda, en cambio, una mañana en la cama era una mañana perdida para siempre, y ya se estaba arrepintiendo por ser tan perezosa.

Repasó sus planes para el resto del día: comprobar sus inversiones por internet y quizá vender algunas acciones; ir al gimnasio; leer todo lo que tenía pendiente por la tarde —gracias a los lamentos de Cass, todavía no había tenido ocasión de revisar los periódicos del fin de semana—; y por la noche ir al concierto de los Vertical Blinds, que podía ser divertido. De pronto sonó el móvil. Miró la pantalla del teléfono, sin dar crédito a lo que estaba viendo.

—¡Papá! Hola. ¿Cómo estás?

—Tu madre y yo estamos en la ciudad —ladró su padre

al otro lado del teléfono, ignorando como siempre sus intentos de entablar conversación—. Nos gustaría comer contigo.

Típico. Unos padres normales habrían tenido en cuenta que su hija trabajaba y que quizá no estuviera libre si la avisaban con tan poca antelación. Michael Gresham no era de esos padres. Tan grande se creía el queso que era imposible que los ratones no se acercaran a por un pedazo. Y, de todas formas, Lucinda estaba encantada de poder verlo. No sería la primera vez que descubría por un artículo de periódico, o por un comentario casual, que su padre había estado en Londres una semana entera en viaje de negocios y no se había molestado ni siquiera en llamarla. Y aunque intentaba que ese tipo de cosas no la afectaran porque sabía lo ocupado que estaba, no podía evitar que eso ocurriera, como antes la afectaba que no fuera a los conciertos del colegio, ni a las obras, ni siquiera a su ceremonia de graduación.

—Estás de suerte, papá, hoy es mi día libre —le dijo, decidida a mantener el tipo—. Normalmente no habría sido posible con tan poca antelación.

—¿Y Benjie? ¿Está por ahí? —preguntó su padre, a pesar de que ella se esperaba un «¿Por qué?».

—Mmm. No está. Creo que ha ido a la biblioteca.

Michael Gresham no estaba preparado para escuchar que su hijo estaba medio muerto en la cama después de una noche de juerga en el parque de Hampstead Heath.

—Bueno, pues ponte en contacto con él. A menos que me digáis lo contrario, nos vemos en el Claridge. A la una.

—Adiós, papá —se despidió Lucinda en voz baja mirando el auricular, que se había quedado en silencio—. Nos vemos más tarde. Tengo muchas ganas de verte.

Llamó a la puerta de Benjie.

—¡Vete a la mierda!

—A la mierda te vas tú. Papá está en Londres. Quiere que comamos con él hoy.

—Oh, mierda.

Lucinda abrió la puerta y fue recibida por un olor rancio a calcetines sucios y semen, un olor que ni siquiera una reinona como su hermano, que se gastaba dos tercios de su asignación en hidratantes y cremas para después del afeitado, era capaz de eliminar de su habitación. Benjie se incorporó sobre un codo, descubriendo su torso musculado gracias a una hora diaria de gimnasio, la misma hora que debería haber dedicado a su clase de zoología.

—Será una mierda, pero si quieres tu asignación el mes que viene te recomiendo que vengas.

—¡Pero tengo clase! ¿Para qué quiere vernos?

—Mmm… Seguramente tiene algo que ver con que somos sus hijos.

—Como si alguna vez le hubiera importado. Debe de ser su intento anual de hacer el papel de paterfamilias. ¿Mamá también ha venido?

—Sí —respondió Lucinda, sin demasiado entusiasmo.

—Genial. Así será un poco más soportable.

Lucinda se encogió de hombros. En la familia Gresham, las líneas de batalla siempre habían estado muy bien definidas. Benjie y Ginevra eran los preferidos de su madre, y ella de su padre. Cuando se trataba de Gail Gresham, Lucinda se debatía entre el desprecio y la pena. Los orígenes de su madre eran bastante humildes; a pesar de ello, había conseguido encandilar a su padre gracias a una belleza poco corriente, y desde entonces se había pasado la vida aferrándose a su marido y a un físico que se desvanecía por momentos, mientras hacía la vista gorda ante cualquier posible escarceo. Llevaba diecinueve años sin comer más de quinientas calorías al día, desde que su padre le dijera un día, al poco de nacer Benjie, que estaba un poco rechoncha y que debería vigilarlo. Su agenda estaba repleta de citas para hacerse tratamientos faciales, manicuras, peinados y, una vez al año, cirugía.

Pero Michael Gresham se aburría a su lado, y no era de extrañar, porque nunca leía nada que no fuera el ¡Hola! Lucinda siempre se aseguraba de haber leído The Economist antes de ver a su padre y tenía opiniones de los temas del día, así que podían hablar largo y tendido. ¿Cómo podía ser que su madre no se diera cuenta?, se preguntó Lucinda, mientras entraba en la web del *Financial Times* para un repaso rápido.

Pero mientras intentaba leer un artículo sobre el desarrollo de iniciativas bancarias en los países musulmanes, no conseguía sacarse a su padre de la cabeza. Lucinda se sentía increíblemente orgullosa de él. Vale, no era uno de esos que se vanagloriaban de haber nacido en un granero, de haber ido al colegio descalzo ni de haberse tenido que comer a sus hermanos una fría noche de invierno. Su padre era corredor de bolsa, había ido a colegios de pago y luego a Oxford.

Pero aun así había llevado el dinero de su familia al siguiente nivel, comprando calles enteras de casas en ruinas en Cornwall, derruyéndolas y convirtiéndolas después en villas de lujo para jubilados. Después de eso, sus tentáculos empezaron a extenderse por todas partes. Era propietario de zonas enteras de Londres, una porción enorme al noreste de la ciudad, y poseía imperios por toda Europa, Australia y Estados Unidos. Cuando nació Lucinda, la mediana de sus tres hijos, Michael Gresham ya se había exiliado para no pagar impuestos. Ella había crecido en Ginebra, capital mundial de las vacas y el chocolate con leche, y fue a un colegio internacional en el que todos sus compañeros eran hijos de jeques y oligarcas.

A pesar de que apenas lo veía, su padre siempre había sido su favorito. Se recordaba a sí misma de pequeña, saltando por toda la habitación cada vez que él entraba, con la esperanza de que se diera cuenta de su presencia. Y lo hacía, aunque vagamente, acariciándole el pelo o diciéndole lo guapa que estaba. Lucinda aspiraba a más. Pronto se dio cuenta de que la única cosa a la que su padre prestaba atención era el dinero, así que, si quería impresionarlo, tendría que ganarlo por sus propios medios.

Y eso que no tenía necesidad alguna de mover un solo dedo. Los tres hermanos Gresham eran titulares de sendos fondos fiduciarios y, aunque solo tenían permitido el acceso parcial hasta los veinticinco años, podían permitirse cualquier cosa que se les antojara. Pero, aun así, Lucinda quería trabajar. Gail no les permitía tener trabajos de verano; le preocupaba que alguien los secuestrara o algo así, y de todas formas Ginebra no era la clase de sitio en el que se pudiera encontrar trabajo llevando documentos de un *château* a otro, así que Lucinda no tuvo más remedio que esperar hasta que acabó el colegio.

—¿Qué te gustaría hacer el resto de tu vida? —le preguntó su padre un día, mientras celebraban el final de las clases y su futuro viaje a Estados Unidos para estudiar Económicas en la Universidad Brown.

Estaban los dos solos, para alegría de Lucinda; el resto de la familia habían preferido pasar el fin de semana en la villa que tenían en Saint-Tropez, aprovechando que uno de sus vecinos celebraba una fiesta.

Lucinda no podía disimular su alegría.

—Bueno, papá, si a ti te parece bien, me gustaría hacer un máster en administración de empresas y luego trabajar para ti.

Lo de «si te parece bien» no era más que una formalidad. Por supuesto que su padre querría que trabajara para él, pensó Lucinda. Pero, para su sorpresa, no le dedicó una de sus sonrisas habituales, indulgentes aunque distraídas. En lugar de ello, dejó los cubiertos sobre la mesa y la miró fijamente.

—Eso es lo que quieres, ¿eh?

—Bueno, sí, claro —balbuceó ella, desconcertada—. O sea, ¿para quién iba a querer trabajar? Tú eres el mejor. Y me esforzaría al máximo, papá.

Michael se rió.

—Pero ¿por qué debería querer que trabajaras para mí? No tienes experiencia.

Lucinda estaba aturdida.

—Pero nadie tiene experiencia en su primer trabajo. Aprendería rápido, papá.

Él la observó detenidamente por encima de su copa de Châteauneuf.

—Me halaga que quieras trabajar para mí, aunque he de decir que también me preocupa tu sensatez. De todas formas, no va a suceder como tú dices. Tienes que marcharte, conseguir experiencia por ti misma y luego, si realmente consigues impresionarme, empezarás a trabajar para mí. Pero no será algo automático. No he llegado a ser Michael Gresham contratando a mis propios hijos.

—No tienes que contratar a Benjie o a Ginevra, ¡solo a mí! —exclamó Lucinda, exasperada, con los ojos llenos de lágrimas.

—Quizá a ti sí —le dijo su padre dulcemente, cogiéndole la mano y besándola a la luz de las velas.

Lucinda vio cómo una mujer mayor de una mesa cercana los observaba fascinada. Obviamente pensaba que eran amantes. Oh, por Dios. En voz alta, para dejar las cosas bien claras, añadió:

—*Je t'aime, papa.*

—¿Qué? Oh, yo también te quiero, cariño. —Sonrió él—. Pero sabes perfectamente que así no conseguirás convencerme. Lo digo en serio. Haz las maletas. Sácate el máster (más te vale, después de lo que me he gastado en tu educación). Encuentra trabajo. En eso puedo ayudarte, aunque no será en la sede de la empresa. Acumula experiencia.

Y eso era lo que Lucinda estaba haciendo, acumular experiencia. Había acabado la carrera, se había sacado el máster y luego había vuelto junto a su padre, con la esperanza de que hubiera cambiado de idea. Sin embargo, parecía más decidido que nunca.

—Quiero ver cómo te desenvuelves en el mundo real. Creo que una temporada en una agencia inmobiliaria sería un buen comienzo. Quizá en Reino Unido, ¿no? Nunca has vivido allí. Te vendrá bien saber de dónde viene tu padre. Y también aprenderás cómo se mueve el mercado, qué busca la gente en el mundo inmobiliario. Haré algunas llamadas.

Lucinda no soportaba la idea de no poder buscar trabajo por sí misma. Estaba en tierra de nadie: no podía formar parte de la empresa familiar y encima tenía que aceptar las insinuaciones sobre nepotismo sin poder revolverse. Tampoco podía salir a la calle y buscarse un trabajo como la gente normal, a pesar de estar más que cualificada para ello.

Lo mismo sucedía con el piso de South Kensington, pensó mientras se ponía un vestido Ralph Lauren por la cabeza. Su padre no dejaba de repetir que no quería malcriar a sus hijos, pero luego insistía en que vivieran en una de sus propiedades «porque si no vuestra madre no duerme preguntándose si habéis terminado en medio de la nada, víctimas de un atraco o con una puñalada». A Lucinda le hubiera encantado poder buscarse un piso y vivir como la mayoría de la gente, atracos y puñaladas aparte. Se había sorprendido al descubrir la satisfacción que le producía cocinar o hacer la colada, aunque limpiar no (eso significaba limpiar también la parte de Benjie), así que había contratado a Honoria por nueve libras la hora para que se ocupara de ello.

De todas formas, era inútil sentir rencor. Su padre era así y, si algún día quería ser su número dos, no le quedaba más remedio que trabajar muy duro en Dunraven Mackie y destacar por su brillantez. Y una vez hubiese finalizado su aprendizaje, conseguiría el puesto que se merecía en la sede de la empresa de su padre, en Ginebra, como su mano derecha. Y, aunque le deseaba una vida muy larga, algún día la empresa sería suya.

No le haría falta pelearse con sus hermanos por el trabajo. Ginevra era feliz siendo la esposa de un ejecutivo, a imagen y semejanza de su madre, y a Benjie lo único que le importaban eran sus noches hasta las cejas de ketamina en Old Compton Street. Ninguno de los dos necesitaba el dinero ni poseía la ambición que consumía a Lucinda por dentro. A veces imaginaba lo divertido que sería competir con sus hermanos como en la serie *Dallas*, pero si miraba a Benjie ahora, comprobando el correo en busca de mensajes de sus distintos amantes, Lucinda sabía que las posibilidades de que se enfrentara a ella por un puesto en los negocios de la familia eran tan escasas como una nevada en la casa de Tobago.

Tampoco era que Benjie quisiera cabrear a su padre; al fin y al cabo, necesitaba su asignación para vivir. Y por ello ese día había sacrificado su conjunto habitual de camiseta rosa y chaqueta negra de cuero en favor de una camisa azul Thomas Pink y unos pantalones de pinza. La homosexualidad de Benjie era tabú en la familia Gresham. Parecía imposible ignorar la sexualidad de un hombre que ya de pequeño prefería las Barbies de sus hermanas a los soldaditos de juguete, pero si Michael Gresham sospechaba algo, nunca lo había dicho en voz alta. Es más, seguía utilizando términos como «maricón» y «sarasa» para referirse a cualquier hombre que no fuese de su agrado. Benjie, por su parte, se esforzaba para parecer lo más masculino posible, a pesar de que era incapaz de reprimir un grito de admiración si su madre aparecía con una joya nueva.

Estaba haciendo un pipí de última hora cuando oyó la voz de Benjie desde la otra punta del piso.

—¡Tu teléfono está sonando!

Lucinda se levantó de un salto, con las braguitas Princesse TamTam en los tobillos.

—¡Tráemelo, rápido! —gritó, asomando la cabeza por la puerta del lavabo.

Odiaba las llamadas perdidas; nunca sabes cuándo te pueden llamar con una oferta en metálico para la compra de una propiedad. Pero para cuando Benjie consiguió localizar el teléfono sobre la mesa de la cocina, la llamada se había cortado. Marcó un número en el teclado y escuchó el mensaje.

—Oh, qué lástima —se lamentó.

—¿El qué?

—Han cancelado el concierto de esta noche.

—¿Qué concierto? —De pronto Benjie lo recordó—. Oh, ¿los Vertical Blinds? Joder, me apetecía un montón. El cantante está muy bueno.

—No importa. —Lucinda estaba encantada. Ya no tendría que decirle a su hermano que le había ofrecido su entrada a Cassandra, que también se llevaría un buen chasco, pero

¿qué culpa tenía ella? Volvió la cabeza al oír el sonido del correo cayendo sobre la alfombra de la entrada.

—¡De puta madre! —exclamó Benjie mientras recogía las cartas del suelo—. Por favor, Dios, que haya algo de Sergei.

—¿Qué? —Lucinda necesitó un momento para comprender de qué estaba hablando su hermano. De pronto lo recordó. Pues claro. San Valentín.

—¡Sí! —Benjie besó una tarjeta decorada con la romántica imagen de un pene erecto—. Me quiere, me quiere, ¡me quiere! —Abrió la tarjeta de Lucinda y se le escapó la risa—. Gracias, hermanita.

—¿Cómo has sabido que era mía?

—Mmm, por el mensaje. Y la letra... —Lucinda se rió.

En el colegio, todos habían aprendido a escribir al estilo francés, con una caligrafía amplia y llena de florituras, muy diferente de los garabatos sin ton ni son de los ingleses. Y eso que, desde que se había extendido el uso de los mensajes de texto y los correos electrónico, apenas podías ver la caligrafía de la gente. De pronto, recordó la tarjeta que le había enviado a Anton el Sudafricano. ¿Sería capaz de reconocerla por su escritura? Bah, y qué más daba. Lucinda ya le había dedicado demasiado tiempo al tema. Su secretaria la tiraría a la basura y ahí se acabaría el problema.

—¿Vamos?

—Espera, ¡hay una para ti!

—¿Para mí?

—No veo a ninguna otra Lucinda Gresham en la sala. Y además eres una chica espectacular de veinticuatro años. ¿Por qué no ibas a recibir una tarjeta de San Valentín?

Cierto. Intrigada, Lucinda abrió el sobre de color rosa. No pudo evitar pensar que tal vez fuera de su padre, aunque nunca le había dado importancia al día de San Valentín, ni siquiera con su madre, así que ¿por qué empezar ahora?

La tarjeta cayó al suelo. Parecía barata, de las que venden en las gasolineras, entre los sándwiches de atún y los botes de patatas Pringles.

—Te quiero mucho, te quiero más que a nada. Ojalá tu pijama estuviera bajo mi almohada —leyó Benjie por encima del hombro—. Vaya, qué elegante.

—Lo dice el que no se pierde ni un solo programa de chismorreos. —Lucinda abrió la tarjeta. «Para la mejor agente inmobiliaria en prácticas del mundo. ¿? Besos.»—. Es de Gareth —dijo, sonriendo.

—¿Gareth?

—Un compañero de trabajo.

—Oooh, ¿está bueno?

—No —respondió ella enérgicamente—. Es majo pero no está bueno.

—¿Y no va a pasar nada entre vosotros?

—No. —Pero Lucinda estaba encantada.

La tarjeta tenía el tono perfecto: dejaba claro que Gareth seguía interesado en ella, pero lo hacía en tono de broma, de modo que ninguno de los dos tenía de qué avergonzarse.

—Venga, vamos. Ya sabes qué pasará si llegamos tarde.

Llegaron al Claridge quince minutos antes de la hora. Ginevra ya los estaba esperando en la barra del restaurante, vestida con una blusa estilo campesina Dolce & Gabbana y unos vaqueros ajustados por dentro de las botas.

—¡Oh, mira! Una prostituta rusa —le susurró Benjie a su hermana—. Este sitio cada vez va a peor.

—Cállate —dijo Lucinda, al tiempo que le propinaba un codazo disimulado—. Al menos no tendremos que aguantar a Wolfgang.

—Qué lástima. Porque me moría de ganas de hablar con él de bonos corporativos y de la Ryder Cup.

—Le podrías haber pedido algún consejo de moda —se burló Lucinda aguantándose la risa.

—Ah, ¡yaaa! —dijo Benjie, imitando fielmente, aunque sin demasiada estima, a su cuñado, el banquero austríaco—. Así que hoy te has decantado porrr un suéterrr amarrrillo con vaquerrros blancos, ¿eh, Wolfie? Und un pañuelo a modo de corrrbata, porrr supuesto.

Los dos hermanos apenas podían contener la risa.

Ginevra se bajó del taburete.

—¡Chicos! ¡Qué alegría veros!

—Lo mismo digo, Gins. —Mientras besaba a su hermana, Lucinda se sintió culpable por haberse burlado de ella.

Ginevra y Wolfie podían ofender muchas sensibilidades con sus atuendos «Eurotrash» y sus conversaciones a cuál más aburrida sobre qué era mejor, Klosters o Saint Moritz, pero tampoco habían cometido ningún crimen. Tenía que ser más caritativa con ellos.

—¿Qué haces en Londres? —le preguntó.

—Wolfie tiene reuniones. ¿Y recuerdas a la princesa Marie-Carolina de Bulgaria, que iba a mi clase en La Chêneraie? Está embarazada y esta tarde celebra una fiesta para su futuro bebé. Se va a casar con un tipo que maneja fondos de alto riesgo, ¿sabes? Así que he pensado que podía comer con vosotros y luego ir a verla. Espera, que te enseño lo que le he comprado. —Se agachó y metió la mano en una bolsa de Selfridge, de la que sacó un conjunto de jersey y patucos amarillos de cachemira sorprendentemente bonitos—. *Adorable, n'est-ce-pas?*

—*Très joli.* —Lucinda bostezó, mientras Benjie se llevaba las manos al pecho y, embargado por la emoción, exclamaba: «¡Es precioso, Gins! ¿Crees que lo tendrán en talla de adulto?».

—Bien, bien. Ya estáis todos aquí.

Michael Gresham. Alto, sólido, con una mata de pelo espesa y plateada. Al oír su voz atronadora, las conversaciones se detenían en seco y la gente se daba la vuelta para mirar.

—Hola, papá —dijo Lucinda, regalándole su mejor sonrisa.

Él, sin embargo, la ignoró y buscó con la mirada a su hermana mayor, de quien se podría decir que era más guapa.

—Hola, cariño. —Beso, beso—. ¿Cómo estás? Además de preciosa, he de decir.

—Gracias, papá —respondió Ginevra con una sonrisa.

Lucinda intentó ignorar la envidia que siempre se despertaba en su interior ante semejantes intercambios padre-hija y concentró toda su atención en Gail. Se había detenido unos pasos por detrás de su marido, como siempre, y llevaba un traje en tweed gris muy favorecedor, aunque bastante aburrido. Tenía los labios más hinchados que la última vez que se habían visto, y el pelo un par de tonos de rubio más claro.

—Mamá, ¿qué tal todo?

—Maravilloso, gracias, cariño. —Intercambiaron besos entre una nube insoportable de Y de YSL—. Benjie, mi niño. ¡Y Ginevra! Oh, me encanta ese collar. ¿Es de Bulgari?

Lucinda puso los ojos en blanco.

—¿Cómo te van las cosas, Benjamin? —preguntó el padre mientras se dirigían hacia su mesa—. ¿Estás trabajando duro?

—Por supuesto, papá —respondió Benjie, con una sonrisa—. ¿Y tú?

Michael soltó una carcajada, como hacía siempre que su hijo bromeaba con él.

—Ya me conoces. Tu madre no me deja en paz, para variar. Dice que si sigo así me dará un ataque al corazón. Yo le digo que prefiero estar muerto que aburrido.

—A mí me parece que estás en forma, papá —intervino Lucinda.

Michael siguió hablando con Benjie.

—¿Y cuándo piensas dejar la carrera esa de ñoños que haces? ¿Cuándo dejarás de abrir animales muertos y te pondrás con algo más serio? Como económicas.

—Ya tienes una economista en la familia —apuntó Lucinda, pero su padre ignoró el comentario.

La decisión de estudiar zoología había sido el acto más valiente en la corta vida de su hermano. Su padre no acababa de entender que alguien, y mucho menos su único hijo varón, quisiera estudiar una carrera que no se concentrara en el dinero y en cómo amasarlo, pero Benjie se había mostrado inflexible. Después de una semana mascullando entre dientes si estaba dispuesto a financiar una decisión tan poco realista, su madre había intervenido y Benjie se había comprometido, sin demasiada convicción, a hacer un máster en finanzas, y hasta el día de hoy no había habido más discusiones.

—Me va bien, papá —respondió Benjie con tranquilidad—. Lo voy a aprobar todo.

Eso era total y absolutamente mentira, pero los intervalos de atención de Michael eran tan cortos que ya se había dado media vuelta hacia su primogénita.

—¿Y tú qué tal, Ginevra? ¿Te lo pasas bien en Madrid?

—Papá, me encanta. Estoy haciendo un curso de español y quizá abra mi propia empresa por internet con mi amiga Pia. De faldones para bautizo hechos a mano en Madeira.

A Lucinda se le escapó la risa. Su padre la fulminó con la mirada.

—Perdón, me he atragantado con el agua.

—¿Y tú, Lucinda?

—El mes pasado fui empleada del mes de la oficina.

—¿De verdad? —Un leve destello de aprobación en sus ojos—. Bien hecho. Bueno, ¿os parece que pidamos?

La comida se desarrolló como siempre. Ginevra, Benjie y su madre mantuvieron una acalorada discusión sobre si era o no adecuado ponerse unas cuñas Tory Birch para pasar las vacaciones en un yate. Mientras tanto, Lucinda intentó hablar con su padre de los mercados emergentes en Extremo Oriente. Michael, sin embargo, no parecía especialmente interesado en el tema, y no dejaba de mirar la Blackberry y reírse antes de responder.

—Y qué, Lucinda —dijo Ginevra mientras el camarero servía el plato principal (los demás habían escogido lubina del estrecho de Menai, según Lucinda el típico disparate bajo en calorías; ella, en cambio, se había decantado por el asado porque era lo que su padre había pedido)—. ¿Estás con alguien ahora mismo?

—Ha recibido una tarjeta de San Valentín esta mañana —intervino Benjie.

—¡No! ¿De quién?

—La gracia de las tarjetas de San Valentín es que son anónimas —observó Lucinda, un tanto molesta.

—Pero tú sí sabes de quién es. Es de un tío que trabaja con ella. La tarjeta era horrible. Barata y hortera.

Ginevra sonrió con malicia.

—¿Y sabe quién eres exactamente?

—Pues claro que no. Nadie lo sabe.

Su padre frunció el ceño.

—¿Estás segura? Recuerda que debes ir con cuidado.

Era la amenaza que siempre planeaba sobre sus cabezas. Cazadores de fortunas. Gente que solo se interesaba en ellos por su dinero. Como era lógico, eso en La Chêneraie no había sido ningún problema: todos los estudiantes eran hijos de magnates, y los Gresham eran lo más parecido a los parientes pobres de la familia. Pero en el mundo real, y Lucinda nunca se olvidaba de ello, había que ir con cuidado.

—Este chico no sabe quién soy. —Pensó en Gareth, con esa cara tan abierta que inspiraba confianza. Demasiado decente para ser agente inmobiliario—. Y aunque lo supiera, bueno…, él no es así.

Gail intentó fruncir el ceño, pero fracasó por culpa del Botox.

—No sé, cariño. —Se volvió hacia Michael—. ¿De verdad crees que es buena idea? Tal vez Lucinda no debería trabajar en esa empresa.

Lucinda sintió una descarga de pánico. Le encantaba vivir en Londres, ser libre para vivir como la gente normal. ¿Cuál era la alternativa? Encontrar un marido, como su hermana.

—Mamá, papá, ¡todo va bien! Me gusta lo que hago aquí. No os preocupéis, nadie intenta cazar nuestra fortuna. —Impaciente por cambiar de tema, miró a su hermana Ginevra—. Me encanta ese color de uñas. ¿Es de Chanel?

12

Había pasado una semana desde San Valentín. La nieve, blanca como la leche, flanqueaba el camino que llevaba hasta la mansión Chadlicote. Grace y Lou estaban apoyadas en la barra de protección de la cocina económica, sujetando sendas tazas de café, con leche desnatada para Grace —siempre la bebía desnatada, del mismo modo que consumía litros y litros de Coca-Cola Light—, y hablando de los Drake.

—Todo ha ido muy deprisa —dijo Grace—. Vinieron de visita el sábado, presentaron su oferta el lunes, Sebby y Verity la aceptaron el miércoles…

—Sebby, Verity y tú —la corrigió Lou.

—Sí, bueno… Yo creo que la oferta es demasiado baja, pero Verity dice que el mercado sigue siendo muy imprevisible y que deberíamos zanjar la venta lo antes posible. Así que mañana vendrán a hacer la tasación y… —Grace se encogió de hombros.

Lou la miró con una expresión en los ojos de afecto al borde de la exasperación.

—¿Y cómo son?

—¿Los Drake? Adorables. Él es bastante serio, por lo visto ha estado enfermo y quiere cambiar su vida por completo. Ella es muy guapa. Delgada. —Se detuvo en la última palabra, y luego continuó—. Un poco callada, pero tenía que asumir muchas cosas. Las niñas, maravillosas. Supondrán un cambio importante para una casa tan vieja como esta. La iluminarán.

—Son tus hijos los que deberían vivir aquí —dijo Lou en voz baja, justo en el preciso instante en que alguien llamaba con fuerza a la puerta principal.

Los perros empezaron a ladrar.

—Demasiado pronto para el correo —dijo Grace, contrariada.

Los golpes fueron ganando intensidad a medida que iba acercándose a la puerta por el largo y frío pasillo de la casa. Cuando finalmente abrió, los perros estaban histéricos. Un hombre de complexión rotunda y cabello pelirrojo, mejillas todavía más incendiadas, montones de pecas por todas partes y una gran sonrisa, esperaba tranquilamente al otro lado. Llevaba una trenca gastada por el paso del tiempo y pantalones de pana naranja, y le ofrecía una mano de dedos rechonchos.

—Buenos días. Señorita Porter-Healey, supongo. Soy Richie Prescott, el tasador. Encantado de conocerla.

—¿El tasador? Pero ¿no tenía que venir mañana?

El hombre parecía desconcertado.

—Creo que no. Martes, diez de la mañana. Eso es lo que pone en mi agenda.

—Yo tenía miércoles. Debo de haberme equivocado. —Grace estaba desconcertada. No solía equivocarse en cosas como citas. Al fin y al cabo, tampoco es que tuviera muchas. Probablemente estaba más aturdida de lo que ella misma pensaba.

Richie Prescott frunció el ceño.

—Bueno, si le supone un problema podemos dejarlo para otro día.

—No, no. Hoy me va bien. No hay ningún problema. Usted dígame cómo puedo ayudarle.

—Santo Dios —exclamó el señor Prescott, observando el enorme recibidor de la mansión, que le devolvía el eco de su voz—. ¿No es la casa más maravillosa del mundo? Recuerdo haber asistido con mis padres a una fiesta en los jardines, cuando era pequeño. Es todo un honor poder tasar una joya como esta. —Acarició a Shackleton, que le estaba llenando de babas los pantalones—. Hola, guapo. Encantado de conocerte.

Grace sonrió con la misma expresión que iluminaba los rostros de la gente cuando alguien admiraba a sus hijos.

—Me alegro de que le guste la casa. Está hecha un desastre, como es evidente, pero aun así es muy especial, al menos para mí.

El señor Prescott miró a Grace.

—¿Por qué la vende? Si no le importa que se lo pregunte.

—Bueno, mi madre ha muerto, y después de cubrir los gastos legales…, mi hermano y yo no podemos permitirnos conservarla.

—Comprendo. No sabe cuánto lo siento. Pero qué espacio tan maravilloso. La Fundación Nacional para los Lugares de Interés Histórico vendería el alma al diablo con tal de hacerse con ella. ¿Ha pedido algún tipo de subvención?

—Lo pensé, pero es tan complicado y se necesita tanto tiempo y… mi madre estuvo muy enferma estos últimos años. Me pasaba casi todo el día cuidando de ella.

—Claro. —Una pequeña pausa antes de continuar—. Bueno, ¿por dónde empezamos? Me temo que me va a llevar su tiempo. ¿Le parece bien si me ocupo yo solo?

—Por supuesto. Dígame por dónde le gustaría empezar y le guiaré en la dirección correcta. ¿Quiere una taza de té o de café para amenizarle el trabajo?

—Café, si no le importa. ¡Qué amable es usted! Con leche. Pero sin azúcar. Ni demasiado dulce ni demasiado amargo, ¿sabe? —Le guiñó el ojo y Grace se puso colorada como si acabara de abrir la puerta de un horno—. Empezaré por la buhardilla e iré bajando, si le parece bien.

—Por supuesto. ¿Le enseño el camino?

—No hace falta. ¡Supongo que solo tengo que subir!

Mientras el señor Prescott desaparecía escaleras arriba, sonó el teléfono del recibidor. Grace levantó el auricular.

—¿Sí?

—¿Eres Grace? —preguntó una voz nasal de mujer.

—Sí.

—Verity Porter-Healey al otro lado de la línea para usted.

Grace nunca había conseguido entender por qué a Verity le resultaba tan difícil levantar el teléfono y marcar un número, pero a pesar de ello decidió colaborar.

—¿Sí?

—Hola, Grace. —Como siempre, Verity parecía profundamente ofendida de tener que hablar con ella.

—Hola, Verity. ¿Cómo están los niños?

Suspiro.

—Una pesadilla. Dios, ojalá hubiera sabido dónde me estaba metiendo. Claro que tú pensarás que soy afortunada por tenerlos. Da igual, no importa. Te llamaba por la visita del tasador de mañana.

—De hecho, acaba de llegar.

—¿Qué? Pero si teníamos cita para mañana.

—Eso es lo que creía yo, pero él está seguro de que era hoy.

—¡Oh, Grace! Estás siendo amable con él, ¿verdad?

—¡Pues claro! Justo ahora le estoy preparando una taza de café.

—La venta tiene que salir bien. Si no, no sé si podré cogerme vacaciones antes de verano y no puedo dejar de pensar en las Seychelles. He leído que la vitamina D es esencial para los huesos. Estoy reventada, ¿sabes? El año pasado me partí la espalda a trabajar y al final me quedé sin la maldita paga, como si yo tuviese alguna culpa de la crisis financiera mundial.

—Lo sé. Pobrecilla. Pero de verdad, los Drake parecían muy interesados, no creo que una mala tasación les haga cambiar de idea.

—Espero que no.

—Bueno, pues saluda a los niños de mi parte, yo... ¡Oh! —Grace se quedó mirando el auricular, sorprendida—. Ha colgado.

Lou, que había escuchado toda la conversación mientras fingía ahuecar los cojines de una vieja butaca, puso los ojos en blanco.

—No sé, Lou, de verdad que intento ser amable con ella, pero es tan especial... Siempre está distraída, y pega a los niños, lo cual me parece horrible, y ninguna a Sebby continuamente.

—Mmm —murmuró Lou.

—Pero tiene razón. Tenemos que vender la casa lo antes posible. El pequeño Alfie necesita ir a un colegio privado. En el que está ahora no lo van a preparar bien para los exámenes finales, y si no entra en uno privado, sus compañeros se meterán con él por ser un niño tan sensible y... —Grace sacudió la cabeza—. Será mejor que le lleve el café al señor Prescott.

Grace subió las escaleras con la taza de café en la mano y se detuvo un instante frente a la habitación de los juegos, como su madre solía llamarla, no sin cierta afectación. El caballito de madera, la casa de muñecas, las minúsculas sillas infantiles, todo en el mismo sitio, como piezas de un museo. Grace intentaba no pensar nunca en niños. Eran su sueño más secreto, pero nadie estaba interesado en ella y probablemente nunca lo estarían. No pasaba nada. A Basil y a Alfie les encantaba el caballito de madera y, quién sabe, quizá Verity tuviera una niña algún día que se quedara con la casa de muñecas. Le encantaría tener una sobrina. Podría leerle los cuentos que ella más disfrutaba de pequeña: *Torres de Malory*, *El club de los Cinco* y toda la colección de *Esther y su mundo*. Estaba segura de que a Sebby le gustaría tener otro hijo, pero Verity se reía y le decía que, a menos que estuviera dispuesto a echar una mano con el cuidado de los niños, dos eran más que suficiente. Lo cual era, cuanto menos, muy injusto; Sebby era un padre fantástico y siempre jugaba a monstruos con los niños. No era culpa suya que el trabajo lo dejara exhausto y necesitara los fines de semana para descansar.

Pero quizá no todo estaba perdido, se dijo Grace, deteniéndose en el descansillo para coger aire. Apenas tenía treinta y cuatro años. Solo necesitaba conocer hombres. Alguna vez había sopesado la posibilidad de acudir a alguna web para buscar pareja, o incluso a los anuncios del *Telegraph*, pero nunca había conseguido reunir el valor para hacerlo. Lo mismo le ocurría cuando se proponía buscar trabajo. Grace estaba acostumbrada a las miradas de compasión de la gente. Lo había visto en los ojos de Karen Drake. Le hacía sentir vergüenza de sí misma, y empeoraba la necesidad de encerrarse lejos del mundo y comer sin parar.

Pero todo eso podía cambiar. Decidió que al día siguiente empezaría a hacer dieta. Por la noche se acabaría toda la comida perniciosa que hubiera en la casa: el pastel de queso de la nevera, la pizza del congelador, la caja de caramelos. Mañana por la mañana empezaría de cero. Muesli para desayunar. Muesli y queso fresco para comer. Ensalada de queso fresco para cenar. Daría largos paseos con los perros y por la noche haría sentadillas mientras veía episodios del *Doctor Who*.

Abrió la puerta del desván. Richie Prescott estaba agachado bajo los aleros de la casa, rodeado de sombrereras, baúles llenos de ropa de cama vieja, muebles de jardín rotos y acuarelas sin gusto alguno. Se dio la vuelta y sonrió.

—Apuesto a que pasó una infancia muy feliz aquí arriba, jugando al escondite.

—Nos divertíamos mucho, sí —respondió Grace con timidez.

—Maravilloso. ¡Ah, gracias! —Cogió la taza de café y se la acercó a la nariz en un gesto más propio de un tebeo malo—. Justo lo que cualquier hombre necesita en una mañana de invierno. —Metió la mano en el bolsillo y sacó una petaca plateada—. Espero que no le importe —continuó, mirándola a los ojos—. Solo una gota de este elixir escocés para calentarme el alma. Hace mucho frío aquí arriba.

—¡Oh, no sabe cuánto lo siento! —exclamó Grace—. Es que..., bueno, como supondrá, no calentamos el desván, pero me temo que la cosa no mejora en el resto de la casa. ¿Quiere que le preste un abrigo? ¿Un jersey?

—No, no, no se preocupe. —Se bebió el café de un trago—. Ya llevo suficientes capas, más sería demasiado. Y como yo siempre digo, unas gotas del néctar ámbar nunca están de más, ja, ja. No se preocupe más por mí. Esto me va a llevar unas cuantas horas, así que, si le parece, ¿la busco cuando acabe?

—De acuerdo. Seguramente estaré en la cocina. O en mi estudio.

Cuando regresó a la planta baja, empezó a sentirse extrañamente cohibida. Sabía que tenía un millón de cosas pendientes, pero con el tasador en la casa, se sentía incapaz de ponerse con una sola. Miró su agenda. Tal y como creía, la visita de Richie Prescott estaba anotaba para el miércoles por la mañana. Quizá estaba empezando a perder la chaveta. Regresó a la cocina. Lou ya se había ido, pero le había dejado uno de sus pasteles de carne en el horno. Automáticamente, como siempre había hecho, puso los cubiertos sobre la mesa, una servilleta, un vaso de agua, el salero y la pimienta.

Se detuvo. De pronto, ver la mesa preparada para uno se le antojó increíblemente patético. Enfadada, lo guardó todo en su sitio, sujetó el plato con una mano y empezó a llevarse bocados de pastel a la boca. Grandes trozos de corteza, pedazos de carne que se abrían paso dolorosamente garganta abajo, sin conseguir curar las heridas de su corazón.

Acababa de llevarse el último trozo de pastel a la boca cuando oyó que alguien llamaba a la puerta.

—¡Adelante! —gritó, mientras dejaba el plato sobre la mesa y se limpiaba los posibles restos de la boca.

Richie Prescott asomó la cabeza.

—¡Solo soy yo! No sabe cuánto siento molestarla, pero ¿le importa que use su teléfono? Como ya sabrá, por esta zona no hay cobertura y me gustaría ver si tengo mensajes. Empiezo a sospechar que la cita de hoy era en realidad para mañana y que hoy debería estar en otro sitio.

—¡Oh! Vaya, eso mismo me preguntaba yo.

Él sacudió la cabeza.

—Me olvidaría la cabeza por ahí si no la llevara sobre los

hombros. Si no le importa… Voy a llamar a mi móvil y comprobar los mensajes.

—Por supuesto.

Richie marcó un número sin dejar de parlotear alegremente.

—El azafrán ya ha empezado a florecer. La primavera está de camino. Oh, un momento, ahora tengo que marcar mi pin. ¿Cómo era? Ah, sí, ya me acuerdo. —Escuchó con atención y luego se llevó la palma de la mano a la frente—. ¡Idiota! —exclamó mientras colgaba el auricular—. Usted tenía razón y yo me equivocaba. Tendría que haber venido mañana. Hoy tenía una visita en Totnes y la señora que me esperaba allí está muy enfadada.

—Oh, santo cielo —se lamentó Grace.

—Así que, si no le importa, me pasaré por allí y ya volveré aquí mañana. —Sonrió. Tenía los ojos inyectados en sangre, como el perro de sus vecinos los Narlby, del valle de al lado, y los dientes un poco amarillos. Pero aun así era un hombre y le estaba sonriendo.

—Por supuesto —dijo Grace.

—Quedamos así, entonces. *À demain!*

Se dio la vuelta y se dirigió hacia la entrada. Grace se quedó en la puerta de la cocina, observando cómo se alejaba. Se sentía estúpida. ¿Por qué no había intentado mostrarse más simpática, más inteligente? ¿Por qué no le había contado un chiste o le había hablado de la crisis energética mundial?

¿Por qué no podía estar más delgada?

Decidió que esa noche no cenaría nada. Y repasaría temas de conversación. La vida de Grace se movía a cámara lenta, como un barco arrastrado por la corriente, y al menos tenía que intentar coger el timón.

Nick estaba sentado en la parte de atrás de una furgoneta de Prang Records, de camino a casa desde el estudio. Las últimas semanas habían sido como una montaña rusa. Por fin se le empezaban a ocurrir ideas para las nuevas canciones. No con la fluidez de un arroyo, sino más bien como un grifo que gotea. Pero menos da una piedra. La inspiración había vuelto. Se había quedado cuatro noches seguidas sin dormir, con Kylie revoloteando a su alrededor, intentando convencerlo para que se fuera a la cama u ofreciéndole tazas de té y sándwiches.

No había tenido más remedio que quitársela de encima como a un mosquito si quería plasmar las ideas en el papel antes de que se desvanecieran, como la espuma de la bañera desapareciendo por el desagüe. Nick se olvidó del apartamento 15, ignoró las llamadas del procurador, del tasador, incluso de la sensual agente inmobiliaria. ¿A quién coño le importaba? Tenía que arreglárselas para extraer las ideas de su cerebro y convertirlas en acordes de guitarra.

Finalmente, después de una dura lucha casi física, había conseguido componer cuatro canciones buenas, más dos bastante decentes y una que era una mierda pero que a Andrew le gustaba y que Nick esperaba poder mejorar. Nada remotamente equiparable a «Imagine», a «Life on Mars» o a «Virginia Plain», que le asegurara un lugar entre las grandes estrellas de la música, pero suficiente para ir tirando. Se sentía como si llevara meses dándose cabezazos contra una pared y por fin pudiera parar.

Pero la siguiente ronda de problemas no había tardado en llegar. Habían empezado a grabar el lunes. Durante toda esa semana, Jack había llegado tarde, a veces varias horas; otras, ni siquiera se había presentado. Incluso cuando sí lo hacía, estaba tan ausente que su trabajo resultaba inservible.

Andrew estaba fuera de sus casillas.

—Tienes que controlarte, colega. Date un respiro con las drogas. Puedes volver a meterte en cuanto el disco esté en el saco.

Jack se hacía el indignado.

—¿De qué estás hablando, tío? Yo no me drogo. Es que tengo resaca.

—Sí, claro —le espetó Nick—. Por eso tienes las pupilas

como la punta de un lápiz y dices más tonterías que nunca. Tómate un respiro, tío, aunque solo sean unos días.

Pero no lo hizo. O no pudo, da igual. A Nick ya no le importaban los problemas con las drogas de su viejo amigo. Solo le preocupaba que sus canciones no llegaran a ser grabadas.

—¿No podemos darle la patada y buscarnos otro cantante? —preguntó Paul un martes por la mañana, mientras esperaban sentados en el estudio a que llegara el coche de Jack.

Según el chófer, no le abría la puerta, y tenía el teléfono apagado.

—No —respondió Andrew—. Desgraciadamente, Jack es la cara visible del grupo. Una cara muy bonita y también una buena voz. Sin él, perderíamos a las fans de un día para otro.

No parecía muy justo, sobre todo teniendo en cuenta que los demás chicos de la banda tampoco estaban mal, pero Andrew tenía razón. En sus inicios, todos habían intentado cantar cada vez que Jack aparecía demasiado borracho. Ninguno de ellos tenía su magia, su capacidad para hipnotizar al público, así que no tenían más remedio que esperar a que se dignara a presentarse, normalmente a eso de las seis de la tarde, y aprovechar el tiempo de grabación al máximo.

A menudo Nick no volvía hasta primera hora de la mañana. Kylie se quedaba dormida esperándolo con su pijama de Winnie-the-Pooh, pero en cuanto lo oía entrar se incorporaba de golpe y sonreía.

—¡Hooola! ¿Qué tal ha ido?

—Bien —murmuraba él y, sin importar la hora que fuera, siempre hacían el amor.

Pero aquella noche era diferente. Cuando Nick se bajó del coche de la discográfica, apenas eran las diez y media. Tendría tiempo para comer algo y quizá ver la tele un rato junto a Kylie. Le apetecía el plan, aunque en el fondo sabía que no hacía bien. Debería estar preparándose para dejarla, pero una noche más cómodamente instalado frente al televisor no le haría daño a nadie, ¿no?

Entró en el piso y enseguida se percató del silencio que reinaba. Por increíble que pareciese, la tele estaba apagada. Kylie habría salido. Vaya, eso sí que no se lo esperaba. Kylie empezando a tener vida social. Eso la ayudaría cuando por fin le comunicara la mala noticia.

—Hola —dijo una vocecilla desde la oscuridad.

Nick pegó un salto, sobresaltado.

—¡Me has asustado!

Estaba sentada en la butaca de la esquina. Por la luz que entraba por la ventana, Nick pudo ver que tenía las mejillas manchadas de rímel.

—¿Qué te pasa?

Kylie le entregó un sobre grande.

—Te ha llegado esto.

—¿Has abierto mi correo?

—Ha sido por error, pensaba que era para mí.

—Sí, claro. —Sacó un documento del sobre. El informe sobre el apartamento 15. Lo había olvidado todo por completo.

—¿Quién está pensando en comprar el apartamento 15, en Summer Street?

Nick no permitió que su expresión variara un ápice.

—Es algo que estoy considerando. Charles me aconsejó que invirtiera mi dinero y esta es una opción.

—¿Vamos a vivir allí?

—Mmm… Seguramente no. Si acabo comprándolo, había pensado alquilarlo.

—Bueno, ¿y puedo ir a verlo?

Nick suspiró.

—Podrás si decido seguir con la compra, pero lo más probable es que no lo haga.

—¿Por qué no me lo habías dicho?

—Pensaba hacerlo. Ya sabes que la grabación está siendo una locura.

Ella lo miró fijamente y luego suspiró.

—Así que no quieres que vea el piso.

—No tiene sentido hasta que esté seguro de que quiero comprarlo.

—Está bien.

Al parecer, se lo había tragado. Compartieron una pizza, y luego se fueron a la cama e hicieron el amor apasionadamente. Nick estaba nervioso. Se había escapado por los pelos.

Al día siguiente, mientras grababan el solo de batería, leyó el informe. Incluso él se dio cuenta de que no tenía demasiada buena pinta. El edificio adolecía de todo tipo de problemas: un tejado poco fiable, humedades cada vez más graves, ventanas viejas por todas partes cuya renovación los vecinos tardarían en pagar algunos años. Todavía le interesaba el piso, pero estaría loco si lo comprara a su precio actual.

De pronto sonó su teléfono.

—Hola, señor Crex. Soy Lucinda Gresham. ¿Ha visto el informe?

—Lo he visto. Nada bueno, ¿verdad? Por eso voy a bajar la oferta cincuenta mil libras.

—Comprendo —dijo Lucinda, sin mostrar emoción alguna—. Bien, se lo comunicaré a los propietarios y veré qué tienen que decir al respecto.

—Eso, hágalo —dijo él, y colgó el teléfono con una sonrisa en los labios.

Los tenía justo donde le interesaba. Ahora solo le faltaba encontrar la energía y el valor necesarios para dejar a Kylie, para empezar una nueva vida, la que creía merecer por derecho. También tenía que decidir cómo seducir a Lucinda. Mañana pensaría en una buena estrategia.

13

Lucinda y Gareth tenían una cita por la mañana en una casa cerca de King's Cross, en una plaza que siempre había estado llena de burdeles y pensiones de mala muerte, pero que últimamente había sido colonizada por un montón de parejas que soñaban con cocinas diáfanas con acceso directo al jardín y al lavadero.

La casa pertenecía a un hombre mayor que acababa de morir y que había vivido en ella los últimos treinta años, junto a un hijo de mediana edad y adicto a las drogas. Las paredes estaban amarillas de la nicotina y hasta el último centímetro de suelo cubierto de pilas y pilas de periódicos. No importa, era una sola casa, no una dividida en varios apartamentos, lo cual la convertía en una rareza en la zona. Los constructores se abalanzarían sobre ella como las chicas de piel naranja sobre los futbolistas una noche cualquiera en la discoteca.

—Esta casa vale 975.000 libras —dijo Lucinda.

—¿Usted cree? —El hijo parecía decepcionado—. Pensé que rondaría más, quizá los dos millones.

—Creo que es un precio excelente, si tenemos en cuenta que la propiedad necesita algunos, ejem, arreglos.

—Pero pedí que la tasaran cuando mi padre aún vivía y dijeron que podría venderla por un millón doscientas mil libras. Y debería de haber subido desde entonces.

Gareth sacudió lentamente la cabeza.

—Me temo que el mercado se ha desplomado desde entonces. Está recuperándose, ¿sabe?, pero todavía le queda mucho.

De camino a la oficina, ambos se sacudieron de arriba abajo como si intentaran exorcizar al demonio.

—¡La gente es tan avariciosa!

—Seguramente no nos hará caso, irá a Bleeker & Wright, le mentirán, le dirán que puede sacar cinco millones y les dirá que adelante. Parece de esos.

—Pues que les aproveche. Si quieren tratar con el señor Maloliente, por mí se lo pueden quedar para ellos solitos.

Lucinda miró a Gareth de soslayo. Seguía impresionada por la tarjeta de San Valentín y se había planteado la posibilidad de decirle algo, pero al final había decidido que mejor no hacerlo. A pesar de que cada día le gustaba más como compañero, no se sentía atraída hacia él y probablemente nunca lo estaría.

Doblaron la esquina que llevaba a la oficina. De pie frente a la puerta esperaba Anton Beleek. De pronto, Lucinda se puso colorada y apartó la mirada. Vale, nunca sabría que la tarjeta de San Valentín era suya, pero aun así había sido una estupidez por su parte, como si quisiera atraer la atención. Patético.

—Anton —lo saludó Gareth alegremente—. Buenos días.

—Buenos días, Gareth. Pasaba por aquí y he pensado que quizá podía hablar con Niall.

—Ha salido a una visita —dijo Gareth mientras abría la puerta—. Y me temo que la secretaria está... ocupada.

Marsha estaba otra vez en los juzgados: uno de sus hijos había sido acusado de agresión.

—¿Quieres que le pida que lo llame?

—De hecho, mejor lo llamo yo, si no te importa —respondió Anton, siguiéndolos hasta el interior de la oficina—. ¿Podrías darme su teléfono móvil?

—Claro. —Gareth estaba ocupado desconectando la alarma antirrobos—. Lucinda, ¿podrías darle el número de Niall a Anton?

—Claro. —Buscó en la mesa de Niall en busca de una tarjeta de visita, pero al parecer las guardaba en un cajón cerrado con llave—. Mejor se lo escribo —dijo. Buscó el número en la agenda de su móvil, lo anotó e, intentando ser lo más profesional posible, escribió su nombre y «Dunraven Mackie» en un folio A4 y se lo entregó a Anton.

—Gracias —dijo él bruscamente.

—De nada —respondió Lucinda no sin cierto sarcasmo. El teléfono de su mesa empezó a sonar—. Lo siento, discúlpeme. ¿Sí? Dunraven Mackie.

—Lucinda, soy Gemma Meehan.

Lucinda sintió que se le caía el corazón a los pies. Tenía pensado llamarla ella para comunicarle que Nick Crex había bajado la oferta, pero no quería hacerlo hasta que no tuviese el discurso bien definido—. ¡Gemma, hola! ¿Qué tal estás?

—Bien, gracias. Solo quería saber cuándo vamos a oír algo del señor Crex, ahora que ha visto el informe.

—Ah, sí. Pensaba llamarles.

El tono de su voz puso a Gemma en alerta.

—¿Por qué? ¿Qué ha pasado?

Lucinda respiró profundamente y se lo contó.

—¿Qué? ¡Pero si ya hemos aceptado una cifra mucho más baja de la que pedíamos! ¿Cómo se atreve a hacernos esto?

—Lo siento mucho —dijo Lucinda—. La decisión es suya. Obviamente, ustedes pueden rechazar la oferta si lo consideran oportuno.

—¡No me lo puedo creer! ¡Qué cerdo! Tengo que llamar a Alex.

—Lo siento mucho.

—Por el amor de Dios. —Gemma suspiró—. La llamaré en cuanto sepa algo. Mientras tanto, le doy mi nuevo número de móvil por si sabe algo más. Me han robado el antiguo…

—Vaya por Dios, no sabe cuánto lo siento —se lamentó Lucinda. Anotó el número y escribió «Gemma» al lado. Luego añadió, distraída, «Perseguir procurador», y cuando vio que Gemma no dejaba de despotricar, empezó a hacer una lista de cosas que hacer. «Pastel de cumpleaños para Ginevra. Organizar limpieza ventanas piso. Enviar correo a Lily de Harvard.»

De pronto sintió un cosquilleo en la nuca. Alguien la estaba observando.

—El informe ha resultado ser bastante negativo, como sabrá —dijo en voz alta al tiempo que miraba por encima del hombro.

Anton Beleek estaba de pie justo detrás de ella, con los ojos clavados en la hoja de papel en la que había estado escribiendo. Mientras Lucinda hacía girar la silla, el rostro solemne de Anton Beleek se fue poniendo más y más rojo, hasta que finalmente apartó la vista. Las mejillas de Lucinda también enrojecieron. Miró aquella hoja de papel como si contuviera imágenes de Brad Pitt bailando desnudo. Joder. Había visto su letra, primero en el papel con el número de teléfono y luego en aquellos garabatos. Su caligrafía, tan particular, tan francesa. Anton Beleek había descubierto que la tarjeta de San Valentín era suya. Aquello era horrible. Lucinda no había pasado tanta vergüenza desde que Cassandra la sorprendiera lanzándose un beso a sí misma frente al espejo, mientras decía «Eres increíble» con acento americano.

—Sí, sí, les llamaré en cuanto sepa algo —dijo en voz alta para disimular la confusión, y por el rabillo del ojo vio que Niall aparecía por la puerta de la oficina.

—Niall —lo saludó Anton—. Esperaba poder verte.

Los dos hombres empezaron a hablar.

—De acuerdo, adiós. Cuídese —se despidió Lucinda de Gemma, y colgó.

—Mmm, Lucinda, ¿sabes cómo funcionan los teléfonos? —le preguntó Gareth, sonriendo—. La voz viaja por cable o por satélite hasta el otro teléfono. No son megáfonos para que te oigan desde la otra punta de Londres.

Normalmente le habría espetado un «Piérdete», pero la proximidad de Anton la intimidaba, de modo que se limitó a soltar una risita nerviosa y luego se volvió hacia la pantalla de su ordenador. Pero Anton, que ya había dado por terminada la conversación con Niall, se dirigía hacia ella. Horrorizada, Lucinda levantó el auricular del teléfono y empezó a parlotear de modo atropellado.

—Hola, señor Masterson. Sí, soy Lucinda de Dunraven Mackie. Le llamo para confirmar la cita de hoy...

Miró por encima del hombro. Anton estaba allí otra vez, con una sonrisa en los labios en aquel rostro tan serio, lo cual puso más nerviosa a Lucinda. Definitivamente, las sonrisas no eran lo suyo. Parecía un político intentando ganarse el voto de un grupo de raperos adolescentes.

—Por supuesto, nos vemos esta tarde. Sí, llevaré los detalles... —Santo Dios, ¿es que no pensaba irse? ¿Qué se suponía que podía hacer ella?—. Por lo que me dice, parece una propiedad muy interesante —continuó—. ¿Siete dormitorios? ¡Maravilloso!

Aquello captó la atención de sus compañeros. Una casa con siete dormitorios era tan poco habitual como un burro volando. Lucinda intuyó la sospecha en el ceño fruncido de Joanne.

—Oh, lo siento, le he entendido mal. Tres dormitorios, sí. Ja, ja. Eso ya es otra cosa.

¡Tiruriru, tiruriru, tiruriru, tirurá!

Mierda, le acababa de sonar el teléfono en toda la oreja. Le dio al botón de aceptar, con la cara del color del abismo más ardiente de todo el infierno.

—¿Sí?

—Hola, soy yo. Escucha, no consigo decidirme entre dos pares de botas. Unas son Jimmy Choo y las otras...

—Ginevra, te llamo dentro de un rato —susurró Lucinda, y a continuación añadió para sus compañeros, que sonreían abiertamente—: Me has cortado una llamada muy importante.

—¿Y cómo lo he hecho?

—No lo sé. Puede que se haya cortado la llamada y estuviera hablando sola. Qué vergüenza. ¡Ja, ja, ja! —Su risa sonó lánguida y despreocupada, pero a Anton Beleek eso parecía no importarle: no dejaba de sonreír, con una sonrisa inquietante como la de las ancianas cuando se encuentran con un niño feo en un carrito—. Te llamo dentro de un rato —repitió, y colgó—. Dios, no me puedo creer que se haya cortado la llamada justo mientras hablaba con el señor Masterson —dijo en voz alta—. Qué vergüenza.

—Mmm, ¿estás segura de que estabas hablando con el señor Masterson? —intervino Joanne con una sonrisa pícara—. Ha llamado justo mientras tú hablabas por la otra línea. Dice que hace siglos que no habla contigo.

—¿En serio? —Lucinda intentó parecer confusa—. ¿Cómo puede ser?

—No lo sé —respondió Joanne, impasible.

Niall frunció el ceño. Gareth parecía directamente preocupado por su salud mental. Lucinda se moría de vergüenza. Y Anton Beleek seguía allí, de pie junto a su mesa. ¡Lárgate! ¿No tienes grandes negocios de los que ocuparte? Sin perder un segundo, cogió el teléfono fijo y esta vez llamó a Benjie.

—Hola, ¿qué quieres?

—¿Señor Silver? —preguntó—. Soy Lucinda Gresham. Le llamo para hablar de la propiedad que quería poner a la venta.

—¿De qué coño estás hablando?

—Ya sé que no está seguro de sacarla al mercado, pero...

Vio por el rabillo del ojo que Anton Beleek se alejaba de su mesa y abría la puerta de la calle. Por fin respiró aliviada. ¿Por qué se había tenido que comportar como una imbécil? ¿En qué demonios estaba pensando? Aunque seguro que Anton no iría más allá, seguro que se daría cuenta de que lo de la tarjeta no era más que una broma, ¿no?

La familia Drake vivía en un estado de excitación continuo por la compra inminente de la mansión Chadlicote. Todos menos Karen.

—Todavía no me puedo creer que vayamos a vivir en un castillo —repetía Bea una y otra vez, mientras Eloise se quejaba de fondo «No es un castillo. Mami, ¡dile que no sea tan tonta!».

A ella le hacía más ilusión su nuevo colegio, por el que se habían decantado después de un largo viaje hasta Devon y en el que estaban dispuestos a aceptar a las dos niñas solo para las horas de clase, pero que también funcionaba como internado.

—¿Podemos quedarnos a dormir, mamá? —le preguntaba a su madre continuamente—. *Porfi*. Sería muy divertido. Seguro que organizan fiestas a media noche y obras de teatro, y podría jugar a lacrosse.

Tras una hora de lloriqueos ininterrumpidos, Karen estaba a punto de ceder, pero siguió repitiendo calmadamente:

—No, cariño. Mamá y papá te echarían mucho de menos.

Phil nunca había estado tan animado, no desde el día en que recibió el diagnóstico de su enfermedad, y se pasaba el día calculando cuánto debía ofrecer, encargando estudios y tasaciones e invirtiendo horas y horas en internet para contactar con gente que había reformado casas rústicas por dos reales.

—Podremos tener nuestro propio huerto —le dijo a Karen un día, acostados en la cama—. Y gallinas. Quizá también alguna cabra. Seremos autosuficientes, con un estilo de vida increíblemente holístico. Será increíble.

—Pero ¿de qué viviremos?

Phil chasqueó la lengua.

—Deja de preocuparte por eso. Todo irá bien. Aún no me acabo de creer que esa casa se interpusiera en nuestro camino. Tiene que ser algo cósmico, como una segunda oportunidad. —Le puso la mano en el culo, la señal que utilizaban entre ellos para no tener que preguntar «¿Te apetece?».

El rostro de Karen se contrajo en una mueca. Solo le quedaban seis horas hasta que sonara el despertador. ¿Cómo podía ser que él no necesitara dormir con la misma desesperación que ella? Claro que, como la mayoría de hombres, el impulso sexual de Phil siempre había sido bastante primitivo. De hecho, supo que estaba realmente enfermo cuando dejó de buscarla y, en cuanto se recuperó, pasó a ocupar los primeros puestos de su lista de prioridades a la velocidad del rayo.

—Cariño, ¿de verdad tenemos que hacerlo? —preguntó Karen—. Me duele otra vez la cabeza.

—Tú y tus dolores de cabeza empezáis a preocuparme —respondió Phil, enfadado—. Deberías ir al médico.

Ese era otro de los problemas de tener un marido que había llamado a las puertas de la muerte casi literalmente: no podías inventarte síntomas con tal de librarte de las obligaciones maritales, al menos no sin que el sentimiento de culpabilidad te comiera vivo por dentro.

—Si me vuelve a doler, iré —mintió miserablemente, mientras la mano de Phil se deslizaba por su muslo.

En la sala de espera de la clínica Parenthope, el único sonido que se escuchaba era el ronroneo del datáfono de la entrada. Alex leía un grueso informe con el ceño fruncido. Gemma intentaba lo propio con una revista, pero era incapaz de concentrarse. Se sentía como si alguien hubiese abierto un cajón en su estómago. ¿Dónde demonios estaba Bridget? ¿Cómo podía hacerles algo así precisamente en un día tan señalado? De acuerdo, solo habían pasado diez minutos, pero ¿y si Dervla entendía su tardanza como una señal de falta de compromiso y los declaraba no aptos para la paternidad?

Dervla era su consejera. Rondaba los cuarenta, negra, delgada y bien vestida. Una mirada bastaba para saber que era la clase de mujer a quien los suflés siempre le salían bien y que admiraba el arte contemporáneo. Probablemente también era devota del pilates. A Gemma le había costado concentrarse durante la sesión que ya habían tenido con ella. No había dejado de preguntarse si el vestido que llevaba era un Marni original y, de ser así, a qué debía de dedicarse su marido —nadie se hacía rico siendo consejero, ¿no?—. Luego le había costado todavía más coger el hilo porque le preocupaba que tener pensamientos tan superficiales en lugar de concentrarse en el bien de su hijo no nato pudiera significar la expulsión inmediata de la clínica.

Sin embargo, había captado lo necesario. Dervla les había hecho discutir sobre qué esperaban de la paternidad, qué papel querían que jugara Bridget en la vida de Chudney, cómo y cuándo le hablarían a su hijo de sus orígenes. («Cuando Chudney tenga dos semanas para que luego podamos olvidarnos de refrescarle la memoria», había bromeado Alex de camino a casa, a lo que Gemma había exclamado: «¡Al! Ya sabes que no podemos ocultarle nada a nuestro hijo».)

Hablaron de estar preparados para la decepción en cada paso del proceso, de que, aunque los óvulos de Bridget tuviesen la calidad necesaria, las posibilidades de que un embrión formado se adhiriera al útero de Gemma rondaban solo el treinta y cinco por ciento. Hablaron de si, con el permiso de Bridget, querrían congelar los óvulos sobrantes para así poder tener un segundo hijo en el futuro.

Alex se quejaba de que aquellas sesiones no eran más que una mera formalidad, que la clínica daría el visto bueno a cualquier pareja que tuviera el dinero necesario y no tuvieran pinta de pederastas. Gemma no estaba de acuerdo; estaba convencida de que no pasarían las pruebas, pero parece ser que su marido tenía razón porque Dervla les dio el aprobado, y milagrosamente también se lo dio a Bridget. Ahora volvían a estar juntos los tres en la última sesión.

—Deja de dar golpecitos con el pie —le susurró Alex con la voz que todo el mundo utiliza en las salas de espera.

—Lo siento. —Gemma cogió la revista *¡Hola!* de encima de una mesita y la hojeó distraídamente, sin dejar de observar con disimulo a la pareja que estaba sentada en el sofá de piel.

Estaban cogidos de la mano y de vez en cuando intercambiaban palabras en voz baja. Establecer contacto visual podía ser el peor de los errores en una situación como aquella, pero Gemma estaba segura de haber intuido un bulto bajo el vestido lila de ella. Bruja. La mujer era mayor. Bueno, mayor, mayor no, pero sí en sus cuarenta, y era evidente que había dado en la diana. ¿Cómo era posible que ella, en el mejor momento de su vida para hacer niños, fuera incapaz de engendrarlos?

—¡Lo siento! ¡Lo siento! —exclamó Bridget desde la puerta.

—Hola —la saludó Gemma. Le hubiese gustado espetarle un «¿Por qué llegas tarde?», pero prefirió morderse la lengua y decirle—: Estás muy guapa.

Y así era. Le brillaba el pelo, había perdido peso e iba vestida con mucha más elegancia de la que era habitual en ella, con unos pantalones negros y un jersey gris que, para su sorpresa, a Gemma le hubiese gustado tener en su armario.

—Gracias por tomarte la molestia.

—Oh, no es por ti —se rió Bridget, mientras la pareja de cuarentones fingían no escuchar—. Es por él.

—¿Por él? —Por un segundo, Gemma creyó que su hermana intentaba agradar a Alex. Qué detalle por su parte.

—El chico de la tarjeta de San Valentín, el barrista, ¿recuerdas? ¡Ha funcionado! Estamos juntos. Apenas hemos salido de la cama desde entonces.

A estas alturas, la pareja de cuarentones ya no podían disimular su fascinación.

—¿Has avisado de tu llegada en recepción? —preguntó Gemma—. Porque vamos un poco tarde.

—Sí, y lo siento. No conseguía encontrar las llaves y estaba encerrada en casa. Demasiado éxtasis la última vez que estuve en Kerala. Es evidente que me ha dejado sin memoria. O quizá es por un exceso de sexo.

Los cuarentones tenían la boca abierta de par en par. Gemma estaba tensa, a la espera de que su marido explotara. Alex odiaba profundamente la forma despreocupada con la que su hermana hablaba de las drogas. «¿No se da cuenta de que son las culpables de todos los males del mundo?», se quejaba. «¿Es que acaso no le importa que las vidas de los agricultores de comercio justo a los que tanto se enorgullece en apoyar estén siendo arrasadas por el cultivo de la coca?»

Pero esta vez Alex se limitó a sonreír con serenidad. Buen chico.

Bridget señaló hacia la puerta.

—Da igual, ya estoy aquí, ¿no? ¿Vamos?

Dervla estaba sentada en una butaca junto a la ventana. Llevaba un vestido de tubo, seguramente un Jil Sander, pensó Gemma, mientras ocupaba su sitio en el sofá de piel y aceptaba una taza de té de camomila.

Dervla se sentó de nuevo y sonrió como lo haría Blofeld justo antes de hacer descender el cuerpo de James Bond hasta una piscina llena de tiburones.

—Veamos. Bridget os ha hecho una oferta increíblemente generosa. Debéis estar emocionados. ¿Alex?

Alex carraspeó, sorprendido de convertirse tan pronto en el centro de atención.

—Mmm, sí. Sí, claro. Saber que el bebé será tan parecido genéticamente a Gemma es de gran ayuda.

—¿Cómo te sientes al saber que vas a ser el padre de lo que en esencia será el hijo de la hermana de tu esposa?

—Prefiero no pensar en ello de esa manera —dijo Alex, claramente contrariado—. Al fin y al cabo, Gemma llevará al bebé en su vientre y dará a luz y…

—Y le daré el pecho —interrumpió Gemma—. Y le cambiaré los pañales. —Se moría de ganas de que llegara el día. No entendía a la gente que le decía que no todo era tan maravilloso como parecía, que cuidar de un bebé podía ser aburrido y en ocasiones muy duro. Desagradecidos. No merecían ser padres.

—Pero tendréis que vivir para siempre con la certeza de que Bridget es la madre biológica de vuestro hijo. Y el niño también lo sabrá, o eso esperamos, y por ello os aconsejamos encarecidamente que le habléis de sus orígenes desde el primera día.

—¿Desde el primer día? —A Bridget se le escapó una carcajada—. ¿Os lo imagináis? El bebé: «Lloros, lloros, pañal lleno». Gemma: «Oh, cariño mío, no puedo más. Pero no importa porque en realidad no soy tu mami, es la tita Bridget». Sí, seguro que al bebé le interesa mucho.

—¡Bridge!

—Os pido disculpas si no me he expresado con claridad —dijo Dervla—. Lo que quería decir es que en cuanto el niño aprenda a comunicarse, hay que explicarle que no es hijo biológico de la madre, aunque sí un niño buscado y muy querido.

Todos asintieron al unísono.

—Hay algo de lo que tenemos que hablar —continuó Dervla—. El dinero. Como sabrán, la Autoridad para la Fertilidad Humana y la Embriología de Reino Unido prohíbe el pago de cualquier suma de dinero a los donantes, aunque sí se puede pagar una cierta cantidad en concepto de gastos. Y la interpretación de esos gastos puede llegar a ser muy liberal. —Guiñó el ojo, muy al estilo Sarah Palin.

—Me parece bien —dijo Bridget—. De todas formas, no aceptaría el dinero manchado de sangre de Alex.

—¿Manchado de sangre?

—Sí, ya sabes. Acusando al inocente. Defendiendo al culpable.

—Todo el mundo es inocente hasta que se demuestre lo contrario —recitó Alex con un suspiro—. Mi trabajo consiste en ayudar al jurado para que llegue a una conclusión.

—Sí, claro.

—Bueno, ¿y qué alternativa sugieres tú? —preguntó Alex, educado pero frío al mismo tiempo—. ¿Dejar que violadores y asesinos campen a sus anchas por las calles? ¿O preferirías que todo aquel que haya sido acusado de cometer un crimen acabe encerrado en la cárcel para siempre?

—Es un sistema fascista.

—Un argumento brillante, Bridget. ¿Tienes idea de cuál es la definición, o el origen, del fascismo?

—¡Por favor! —exclamó Dervla. Los tres guardaron silencio al instante—. No estamos aquí para hablar del sistema judicial británico, aunque aprovecho para decir que la proporción de abogados negros sigue siendo ridícula. Estamos aquí para hablar del pago. Para dejar bien claro que no es aceptable. Que los motivos para una donación deben ser única y absolutamente altruistas.

—Esto ya lo hemos hablado —dijo Bridget.

—Lo sé, pero me temo que tenemos que volver a tratar el tema todos juntos. Muchas mujeres esperan una retribución económica por un servicio como este.

—¡Pero yo no! Yo lo hago por amor. Quiero a mi hermana y me gustaría darle la única cosa que quiere y no puede tener.

—¿Qué sientes al oír esto, Gemma?

—Me siento muy honrada. —Y era cierto. Se le habían llenado los ojos de lágrimas—. Me emociona saber que Bridget está dispuesta a pasar por esto para ayudarnos a Alex y a mí. Ojalá… ojalá algún día pueda devolverle el favor.

—No seas tonta. —Bridget la cogió de la mano. Se había limado las uñas por primera vez en su vida—. Es lo que siempre he dicho. A pesar de lo que creéis, la vida es más que comprar y vender, más que correr a todas horas como un hámster en una rueda. La gente es buena. Las personas se ayudan las unas a las otras porque quieren hacerlo.

Alex arqueó una ceja. Si Dervla lo vio, no dijo nada al respecto. Se limitó a anotar algo en su libreta con la portada estampada.

—Bien, gracias por haber venido. Me pondré en contacto con vosotros en breve.

—¿Hemos aprobado? —preguntó Bridget.

—Me pondré en contacto con vosotros en breve.

14

Era una fría mañana de marzo. Lucinda había quedado con Daniel Chen para enseñarle un piso de alquiler en Arlington, en una urbanización cerca de Angel. Normalmente no se dedicaba a los alquileres, pero Melanie, la encargada de la sección de arrendamientos, tenía amigdalitis y los demás estaban todos ocupados. En el fondo no le importaba. Una ocasión más para ponerse a prueba.

Daniel tenía veinticuatro años y se dedicaba a la banca. Parecía sacado de un casting: corbata ligeramente torcida, camisa a rayas, mocasines y aire de autosuficiencia. Lucinda estaba segura de que tenía un Maserati rojo y una cuenta abierta en un burdel de clase alta. ¿Dónde los clonaban? ¿No se suponía que, a estas alturas, los banqueros ya habrían acabado vendiendo *La farola* por la calle? Era la clase de tío que a Cass le encantaría. Lucinda se preguntó por qué a ella no le decían nada, mientras lo recibía con la mano extendida y una sonrisa en la cara.

—Daniel, hola. Soy Lucinda. ¿Entramos?

En el ascensor, decidió intentar sacarle más dinero.

—¿Ha pensado en comprar en lugar de alquilar?

—Quiero esperar a que el mercado se enfríe.

Mmm, amigo, si ya casi está helado.

—Todos los signos indican que los precios ya han empezado a subir. Tenemos algunas propiedades en cartera que...

—Por el momento, prefiero alquilar —la interrumpió, no sin cierta dureza.

Muy bien. En ese caso, Lucinda decidió que conseguiría que alquilara el piso a toda costa. Llamó al timbre y picó con firmeza antes de abrir la puerta. Entraron. Olía a plástico nuevo y a polvo. A Lucinda aquel olor le recordaba a su niñez, sentada en la parte de atrás de uno de los coches de su padre, con Thierry, el chófer, tras el volante y camino de la escuela. Miró a su alrededor. El típico apartamento de soltero: un televisor enorme de alta definición, una cocina llena de aparatos absurdos que Daniel utilizaría una sola vez y luego olvidaría; suelos de pizarra, encimeras de granito, mando a distancia para encender la chimenea y abrir el grifo de la bañera. Todo acabaría roto o atascado, él de los nervios y Melanie, a quien llamaría cada vez que hubiese que arreglar algo, todavía más. Daniel, como es lógico, estaba encantado.

—Vaya. Un piso pensado para el entretenimiento.

Toqueteó la máquina de café empotrada en la pared y el exprimidor que (supuestamente) no necesitaba limpieza, golpeó las paredes con los nudillos y puso la oreja sobre el parquet de arce. Lucinda no tenía ni la menor idea de qué estaba haciendo y estaba casi segura de que él tampoco. Pasaron al dormitorio, que estaba un poco desordenado. Hablaría con el inquilino para que ordenara un poco el piso antes de la visitas, pensó Lucinda, a pesar de que a Daniel no parecía importarle.

—Me gustan las persianas. ¿El lavabo es en suite?

—Sí. ¿Quiere verlo?

—Por supuesto. —Intentó abrir la puerta—. Vaya, está cerrado.

—No puede estar cerrado. Se debe de haber atrancado la puerta. —Lucinda giró la maneta. Efectivamente, parecía cerrada. Le dio un pequeño empujón con el talón—. Qué extraño.

—Déjeme que lo intente —dijo Daniel, que claramente se consideraba algo así como un macho alfa. Se lanzó contra la puerta que, siendo la endeble obra de algún constructor, se abrió de golpe acompañada de un grito. Lucinda entró en el lavabo. Alguien se escondía dentro de la bañera, cubierto con la cortina de plástico.

—¿Hola?

—Por favor, no me haga daño.

—No le vamos a hacer daño. Soy... la agente inmobiliaria.

La cortina se desenrolló lentamente y una joven asiática los miró desde el suelo, aterrorizada.

—No pasa nada —insistió Lucinda—. Soy de la agencia.

—Oh, Dios mío. Creí que erais ladrones. Os he oído entrar y me he escondido aquí. —Se puso en pie, visiblemente avergonzada.

—Siento haber roto la puerta —dijo Daniel, sintiéndose casi tan humillado como ella.

—Di por sentado que no estaría en casa —se excusó Lucinda—. Le ruego que me disculpe.

Tras un buen rato arrastrándose, Daniel y Lucinda se montaron en el ascensor de vuelta a la calle, sin dejar de reírse.

—Me siento fatal —dijo Lucinda—. He llamado al timbre. Y he picado.

—No pasa nada. Me sigue interesando el piso. Y me haré cargo de los desperfectos. —La puerta se abrió con un ding y cruzaron el vestíbulo aún entre risas. El teléfono de Daniel empezó a sonar, justo en el momento en que ella se encontraba cara a cara con Anton Beleek.

—Lo siento —se disculpó Daniel, levantando una mano en alto—. ¿Sí? ¡Hola, tío! ¡Sí! Sí, fue una locura. Como en los viejos tiempos. Shorty estaba tan mamado que se meó en el armario en plena noche. ¡Y luego dicen que ya deberíamos haber madurado!

—¡Hola! —la saludó Anton, como si Lucinda fuese su mejor amiga e hiciera tiempo que no se veían, en vez de alguien con quien apenas había compartido unos minutos en toda su vida.

—Buenos días —respondió ella, un tanto nerviosa—. ¿Qué hace usted por aquí?

—Esperando a un contacto. Para ver el apartamento 21. Este edificio es mío. ¿No lo sabía?

—No, no tenía ni idea. Debería hacer los deberes. —Lucinda se rió como una niña tonta. De pronto se hizo el silencio. Miró a Daniel, deseando que colgara el teléfono, pero este seguía hablando animadamente sin hacerle el menor caso.

—Luego pedimos vindaloo y te lo juro, a la mañana siguiente tenía el culo...

—Así que ahora mismo está lleno... —dijo Lucinda, justo en el momento en que Anton le decía:

—Me preguntaba si por casualidad hace algo esta noche.

—¡Oh! Oh. Lo siento, me temo que estoy ocupada. —Lucinda debería haber parado ahí, no dar ninguna excusa, pero se sentía tan avergonzada que continuó balbuceando—. He quedado para ir al cine con mi amiga Cassandra. La nueva de Cameron Diaz. Las críticas son horribles, pero parece divertida...

—¿Y mañana por la noche?

Mierda.

—Mmm...

—O el miércoles. O el viernes. Me temo que el jueves estoy ocupado.

¿Qué podía hacer? Quizá tendría que decirle: «Escuche, sospecho que está a punto de pedirme una cita, pero ha de saber que no estoy interesada. Es usted al menos quince años mayor que yo y es sudafricano, y, lo que es peor, no tiene ni idea de sonreír, excepto cuando me mira y se le ponen los ojos vidriosos como si fuera miembro de una secta». O, como mínimo, una versión educada de esto mismo.

Pero era incapaz de pensar con claridad. Se sintió atrapada. Y ni siquiera le había pedido una cita, solo le había preguntado si estaba libre esa noche. Tal vez estaba siendo demasiado presuntuosa y él únicamente quería hablarle de un seminario para agentes inmobiliarios recién llegados al que debería asistir. Daniel seguía hablando por teléfono, así que, haciendo girar el brazalete de Cartier alrededor de su muñeca, lo miró a los ojos y respondió.

—Mañana me va bien.

—Bien, porque me gustaría invitarla a cenar. En el Bleeding Heart. ¿Lo conoce?

—Mmm, no, no lo conozco.

—Vaya, pues esa es una gran carencia en su educación que debemos subsanar cuanto antes. —No sonrió. ¿Acaso pretendía hacerse el gracioso?—. Está muy cerca de aquí —continuó—. Un sitio maravilloso. Reservaré mesa para las ocho, si le parece bien.

—Claro —dijo ella, mientras Daniel colgaba por fin. Lucinda esgrimió su sonrisa más espectacular—. Bueno, será mejor que vayamos tirando. Tenemos un contrato que firmar. Adiós, señor Beleek.

—Por favor, llámeme Anton.

Ella no dijo nada y se alejó tan deprisa como sus zapatos Bally de salón se lo permitieron.

—Nos vemos mañana —se despidió Anton desde lejos.

Soplaba un duro viento de marzo, de modo que, en lugar de ir a la cafetería de siempre, Karen y Sophie estaban sentadas en una de las mesas del comedor de la empresa, comiendo ensalada de atún, con un aliño asquerosamente aceitoso —no era de extrañar que frecuentaran aquel lugar tan poco—, y hablando sobre futuras ediciones de la revista.

—Así que la semana que viene no, la otra, tenemos el «Por qué dejé mi trabajo y encontré la felicidad más absoluta» de Elinor York —dijo Sophie.

—Fantástico. A Christine le encantará.

Christine era la editora de la revista, una mujer de unos cincuenta y pico, sin hijos y siempre vestida de Dries Van Noten, con un marido mucho más joven que ella que «escribía guiones», una casa inmaculada en Camden y dos perros salchicha de pelo largo.

—Y luego tenemos a Naomi Jones con «El infierno de amamantar».

—¡Genial también!

Para Christine, dar el pecho y venerar al diablo estaban a la misma altura.

—Y a Anne Moncrieff con «Botox: un desastre».

—Repito: genial.

Christine tenía más plástico en el cuerpo que un robot reciclado, casi todo por gentileza de varios especialistas de Harley Street desesperados por conseguir un poco de publicidad. Pero aun así le gustaba asustar a sus lectoras con historias de caras deformadas para siempre, con la sonrisa perpetua de Jack Nicholson en el papel del Joker.

Por un instante, Karen se preguntó por qué estaba tan desesperada por conservar su trabajo. Phil tenía razón: seguro que estaría mejor cultivando vegetales orgánicos que haciendo de portavoz de Christine, la misma que no se había mostrado especialmente comprensiva con la enfermedad de Phil y con la cantidad de días que Karen se había cogido libres, la misma que había proclamado a los cuatro vientos su intención de morir a los mandos de la revista *¡Todo mujer!*, arrastrando a Karen con ella.

Había considerado la posibilidad de buscarse otro trabajo, pero los periódicos estaban despidiendo a gente todos los días, de modo que Karen había decidido que lo mejor era aguantar cuanto pudiera y reprimir el *déjà vu* que le provocaba el milésimo artículo sobre madres trabajadoras, ilustrado con la imagen de una mujer estresada, enfundada en un traje de Versace, con un teléfono móvil en la oreja y un bebé en la cadera, y en la que no quedaba ni rastro del abdomen flácido o las manchas de vómito y de caca que conformaban el imaginario de Karen, experimentado en primera persona, sobre el tema.

Y a pesar de que sabía perfectamente que su trabajo no contribuía en modo alguno al conjunto de la sabiduría humana, ella lo adoraba. Le encantaba enfrentarse al reto semanal de elaborar un nuevo suplemento desde cero (por muy superficial que este fuera), y se lo pasaba en grande rodeada por un equipo que la hacía reír mucho más que su marido. Le proporcionaba una sensación de control, el mismo control que le faltaba en el resto de parcelas de su vida.

—¿Karen? —preguntó una voz por encima de su cabeza.

Era un hombre. Treinta y pocos. Pelo rubio, bastante largo. Rostro delgado y pálido. Elegante traje de raya diplomática.

—¡Max!

—¿Cómo estás? —exclamaron los dos al mismo tiempo, y luego se rieron—. Tenía pensado buscarte —continuó él—, pero mira, aquí estás.

—¿Qué haces aquí?

—Acabo de empezar a trabajar en el *Daily Post* como redactor de noticias, sustituyendo a Toby Maitland. Hoy es mi primer día. Ni siquiera sé dónde están los lavabos. —Sonrió—. Acabará siendo un tanto embarazoso.

—No tenía ni idea. Es decir... Puedo indicarte dónde están los lavabos, pero de lo de tu incorporación... —Se volvió hacia Sophie, que los miraba a ambos con una sonrisa socarrona en los labios—. Este es Max Bennett. Su hermano mayor, Jeremy, y yo éramos amigos. Max, esta es mi compañera Sophie Matthewson. Ahora soy editora adjunta de *¡Todo mujer!* —explicó.

—Lo sé. He estado siguiendo tu carrera, como un vulgar acosador.

Max y Sophie se saludaron con un gesto de la cabeza.

—¿Quieres sentarte con nosotras? —sugirió Sophie.

Max tomó asiento, dejando sobre la mesa una botella de agua y un sándwich.

—Y ¿qué, Karen?, ¿qué te cuentas? La última vez que te vi, todavía conservaba todo el pelo y los dientes. Tienes buen aspecto, no has cambiado nada.

—No seas tonto. —Karen puso los ojos en blanco—. ¿Cuántos años tienes? ¿Veinticuatro?

—Unos cuantos más —respondió él, sonriendo.

—¿Casado?

—No. —Una pequeña pausa—. Jeremy sí. Bueno, estaba. Se ha divorciado. Seguro que ya lo sabías. Tiene tres renacuajos y vive en Barnet. Al parecer, los colegios por allí son muy buenos.

—Cierto —dijo Karen.

El recuerdo de Jeremy no era de los más felices de su vida. Habían salido juntos unos seis meses cuando ambos trabajaban en el *Sentinel*, hasta que él le vino un día con el discursito de «no puedo comprometerme». Quince días más tarde, había decidido casarse, al parecer con la que sería la madre de sus hijos. Karen no había llegado a enamorarse de él; le gustaba su físico, muy parecido al de Max, aunque con algo más de carne, y su origen esnob, tan diferente del suyo. Aun así, recordaba lo sucedido como algo tremendamente humillante.

—¿Y tú, Karen?

—¿Yo? Bueno, estoy casada, sí. Tengo dos niñas.

—Me alegro. —Max se volvió hacia Sophie con una sonrisa. A todos les gustaba Sophie, con su cuerpo voluptuoso y sus dientes perfectos—. ¿Qué me dices de ti? ¿Tienes hijos?

—Todavía no. —Sophie señaló un bultito en su vientre, pequeño pero perfectamente definido—. En breve.

—Vaya. —Max palideció, visiblemente incómodo—. Felicidades.

Sophie compartió con Max hasta el último detalle de su embarazo, mientras Karen se divertía observando la escena. Max Bennett. La última vez que lo había visto, él debía de rondar los veinte y estaba pasando las vacaciones de verano de la universidad con sus padres en su preciosa casa de Highgate. Llevaba una perilla a lo Liam Gallagher bastante ridícula, pero parecía simpático y mucho más contenido que Jeremy, que siempre estaba enfadado porque alguien se había olvidado de poner su nombre en un artículo. Ya no llevaba perilla y, de hecho, se había convertido en un hombre muy atractivo.

De pronto Karen sintió el peso de una tristeza inesperada sobre los hombros. Entonces era tan joven, estaba tan llena de esperanza… Estaba entrando en los mejores años de su vida, en los más libres, tras superar una etapa muy difícil, pero en lugar de disfrutarlos, los había desperdiciado preocupándose por si nunca llegaba a casarse o a tener hijos, sin saber que un marido y una familia no eran sinónimo de final feliz, sino más bien un montón de problemas nuevos. Por aquel entonces era una niña; ahora era una oficinista más atrapada en un gulag respetable y desierto de emociones, siempre cansada, obsesionada por el Botox y los horarios del colegio de sus hijas.

—Lo siento, pero tengo que volver al trabajo —se disculpó, poniéndose en pie—. Max, nos vemos por aquí, ¿no? Podríamos comer juntos.

—Por supuesto —respondió él con una sonrisa.

Ella se la devolvió, pero mientras editaba un artículo sobre «Grandes inversiones» —Karen era consciente de que un pintalabios de cincuenta libras no era exactamente una gran inversión, pero bastaba para tener a los anunciantes contentos—, de pronto se sintió incómoda. Y esa incomodidad la acompañó a casa en el tren y mientras cenaba un sucedáneo de carne para vegetarianos, porque le recordaba a la persona feliz y libre que fue un día.

15

Esa misma mañana, Bridget y Gemma intentaban protegerse del frío frente a las puertas de la clínica Parenthope. Tras una noche de insomnio esperando el veredicto de Dervla, la clínica había llamado para comunicarles que estaban satisfechos con la madurez y la reflexión con la que los Meehan habían tomado su decisión y que la donación de óvulos podía seguir su curso.

Así pues, esa mañana las hermanas habían regresado para conocer a Donna, una enfermera rubia e increíblemente alta que les había dado un espray nasal que armonizaría sus ciclos hormonales, garantizando así que los óvulos de Bridget estuvieran a punto justo cuando el útero de Gemma gozara de las condiciones óptimas para recibirlos.

Bridget no dejaba de saltar mientras esperaban en la calle.

—¡Viva! Por fin es legal inhalar sustancias.

Gemma se negaba a seguirle la corriente.

—¿Te apetece un café? ¿O un té de hierbas? —preguntó Bridget.

—Bueno, yo...

—De hecho, no es una pregunta. Es una orden. Hay alguien que nos espera, alguien que quiero que conozcas.

—¿Quién?

—El barrista. ¿Te acuerdas de él? Porque por fin está pasando. ¡Estamos enamorados!

Una niñera filipina, con una pequeña rubia y de aspecto

angelical cogida de la mano, se detuvo en seco y las miró. Bridget las saludó con la mano.

—Eh, mira, ¡ahí está! Massy, cariño. ¡Eh, quédate ahí!

Al otro lado de la calle, un hombre levantó la mano y cruzó, sorteando el tráfico. Tenía el pelo corto y abundante y llevaba una parka azul marino. Gemma no daba crédito a lo que estaba viendo. Aquel hombre era asombrosamente pulido para Bridget: casi todos sus novios llevaban rastas y tenían la cara llena de tatuajes y de *piercings*.

—Eh —exclamó Bridget cuando su novio llegó a la otra acera sano y salvo—. ¿No es guapísimo? —preguntó, abrazándolo.

Gemma le ofreció la mano.

—Hola, soy Gemma.

Él le devolvió el apretón. Tenía las manos calientes.

—Massimo. —No tenía acento italiano, sino británico—. Encantado de conocerte. —Tenía los ojos azules y una mirada intensa, mucho más alerta que los habituales de Bridget, que solían ir fumados todo el día.

A Gemma le recordó las imágenes de Jesús de su Biblia para niños.

—¿Os apetece ir a tomar un café? —preguntó Bridget, deslizando la mano dentro de la de Massimo.

A Gemma se le escapó una mueca. ¿No estaba demasiado entregada?

—Mientras no sea en Costa… —respondió Massy—. Menuda mierda de sitio.

—¿Cuánto tiempo llevas trabajando allí? —preguntó Gemma.

—Unos dieciocho meses. Antes de eso, trabajé en la cafetería de mi padre, en Alperton, pero el alquiler no dejaba de subir y el negocio se estaba yendo al traste, así que no tuvo más remedio que cerrar.

—Vaya. Debe de ser duro.

—Sí, lo fue. Vino de Italia con diecinueve años, lo invirtió todo en su negocio y ahora que tiene sesenta y siete se ha quedado sin nada. Una mísera pensión del estado.

—Los padres de Massy son increíbles —intervino Bridget—. Son muy amables y acogedores, y su madre es la mejor cocinera del mundo. Tienes que probar sus albóndigas con salsa picante.

—Creía que eras vegetariana.

—Oh, Gems, eso ya ha pasado a la historia. Hace siglos que como carne. Es lo más sano para una dieta saludable.

Gemma aún recordaba la discusión que habían mantenido la última vez que salieron a cenar juntos. Alex pidió un filete, que acabó convirtiéndose en un sermón sobre cómo la ternera obstruía el intestino grueso y los gases de las vacas estaban acabando con la capa de ozono. Después de aquel día, Alex le dijo que nunca volvería a compartir una cena con su cuñada. Claro que el amor es una fuerza poderosa; en su camino, el colon de Bridget era totalmente irrelevante, por no hablar del futuro del planeta.

—La familia de Massy sabe qué es lo realmente importante —siguió parloteando Bridget, mientras cruzaban la puerta del local—. Como… la familia. Me tratan como si fuera su hija. Me han invitado a vivir con ellos.

—Yo todavía vivo con ellos —explicó Massy encogiéndose de hombros, un poco avergonzado.

—Pero en vez de eso, hemos decidido buscarnos un piso para nosotros —continuó Bridget, cogiendo la mano de su novio.

Gemma sintió un hormigueo en la base de la espalda.

—No será nada especial, solo un estudio, pero será nuestro, ¿verdad, amor mío?

—Así es —dijo él, sonriendo—. Tengo que ir a… Bueno, ya sabéis.

—¿Qué opinas? —susurró Bridget—. ¿No te parece genial?

—Sí. Parece muy majo. —Gemma dudó un instante—. ¿No es un poco pronto para iros a vivir juntos?

Bridget ignoró la pregunta.

—Nunca me he considerado el tipo de chica que acaba encontrando novio. Creía que eso solo podía pasarte a ti. Es todo tan… alucinante. No sé, quién me iba a decir que alguien tan especial se fijaría en mí. Algo encajó entre nosotros desde el primer momento…, como si fuese el destino.

—Me alegro mucho por ti —dijo Gemma. Y era cierto, aunque también se sentía algo desequilibrada, como si hubiese ejecutado un paso de baile equivocado—. ¿Le has contado, ya sabes, lo que estás haciendo por nosotros?

—Mmm. Dice que le parece precioso, que el hecho de que yo esté preparada para ayudaros de esta manera es una de las razones por las que se ha enamorado de mí. Dice que se dio cuenta de lo generosa que soy al hacerlo a cambio de nada, solo amor. —Bridget se quedó un momento en silencio y luego añadió—: Esta mañana lo estaba pensando. ¿Debería contárselo a los de la clínica?

—¿Contar qué?

—Bueno, pues que ahora tengo… pareja.

Gemma sintió que el pánico se apoderaba de ella. Su vida era como un videojuego: en cuanto se cargaba un duendecillo, salían tres más. ¿Y si la aparición de Massy los obligaba a pasar por todo el proceso de asesoramiento de nuevo?

—No sois exactamente pareja, ¿no? Es decir, solo lleváis unas semanas saliendo juntos.

Massimo regresaba a la mesa en aquel preciso momento.

—Yo no creo que sea necesario contárselo, a menos que tú lo prefieras así —continuó Gemma a toda prisa—. Sería un engorro, ¿no te parece? Y que estés con Massimo no va a cambiar nada, ¿verdad?

—¿Estáis hablando de mí? —preguntó Massimo mientras tomaba asiento.

—Sí, le contaba a mi hermana lo mucho que me has apoyado con todo esto de la donación.

El corazón de Gemma latía desbocado, pero él se limitó a sonreír.

—Creo que es algo increíble. Pero esa es mi Bridget: siempre pensando en los demás.

—Mmm —murmuró Gemma, y luego añadió—: Vaya,

disculpadme —mientras sonaba el teléfono móvil que llevaba en el bolsillo—. ¿Sí? —preguntó, tras llevárselo a la oreja.

—Hola, señora Meehan. Soy Lucinda. ¿Cómo está?

—Muy bien —respondió Gemma con cautela, porque el tono de voz de Lucinda era demasiado frío como para fiarse.

—Muy bien, me alegro. Me preguntaba si ya habían decidido qué decirle a Nick Crex.

—Alex sigue dándole vueltas.

—Siento presionarlos, pero el comprador espera una respuesta pronto.

—Bueno, pues que espere. No para de complicarlo todo. Si no quiere el piso, que se busque otro.

—Lo siento mucho, señora Meehan. Comprendo que puede llegar a ser muy frustrante.

—Estoy segura de que lo comprende —le espetó Gemma, y colgó.

—¿Problemas con la venta del piso? —preguntó Massy—. Bridget me ha hablado de ello.

—Sí, el comprador ha vuelto a bajar la oferta —respondió ella, forzando una sonrisa.

A Bridget se le escapó una carcajada.

—Pero si aun así lo vais a vender por un precio desorbitado, Gems. O sea, que es un crimen en toda regla. No sé, tendría que ser delito. Dicen que los precios de los pisos están bajando, y Massy y yo no podemos permitirnos ni una triste caja de cartón.

—Sí, bueno, es cierto que los precios en Londres son muy altos —dijo Gemma, aunque en realidad estaba pensando «Si te pusieras a trabajar, quizá podrías permitirte un piso»—, incluso ahora, cuando se supone que el mercado está en horas bajas. Todo cuesta mucho más de lo que debería.

—Sí, es muy duro —dijo Massimo, pero sin compadecerse de sí mismo—. Gemma dice que vuestro apartamento es increíble. Dos lavabos para vosotros solitos —continuó, con un silbido—. Tienes suerte. Y todo esto de la fecundación in vitro os está costando una fortuna, ¿no?

Gemma se sintió inevitablemente violenta, como siempre que alguien hablaba de dinero.

—Sí, pero vale la pena. No sé, ¿cuánto cuesta un hijo? No te puedes andar con minucias cuando se trata de algo tan importante.

—No podría estar más de acuerdo contigo. —Massimo se puso en pie—. Cariño, siento ser un aguafiestas, pero tengo que irme. He quedado. —Le ofreció la mano a Gemma—. Encantado de conocerte, Gemma. Espero volver a verte pronto.

—Lo mismo digo —respondió Gemma, y lo decía en serio. Después de todo, Massimo parecía un chico perfectamente normal.

Bridget abrazó a su hermana.

—¿No te parezco la mujer más afortunada del mundo? —exclamó, plantándole un beso en la mejilla—. Nos vemos pronto, cariño. Empieza esta noche con lo de esnifar. Eh, Massy, te tengo que enseñar el inhalador que me han dado en la clínica. Es una locura. Gems, te llamo. Deberíamos organizar una salida de parejas.

—Buena idea —dijo Gemma, y los siguió con la mirada mientras se alejaban, el brazo de ella rodeando el de él. Todavía se sentía desorientada, y es que de repente Bridget se había convertido en una mujer centrada, en alguien normal. ¿Acaso no era ese su papel en la familia?

Gemma sacudió la cabeza. Se estaba convirtiendo en una persona retorcida y desagradable. Todo el proceso de intentar tener un hijo empezaba a hacer mella en ella. Ojalá todo saliera bien, porque necesitaba ser madre, necesitaba que un hijo curase todos sus males.

Después de la película —que era tan mala como prometían las críticas—, Lucinda y Cass se sentaron en un bar de King's Road para intentar poner remedio a la situación.

—Llama y di que estás enferma —exclamó Cass, como si acabase de solucionar la crisis energética mundial.

—Pero podría verme por ahí. O pasarse por la agencia. Además da lo mismo, se limitaría a cambiar la cita para otra noche. Conozco a los de su clase. Es muy persistente.

—¿Por qué no te presentas con una de esas mascarillas transparentes? —preguntó Cass entre risas—. Y en mitad de la cena empiezas a toquetearla, te la arrancas lentamente y la dejas junto al plato.

—¡Puaj!

Las dos se rieron a carcajadas, pero Lucinda dijo:

—No puedo.

—Cambiaría su opinión sobre ti.

—Sí, y de paso haría vomitar a todos los presentes.

—Métete el dedo en la nariz, eructa, intenta tirarte un pedo.

—¡Cass!

—Bueno, quieres dejar de gustarle, ¿no?

—Sí, pero tampoco quiero darle asco. Trabaja con mucha gente a la que conozco. No puedo permitir que se sepa que eructo en medio de la comida.

Se trataba de lo mismo de siempre: la vanidad de Lucinda. A ella no todo el mundo le caía bien, pero sí quería gustar a todo el mundo.

—Bueno, pues en ese caso tendrás que ir. Y ser tremendamente aburrida. Y si, después de eso, te vuelve a pedir para salir porque de todos modos no le interesa lo que tengas que decir, solo quiere meterse entre tus piernas, entonces dile que tienes novio.

—Pero cualquiera le puede decir que eso no es verdad.

—Pues dile que ahora mismo no estás buscando una pareja o algo por el estilo. Tampoco va a hundir tu carrera, solo quiere un aquí te pillo, aquí te mato, y cuando se dé cuenta de que no lo va a conseguir, verás cómo pasa página. Es multimillonario, ¿verdad? Seguro que hay un montón de mujeres dispuestas a pegarse por él.

—Lo dudo —dijo Lucinda. Se negaba a admitir que una parte de ella, por minúscula que fuera, se sentía alagada.

Anton Beleek era un bicho raro, pero también un hombre

rico y poderoso. Y se había fijado en ella. Cualquier loquero se frotaría las manos ante un caso como el suyo: hija de padre rico y poderoso atraída por las atenciones de otro hombre rico y poderoso; Lucinda desterró aquella idea, del mismo modo que ya había desterrado el hecho de que Anton solo se hubiera dado cuenta de su existencia porque ella le había enviado una ridícula tarjeta de San Valentín en un ataque de estupidez aguda.

—Tengo que contarte algo —le dijo Cass tímidamente, interrumpiendo sus pensamientos.

—Ah, ¿sí?

Por la expresión de su cara, cualquiera hubiese dicho que Cassandra había descubierto la cura del cáncer o la razón por la que uno de los calcetines de una misma pareja nunca regresa de la lavadora.

—¡He vuelto con Tim!

—¡Oh!

—No pongas esa cara —exclamó Cass, sonriendo.

—Lo siento. Me sorprende, eso es todo.

Su amiga se puso inmediatamente a la defensiva.

—¿Por qué?

—Bueno, la semana pasada decías que era un perdedor y un gilipollas.

—¿En serio? Bueno, puede que sí. No sé, anoche me llamó y estuvimos hablando un buen rato, y me contó que está bajo mucha presión en el trabajo, y luego me preguntó si podía venir a casa y… —Se encogió de hombros—. Le quiero, Luce, de verdad. Tengo que darle una segunda oportunidad. Al fin y al cabo, todos cometemos errores.

—Cierto.

—Pareces enfadada.

—¿Quién, yo? ¡No! No estoy enfadada. Solo un poco… cansada. Por el trabajo. Deberíamos ir tirando.

—Vale —asintió Cass con demasiado entusiasmo. Lucinda la miró fijamente.

—¿Has quedado con Tim esta noche?

—Bueno... Me ha dicho que quizá se pasaría por casa. Si llego pronto. Por cierto, ahora que me acuerdo. ¿Recuerdas que íbamos a ir a Brighton este fin de semana? ¿Te importa si vamos en otro momento? Es que Tim me ha dicho que quiere llevarme a un sitio..., para compensarme por todo lo que ha ocurrido. No te importa, ¿verdad?

Pues claro que me importa.

—Eso es genial —respondió Lucinda, blandiendo la más falsa de sus sonrisas.

—Sabía que lo entenderías. Gracias, Luce.

—De nada.

Grace estaba sentada en la mesa de la cocina, con un paquete a medio comer de galletas de bizcocho y mermelada de naranja, cubierta de una fina capa de chocolate. Estaba escaneando un portal de empleo por internet en el ordenador con el ceño fruncido y una expresión de concentración en la cara. Sabía que tenía que encontrar trabajo, pero no sabía por dónde empezar. La opción más realista era la enseñanza, pero la idea de ponerse delante de una clase a enseñar lenguas muertas que a nadie importaban se le antojaba aterradora. Primero intentaría investigar otras opciones.

> Coordinador de línea de atención al cliente
> Buscamos coordinador para línea de atención al cliente entusiasta y proactivo, para formar y guiar a nuestro equipo de supervisores y a todo el equipo de atención al cliente. Se ocupará de que los objetivos de productividad y los ICD...

¿ICD? Vale, tendría que averiguar qué quería decir el anuncio con eso. Grace acababa de clicar en el enlace cuando oyó el teléfono. Probablemente sería Verity preguntando si sabía algo más de los Drake. Al parecer, una de las ventas de las que dependía la compra de Chadlicote no iba bien; el proceso se había ralentizado y los nervios eran cada vez más evidentes.

—¿Dígame?

—¿Es usted Grace?

Una voz de hombre. Acento de la zona.

—Sí.

—Soy Richie Prescott. ¿Se acuerda de mí? El tasador.

—Ah, sí, señor Prescott. ¿Hay algún problema?

La tasación había revelado numerosos problemas, a pesar de lo cual los Drake seguían interesados y mantenían su oferta inicial.

—No, ningún problema. De hecho, la llamaba por algo totalmente distinto. Espero que no la parezca una indiscreción por mi parte, pero me preguntaba si querría cenar conmigo un día de estos.

¿Le estaba tomando el pelo? Grace permaneció en silencio.

—¿Hola? ¿Sigue ahí?

—Sí, sí, yo…

—Bueno, si está muy ocupada lo entenderé. O…

A Grace se le escapó la risa.

—No estoy muy ocupada.

—Entonces ¿le gustaría quedar para cenar?

—Sí.

—Bien. ¡Bien! Había pensado el viernes por la noche, si está libre. ¿Conoce el Chichester Arms, en Hyddleton? ¿A las siete y media?

—Perfecto.

—¡Bien! Pues nos vemos allí. Adiós.

—Adiós —se despidió Grace, y luego se quedó un buen rato de pie, con el auricular del teléfono en la mano, mientras Shackleton se restregaba contra sus piernas insistentemente.

—Shacky —le dijo, arrodillándose para estar a su mismo nivel—, voy a cenar con un hombre.

Shackleton le acarició la rodilla con su cabeza apepinada y Grace entendió el gesto como un signo de aprobación. No podía creerse lo que acababa de suceder. Nadie se interesaba por salir con chicas como ella; era más propio de mujeres normales, mujeres como sus alumnas o como Verity. Así que Richie

Prescott la consideraba normal. Seguramente había visto a través de las capas de grasa que la envolvían su gran corazón. Una cena para dos. Tendría que hacer dieta toda la semana para prepararse, pero cenarían los dos solos. Y luego... Grace sintió mariposas revoloteando en su estómago. ¿Quién sabe qué ocurriría después?

16

Después de pasar la tarde con Cass, Lucinda estaba tan furiosa que no podía conciliar el sueño. Furiosa con su amiga por ser tan tonta y también consigo misma. Le apetecía mucho pasar el fin de semana en Brighton con ella. Y no solo eso: ahora que Cass y Tim estaban juntos de nuevo, ya no tenía a nadie con quien quedar. Volvía a estar sola, como los primeros meses tras su llegada a Londres. Sintió que un frío intenso le recorría el cuerpo. Se suponía que las mujeres jóvenes, atractivas, ricas y prometedoras como ella no debían estar solas. Era algo vergonzoso, como sufrir de hemorroides. Contrólate, se dijo a sí misma, y se dio la vuelta en la cama para beber un trago de agua del vaso que tenía sobre la mesilla. No estaba en Londres para hacer amigos, sino para hacer un buen trabajo y ganarse la aprobación de su padre.

Estaba desconcertada tras la deserción de su amiga, tanto que dedicó más atención a su indumentaria para la cena con Anton Beleek de lo que estaba dispuesta a admitir. Pantalones de lana Joseph, camiseta negra y chaqueta de terciopelo también negra. Nada provocativo, pero tampoco demasiado recatado. Al fin y al cabo, tenía todo el día por delante y no quería asustar a los clientes.

Le daba pavor que los demás descubrieran su cita, de modo que se quedó trabajando hasta tarde. Uno a uno se fueron poniendo el abrigo y marchándose a casa, hasta que al final solo quedó Gareth.

—Hoy estás muy trabajadora. Como siempre.

—Mmm. Tengo mucho trabajo —respondió Lucinda, sin apartar la mirada de la pantalla del ordenador.

—¿Te apetece una copa cuando acabes? —preguntó Gareth, con el mismo tono despreocupado de siempre.

—Me encantaría —empezó Lucinda, y lo decía de verdad—, pero he quedado con un amigo.

—No importa.

Sus continuas negativas parecían no afectar a Gareth.

—Eso sí, un día podríamos salir —añadió él.

—¡Sería genial! —Imaginó una noche con Gareth, cotilleando en el Fox & Anchor, en contraposición a lo que le esperaba. Bueno, mejor sacárselo pronto de encima.

—¿Necesitas que te acompañe a algún sitio?

—Eh, ¡no! No hace falta, gracias. He quedado con mi amigo cerca del metro.

—Diviértete. Nos vemos mañana.

—Hasta mañana.

Lucinda salió de la oficina con el corazón latiendo desbocado. El Bleeding Heart estaba en una plaza diminuta cerca de Hatton Garden. Se dirigió hacia allí caminando lentamente. Llegaría diez minutos tarde, nada especialmente desconsiderado.

Para su sorpresa, el restaurante era adorable. Ocupaba el sótano de un edificio y estaba formado por varias estancias conectadas entre sí como en una madriguera. Estaba iluminado con velas. Muy acogedor. Muy evocador. Muy romántico, incluso. El camarero la guió hasta una de las salas más pequeñas. Anton ya había llegado, obviamente. Se levantó en cuanto la vio entrar, sus oscuras facciones retorcidas en una sonrisa nerviosa.

—¡Hola! Empezaba a preocuparme.

—Lo siento. Me he quedado trabajando hasta tarde.

—Claro, claro.

Se produjo el clásico momento incómodo mientras decidían si besarse o no. Lucinda tomó las riendas y retrocedió un paso. Anton le mostró su silla.

—Siéntese, por favor. —Ella obedeció, como un perro bien amaestrado—. He pedido champán —continuó—. Moët. Espero que le guste. Seguro que sabe que la te final de Moët no es sorda, como muchos creen.

—Por supuesto. Y se pronuncia Chan-don, no Chon-don.

—Bien dicho. —Anton sonrió y de pronto Lucinda creyó ver en él a un hombre más dulce, casi vulnerable. Quizá la velada no acabara siendo la pérdida de tiempo que había imaginado.

Se bebió la primera copa deprisa, la segunda más pausadamente. No estaba segura de qué pedir. De primero gazpacho, seguido de...

—Creo que tomaré el Chateaubriand. ¡Oh! No, da igual.

Él la observaba con atención.

—¿Por qué no?

—Creo que prefiero el salmón... —No podía revelar el verdadero motivo, pero Anton ya sospechaba algo.

—¿Porque el filete es para dos? Lo compartiré con usted.

A Lucinda compartir un filete se le antojaba demasiado íntimo.

—No, no, de verdad, el salmón tiene muy buen aspecto y...

—Se lo digo de verdad. Me haría muy feliz. Aquí hacen un filete soberbio. Por eso escogí este restaurante. Soy un carnívoro de pro.

—Más acostumbrado a la jirafa y al hipopótamo, ¿no?

—¿Me está juzgando según los tópicos de mi país? —preguntó Anton entre risas—. Qué cruel por su parte, pero me parece justo. De hecho, he probado la jirafa, aunque no puedo decir que sea de mis carnes favoritas.

—Mmm. Demasiado fibrosa.

—¿También la ha probado?

—En Kenia. Mi padre, eh... —Lucinda no quería revelar quién era su padre—. Fui con mi familia de vacaciones hace unos cuantos años y fuimos a un restaurante llamado...

—Carnívoros. Lo conozco. ¿Le gustó Kenia?

—Me encantó... —No habían sido sus mejores vacaciones. Su padre se pasó la mayor parte del tiempo en el hotel trabajando y su madre lloraba a todas horas y se emborrachaba durante la cena. Pero Kenia no tenía la culpa.

—No hay nada que se le pueda comparar, ¿no cree? Ver animales salvajes en su hábitat.

Y de pronto la conversación empezó a fluir mientras hablaban de qué animales de los cinco más importantes habían visto. El camarero tuvo que carraspear varias veces para que le prestaran atención.

—¡Lo siento! —exclamó Anton finalmente. Le brillaban los ojos; parecía una versión rejuvenecida de sí mismo—. Pidamos.

Y así lo hicieron. Anton pidió una botella de Gigondas. Lucinda tenía que reconocer que se lo estaba pasando en grande. Era casi como estar con su padre, bebiendo un buen vino, disfrutando de la buena comida, hablando. Había dado por sentado que se pasarían la noche hablando del mercado inmobiliario, pero en lugar de ello entablaron una conversación muy interesante sobre vinos, y acabaron charlando de cine.

—Me encantan los dramas clásicos en blanco y negro, pero ahora que trabajo ya no tengo tiempo para nada. Es un placer del que disfrutar por la noche, ¿no cree?

—¿Sí? No sé qué decirle. Siempre he estado hasta arriba de trabajo. No me queda mucho tiempo libre del que disfrutar. Eso sí, tengo debilidad por una buena sesión de DVD de *Star Trek*.

—Oh, claro...

Lucinda sabía que habría un «pero». Anton era *trekkie*. Cómo no. Ella no había visto ni un solo episodio, pero sabía que era para gente con problemas de socialización. De pronto su móvil empezó a sonar. Sorprendida, miró la pantalla para saber quién la llamaba. Mierda. Cass. No se acordaba de que era su vía de escape. Por un momento, consideró la posibilidad de no contestar, pero sabía que, si no lo hacía, Cass le daría la lata el resto de la noche, de modo que se excusó:

—Lo siento. Una llamada urgente de trabajo. ¿Le importa que me ocupe de ella en un momento?

—En absoluto.

—¿Sí?

—¿Cómo va? —preguntó Cass entre risas.

—Bien, gracias.

—¿De verdad? Vaya, vaya. ¿Así que no piensas huir?

—Todo va bien —respondió Lucinda, un tanto tensa—. ¿Le importa que le llame por la mañana y le dé los detalles?

—¿Te lo vas a tirar?

—No, pero le llamaré por la mañana. Gracias. Adiós. —Lucinda creyó que apretaba el botón de colgar, pero en vez de eso activó el manos libres.

—¡A Luce le gusta un viejo sudafricano! ¡A Luce le gusta un viejo sudafricano! —canturreó la voz de Cass al otro lado del teléfono.

La gente que los rodeaba se volvió para mirar. Una mujer incluso se atragantó. Roja como un tomate, Lucinda consiguió apagar el teléfono y lo guardó en el bolso. Luego levantó la mirada del suelo y buscó los ojos de Anton.

—Oh, Dios, no sabe cuánto lo siento.

Pero él se estaba riendo.

—Con que el viejo sudafricano, ¿eh? ¿Es así como me llamas?

—¡No, claro que no!

—Vaya, qué pena. No pasa nada. De hecho, soy sudafricano, y supongo que para ti parezco viejo. Tengo cuarenta y seis. Una reliquia, ¿eh?

—No, no…

—¿Cuántos años tienes tú, Lucinda? Si no te importa que te tutee.

—Claro que no. Veinticuatro —respondió ella, desafiante.

—Qué joven —dijo él con melancolía, y Lucinda pensó que se estaba comportando como un idiota condescendiente—. Te queda tanto por aprender, tanto por hacer…

—Lo cierto es que no me siento tan joven. —Después de

todo, no era ella la que estaba enamorada de una serie del paleolítico llena de hombres con las orejas puntiagudas en una galaxia muy, muy lejana.

—Pero lo eres. Créeme. Disfrútalo mientras puedas, Lucinda.

—Tú, en cambio, no tienes pinta de haber sido joven en toda tu vida —respondió ella, dejándose llevar por una mezcla de vergüenza y vino—. ¡Lo siento! —exclamó acto seguido, levantando las manos en alto—. No debería haber dicho eso.

—No pasa nada. —Anton sonrió de nuevo, pero esta vez su rostro transmitía tristeza—. Lo sé, sé que doy una impresión de hombre muy serio. He pasado unos años bastante difíciles con la muerte de mis padres, ambos de enfermedades crónicas y horribles. Me afectó bastante.

—Lo siento mucho.

Él levantó la mano para agradecerle el gesto. Lucinda sentía curiosidad.

—Y ¿has estado casado alguna vez?

—Nunca. Estuve comprometido, eso sí. Hace mucho tiempo. Ella se fugó con un buen amigo mío. —Su voz no transmitía ninguna emoción—. Me rompió el corazón.

Lucinda sintió que el corazón le daba un vuelco. Pobre hombre.

—Pero quizá eso cambie en breve —continuó Anton, y le guiñó un ojo.

Oh, mierda. Estar con aquel hombre era como jugar a serpientes y escaleras: cada vez que él le subía la autoestima, a continuación pisaba una serpiente metafórica que la enviaba de vuelta al principio. Lucinda sonrió sin demasiada convicción.

—Lucinda —dijo Anton, apremiado por una urgencia inesperada—, ¿por qué me enviaste la tarjeta de San Valentín?

Vale, definitivamente habían vuelto a la casilla número uno. Lucinda se retorció incómoda en su silla.

—Lo siento.

—¡No, no lo sientas! Me alegro de que lo hicieras. ¿Cómo nos habríamos conocido si no?

—Me comporté como una estúpida —murmuró Lucinda, entendiendo de pronto a qué se refería Anton con lo de que era muy joven. E inmadura, se dijo a sí misma, furiosa—. Intentaba ser una broma.

Él parecía desconcertado.

—¿Una broma?

—Sí. Tenía una tarjeta de sobra y... tú parecías tan infeliz que pensé que sería divertido. —Avergonzada, Lucinda miró la hora—. Oye, lo siento, Anton. Me lo he pasado muy bien, pero tengo que irme. Ya sabes, ¡mañana hay que madrugar!

Esta vez su expresión era de aflicción.

—¿No te quedas para el postre? ¿Queso? ¿Café?

Por un momento, Lucinda sopesó la posibilidad de echar mano del truco del eructo de Cass.

—No, de verdad, estoy llena. No podría comer nada más aunque quisiera. Tengo que irme.

—Está bien. —Le pidió la cuenta al camarero con un gesto, mientras Lucinda rebuscaba en su bolso.

—Por favor —dijo ella cuando llegó la cuenta—, paguemos a medias.

Anton reaccionó como si Lucinda le hubiese invitado a fumar crack en los lavabos.

—No seas ridícula.

—Por favor.

—Ni pensarlo. —Dejó su American Express negra sobre la bandeja de la cuenta—. ¿Te acerco a algún sitio?

Quizá esperaba que lo invitase a tomar un café en su casa, pensó Lucinda, y un escalofrío le recorrió el cuerpo.

—No, gracias, no hace falta. No está lejos. South Kensington. Cogeré el metro.

—¿A estas horas? Ni pensarlo.

—Está bien, cogeré un taxi.

—Voy a pedir que te llamen uno.

Joder. Ahora tendría que pagar un taxi, cuando el metro solo costaba 1,60 libras. Se lo podía permitir, claro está, pero eso no era lo importante. A Lucinda la habían educado en la austeridad. Su padre siempre decía que la gente que se gastaba el dinero era capaz de gastarse fortunas.

El camarero les trajo los abrigos. Fuera esperaban dos BMW negros, uno frente al otro. Lucinda se volvió hacia Anton.

—Gracias. Ha sido una noche maravillosa.

—El placer es mío. Quizá podríamos repetirlo algún día.

Sabía que tenía que decir que no, pero no sabía cómo hacerlo.

—Sí, estaría bien. —Se puso de puntillas para darle un beso en la mejilla y sintió el tacto áspero de una barba incipiente en la piel. Olía bien, a almizcle.

—Estamos en contacto.

—Eso espero —dijo ella, antes de darse cuenta de cómo sonaban sus palabras.

El taxi arrancó y ella respiró profundamente. Se lo había pasado mucho mejor de lo esperado, pero aun así se alegraba de que hubiese terminado. Y después de la llamada de Cass, era imposible que volvieran a verse. Anton lo había sugerido, sí, pero solo estaba siendo educado.

Desde la inesperada llamada de Richie Prescott, Grace se había olvidado de buscar trabajo para concentrar todas sus energías en una dieta de choque. Para desayunar, un vaso de agua caliente con zumo de limón. Para comer, una ensalada de lechuga, tomate y pepino sin aliñar. Para cenar, como sabía que necesitaba proteínas, una pechuga de pollo a la plancha o un filete de salmón acompañado de verdura y limón. A pesar de que no se sacaba la comida de la cabeza, consiguió resistirse a la tentación. Llevó a los perros a dar largos paseos. Y funcionó. Vale, solo había perdido dos kilos, pero eso le bastaba para embutirse en el Monsoon rosa que se había comprado para el baile de graduación.

Grace se montó en el coche camino al Chichester Arms, dejando tras ella a dos perros visiblemente molestos. Durante todo el trayecto, su estómago no dejó de rugir bajo la apretada cintura del vestido. ¿Qué podía pedir para cenar? Se había portado tan bien que se merecía una noche libre. Pediría un panecillo, pero sin mantequilla. Si Richie pedía pudín de primero, ella pediría lo mismo. Y de segundo... Sintió que le flaqueaban las rodillas al imaginar las posibles opciones bajas en calorías del menú. Lubina quizá, con patatas y espinacas hervidas. Nada especialmente suculento, pero aun así un festín en comparación con lo que comía últimamente.

El Chichester Arms era un pub de techo bajo. Richie, de traje y corbata, esperaba en la barra con lo que parecía ser un gin-tonic delante. Al verla, se bajó del taburete de un salto.

—¡Grace! Me alegro de que haya venido. Me preocupaba que cambiara de idea.

—Oh, no. ¿Por qué iba a hacerlo?

Richie le estrechó la mano y Grace no pudo reprimir una sonrisa de afectación. Aquel hombre tenía los dedos como salchichas, pensó sin rastro de compasión, a pesar de ser la menos indicada.

Richie la miró de arriba abajo.

—Está preciosa.

—Gracias —respondió ella, estremeciéndose de la emoción.

—¿Le apetece tomar algo antes de sentarnos?

—¡Por qué no! Eso sí, luego tengo que conducir, así que solo puedo tomar una copa. —Por no hablar de las miles de calorías que tiene el alcohol.

—Yo también tengo que conducir, pero no pasa nada por tomarse una copa ahora y luego una botella de vino a medias con la cena. ¿Le apetece un gin-tonic?

Grace asintió, demasiado avergonzada para pedir tónica baja en calorías. Richie se volvió hacia la camarera:

—Dos gin-tonics, preciosa. —Apuró la copa que tenía frente a él—. Por cierto, esto era Perrier —dijo, mirando a

Grace. Luego guardó silencio un instante y añadió—: Pruébelo si no se lo cree.

—No, no, por supuesto que me lo creo.

Se tomaron los gin-tonics. A Grace, muerta de hambre como estaba, el alcohol le subió rápidamente a la cabeza. Para cuando se sentaron, estaba tan hambrienta que tuvo que controlarse para no arrancar los narcisos del florero que decoraba el centro de la mesa y llevárselos a la boca. Por norma general, cenaba a las seis porque esa era la hora a la que solía hacerlo su madre —y porque era la mejor manera de ocupar las horas en una tarde solitaria—. Qué aburrida se había vuelto. Qué institucionalizada.

—¿Tinto o blanco?

—El que prefiera usted —dijo Grace—. De verdad que no debería beber más.

—¡Una gota más no le hará daño, mujer! —Pidió una botella de Mâcon—. Y una botella de agua con gas —añadió, guiñándole el ojo a Grace—. ¿O la prefiere mineral?

—Con gas está bien, gracias.

El ambiente se volvió un tanto incómodo mientras consultaban el menú. A Grace le daba vueltas la cabeza; mientras, el estómago ejecutaba un solo de batería. Afortunadamente, el disco de Charles Aznavour que sonaba de fondo ahogaba cualquier sonido extraño. Brochetas de pollo marinadas en miel sobre un nido de hojas, leyó Grace. Delicioso. Lástima de la miel. Pan de granja, corte grueso, servido con aceite y vinagre balsámico. La idea de pegarle un bocado a un buen trozo de carbohidratos y sentir el sabor intenso del aceite en la lengua a punto estuvo de hacerle perder el conocimiento.

—La terrina de hígado de pollo —dijo Richie—. Me encantan los buenos patés.

Oh, Dios, ¡ayuda! La terrina era grasa pura, al igual que el resto de platos de la carta. Y no sería muy educado por su parte sentarse a verlo comer. Y la cremosidad del paté en la lengua…

—Pediré lo mismo que usted.

—También me apetece un poco de pollo con bacón, chalotes y salsa de vino tinto.

Lubina. Grace pediría lubina. Servido en un lecho de espinacas con mantequilla y puré de patatas, de acuerdo, pero podía dedicarse a marear la guarnición por el plato. Se acercó el camarero y pidieron. Se hizo el silencio. Grace sonrió con timidez mientras intentaba apartar los ojos de la cesta de pan. Él apuró la primera copa de vino y se sirvió otra. Ella se devanó los sesos en busca de un buen tema de conversación.

—Y... ¿ha visto alguna casa interesante últimamente?

—Unas cuantas —respondió Richie. Y, como si se hubiese abierto una compuerta, le habló de un chalet en Loddiswell de cimientos inestables, de una cabaña con cobertizo en Malborough que necesitaba una remodelación completa y de un ático en Salcombe con un problema galopante de humedades.

—Me encanta Salcombe —apuntó Grace, pero Richie no la oyó. La cabeza no dejaba de darle vueltas. Mantuvo la mirada fija en el pan. Los primeros estaban tardando tanto que al final no pudo contenerse más. Cogió un panecillo blanco con semillas de la cesta, lo partió en dos y empezó a untar una de las mitades con mantequilla.

—Obviamente, me di cuenta de los problemas con el sótano, pero al comprador no parecía importarle...

Dios, qué bueno estaba. La mantequilla estaba salada y fría, el pan tierno y crujiente al mismo tiempo. Se lo terminó y cogió otro, justo cuando el camarero ponía el primer plato delante de ella.

—Oh, espléndido —exclamó Richie, pero no hizo ademán de empezar a comer. En vez de ello, se llevó la copa a los labios—. Lo cierto es que no se tasan casas tan espectaculares como Chadlicote todos los días. Como ya le he dicho, es una lástima que la vendan.

—Y yo le he dicho que no nos queda otra alternativa. De hecho, nuestra situación económica es tan mala que necesito encontrar trabajo desesperadamente. —Sería de mala educación dejarse los restos del panecillo, pensó Grace, mientras se metía el último pedazo en la boca.

—Creo que deberíamos brindar por ello. —Richie lanzó una mirada acusadora a su copa, como si de algún modo se hubiera vaciado ella sola, y a continuación se volvió hacia la camarera—. Gracias. Delicioso. ¿Nos podrías traer otra botella de Mâcon, querida?

—Por mí no hace falta —se apresuró a decir Grace.

—Bueno, a mí no me importaría tomar una copita más. Siempre puedo volver a casa en taxi. Tinto. Le vendría bien, ¿sabe? Lleva un montón de antinosequés. Diluye la sangre. ¿Seguro que no quiere una copa?

—No, gracias —respondió Grace—. Así que se crió en Thribble Pington.

—Nací y crecí allí, sí. ¿Sabe? Seguro que si se esperara un tiempo, conseguiría un precio mejor por Chadlicote del que los Drake están dispuestos a pagar.

La luz de las velas se reflejaba en el sudor que le cubría la cara, a pesar de que la sala no era especialmente cálida.

—Seguro que sí, pero necesitamos venderla cuanto antes. Y los Drake pagan en metálico.

—Podríamos encontrar otro comprador dispuesto a pagar en metálico. Ah, salud.

La camarera descorchó una segunda botella y le rellenó la copa. Richie se la llevó a la boca.

—Muy bueno, gracias. Por los nuevos trabajos —añadió él.

Grace solo pretendía marear la terrina hasta que la camarera se la llevara, pero tenía un aspecto tan tentador que no pudo evitar probar un bocado. ¡Vaya! Estaba tan buena… Antes de darse cuenta, se la había comido toda. Sus ojos se detuvieron en el plato a medio comer de Richie. Quizá también estaba a dieta, pensó, mientras empujaba las hojas de lechuga por el plato. Observó horrorizada cómo la camarera se llevaba los primeros; gracias a Dios, los segundos no tardaron en llegar. Richie había escogido mejor que ella, pensó, sin apartar los ojos del pollo en salsa. Pero sus patatas estaban deliciosas, mucho más después de cubrirlas con una segunda capa de mantequilla.

—Y... —empezó Grace, una vez hubo vaciado su plato. El de Richie, para su desesperación, volvía a estar a medias—. ¿Tiene alguna afición?

—¡Aficiones! —exclamó Richie, emocionado—. Ninguna en especial. ¿Y usted?

—Bueno... Me gusta mucho la ópera.

—¡La ópera! —repitió él, y se le escapó una carcajada—. Un montón de gordas cantando sobre sus amores perdidos. Se lo tienen bien merecido. Vaya, lo siento. No pretendía ofenderla.

Afortunadamente, la camarera se materializó de nuevo junto a la mesa.

—¿Quieren tomar café? ¿Postre?

Grace decidió que pediría ver el menú otra vez. ¿Por qué no? Ya se había saltado la dieta, así que casi mejor si lo hacía a conciencia. Al día siguiente no probaría bocado para compensar los excesos.

—Yo no quiero postre, estoy lleno, pero me apetece un café. Un irlandés, por favor. Un día es un día. —Miró a Grace y sonrió—. ¿Y usted?

—Yo quiero un café americano, por favor. Sin azúcar.

—¿Está segura de que no le apetece postre?

—Estoy bien, gracias —respondió Grace con firmeza.

Se bebieron sus respectivos cafés y luego retomaron la conversación.

—¿Le gusta la televisión? —preguntó Grace, desesperada por encontrar un tema de conversación y sin poder quitarse de la cabeza el postre que se acababa de perder.

—¡Demasiado! Me encanta *Doctor Who*.

—¿En serio? A mí también. —El corazón le dio un vuelco. ¡Por fin algo en común! De pronto, la conversación empezó a fluir más fácilmente. Quién era su Doctor favorito (Tom Baker, como es lógico), cómo sería el nuevo. Grace empezó a relajarse. No se había equivocado, existía una conexión entre ellos.

—¿Y se ha…? ¿Está usted…? ¿Hay alguien en su vida?

A Grace se le escapó una carcajada de sorpresa.

—¡No! Por Dios, claro que no.

—No es muy divertido, ¿no le parece? —Tomó otro sorbo de la copa—. Yo estaba casado. Hace dos años que nos separamos. Acabamos de firmar los papeles del divorcio. Todo muy triste, pero la vida sigue.

Grace asintió, muy seria.

—Por supuesto, claro que sí. —De modo que había estado casado. ¿Eso era malo? ¿Querría reconciliarse con su esposa? ¿O tal vez quería decir que había amado y quería volverlo a hacer?

—Creo que será mejor que nos recojamos —dijo él.

El comedor se había vaciado y la camarera había empezado a apilar las sillas encima de las mesas. Richie ya había dado buena cuenta de la segunda botella y empezaba a arrastrar las palabras. Pidió la cuenta con un gesto. Grace hizo ademán de coger el bolso.

—No, no. Ni hablar. —Sacó su tarjeta de crédito y la tiró sobre la mesa.

—Tiene que pedirles que llamen un taxi —le recordó Grace.

—Ah, sí. Cierto. —Buscó con la mirada a la camarera, que estaba en la caja.

De pronto, Grace se atrevió a decir en voz alta lo que llevaba un buen rato meditando.

—O si quiere puedo acercarlo yo.

—¿De verdad? ¡Eso sería maravilloso!

Así pues, se montaron en el pequeño y viejo Mini de Grace, que apestaba a Shackleton.

—Disculpe el olor —se excusó, mientras salía marcha atrás del aparcamiento.

—No diga tonterías. Ya sabe que me encantan los perros.

¡Le encantaban los perros! Otro interés en común.

Hacía una noche preciosa, con un cielo claro lleno de estrellas y la luna en cuarto creciente. Mientras conducía por los sinuosos caminos que llevaban hasta Little Bedlington, donde vivía Richie, Grace sintió como si el corazón intentara escaparse de su pecho. Iba camino a su casa. ¿Qué pasaría después? ¿La invitaría a entrar? ¿Intentaría besarla? ¿O quizá algo más? No sabía muy bien qué prefería; de lo que sí estaba segura era de que no quería meter la pata.

—Es aquí, a la izquierda.

Grace se esperaba una casita de campo con malva loca en la entrada y rosas alrededor de la puerta; sin embargo, se detuvieron frente a un edificio de pisos nuevo. Apagó el motor. Richie se volvió hacia ella.

—Gracias. Ha sido una velada encantadora.

—Gracias por la cena.

—Y gracias por traerme a casa. Es usted un sol. —Abrió la puerta y se bajó del coche—. Adiós —se despidió, agachándose para verla. Cerró la puerta y se volvió de espaldas a ella, mientras rebuscaba en los bolsillos las llaves. Grace se lo quedó mirando un momento y luego, con gesto tembloroso, arrancó el motor y se dirigió de vuelta a Chadlicote.

17

Lucinda estaba convencida de que nunca volvería a saber de Anton y le parecía estupendo. Aunque lo cierto es que la llamó dos días más tarde a la oficina.

—Me apetece comida japonesa de categoría y, conociendo sus gustos, pensé que quizá querría acompañarme.

—¡Vaya! —Lucinda se sentía extrañamente aturdida. Joanne la observaba atentamente, lo cual no hacía más que empeorar su estado de indecisión, de modo que dijo—: Sí, claro. ¿Por qué no?

Fueron a un pequeño restaurante en el Soho. Lucinda se hartó de sushi, gyoza y tsukemono mientras Anton le hablaba de cuando vivía en Tokio, arrancándole la risa con historias increíbles sobre el comportamiento de los japoneses. Al final acabaron hablando de trabajo.

—El lujo sigue siendo lo que era —le dijo—. Cuanto más ridículo es un artilugio o un servicio, más clientes se vuelven locos por tenerlo. Incluso con la crisis, siguen pidiendo servicio de habitaciones las veinticuatro horas o neveras que lleguen hasta el techo. Habitaciones del pánico. Escáneres de retina. Ventanas a prueba de bala. Lo último son los espejos con retraso temporal en el reflejo: te pones de espaldas, luego te das la vuelta y puedes verte por detrás. Todo el mundo quiere tener uno. Todo el mundo aspira a vivir como millonarios.

No dijo nada de la llamada de Cass ni de la tarjeta de San Valentín, y al final de la velada le pidió un taxi y se despidió de ella con un beso en la mejilla. Después de la debacle con Gareth, Lucinda se sintió aliviada. Seguía gustándole, así que quizá podrían ser amigos. Una amistad un tanto extraña, eso sí, pero ¿y qué? Al día siguiente le envió una breve nota de agradecimiento, tal y como le habían enseñado a hacer desde pequeña, pero no recibió respuesta. Se sorprendió, al tiempo que se sentía aliviada. Así que se había acabado.

Pero una semana más tarde, la llamó para invitarla al Covent Garden.

—Sé que mi amor por la ópera me convierte en un viejo cretino —le dijo por teléfono con una sonrisa en la voz—. Y tal vez la idea te parezca abominable, pero he decidido arriesgarme.

—Me encantaría —dijo ella—. Me encanta la ópera. A veces voy con mi padre. ¿Cuál es?

—*La Traviata*.

—Una de mis favoritas.

—¿En serio?

Cass no pudo evitar reírse cuando Lucinda le contó lo sucedido.

—Es vuestra tercera cita, ¿verdad? Y ya sabemos qué se espera de una tercera cita.

—No es una cita.

—Claro que sí. ¿Qué es entonces, exactamente?

—Sabe que no estoy interesada en él, al menos no de esa manera. Es algo así como un mentor.

—¿Un mentor? —Cass soltó una carcajada—. Supongo que es otra forma de decir un hombre mayor que te mantenga.

—No seas idiota. Sabes perfectamente que no necesito nada de eso. Tengo un padre de verdad que se ocupa de todo.

—Lo sé, pero En-ton no. Tú solo espera y verás.

—Sí, claro, ¡lo que tú digas! —exclamó Lucinda, con tal voz de quinceañera que Joanne levantó los ojos de la mesa para mirarla.

La ópera era al día siguiente después del trabajo, sin

tiempo para cambiarse de ropa. Se puso un vestido gris con tacones bajos, todo muy conservador, ni remotamente provocativo. Tenían los mejores asientos de todo el teatro, y la producción era tan espectacular que cuando llegó la pausa Lucinda no podía ocultar la emoción. Debería salir más a menudo. Al fin y al cabo, de eso se trataba en Londres.

Se abrieron paso entre la multitud hasta el bar, donde les esperaban dos copas de champán junto a una cubitera con la etiqueta «Beleek».

—Ha sido increíble —exclamó Lucinda, justo en el momento en que un hombre de mediana edad, pelo cano y barriga enorme, apenas disimulada bajo la americana, golpeaba a Anton en el hombro.

—¡Anton! ¡Qué alegría verte!

—¡Giles! —Se dieron la mano—. Lo mismo digo. No te tenía por un fan de la ópera.

—Y no puedo decir que lo sea. Me he dejado arrastrar por unos contactos.

Saludó a Lucinda con un gesto de la cabeza.

—¿Y quién es tu amiguita?

Lucinda esperaba que Anton aclarara la situación, pero este no parecía estar muy por la labor.

—Te presento a Lucinda Gresham. Lucinda, este es mi viejo amigo Giles Wakeham. Lucinda trabaja como agente inmobiliario en Dunraven Mackie.

—Ah, ¿sí? Y dime, Anton. ¿Alguna noticia de Prior Development…?

Y se enfrascaron en una conversación de la que Lucinda quedó completamente excluida. La hizo pensar en el día que conoció a Anton y en lo carca y anticuado que podía llegar a ser. Como su padre, pensó de pronto, y un escalofrío le recorrió la espalda. Para ser justos, intentó incluirla, volviéndose hacia ella y preguntando su opinión, pero a Giles no le interesaba nada de lo que Lucinda pudiera decir e insistió en pisar sus palabras.

Sacó el móvil del bolso, contrariada y un poco de mal

humor. Tenía un mensaje de Nick Crex. Oh, no. Los Meehan seguían discutiendo si aceptaban su oferta o no. Abrió el teléfono.

Actuación d Shep Bush pasa al viernes. Sigues n la lista d invitados +1. Nick Crex

De pronto sonó la campana, conminando al público a que regresara a sus asientos. Giles desapareció entre la multitud con un «Me alegro de verte, viejo amigo. A ver si un día venís a cenar a casa».

—Te pido que lo disculpes —dijo Anton, encogiéndose de hombros—. Muy presuntuoso por su parte. —Se produjo un breve silencio, tras el cual arqueó la ceja derecha, como Roger Moore.

Lucinda sintió que se le revolvía el estómago.

—No pasa nada.

La campana sonó por segunda vez. Lucinda no consiguió concentrarse en el segundo acto. Se estaba comportando como una idiota al permitir que Anton la invitara a salir. Era un viejo, con amigos viejos que llegaban a conclusiones poco halagadoras sobre la relación que había entre ellos. Ya le gustaría a Anton. Decidió que no volverían a quedar. Pero pronto llegó el segundo descanso, sin rastro de Giles. Esta vez les esperaba una bandeja de sándwiches de salmón ahumado, acompañada de dos copas de champán más.

—Oh, maravilloso —exclamó Lucinda—. Me estaba muriendo de hambre.

—Ya lo supuse. Estas cosas siempre son muy largas.

Se instalaron en una esquina de la barra, donde dieron buena cuenta de los sándwiches mientras hablaban. Pronto la incomodidad de antes empezó a diluirse a medida que iban comentando distintos títulos de ópera.

—En verano iremos al festival de Glyndebourne —dijo Anton—. La combinación perfecta: música sublime seguida de una pausa larga, larga para poder disfrutar de un picnic de tres platos en los hermosos jardines del lugar. Haré que mi asistenta lo prepare todo.

—Me parece bien —convino Lucinda, antes de darse cuenta de lo que estaba diciendo.

Durante el tercer acto, se preguntó qué estaba haciendo. Claro que le encantaría ir a Glyndebourne, hacía años que lo deseaba, pero ¿de verdad tenía que ser con Anton? Y, de nuevo, ¿por qué no? Era evidente que se sentía solo y que disfrutaba de su compañía. Les gustaba hablar del mercado inmobiliario. ¿Por qué una mujer joven no podía pasar tiempo con un hombre mayor que ella sin que la gente pensara mal? Pero la otra voz de su conciencia le recordó que los hombres de más de cuarenta no mantenían amistades platónicas con chicas de veinte años. Tenía que conseguir que las cosas se enfriaran, por ejemplo no estando disponible la próxima vez que la llamara con un plan.

Pero al final de la velada, mientras le abría la puerta del taxi, la cogió por sorpresa.

—Había pensado ir al campo la semana que viene. A caminar. No sé si…

—Mmm, sí, será divertido —se adelantó ella—. Comprobaré mi agenda, pero creo que no tengo nada.

—Espero que no —dijo él, emocionado, y luego se acercó a ella y la besó en ambas mejillas. Olía bien: a pino y a mar—. Te llamo pronto, Lucinda. Gracias por una velada perfecta.

—No, gracias a ti —respondió ella. Se montó en el coche y la puerta se cerró tras ella.

Mientras el taxi se ponía en movimiento, decidió que un pequeño viaje al campo era algo inofensivo. Al fin y al cabo, le encantaba caminar. En casa, una de las cosas que más le gustaba hacer era seguir un camino de montaña que se adentraba en los Alpes, difícilmente comparable a correr del metro a la oficina y de allí a una visita. Comprobaría qué tenía en mente Anton en lugar de rechazar la invitación de buenas a primeras. Antes de eso, recordó, tenía el concierto de los Vertical Blinds, que tal vez era demasiado para él. Se imaginó la figura tiesa y trajeada de Anton moviéndose sin ritmo alguno al son de las guitarras del grupo. No. Hablaría con Benjie para saber si estaba libre.

Pero su hermano había quedado con unos amigos de la universidad. Cass estaba fuera de la ciudad, esquiando con Tim. A la mañana siguiente, sentada en la oficina, Lucinda se preguntó a quién podía pedírselo. Gareth estaba en su mesa, conversando con un cliente. Hacía mucho que no pasaban tiempo juntos, y la sospecha de que pudiera estar enfadado con ella seguía preocupándola. Aquello podría ser un gesto de buena voluntad.

—¿Estás libre el viernes por la noche? —le preguntó, acercándose a su mesa.

No estaba segura, pero le pareció que las mejillas de Gareth se sonrojaban de modo casi imperceptible. Oh, no. Otro tío que se tomaba sus muestras de amistad como lo que no eran no, por favor.

—El chico de los Vertical Blinds que va a comprar el apartamento 15 me ha puesto en la lista de invitados para la actuación en el Shepherd's Bush Empire. Sé que te gustan mucho, así que me preguntaba si te apetecería venir.

—¿En serio? Me encantaría. —Una sonrisa iluminó su rostro y Lucinda le devolvió el gesto.

—Pues quedamos el viernes después del trabajo.

Karen se despertó a las cinco de la madrugada y ya no pudo conciliar el sueño. Últimamente le pasaba a menudo. Tenía tantos problemas en la cabeza que era como si alguien le diera martillazos en el cerebro. No quería despertar a Phil, siempre obsesionado con sus horas de sueño, así que tras dar vueltas en la cama durante media hora, se puso la bata y bajó las escaleras. Sujetando la que sería la primera taza de café del día, la primera de muchas, vagó de una estancia a otra. Estancias que había decorado con tanto amor, llenas a rebosar de recuerdos. Bea dando sus primeros pasos en el cuarto de juegos, para acabar golpeándose la cabeza contra el suelo de baldosas. Eloise practicando con la flauta para el conservatorio. Una Navidad tras otra, con el enorme árbol instalado en la sala de estar y el olor de las velas aromáticas por toda la casa. Había sido el hogar perfecto: luminoso, un poco desordenado, decorado con gusto pero con muchos colores. Karen odiaba cualquier cosa que fuera beige o monocroma.

Se dirigió hacia la cocina y, sentada en la enorme mesa de pino, recordó las risas que Phil y ella habían compartido allí mismo, rodeados de sus amigos. Amigos. La enfermedad los había iluminado con una luz distinta. Algunos de ellos, que hasta entonces, sorprendentemente, no formaban parte de la lista A, habían sido como rocas. Habían preparado guisos, llevado a Phil de un hospital a otro y escuchado durante horas disquisiciones sobre plaquetas y recuentos sanguíneos.

Claro que también estaban los otros, como Jon, padrino en su boda, que había enviado una caja de bombones y desde entonces no habían vuelto a saber de él. O algunos conocidos con los que no tenían mucho trato, que de pronto habían decidido que Phil era su colega más preciado, por lo que su dolor era también el de ellos. Rompían a llorar a la mínima, se lamentaban de lo hundidos estaban y no se creían capaces de soportarlo, por lo que Phil y Karen acababan consolándolos a ellos. Se presentaban sin invitación y aceptaban una taza de té tras otra, té que Karen les ofrecía cada vez más a disgusto, mientras se frotaban las manos y decían que ojalá pudieran hacer algo para ayudar.

Gente a la que apenas conocían deseosos de besarlos y abrazarlos, interesándose por los movimientos intestinales de Phil y hablándoles de un herbolario maravilloso en el Congo al que sin duda debían acudir para recibir tratamiento; después de todo, sería muy egoísta por su parte no hacer todo lo que estuviera en su mano para luchar contra la enfermedad. Gente que aconsejaba a Phil que «pensara en positivo», como si eso fuese la cura mágica que la medicina no había sabido encontrar en todos estos años.

Karen no tenía más remedio que aceptar que el cáncer lo había cambiado todo. Entonces ¿por qué no cambiar también de casa? Y, sin embargo, ¿cómo despedirse por última vez del lugar en el que sus hijas habían jugado, donde se habían preparado para su primer día de colegio? Del lugar en el que, al menos durante unos pocos años y mirando al pasado, todo había sido perfecto.

—¿Estás bien? —preguntó la voz de Phil a sus espaldas.

—¡Dios, me has asustado!

Phil llevaba su bata verde de estar por casa, que todavía le colgaba de los huesos como un saco de harina vacío.

—Lo siento. He visto que no estabas en la cama y he venido a buscarte.

Karen decidió que intentaría compartir sus sentimientos con él.

—Estoy un poco triste.

—¿Porque nos vamos de aquí?

Ella asintió y Phil la miró fijamente.

—Dios, no sabes las ganas que tengo. Es como si toda la casa estuviera infectada por culpa de la enfermedad, como un espíritu maligno. No me sentiré limpio del todo hasta que no nos instalemos en otro sitio.

—Pero eres consciente de que no son más que imaginaciones tuyas. —El tono de su voz era amable, y a pesar de ello Phil sacudió la cabeza y su voz ascendió unos tonos hasta convertirse en el lamento que Karen había llegado a temer.

—No es verdad. Puedo sentirlo. Por todos los santos, Karen, ¿cómo puedes decir algo así? Sabes perfectamente cuánto he sufrido.

—Está bien —respondió ella, enfadada—. Está bien, tienes razón.

Se miraron durante un instante y luego él pasó un brazo alrededor de sus hombros.

—Lo siento, Kaz. Es que a veces creo que no entiendes lo desesperado que estoy por salir de esta casa y empezar de nuevo.

—Lo sé. —Tendría que haberle dicho que ella sentía la misma desesperación, pero porque no quería mudarse a Devon. Sin embargo, en los dos últimos años Karen se había acostumbrado a guardarse sus preocupaciones para sí misma—. Pero ¿cómo podremos permitírnoslo?

—Ya encontraremos la manera. Deja de preocuparte. Lo tengo todo pensado. —Se volvió hacia la puerta—. Bueno, no sé tú, pero yo me vuelvo a la cama un par de horas más. —Se dio la vuelta y la observó con recelo—. ¿Qué? Sabes que necesito descansar. ¿A qué viene esa cara?

—Lo siento —se disculpó ella, sin demasiada convicción—. Yo también estoy cansada, ¿sabes?

—En Devon, las cosas serán diferentes. Allí todo será mucho más calmado. Se acabaron los transportes públicos y el trabajo estresante.

—Y el dinero —murmuró Karen entre dientes, mientras Phil desaparecía escaleras arriba camino al dormitorio—. Y cualquier posible vía de escape. —Una vez más fantaseó con un presente en el que Phil estuviera muerto, en vez de haber sido reemplazado por aquella criatura egocéntrica y poco realista en que se había convertido su marido.

Le dio vueltas a su situación mientras llevaba a las niñas al colegio, y luego el resto del camino hasta la oficina. Cuando llegó, Sophie estaba al teléfono con una de sus amigas.

—De verdad, no sé qué le pasa a Natasha —estaba diciendo—. Sus hijos son tan quisquillosos… Se niegan a tocar cualquier cosa que sea verde y odian el queso. No sé por qué no es más estricta con ellos. Yo no pienso permitir que los míos se levanten de la mesa hasta que hayan limpiado hasta el último rastro de comida del plato. Todo es cuestión de mantenerse firme.

Karen todavía se acordaba vagamente de su viejo yo, el que se negaba a aparcar a las niñas delante de la tele o a usar un chupete, el que nunca las premiaba con caramelos e intentaba mantenerse seria con ellas.

De pronto, sonó el teléfono. Era un número interno.

—¿Dígame? —preguntó con la boca pequeña, temiéndose que la llamaran de Contabilidad para reprenderla por la lentitud de los pagos a los trabajadores externos.

—¿Karen?

No reconocía la voz.

—¿Sí?

—Soy Max, Max Bennett.

—Ah, hola. ¿Cómo te va? —¡Max Bennett! Desde el día en que se encontraron por casualidad en el comedor, se había preguntado de vez en cuando si se pondría en contacto con ella. ¿Qué querría de un espantajo estresado como Karen?

—Bien. Me preguntaba si estarías libre para comer un día de estos.

—¡Oh!

—No te preocupes si no puedes, ya sé cómo son estas cosas.

—Bueno, la revista sale mañana para imprenta, así que estamos bastante liados. El viernes lo tengo libre, si a ti te va bien, claro…

—Veré qué puedo hacer —dijo él—. Te llamo en cuanto encuentre un hueco. Podrías enseñarme alguno de tus descubrimientos de la zona.

—Veré qué puedo hacer —lo imitó Karen, impostando su voz de ejecutiva sin un segundo libre. Estaba segura de que no volvería a saber de él y, sin embargo, tan pronto como colgó, llamó a la peluquería para pedir hora.

—Hola, soy Karen Drake. ¿Crees que Mandy podría hacerme un hueco para mañana por la tarde? Tengo unos reflejos pendientes desde hace tiempo.

18

El viernes por la noche, Anton llamó a Lucinda al trabajo.

—Lucinda, ¿qué tal? No sabes cuánto lo siento, pero el paseo por el campo tendrá que esperar. Parto hacia Sudáfrica este fin de semana para ocuparme de unos asuntos familiares. Volveré a finales de la próxima semana. Podríamos quedar entonces. Espero que no te lo tomes mal.

¡Qué hombre tan presuntuoso!

—No pasa nada —le dijo Lucinda con frialdad—. Que tengas buen viaje.

—Gracias. Pensaré en ti. Haremos algo interesante cuando regrese, te lo prometo...

Y la línea se quedó en silencio.

Una hora más tarde, un repartidor de aspecto malhumorado le ponía un ramo enorme de fresias y azucenas en las narices.

—¡Hola! —exclamó Joanne—. ¿Quién es la afortunada?

—Oh. Vaya. —Lucinda no sabía dónde meterse. Abrió la tarjeta a toda prisa, pero lo único que encontró fue un «?».

—¿De quién son? —preguntó Marsha.

—No lo sé —mintió Lucinda, mostrándole la tarjeta y dándole gracias al cielo de que no hubiese incluido ningún beso.

—Un admirador secreto —sentenció Joanne.

Gareth estaba extrañamente callado, con la vista clavada en el teclado, y permaneció así hasta que todos se marcharon hacia el pub y solo quedaron ellos dos en la oficina.

—No te has olvidado del concierto, ¿verdad?

—Claro que no —respondió él, observando impasible la pantalla del ordenador—. Si aún quieres ir conmigo.

—Pues claro, Gareth. ¿Va todo bien?

—La gente habla de ti, ¿sabes? —dijo él, mirándola a los ojos.

—¿Ah, sí? —preguntó Lucinda, poniéndose inmediatamente a la defensiva.

—Mmm. —Su voz no había perdido la amabilidad de siempre—. Al parecer, te estás viendo con Anton Beleek.

—¡No es verdad! —exclamó ella, y al ver que Gareth no respondía añadió—: No es más que un amigo. Hemos quedado un par de veces para cenar y otra para la ópera. No hay absolutamente nada entre nosotros.

—Es un buen partido —dijo Gareth, pero sin atisbo de sarcasmo por ninguna parte—. Como bien sabrás, la mitad de Londres es suyo.

—No me interesan ese tipo de cosas —le espetó Lucinda, más impaciente por momentos—. Y de todas formas, ¿quién ha dicho que estoy saliendo con él?

—Alguien te vio en la ópera y se lo contó a Niall. Marsha estaba escuchando y...

Maldita Marsha. Creía que éramos amigas.

—Fuimos a la ópera y luego yo volví a casa sola. Algo así como la salida de esta noche, ¿vale?

Esto último había sido un poco gratuito, pero se sentía atacada. Gareth le sonrió como si nada hubiera pasado.

—Pensé que te gustaría saberlo. —Se levantó de su mesa—. Será mejor que vayamos tirando. Voy a cambiarme.

Salió unos minutos más tarde del lavabo, vestido con unos vaqueros y una camiseta blanca. Era extraño ver a Gareth así, sin traje ni corbata, como la vez que Lucinda vio a Anne-Marie, la secretaria de su padre, siempre tan estirada, patinando sobre hielo en el Patinoire de l'Europe, ataviada con un mono rosa chicle y la cabeza hacia atrás, incapaz de controlar la risa. Fue entonces cuando se dio cuenta de que era la última amante de su padre.

No quería pensar en ello.

—No he caído en traer una muda —se lamentó, mirando su traje beige de Armani.

—Vas bien —le dijo Gareth—. Quítate la chaqueta.

Cogieron la línea Hammersmith & City hasta Shepherd's Bush. Una vez allí, y por sugerencia de Gareth, cenaron pierogi en un pequeño restaurante polaco con encaje en las cortinas y manteles a cuadros blancos y rojos. De la Royal Opera House a esto, pensó Lucinda para sus adentros con ironía. No estaba muy segura de qué prefería. Era consciente de que no había hecho muchas de las cosas propias de una chica de su edad. Sus años de universidad habían sido bastante tranquilos. Una parte de ella se preguntaba cómo sería, por ejemplo, ir un fin de semana a Ibiza de fiesta y ponerse de drogas hasta arriba. Claro que esa no era la clase de comportamiento que la llevaría a convertirse en directora general de una empresa. Las veladas formales con Anton en la ópera o en restaurantes con varias estrellas Michelin, en cambio, se ajustaban más a la imagen que Lucinda quería proyectar.

Gareth interrumpió sus pensamientos.

—Supongo que sabes lo del cantante de los Vertical Blinds. Dicen que es un yonqui de mucho cuidado. Por eso cancelaron el concierto del otro día. Por lo visto, no se aguantaba de pie. Será interesante ver en qué estado se encuentra esta noche.

El auditorio estaba en penumbra y hacía calor. Gareth no dejaba de hablar, pero era difícil escuchar qué decía. Tras una hora de espera, la banda seguía sin aparecer. Lucinda estaba enfadada e impaciente.

—Siempre te hacen esperar, es parte del ritual —dijo Gareth.

Pero el tiempo seguía corriendo. Ya llevaban dos horas allí y el público empezaba a impacientarse. Unos abucheaban, otros batían palmas. Algunos se marcharon.

—No tenemos por qué quedarnos —le dijo Lucinda a Gareth, que acababa de disimular un bostezo. Sabía que se había levantado a las cinco y media de la mañana para enseñar un ático en la zona de Barbican a un cliente importante.

Él negó con la cabeza.

—No, no, si me lo estoy pasando bien. Pidamos otra pinta.

Era la cuarta. A Lucinda el alcohol empezaba a subírsele a la cabeza, pero ¿por qué no? Era viernes por la noche y solo tenía veinticuatro años. Se dirigieron hacia la barra y luego se abrieron paso de vuelta hasta situarse a un par de filas del escenario. De pronto se apagaron las luces. La mitad del público gritó emocionado, mientras la otra mitad abucheaba. Los miembros del grupo fueron subiendo al escenario. Primero el batería, seguido de un tipo bajito y pelirrojo con una guitarra colgando alrededor del cuello.

Y luego Nick Crex.

Para su sorpresa, al verlo Lucinda sintió como si un pilotito se hubiera encendido dentro de ella. Siempre le había parecido atractivo, al menos de una forma académica, pero al verlo en el escenario, vestido con una chaqueta militar y unos pantalones de pitillo, y la guitarra colgando del cuello, sintió un ataque de lujuria, violenta y abrasadora en su intensidad, como si alguien dejara caer una cerilla en una mancha de petróleo.

—¿Ese es el cliente? —preguntó Gareth, llamando su atención con el codo.

—Mmm.

No podía apartar los ojos de él. Nick Crex arrancó los primeros acordes de su guitarra. El batería lo siguió, el otro guitarrista rasgueó las cuerdas siguiendo la melodía y un joven rubio y delgado se arrastró hasta el micrófono. El público rompió a gritar. Gareth le dio un codazo.

—Ahí está. Jack el Yonqui.

Y a simple vista lo parecía. Se movió por el escenario, con la mirada desenfocada, moviendo los brazos sin coordinación alguna y farfullando palabras incomprensibles ante el micrófono. El público volvió a gritar, aunque esta vez con menos convicción, como extras en una escena multitudinaria siguiendo las órdenes de un mal director. Lucinda miró a Gareth. Estaba sonriendo.

—Está colocado. Qué desastre.

Lucinda miró de nuevo a Nick, que no levantaba la mirada de la guitarra. Tenía los labios apretados y una mirada furiosa en los ojos. Había algo muy sensual en un hombre tan enfadado.

De pronto levantó la mirada y sus ojos se encontraron.

Lucinda lo saludó con la mano, extrañamente nerviosa. El rostro de Nick Crex se iluminó durante un segundo y luego recuperó su expresión de furia mientras seguía rasgueando las cuerdas. Lucinda se estremeció, como si le acabaran de administrar una descarga eléctrica. Estaba tan concentrada en Nick que no vio cómo Jack tropezaba con un cable y se daba de bruces contra el suelo. Al escuchar el «Uuh» del público, volvió la cabeza y lo vio, riéndose boca arriba sobre el escenario como una tortuga patas arriba. La música se detuvo de golpe. El público empezó a quejarse.

Nick se quitó la correa de la guitarra, tiró el instrumento al suelo y desapareció por un lateral del escenario. Lucinda se puso de puntillas para poder seguirlo con la mirada. Entre bambalinas le esperaba una chica, guapa aunque sin clase alguna, rubia y con muchas tetas. Abrazó a Nick, pero él se la quitó de encima. Lucinda observó la escena como en trance. Sentía un calor intenso en la cara, en las manos, incluso en los lóbulos de las orejas, como si todo su cuerpo estuviera en llamas.

No sintió celos de la novia. Aquella chica solo avivaba su deseo de estar con Nick. Estaba un poco borracha, pero su mente funcionaba como si no lo estuviera. De pronto supo que se acostaría con Nick Crex con la misma certeza con la que sabía su propio nombre. Lo deseaba. Y no había una sola cosa que Lucinda quisiera que no acabara siendo suya.

Durante las cuarenta y ocho horas siguientes, Karen fue incapaz de sacarse a Max de la cabeza. El encuentro en el comedor de la oficina la había sumido en la depresión más absoluta, pero tras la invitación para comer se sentía rejuvenecida. Se movía por el edificio del *Post* con una seguridad que le era desconocida hasta entonces, consciente como era de que los empleados del *Daily* raramente se adentraban en territorio del *Sunday*, aunque tampoco era la primera vez. Cuando hablaba por teléfono con algún relaciones públicas especialmente pesado o con un colaborador externo cabreado, lo hacía con una sonrisa en los labios y sin dejar de reír, algo que seguramente dejaba a sus interlocutores bastante desconcertados.

Y era extraño, porque apenas lo conocía. En trece años no había pensado en él ni una sola vez. Y la comida de hoy probablemente no se repetiría. Karen sabía a la perfección cómo funcionaban esos encuentros: se intercambiaban noticias, se sacaban las fotos de los hijos de la cartera para que el otro las contemplara con el pertinente «Aah» de admiración, se regalaban consejos sobre las carreras laborales de cada uno, se decía el clásico «Esto hay que repetirlo» y, nada más salir por la puerta, todo lo compartido se diluía en el caos de las tiendas de comida por internet, las crisis con la au pair de turno y los plazos de entrega.

Así se consolaba Karen el viernes por la mañana al despertarse, tras haber dormido tan solo tres horas, con un humor de perros y sintiéndose considerablemente menos guapa. Nada le apetecía menos que comer con alguien a quien ni siquiera quería impresionar. Qué más da, pensó, el ritmo de trabajo en el *Daily* era tan frenético que Max no tendría tiempo de escaparse.

Pero poco después de la una, la llamó.

—Acabo de terminar mi primer artículo y creo que puedo dejar el segundo para esta tarde. ¿Qué te parece si nos escapamos una hora? Puedes enseñarme las vistas, si quieres.

Karen lo llevó al L'Amandine, una pequeña tienda de

delicatesen con degustación, en el laberinto de casas estucadas detrás de Kensington Church Street.

—Tiene buena pinta. —Max miró a su alrededor: los pósteres antiguos, las cortinas con encaje, los cruasanes encima del mostrador de zinc, protegidos bajo una cúpula de cristal.

—La comida está buena —dijo Karen, un poco espitosa por los cuatro cafés que se había tomado a lo largo de la mañana—. Si no te importa que te sirvan como si te perdonaran la vida. —Señaló a Estelle, la propietaria, con la cabeza.

Estelle la ignoró por completo, como si se acabara de escapar de la cárcel, en lugar de comer en su local al menos tres veces por semana durante los últimos cuatro años.

—Y ¿qué tal la vida en el *Daily*?

—Un poco acelerada, pero la gente es maja. Se parece menos a un campo de trabajo que el *Sentinel*. Al parecer, a la mayoría de los empleados les parece aceptable tener vida fuera de la oficina, lo cual no deja de ser inquietante. Seguro que conoces el chiste: «¿Por qué mueren tan jóvenes los trabajadores del *Sentinel*? Porque les da la gana».

A Karen se le escapó la risa.

—Aunque creo recordar que el sueldo es mejor en el *Sentinel*.

—Aquí me han igualado el sueldo, que ya es bastante, teniendo en cuenta mi vida personal…

Aquello prometía ser interesante, aunque Estelle se ocupó de mandarlo todo al garete materializándose junto a la mesa. Max levantó la mirada y le sonrió.

—Para mí un croque-madame, por favor. Y un vaso de agua del grifo.

—No servimos agua del grifo —dijo Estelle, frunciendo el ceño—. Solo de botella. Perrier. Evian.

—Vaya —murmuró Max—. Pues una botella de Evian.

—Lo mismo para mí. —Cuando Estelle se alejó, Karen esbozó una sonrisa conciliadora—. Ya te dije que este sitio tenía carácter —se excusó, mientras pensaba en una manera de volver al tema de la vida privada.

—Pensaba que era ilegal no servir agua del grifo. Bueno, da igual. Como iba diciendo, pensé «mismo sueldo, seguramente menos presión». Parecía una buena alternativa. —La miró a los ojos—. Mi novia trabaja allí, ¿sabes?, y empezaba a hacerse un poco duro pasar todo el día bajo el mismo techo.

—¿Vives con ella?

—No. Ella quiere pero... Para serte sincero, yo no estoy tan seguro. Vivo en Essex Road, en un pequeño piso alquilado. ¿Y tú dónde vives? —preguntó, justo en el momento en que Estelle dejaba los platos sobre la mesa con un gruñido y de malas maneras.

—En Saint Albans —respondió Karen, esbozando una mueca—. Muy típico, lo sé.

—¿Típico por qué?

—Porque es donde todo el mundo va a vivir cuando tiene niños y deciden que es hora de salir de Londres.

—¿Qué me dijiste que tenías? ¿Dos niños?

—No, dos niñas. —Cualquier mujer hubiera preguntado sus edades y sus nombres, pero Max era un hombre soltero, de modo que se limitó a asentir—. ¿Y tu marido? ¿A qué se dedica?

Por un instante, Karen sopesó la posibilidad de no contárselo, pero luego pensó que, al fin y al cabo, la comida tampoco duraría mucho más.

—Bueno, era inversor de capital de riesgo, pero hace un par de años enfermó gravemente. Cáncer. Ya está mejor —continuó, mientras el rostro de Max, como el de todos, pasaba de la sorpresa a la compasión—. En cuanto se recuperó, decidió vender la empresa. Decía que la vida es demasiado corta para pasártela detrás de una mesa de oficina. De hecho... quiere que nos mudemos al campo. Ha encontrado una casa en venta en Devon y quiere que sea nuestro nuevo proyecto, así que quizá no seguiré en el *Post* por mucho más tiempo.

—¿Renunciarías a tu trabajo? Oh, no, Karen. No puedes hacerlo. Qué lástima.

—No es para tanto —dijo ella, encogiéndose de hombros.

—Justo cuando nos acabábamos de encontrar de nuevo. No puedo permitírtelo. —Pero el tono de broma de su voz dejaba en evidencia la seriedad de sus palabras. Le dio un bocado al sándwich y luego continuó—. Todos mis amigos con hijos se marchan al campo. No lo entiendo. ¿Por qué la gente cree que es mejor vivir rodeado de árboles, barro y vacas en lugar de tiendas y cines? Es como si, por el hecho de sufrir, tuviera que ser bueno.

—Yo no creo que piensen que es un sufrimiento, sino una forma de dar a tus hijos el mejor punto de partida.

Max sacudió la cabeza lentamente, como si Karen lo hubiese decepcionado.

—El campo es horrible. Marrón. Depresión. Torres de alta tensión.

—Vacas —agregó Karen—. Gente con pantalones de pana.

—Ni una sola tienda.

—¡No digas tonterías! —exclamó Karen, con una sonrisa—. ¿Qué me dices de los Spar?

—Eso no es una tienda. Además, lo único que venden son nabos resecos y botellas de bourbon llenas de polvo. Si les pides cualquier otra cosa, el dueño saca la escopeta y te dispara. —Se quedó callado un momento y luego preguntó—: ¿De verdad crees que serás feliz allí?

—No lo sé —respondió Karen—. Sé que Phil no será feliz si nos quedamos. Y si tu marido no es feliz, tú tampoco puedes serlo.

—¿Y cuándo os casasteis?

—Más o menos un año después de… —Cortar con tu hermano— dejar el *Sentinel*. Tenía veintiocho años. Ahora creo que era demasiado joven. —¿De dónde demonios había salido semejante confesión?—. No es que me equivocara ni nada de eso —añadió rápidamente—. Nos va muy bien.

—Dios, yo tengo treinta y dos y la idea del matrimonio sigue aterrorizándome. Para disgusto de mi novia, he de decir.

—¿Cuánto tiempo lleváis juntos?

—Nueve meses. —La miró fijamente a los ojos—. Si te soy sincero, no sé si durará mucho más. Es muy pronto para saberlo; como te he dicho antes, ella quiere casarse, tener hijos y yo... Pues algún día, claro, pero estoy bastante seguro de que no quiero que sea con ella. Diciendo esto parezco el mayor hijo de puta del mundo, ¿no?

—Un poco —respondió Karen. Y a continuación, para su sorpresa, añadió—: Pero lo más importante es casarse por razones positivas. Yo me casé porque buscaba seguridad. Tenía miedo. Tuve una infancia difícil. Por aquel entonces, mi vida era caótica. Pensé que al casarme con Phil estaría más segura.

—¿Una vida caótica? Que yo recuerde, eras una estrella en pleno ascenso.

Karen sacudió lentamente la cabeza.

—Llevaba desde los diecisiete viviendo sola. Había pasado por las peores casas okupas de la ciudad. Sentía que le debía mucho a Phil. Fue genial tener por fin alguien en mi vida en quien poder confiar. Saber que si se me rompía la caldera, no tendría que lidiar con un fontanero dispuesto a dejarme sin un duro. Que él se ocuparía de comprobar la presión de las ruedas, que se aseguraría de arreglar el techo. Sentí que tenía que casarme con él, que necesitaba demostrarle lo mucho que le agradecía lo que había hecho por mí. Todavía hoy siento lo mismo. —Tomó un sorbo de Evian, sin saber si tal vez había hablado demasiado.

—Así que por eso te mudas al quinto pino.

—En parte sí. La otra parte es porque Phil estuvo a punto de morir. Después de lo que tuvo que pasar, no sé cómo podría decirle que no.

—Tú también pasaste por ello. —Max no la miraba; por alguna razón, parecía molesto. Se terminó el sándwich de un bocado y señaló el reloj que colgaba de la pared—. Será mejor que volvamos. Pero ha estado muy bien, Karen. ¿Podríamos repetirlo pronto? No, no, invito yo.

—Gracias. —Karen no podía ver la expresión de Max

mientras este, de pie junto a la caja, pagaba con un billete de veinte libras. De repente, se sintió estúpida. Le había contado muchas cosas, pero era evidente que él no tenía ni idea de cuánto la afectaba todo aquello. ¿Y por qué debería saberlo? Al fin y al cabo, ella no significaba nada para él. No era más que otra mujer mayor y aburrida que pertenecía a su pasado; estaba siendo amable con ella y probablemente se moría de ganas de perderla de vista.

Regresaron a la oficina compartiendo un silencio incómodo. Pasaron las tarjetas de acceso por los tornos y esperaron el ascensor.

—Parece que vamos a tener un verano agradable —dijo Max.

—Crucemos los dedos.

Entraron en el ascensor. Max se bajó en la primera planta.

—Ha estado bien ponernos al día —le dijo mientras se cerraban las puertas.

—Claro que sí. —El ascensor llevó a Karen hacia arriba. Estaba furiosa y desilusionada consigo misma, como quien se acuesta en Nochebuena y, al despertarse al día siguiente, descubre que se ha acabado la Navidad.

19

Dos días después del concierto de Shepherd's Bush, los tres miembros no hospitalizados de los Vertical Blinds estaban sentados en el pequeño apartamento de Andrew, en Chiswick, discutiendo sobre quién tenía la culpa de que las cosas hubiesen salido tan mal.

—Las críticas son una mierda, los blogueros no paran de decir que somos peor que un chiste —dijo Paul—. ¿Por qué, Andrew? ¿Por qué le dejaste subir al escenario, sabiendo que no se aguantaba de pie?

—Venga, hombre —protestó Ian—. Como si no lo hubiera hecho un millón de veces antes. ¿Cómo iba Andrew a saberlo?

—Tampoco es que lo hayamos visto hacer ni un solo concierto sobrio —dijo Andrew a la defensiva, pero parecía preocupado. Y con razón. Andrew tenía cincuenta y pocos. Había sido mánager de varios grupos de un solo éxito en los noventa, pero cuando «descubrió» a los Blinds estaba al borde de la bancarrota. Tenía a su madre en una residencia y un montón de deudas con el banco. Si los Blinds no alcanzaban el éxito, acabaría vendiendo *La farola* en cualquier esquina.

Ian bostezó.

—Da igual. Lo que es evidente es que no podemos hacer nada hasta dentro de unas semanas, cuando salga de rehabilitación. Mientras tanto, habrá que comprobar el calendario de fiestas.

Y cerrar la compra del piso, pensó Nick. Y concentrarse en seducir a Lucinda Gresham. Había sentido su mirada la noche del concierto, y cuando la miró, supo al instante que lo estaba pidiendo a gritos. Se la tiraría y luego se esforzaría en enamorarse de ella. De momento no sentía nada, pero podría suceder.

De todas formas, tenía que llamarla. Lucinda le había dejado un mensaje tras otro sobre la oferta por el apartamento y para informarlo de que los Meehan la habían declinado «pero siguen dispuestos a llegar a un acuerdo».

Lo hizo a la mañana siguiente, justo después de que Kylie se fuera a trabajar. Mientras marcaba su número, el corazón le latía con una intensidad a la que no estaba acostumbrado.

—¿Dígame?

—Soy Nick Crex.

—Señor Crex —dijo ella, tras una pausa apenas perceptible—, encantada de saber de usted. Por cierto, me lo pasé muy bien la otra noche.

—Ah, ¿sí?

—Sí. Bueno, es evidente que las cosas no salieron como deberían, pero usted lo hizo fenomenal. Muy bien, de verdad. Y dígame, ¿tiene una respuesta para los Meehan?

—Quiero volver al piso. Para otra visita.

De nuevo otra pequeña vacilación.

—Está bieeeen. ¿Cuándo?

—¿Hoy?

—¿Qué le parece… a las tres? Como es lógico, antes tendré que hablar con los propietarios para saber si les parece bien.

—Sin problemas —dijo él—. Si no me dices nada, quedamos a las tres allí.

La conversación le sirvió a Nick para cargar las pilas, hasta el punto de que se pasó un par de horas escribiendo y consiguió componer un tema nuevo. Lo tocó un par de veces, más emocionado por momentos. Eso era exactamente lo que estaba buscando, algo como «Mercury River», que sonase en todas las radios del mundo y llegara a ser un himno. Tocó las primeras notas de nuevo y, no sin cierta vacilación, empezó a cantar.

—*Princesa de ojos verdes. En tu castillo. Mirándome desde lo alto.*

Decidió ir caminando hasta el apartamento, de modo que se puso sus vaqueros favoritos y una camiseta de Bob Dylan y se dirigió hacia allí, colina abajo atravesando Camden. Las nubes del día anterior habían desaparecido, descubriendo un cielo azul turquesa, y por primera vez en meses el sol acarició la piel de Nick. Sonaba una canción de Bebel Gilberto desde uno de los balcones del barrio, y la gente se reunía en las terrazas de los pubs. Ya había llegado la primavera —aunque solo fuera durante un día— y Nick se sentía más feliz que en mucho tiempo.

La sensación no hizo más que mejorar en cuanto llegó al piso. Lucinda lo esperaba en la calle con el pelo recogido en un moño y vestida con un traje gris ajustado y tacones muy, muy altos de color negro. Nick estaba seguro de que se había esmerado especialmente por él.

—Hola, señor Crex.

—Por favor, me puedes tutear. Y llámame Nick.

—Nick —repitió ella, sonriendo—. Y yo soy Lucinda.

—Lo sé.

Lucinda lo invitó a entrar con un gesto.

—¿Entramos?

En el ascensor, Nick podía sentir la tensión latiendo entre los dos. Lucinda le abrió la puerta. Él miró a su alrededor en silencio.

—La verdad es que me gusta —dijo finalmente, tras una larga pausa—. Ni para mí ni para ellos: veinticinco mil por debajo del precio inicial.

—De acuerdo —dijo Lucinda—. Hablaré con ellos más tarde. Si consigo localizarlos, claro está. Por lo que me han dicho, están en Belfast pasando el fin de semana. Algo de una fiesta familiar.

—¿De verdad? —De pronto, Nick se dio la vuelta y observó detenidamente la exposición de espadas que colgaban de la pared. Con mucho cuidado, acarició la hoja de una de ellas y la cogió de su soporte. Le dedicó una mirada desafiante a Lucinda y luego, al ver que ella no le decía nada, añadió—: Bonita.

—Por supuesto. Conoces el manejo de la espada. —Sus propias palabras la hicieron enrojecer. Perfecto—. Practicabas en el colegio, ¿verdad?

—Cierto.

—Comprobémoslo —lo retó.

Por un segundo, Nick no supo cómo reaccionar.

—¿Aquí? ¿Y si vuelven?

—Ya te lo he dicho. Están de viaje, en Belfast.

Hablaba atropelladamente; era evidente que estaba nerviosa. Nick consideró la posibilidad de besarla sin previo aviso, en un gran gesto romántico, pero en lugar de eso levantó la punta de la espada, en la que se reflejaba la luz de los enormes ventanales, e hizo un corte seco en el aire.

—Todo se reduce a cortar y atacar —explicó, observándola de soslayo y disfrutando del ritmo pausado de la situación—. Claro que esta espada es mucho más pesada que la de esgrima, pero básicamente se corta así. —Dio un salto adelante—. Y se presiona de esta otra manera.

La espada atravesó el aire y se detuvo a escasos centímetros del pecho de Lucinda, que gritó y se apartó de un salto.

—Si fueras mi oponente, nos retaríamos así.

—Estás loco. —Le brillaban los ojos.

—Me limito a enseñarte lo que aprendí de pequeño. —Nick respiró hondo—. Si quieres, te enseño qué hay que hacer para no perder. Puedes ser mi adversaria, aunque creo que no deberías usar espada. Giraré a tu alrededor, pero me tienes que prometer que te quedarás absolutamente quieta.

—De acuerdo —respondió ella, un tanto fría.

Nick señaló un punto, a unos metros de él.

—Ponte ahí. Como te he dicho antes, no te muevas.

Lucinda se colocó frente a él, sonriendo. Nick blandió la

espada. Sin que apenas tuviera tiempo para darse cuenta de lo que estaba pasando, la punta pasó junto a Lucinda, por la izquierda, justo encima de la cadera. Acto seguido estaba en la derecha, como si hubiera atravesado su cuerpo, para terminar en vertical apuntando hacia el cielo, limpia y sin una sola gota de sangre. Todo había sucedido más rápido de lo que Benjie hubiera tardado en contestar a la pregunta «¿Tom Cruise es gay?».

—¿Cómo lo has hecho? —preguntó Lucinda entre risas, deslizando las manos por su cuerpo.

—No te he tocado —respondió Nick en voz baja—. Es un truco de magia. La espada ha pasado a través de ti. No tienes miedo, ¿no? Te prometí que no te haría daño. En ningún momento llegaré a tocarte.

—¿Lo prometes? —No parecía asustada, sino más bien emocionada, nerviosa.

Nick sentía admiración por ella.

—Te lo prometo.

—Entonces no tendré miedo. —Levantó la barbilla bien arriba, pero justo entonces, cuando Nick se disponía a empezar, añadió—: ¿La espada está muy afilada?

—No tiene punta pero, aun así, será mejor que no te muevas.

La hoja atravesó el aire, reflejando el sol de la tarde. Lucinda observó la escena, hipnotizada. Alrededor del brazo de Nick se retorcía un dragón tatuado. Permaneció casi todo el rato de cara a ella, a veces de medio lado, concentrado y apretando los labios mientras perfilaba con la mirada el contorno de su cuerpo. Sus movimientos fueron perdiendo velocidad, hasta que Lucinda pudo seguirlos uno a uno. Lo único que se oía era su respiración, cada vez más profunda, y el zumbido de una mosca al golpearse contra el cristal de las ventanas.

De pronto, Nick se detuvo.

—Se te ha soltado un pelo—le dijo, señalando con la cabeza un pequeño mechón que se le había salido del moño—. Espera, que lo arreglo.

Lucinda percibió una llamarada plateada a su izquierda —la espada, que descendía hacia el suelo—. Un mechón cayó al suelo. Lucinda gritó y se llevó las manos a la cabeza.

—Lo has cortado.

—Te has portado genial. No has movido ni un solo músculo.

—No sabía que harías eso —dijo ella, riéndose.

—Una vez más.

—¡Ni pensarlo! Estás mal de la cabeza. —Pero el tono de su voz no era demasiado convincente.

—No te tocaré, pero tienes una mosca en el hombro. Tengo que matarla.

Lucinda vio la punta de la espada dirigiéndose hacia su pecho y sintió, o eso le pareció a ella, que la punta se hundía en su piel. Cerró los ojos con fuerza y respiró hondo. Luego, poco a poco, los abrió de nuevo.

—Mira —dijo Nick, sosteniendo la espada ante sus ojos. Había empalado a una mosca con la punta.

—¡Es magia! —exclamó ella entre risas.

—No, en realidad no es más que habilidad. He atravesado la mosca y me he detenido a un milímetro de tu piel.

Lucinda arrugó la nariz, confundida.

—Pero ¿cómo has podido cortar el pelo o atravesar una mosca si la espada no está afilada?

—Te he mentido. Lo importante era que te quedaras quieta.

Lucinda se sentó en el sofá con estampado de cebra.

—Podría haber muerto y ni siquiera he sido consciente de ello.

—Podrías haber muerto ciento ochenta y seis veces. —Nick colocó la espada en su soporte, en la pared—. No te ha pasado nada porque sé lo que me hago. —Se alejó un paso de ella—. Será mejor que me vaya. Hablamos mañana. Sobre la oferta.

—Ah. —Tanta formalidad pilló a Lucinda desprevenida—. Está bien.

Nick dio un paso al frente, se inclinó sobre ella y la besó en los labios, profunda y firmemente, durante unos cinco segundos.

—Eres preciosa —murmuró. Luego retrocedió de nuevo y repitió—: Hablamos mañana.

Salió del apartamento y corrió por el pasillo hasta el ascensor, que estaba esperándolo. Mientras bajaba, expulsó el aire que había estado conteniendo en los pulmones con un gesto de triunfo. Ni queriendo se le habría ocurrido un piropo más brillante que aquellas palabras tan simples.

Al llegar al portal, intentó concentrarse. Empujó lentamente la enorme puerta de cristal, salió al exterior y se dirigió calle abajo a buen ritmo, aunque no demasiado deprisa. Como alguien que acaba de visitar un apartamento y luego tiene otros sitios a los que ir, no como el hombre que acaba de dar el golpe que hace semanas que planea. Se concentró en no mirar hacia atrás, aunque podía sentir los ojos de Lucinda clavados en su cogote. Sacó el móvil del bolsillo y, fingiendo que leía un mensaje de texto, la vio asomada a una ventana, observándolo. Preguntándose por qué la había besado para luego marcharse tan repentinamente. Deseando que volviera a pasar.

20

Lucinda no sabía si sería capaz de llegar a la oficina. Mientras caminaba por aquellas calles adoquinadas que tanto conocía, podía sentir cómo sus pulmones se aclimataban de nuevo al aire y sus extremidades, que parecían de gelatina, recuperaban su estado sólido. No podía dejar de revivir lo sucedido hacía apenas unos minutos. Nick Crex la había besado, un beso cálido y firme como sus labios. Por un momento había sentido su cuerpo duro e inhalado su olor ligeramente salado.

Había dicho que era preciosa.

Al entrar en la oficina, apenas podía creerse que fuera la misma Lucinda que había salido de allí hacía no más de una hora para atender la tercera visita del día: el mismo cabello castaño, el mismo traje gris de Carolina Herrera, las mismas perlas de Cartier alrededor de su muñeca, pero todo era diferente. Se sentía hermosa, invencible. Miró a sus compañeros hablando por teléfono, rellenando informes y papeleo vario, desde lo que se le antojó una posición de poder.

—¿Cómo ha ido la visita? —preguntó Gareth sin apartar los ojos de la pantalla, como si aquella fuera una tarde como todas las demás.

—¿Eh?

—Con el señor Vertical Blinds. Estabas ahí, ¿no? En el apartamento 15.

—Ah, sí.

—¿Y?

¿Sabía Gareth lo que acababa de suceder? Lo miró por un instante antes de darse cuenta de lo que le estaba preguntando en realidad.

—Dice que está dispuesto a pagar veinticinco mil por debajo del precio. Estoy casi segura de que a ellos les parecerá bien.

—¿Te ha contado algo del cantante yonqui? Menudo imbécil.

—Las terceras visitas siempre acaban en desastre —intervino Joanne, mientras Lucinda intentaba centrarse—. Es evidente que hay algo que no le acaba de convencer y por eso vuelve una vez tras otra.

—Sé que suele ser así. —Lucinda encendió su ordenador e intentó que no le temblara la voz—. Pero en toda regla hay una excepción, ¿verdad?

Había recibido un montón de correos mientras estaba fuera, pero ahora no podía concentrarse. En su lugar, prefirió abrir Google y teclear «Nick Crex». Llevaba haciéndolo desde el día del concierto en Shepherd's Bush. Estudiaba la galería de imágenes: él sobre el escenario con gafas de sol, junto a un estadio con una camiseta de fútbol, lo que seguramente significaba que era seguidor de algún equipo. Lucinda nunca había conseguido entender la obsesión de los británicos por el fútbol.

Tenía entrada en la Wikipedia. En ella se decía que había tenido una infancia difícil en Burnley y que estaba considerado el cerebro detrás de la banda. Había un montón de vídeos de él haciendo de las suyas sobre el escenario que Lucinda vio a escondidas, con el sonido bajado. Tras el concierto, se había bajado el disco y lo escuchaba sin parar. Su estilo no iba mucho con ella, pero empezaba a acostumbrarse.

También había descubierto que:

– La primera actuación de los Vertical Blinds fue el trece de junio de 2005 en el Orange Tree, en Burnley.

- El color favorito de Nick es el índigo.
- Nick Crex, el guitarra solista y compositor de la banda, y Jack, el cantante, eran vecinos en Burnley y asistieron a la misma escuela.
- Su héroe es Bryan Ferry, el antiguo cantante de Roxy Music.

No se decía nada de una posible novia, pero Lucinda no estaba dispuesta a dejarlo ahí, de modo que introdujo las palabras «Nick Crex novia». La búsqueda dio como resultado 3.510 entradas, pero las dos primeras eran reediciones de un artículo en el que se comentaba que una de las últimas canciones de Nick trataba sobre perder a una novia en el instituto por un chico mayor que él. «Y así nació el ingenio y la ironía de los Blinds, sin duda su sello de identidad hasta la fecha y que recuerda a Joe Jackson y a Elvis Costello.» ¡Vaya! Pero Lucinda siguió leyendo. Y el número tres de la lista era un artículo del *Times* titulado «Crex con su amor de adolescencia».

Clicó el enlace, con el corazón latiendo a cien por hora. El artículo tenía más o menos un mes y hablaba de los problemas de Jack y su afición a las novias modelos. «Crex, en cambio, tiene una relación de larga duración con su amor de juventud, Kylie, peluquera de profesión a la que conoció en el instituto y que huye de cualquier forma de protagonismo.»

—Lucinda —la llamó Niall.

Ella cerró la página rápidamente. Se había sentido incómoda, pero sobre todo desafiante. Por lo poco que había visto de la tal Kylie, ella era mucho más guapa. Y tampoco es que le preocupara demasiado, aunque fuera la hermana gemela de Angelina Jolie. Nick nunca la había mencionado y, teniendo en cuenta que estaba a punto de comprarse un piso, lo más normal es que el tema de la novia hubiera salido en algún momento. Era evidente que entre ellos no había nada serio.

Empezó a repasar lo ocurrido hacía menos de una hora. Todo había sido muy sexual: él agitando la espada alrededor de ella; Lucinda dispuesta a acostarse con él allí mismo, sobre el sofá imitación de cebra de Alex y Gemma Meehan; él marchándose a toda prisa; ella siguiéndolo con la mirada desde la ventana, a pesar de que no se había dado la vuelta.

Pero era evidente que a Nick Crex le gustaba Lucinda. Tenía que ser cierto o no le hubiese dicho que era preciosa. Era la primera vez que alguien le decía algo así, o al menos con tantas palabras. Ni siquiera Anton. Pensó en ello por un instante. Quizá si Anton la hubiese cortejado más abiertamente sentiría algo más por él. El ego de Lucinda era como una planta sedienta de agua que exigía que la regaran a todas horas.

Pero cuanto más pensaba en Nick, más rápidamente se evaporaba toda su confianza. Nick y su novia iban en serio. El beso en el apartamento no era más que un impulso irracional del que enseguida se había arrepentido. Empezaba a entender cómo se sentía Cassandra, lo ambigua que era toda aquella historia chico-chica, el agotamiento que podía llegar a provocar tener que descifrar códigos como un vaquero observando las señales de humo de un indio elevándose lentamente sobre el desierto. Pero Nick Crex le había dicho que era preciosa.

Lucinda se preguntó si podía llamarlo. ¿Qué le diría? ¿Fingiría un tema de negocios? ¿O sería más directa? Se mordió el labio sin saber qué hacer, algo no muy propio en ella, y luego dio un salto en la silla al oír el teléfono.

—¿Dígame? —preguntó, la cara como un tomate, segura de que era él.

—¿Lucinda? ¡Soy yo!

Oh, mierda. Anton, el mismo en quien apenas había vuelto a pensar.

—He vuelto. Un poco antes de lo esperado.

—Hola —lo saludó con cautela.

—¿Qué tal todo? —Su voz sonaba tan cálida, tan necesitada que Lucinda no pudo reprimir una mueca—. Me preguntaba —continuó él— si te apetecería cenar esta noche. Conozco un sitio de pescados, J. Sheekey's.

—¡Oh! —dijo Lucinda. Se mordisqueó las cutículas de

los dedos mientras miraba el reloj del ordenador. 17.59. No quería pasar la noche sola en casa, muriéndose de ganas de llamar a Nick.

—Es decir, si estás libre, claro está.

—Estoy libre —decidió de pronto—. ¿A qué hora?

—¿En serio? ¿Estás segura?

—Sí, estoy segura. —Tenía la sensación de que Gareth la miraba. Avergonzada, bajó la cabeza. Aunque ¿qué tenía de malo ir a cenar con Anton? Solo como amigos.

Para intentar aclarar las ideas, Lucinda fue caminando desde la oficina hasta Sheekey's, justo al lado del barullo que era siempre Charing Cross Road. El restaurante parecía un club privado: paredes cubiertas de caoba y fotografías en blanco y negro colgando de la pared. Anton la esperaba en una esquina del local. En cuanto la vio, se levantó de la mesa. A Lucinda tanto entusiasmo le puso la piel de gallina.

—Lucinda. Qué alegría volver a verte. ¿Te apetecen unas ostras? Ya he pedido champán.

—Perfecto —dijo ella, mientras tomaba asiento.

Era tan viejo que una expedición del Everest al completo podría perderse perfectamente en las arrugas que tenía alrededor de los ojos. De pronto, pensó en Nick y en su cuerpo suave y firme, y se estremeció. No debería haber venido. Estaba haciendo perder el tiempo a Anton y a sí misma.

—¿Ostras para la señorita? —insistió Anton cuando el camarero apareció junto a la mesa.

Ella asintió como un animalillo manso, pero al parecer su silencio no tenía valor alguno. Anton le habló de sus viajes y de un nuevo proyecto en el que acababa de embarcarse y que suponía la construcción de varios edificios. También le dijo que había visto el nuevo programa de la Opera House y que esperaba que Lucinda pudiera acompañarlo a ver *Turandot*.

—Mmm —asintió ella—. Sí, estaría bien. —De todos modos, lo más probable era que no volviese a saber de Nick, así que ¿por qué no? Podría disfrutar de una buena sesión de ópera. Pero justo en ese momento sintió que su móvil vibraba dentro del bolsillo de la chaqueta. Lo sacó. El número de Nick.

—Discúlpame un momento, tengo que cogerlo.

—Creo que no está permitido usar el móvil aquí dentro...

Pero Lucinda ya había descolgado.

—¿Sí? Hola... Oh. —Levantó la mano para tranquilizar a Anton y al camarero, que se había acercado a toda prisa para protestar—. No pasa nada, mejor salgo fuera. Lo siento —le dijo a Anton en silencio, formando las palabras con la boca, aunque lo cierto era que no lo sentía. Solo quería estar sola para poder hablar con Nick.

—¿Dónde estás? —preguntó él al otro lado de la línea en cuanto Lucinda salió a la calle, a un pequeño patio en la parte trasera de un teatro.

—En un restaurante.

—Ah, ¿sí? ¿Con quién? —No parecía celoso, solo sentía curiosidad.

—Con un cliente.

—Bueno, pues ya puedes despedirte de él. Tienes que venir a verme.

—¿Perdona? —dijo ella, sonriendo de tal manera que por un momento creyó que se le partiría la cara en dos—. Te he dicho que estoy ocupada.

—Necesito verte ahora mismo.

—¿Dónde?

—¿En tu casa?

No era buena idea: Benjie estaría en casa, repasando para los exámenes.

—Lo siento, no creo que sea posible. ¿Y en la tuya?

—No. —Ni una sola explicación.

Lucinda sabía por qué. Su mente se retorció como un contorsionista del Cirque du Soleil en busca de una alternativa. Y de pronto se le ocurrió. Los Meehan. Seguían en Belfast. Cenaría con Anton y luego se pasaría por la oficina a recoger las llaves.

—Podemos vernos más tarde. En un par de horas quizá.

—Pero yo quiero verte ahora.

—Estoy ocupada. —Sabía que tenía que hacerse la dura, pero le resultaba demasiado difícil—. ¿Hora y media? ¿En el apartamento?

—¡Ahora!

Anton asomó la cabeza por la puerta del restaurante.

—¡Lucinda! ¿Estás bien?

Ella se disculpó con un gesto.

—Será mejor que estés allí en una hora —dijo Nick— o me habré ido. —Y colgó.

—Ya está todo preparado —le dijo Anton emocionado—. Tus ostras te están esperando.

—De hecho… No sabes cuánto lo siento, pero no me encuentro bien. Creo que me voy a ir.

Anton frunció el ceño.

—¿Estás segura? Tienes buen aspecto.

—No, en serio, Anton… Cosas de mujeres. —Lucinda sabía que aquellas tres palabras provocarían la retirada inmediata de Anton—. Creo que lo mejor es que me vaya a casa. Lo siento, pensé que me encontraría mejor, pero no ha sido así.

El rostro de Anton transmitía una preocupación sincera.

—Oh, querida. Hay que pedirte un taxi. —Se volvió hacia el portero que, ataviado con su sombrero de copa, observaba la escena con una expresión de «Esto ya lo he visto yo antes» en la cara—. Tenga mi tarjeta —le dijo, sacando la American Express de la cartera—. Vuelvo en un minuto. Necesito encontrar un taxi libre para la señorita.

—De verdad, no es necesario —protestó Lucinda—. Vuelve a la mesa. Termínate las ostras.

—No creo que las disfrute igual sin tu compañía. —Le tomó el brazo y la guió hacia Charing Cross Road, abriéndose paso entre la multitud que charlaba a las puertas de los teatros. Afortunadamente, enseguida encontraron un taxi libre. Anton lo paró y la ayudó a subir.

—South Kensington —le dijo al conductor con el tono abrupto que le era tan propio. Lucinda se subió en la parte de atrás.

—¿Me llamarás mañana? Para asegurarme de que estás bien.

—Claro —dijo ella.

El taxi arrancó y Lucinda miró hacia atrás. Anton no apartaba la mirada del taxi con gesto afligido. Por un instante se sintió increíblemente culpable, pero luego pensó en Nick esperándola en el piso. Era como si en lugar de nervios tuviera cables eléctricos. Se inclinó hacia la mampara y picó en el cristal con los nudillos.

—No vamos a South Kensington —le dijo al conductor—. Vamos a Clerkenwell.

21

Querida Gwen:

Ya he tenido la «cita» con Richie. Fue tan bien como cabía
esperar, supongo. No sé si tenemos muchas cosas en común,
pero es un hombre muy agradable. ¡Eso sí! Estoy segura de
que casi se muere del aburrimiento conmigo. De todos modos, no creo que se repita y tampoco me parece especialmente
mal. Estoy muy ocupada preparando la mudanza y...

Grace dejó de escribir, incapaz de sobreponerse a la desesperación que de repente se había apoderado de ella. Acababan de sonar las dos en el reloj de péndulo de la sala de estar, pero era incapaz de dormir. Había hecho el ridículo, lo
había estropeado todo. No dejaba de repetirse que Richie
Prescott tampoco era un hombre tan maravilloso, que a ra-
tos, mientras él no dejaba de hablar de sus grandes ventas,
ella se había aburrido bastante. Pero eso daba igual. Él era un
hombre. La había invitado a salir. Y no volvería a hacerlo.
Porque Grace estaba demasiado gorda. La única posibilidad
de escapar de su gueto particular, de unirse al común de los
mortales que se casaban y tenían hijos y vivían como Sebby
y Verity, había pasado de largo.

Solo existía una cosa capaz de subirle el ánimo. Corrió
escaleras abajo y recorrió el frío y oscuro pasillo hasta la cocina. Abrió la panera, sacó dos rebanadas, las metió en la tostadora y tiró de la palanca hacia abajo. Los perros, dormidos

en sus cestas, se revolvieron, confusos. Grace les chistó para que se callaran sin apartar los ojos de la tostadora, deseando con todas sus fuerzas que acabara cuanto antes. ¿Quién le mandaría tirar las galletas y los dulces? Menuda pérdida de tiempo.

Cuando el pan apenas había empezado a tostarse, tiró de la palanca hacia arriba y se metió la tostada en la boca. Los carbohidratos se dispersaron por todo su cuerpo y enseguida sintió que su humor mejoraba. Metió dos rebanadas más mientras masticaba, y esta vez las untó en mantequilla congelada recién salida de la nevera. Luego siguió con dos más de mantequilla de cacahuete. Y dos de mermelada. Y otras dos con queso.

Se le acabó el pan. Abrió el armario de la despensa. Unos cuantos paquetes de arroz y pasta. Tardaría demasiado en cocerse. Grace cogió un puñado de macarrones crudos, se los metió en la boca y los masticó hasta convertirlos en trozos pequeños. Se ayudó de medio litro de leche directa de la nevera para tragárselos.

Luego escondió la cara entre los brazos y lloró y lloró.

Nick aún no había llegado. Lucinda recorrió el apartamento 15 de un lado a otro, sobresaltándose cada vez que escuchaba un sonido. Comprobó que estaba bien peinada en el espejo del lavabo de Gemma, se refrescó la cara con agua fría para calmarse y a continuación decidió que necesitaba retocarse el maquillaje, aunque no se había traído nada más allá de los polvos y un pequeño bote de Ô de Lancome que siempre llevaba en el bolso.

No se atrevía a utilizar los cosméticos de Gemma; tampoco a poner música o a encender unas velas —cualquiera de las cosas que hubiera hecho normalmente para crear un cierto ambiente— por miedo a dejar rastro.

La televisión tampoco era una opción viable, así que cogió un libro de bolsillo sobre política estadounidense de una estantería e intentó leer. Tras diez páginas sin enterarse de nada, se dirigió al dormitorio y se miró en el espejo de cuerpo entero que colgaba de la puerta. Parecía tan cuadriculada con aquel traje, más como una chica de Ginebra que como una roquera. Se preguntó si quizá debería haber pasado por casa para cambiarse, pero aunque se pusiera unos vaqueros, una camiseta y el cinturón de tachuelas de Benjie, su piel seguiría siendo demasiado pálida, sus ojos demasiado brillantes y sus mejillas demasiado sonrosadas para hacerse pasar por una Amy Winehouse cualquiera. Y además, ¿seguro que ese era el tipo de mujer que Nick estaba buscando?

Sin embargo, quince minutos más tarde ya había dejado de preocuparse por si le gustaba a Nick o no y solo quería saber por qué no había aparecido todavía. ¿Estaría atrapado en un atasco? ¿O tal vez con su novia? Lo llamó al móvil, pero no obtuvo respuesta, ni siquiera su voz, solo la del contestador de la compañía. Prefirió no dejar ningún mensaje. Estaba a punto de irse a casa cuando de pronto sonó el timbre.

—¿Hola? —preguntó con voz temblorosa a través del interfono.

—Soy yo.

Nada más entrar por la puerta, Lucinda ya estaba entre sus brazos. Se fueron escurriendo hasta el suelo, sus cuerpos enredados, ella sacándole la camiseta de los pantalones y peleándose con el cinturón. No conseguía desatarlo, así que Nick la ayudó. Ella le acarició la cadera, tan bien formada, como diseñada con uno de sus transportadores del colegio. La mirada de Nick era oscura y entornada. Todo era tan rápido, tan sensual, él besándole la cara, el cuello, los pezones, mientras ella le clavaba las uñas en la espalda.

—Eres tan jodidamente sexy —le dijo.

Lucinda consiguió sacarse los pantalones como pudo, le cogió la mano y guió sus dedos hasta el interior, desesperada por hacerle saber lo mojada que estaba. Se abrió de piernas, sintiendo que se le derretían los muslos. Era el mejor sexo que había practicado en toda su vida, muy por encima de cualquier magreo con los Pierres y los Xaviers con los que se había encerrado alguna vez en la habitación de invitados del chalet de las pistas de esquí que un grupo de amigos habían alquilado durante un fin de semana. Lo cogió del culo para tenerlo lo más dentro posible y levantó la cadera al ritmo de las embestidas, mientras le mordía en el hombro. Se corrió con un grito de éxtasis y él se derrumbó encima de ella con una especie de rugido. Luego rodó hasta estar junto a ella y se quedó así, en silencio, durante un buen rato.

—Vaya —dijo Lucinda finalmente.

Los dos estallaron en carcajadas.

—Entonces ¿te ha gustado? —preguntó Nick.

Ella se encogió de hombros.

—No, la verdad es que no.

—A mí tampoco.

Y volvieron a reírse.

Nick miró a su alrededor. Las ventanas proyectaban sombras alargadas e inquietantes sobre las paredes.

—¿Y por qué no podemos ir a tu casa?

—Mi hermano está allí. ¿Por qué no a la tuya?

Silencio.

—Porque tienes novia.

—¿Cómo lo sabes? —preguntó, aunque no parecía particularmente sorprendido.

Lucinda tenía dos dedos de frente y sabía que era mejor no decirle que lo había estado buscando en Google.

—La vi en el concierto.

—Ya veo. —Durante un segundo, pareció sentirse incómodo, aunque luego añadió—: Se ha acabado. Estamos en las últimas. Por eso me voy a comprar el piso. Y ella también se está buscando algo.

—Oh, vaya. —El detector de bazofia de Lucinda, que en su caso estaba perfectamente sintonizado, no acababa de creerse la historia. Sin embargo, en el fondo quería hacerlo, así que decidió que por el momento así sería.

—Eres la mujer más increíble que he conocido en toda mi

vida —le susurró Nick al oído, acariciándole los muslos con la punta de los dedos.

—Seguro que eso se lo dices a todas —bromeó Lucinda.

Él la miró fijamente a los ojos.

—No, no lo hago.

Lucinda no cabía en sí de gozo. Nunca nadie le había dicho cosas como aquella, o, si lo habían hecho, sin duda no habían valido la pena. Para ocultar su emoción, trazó con la uña las líneas del dragón azul y dorado que Nick tenía tatuado en el brazo.

—¿De qué va esto?

—Simboliza la protección, la fuerza. Jorge V llevaba uno, ¿sabes? —Dobló el brazo, largo y delgado—. Mira, es como si se moviera.

—¿Te dolió?

—No mucho —respondió él, encogiéndose de hombros.

Lucinda intentó imaginar a Henri De Villiers, el chico con el que había perdido la virginidad, con un tatuaje escondido bajo las mangas de su camisa a cuadros. No podía, pero tampoco podía concentrarse mucho porque los dedos de Nick volvían a deslizarse entre sus piernas.

Apenas durmieron en toda la noche, alimentados por una pizza que encontraron en el congelador. Se quedaron dormidos justo antes del amanecer y no despertaron hasta mediodía, momento en que aprovecharon para volver a hacer el amor.

—¿A qué se dedica tu padre en realidad? —preguntó Nick cuando por fin decidieron darse un respiro.

—Trabaja en el mundo inmobiliario. Por eso estoy yo aquí, para aprender antes de unirme al negocio familiar.

—Entonces es rico.

—Depende de lo que entiendas por rico. ¿A qué se dedica tu padre?

—No tengo ni puta idea. Se largó cuando yo tenía seis años. No he vuelto a verlo desde entonces.

—Lo siento.

—No lo sientas. Era un cabrón. Trataba a mi madre como una mierda.

—Mi padre tampoco es que trate a mi madre mucho mejor. —Guardó silencio durante un segundo—. Siempre tiene alguna aventura, a veces con más de una mujer a la vez. Se supone que nosotros no sabemos nada al respecto, pero es *vox populi*. Si es que hasta se va de vacaciones con ellas y cosas así. Las llama secretarias, pero cuando iba al colegio eran las madres de mis compañeros. Una vez, una hermana mayor. No sé por qué mi madre no dice nada. Supongo que cree que tiene mucho que perder. No sé, nuestra casa es bastante grande, y ella tiene un montón de ropa bonita y es algo así como una figura en los círculos sociales de Ginebra. Es de origen humilde, así que supongo que le da miedo pensar adónde le tocaría volver, a pesar de que le quedaría una buena pensión. En el fondo creo que lo está haciendo todo mal. Creo que debería darle la patada. Y que conste que yo quiero a mi padre, ¿eh? Más que a ella, pero aun así. Debería tener más dignidad.

Era probablemente el análisis más largo que Lucinda había hecho de su familia en toda su vida. De pronto guardó silencio, un tanto sorprendida.

—Bueno, mi madre sí acertó al echar a mi padre, pero eso no la convierte en la Señora Feliz. Vive en la planta dieciséis de un bloque de pisos y se pasa el día enganchada a la tele hasta arriba de Valium.

—Mi madre también toma Valium —dijo Lucinda, y se rió ante lo curioso de la coincidencia—. Lleva años haciéndolo. —Guardó silencio—. ¿No has vuelto a ver a tu padre desde los seis?

—No. Un par de veces recibí una postal. Ojalá… Cada vez que salgo en el periódico o donde sea, de algún modo espero que me vea. Cuando tocamos en un concierto, me pregunto si está entre el público. Pero nunca he sabido nada de él. Quizá está muerto.

Lucinda estaba emocionada. Con mucha ternura, le

apartó un mechón de pelo que le había caído sobre la frente. Sentía una conexión con él que no había sentido hacía ningún otro ser humano en años. Estaba demasiado acostumbrada a tenerlo todo bajo control.

—¿Te apetece que demos un paseo? —sugirió.

—¿Para qué?

Lucinda no pudo ocultar cierta sorpresa. ¿Es que acaso Nick no sabía que el aire fresco era algo bueno que se debía tomar al menos veinte minutos al día?

—Podría vernos alguien —añadió Nick—. Y sería un poco extraño.

—Ah, sí. Claro.

Por primera vez en las últimas veinticuatro horas, la burbuja amenazó con reventar. ¿Por qué le importaba que la gente los viera juntos? Pensó que a ella tampoco le interesaba que su familia supiese de su existencia. Pero la situación de él era diferente: era él quien tenía novia.

—¿Cuánto tiempo llevas con ella? —preguntó Lucinda, sin pensar con claridad.

Él, sin embargo, parecía estar disfrutando.

—¿Estás celosa?

—Claro que no —mintió ella.

—Es raro. Si tú tuvieras novio, yo sí estaría celoso.

—Antes dijiste que ya no había nada entre los dos. ¿Por qué debería estar celosa?

—Exacto.

—¿Y cuánto tiempo lleváis juntos?

—¿Qué más da? Siete años.

—¿Siete años? —Pues claro, eran novios desde el instituto, y sin embargo saberlo le hizo daño igualmente, como si le hubiesen dado un puñetazo en la boca del estómago—. ¿Vais en serio?

—Antes sí, pero nos hemos ido distanciando. Ahora nos gustan cosas distintas. —Nick se odiaba por ser capaz de decir algo así sin inmutarse. Pero era verdad, ¿no?

—¿A qué se dedica? —insistió Lucinda.

—Es técnico de manicura. Se dedica a eso, a las manicuras. —Nick se acercó a Lucinda—. Es muy aburrido. No quiero seguir hablando de esto. Quiero follarte otra vez.

Hacia las seis de la tarde, Lucinda seguía insistiendo en que debería irse a casa.

—¿Por qué?

—Los Meehan volverán en algún momento. Y yo tengo cosas que hacer en casa. La colada, por ejemplo.

Nick sintió una especie de anticlímax. Al principio, imaginaba a Lucinda como una especie de diosa. Extranjera, rica, la clase de mujer con la que merecía estar. ¿Por qué de repente le hablaba de la colada? Era un comentario más típico de Kylie.

—¿Puedes volver un poco más tarde? —preguntó.

—No, no puedo. Ya te lo he dicho, no sé seguro cuándo vuelven los Meehan.

Más desilusión.

—Está bien —se rindió Nick, haciéndose la víctima—. En ese caso, ya nos veremos. —Y se puso la chaqueta.

—Voy a recoger un poco todo esto —dijo ella, mirando a su alrededor—. Me aseguraré de que todo esté exactamente donde lo encontramos.

—Ocúpate tú. Nos vemos. —Y se dirigió hacia la puerta.

—¡Nick! ¡Espera!

—¿Qué? —preguntó él, haciéndose el aburrido.

—Ya… ya te iré contando cómo va la venta del apartamento.

—Sí, vale.

En cuanto la puerta se cerró tras él, Lucinda volvió a sentir el miedo y la emoción de antes, todo al mismo tiempo, como si el planeta acabara de recibir el impacto de un enorme meteorito y girara sin parar, cada vez más lejos, hacia un agujero negro.

22

Max Bennet estaba sentado en su mesa, resacoso e irritable a partes iguales. Se había vuelto a pelear con Heather la noche anterior; ella le había insistido con lo de vivir juntos y al final no había tenido más remedio que decirle que no quería.

Heather había llorado y él se había sentido como un cerdo, pero al final habían acabado en la cama y por la mañana ella se había marchado mientras él estaba en la ducha, despidiéndose con un alegre «¡Hasta luego!», mientras él, cubierto de espuma, se lamentaba de su cobardía y su incapacidad para dar el golpe de gracia a aquella relación y dejar que la pobre Heather, que en realidad era una buena chica, aunque no fuera para él, tuviera la oportunidad de sentar la cabeza con un buen hombre.

Max nunca había conocido a nadie con quien le apeteciera sentar la cabeza y no sabía si algún día llegaría a encontrar a esa persona. Le gustaba su vida tal y como era.

Al menos así era casi siempre. Miró la pantalla del ordenador. Acababa de escribir seiscientas palabras sobre el nuevo novio de Jordan, la última sensación del papel cuché. No había estudiado periodismo para esto, sino con la esperanza de, algún día, llegar a escribir reportajes a lo Watergate. Sin embargo, esa clase de periodismo había muerto hacía tiempo, junto con los cobradores de autobús y las cabinas telefónicas; su hermano Jeremy había tenido la suerte de vivir los últimos coletazos y luego lo había dejado para dedicarse al mundo más lucrativo de las relaciones públicas. Max había seguido sus pasos, pero últimamente la industria estaba tan mal que él se sentía como el conductor de un coche de caballos tras la invención del automóvil, consciente de que sus días estaban contados.

De pronto sonó el móvil. Mierda. Heather. Rápidamente le quitó el volumen y se lo guardó en el bolsillo. La actividad en la oficina era frenética, como siempre, pero unos cuantos habían abandonado sus mesas para ir a comer. Hora de tomarse un respiro. Decidió dar un paseo, tal vez hasta los jardines de Kensington, para disfrutar de un día increíble de primavera.

Subió por Kensington High Street y entró en los jardines. Dio un par de vueltas alrededor del lago, sorteando turistas y bebés correteando. Se disponía a sentarse en un banco para sentir el sol en la piel cuando se detuvo en seco. En un extremo del banco estaba Karen Drake.

La observó un momento, maravillado por su belleza, como le pasaba siempre que la veía. No se parecía en nada a Heather, que era rubia, alta y voluptuosa. Karen estaba más bien flaca y parecía mucho más cansada que cuando salía con Jeremy. Sin embargo, desprendía un halo de misterio. Max siempre lo había creído así, y viéndola allí sentada, con la mirada perdida a lo lejos, ajena a las miradas, a todo lo que la rodeaba, sintió que volvía a tener diecinueve años y que la observaba desde la distancia, totalmente embobado.

Se preguntó si debía acercarse. Había pensado en llamarla varias veces desde el día en que comieron juntos, pero tenía la sensación de que ella no lo había disfrutado especialmente. Además, con todo lo de Heather y el nuevo trabajo, no había encontrado el momento.

Estaba a punto de darse la vuelta cuando Karen levantó la mirada y sus ojos se encontraron.

—¡Hola! —exclamó ella, y por el tono de su voz parecía alegrarse de verlo.

—Hola. ¿Qué tal?

—Bien. —Se colocó las gafas encima de la cabeza—. Aquí, tomándome un descanso del artículo que estoy editando. Trata de la nueva tendencia en maquillaje para el pelo del próximo verano: la estructura. Ni siquiera sé qué significa. ¿Y tú?

—Una minipausa de diez minutos. ¿Recuerdas aquello que te dije de que la vida sería más sencilla en el *Post*?

—Mmm.

—Bueno, pues me han engañado. Como esos que te piden una libra en el metro para pagarse el billete. Y yo he caído de cuatro patas.

Karen se rió, aunque por pura empatía.

—Yo no quería decirte nada, pero me pareció que tu visión del tema era un poco naíf.

Se hizo el silencio.

—Oye —dijo Max, retomando la conversación—, siento no haberte dicho nada desde el día de la comida. Me apetecía repetirlo pronto, pero como te he dicho, no he parado un segundo.

—No pasa nada —dijo ella, encogiéndose de hombros.

—¿Te apetece un café?

—¿Qué?, ¿ahora?

—Si te queda tiempo antes de volver al trabajo.

—No conozco ninguna cafetería por aquí —dijo Karen.

—Pues tomemos un helado —exclamó Max, señalando con la cabeza hacia una pequeña furgoneta de venta ambulante—. ¿Un 99? Con su cucurucho de galleta, su vainilla y su barrita de chocolate en lo alto.

Estaba casi seguro de que diría que no, pero de pronto Karen se puso en pie.

—¿Sabías que Margaret Thatcher inventó los 99? ¿Antes de dedicarse a la política? —preguntó ella, mientras se dirigían hacia la furgoneta.

Max lo sabía, pero no quería ser maleducado.

—¡No! ¿En serio? ¿Cuándo? ¿Cuando se dedicaba a la química?

—Mmm, mmm. Formaba parte del grupo de trabajo que

descubrió cómo conservar el Mister Softee, el helado. Otra cosa que agradecerle. O no. —Volvió la cabeza para mirarlo—. Olvidaba que a ti Margaret Thatcher debe de sonarte como Winston Churchill a mí: historia antigua.

—Nada de eso —exclamó él, indignado—. Mi madre solía hablarme de ella para asustarme cuando era pequeño. Me decía que vendría a casa y me llevaría con ella, en vez del hombre del saco.

—Sí, recuerdo a tu madre —dijo Karen, entre risas—. Era...

—Una socialista de clase alta.

—¡No iba a decir eso!

Ambos rieron mientras pedían dos cucuruchos al hombre de la furgoneta.

—Invito yo —dijo Max, al ver que Karen metía la mano en el bolso en busca del monedero.

—No, insisto. Me toca a mí.

—Está bien, pero la próxima vez te invito yo a comer. En un sitio bonito. —No tenía ni idea de dónde había salido aquel comentario, como si intentara echarle los tejos. No había planeado una segunda comida con Karen. Además, la gente ya no quedaba para comer; el concepto era más propio de los años del *boom*, como los iPods de primera generación y las listas de espera para comprarse un bolso. Gracias a Dios, Karen parecía no haberse dado cuenta.

Se sentaron en un banco cercano.

—Vaya, esto sí que es decadente —dijo ella.

—No según tus estándares. ¿Antiguamente no os acababais la botella de vino de la comida?

—¡No solo yo! Todo el mundo. A veces dos. Y luego volvíamos a la oficina y nos dejábamos la piel desenterrando exclusivas y poniendo gobiernos de rodillas.

—Y luego ibais al pub y bebíais un poco más.

—Tal y como lo cuentas. Los de tu generación sois todos unos nenazas comparados con nosotros: vivís a base de Red Bull y agua vitaminada. Tampoco es que yo sea mucho mejor. Todavía recuerdo cuando me quedaba despierta hasta medianoche la víspera de Navidad. Ahora lo primero que pienso cuando recibo una invitación para una fiesta es: «Oh, Dios, espero que podamos irnos pronto». —Se quedó callada apenas unos segundos—. Lo siento. No quiero asustarte con mis historias de la vida en familia. No creo que tu novia me lo agradezca, la pobre.

Max arrugó la nariz al oír nombrar a Heather.

—Jeremy siempre dice lo mismo —comentó alegremente, intentando evitar el tema—. Dice que su idea de la felicidad es poder acostarse a las nueve. ¿Alguna noticia de la mudanza?

Karen reaccionó con cautela.

—De momento nada.

—¿No has presentado la carta de dimisión?

Ella dijo que no con la cabeza.

—Puede que la venta de nuestra casa no llegue a buen puerto. No quiero quedarme sin trabajo hasta que sepa que lo de la mudanza es seguro.

—Por cómo lo dices, juraría que no quieres dejarlo.

Karen mordió la barrita de chocolate y Max vio el diamante que brillaba en su mano izquierda. ¿A qué le había dicho que se dedicaba su marido? ¿Inversor de capitales de alto riesgo? Forrado, seguro.

—A veces pienso en cuánto disfruto juntando unas cien páginas cada semana sobre dietas, secretos de belleza y las cinco mejores chanclas del mercado, y me preocupo, pero es así. Incluso a pesar de las payasadas de Christine. Me encantan los pequeños retos de cada día y la gente que me rodea, y tener el control y...

Antes de que se diera cuenta, Max estaba terminando la frase por ella.

— ... y puede que últimamente no lo hayas tenido demasiado.

—¿Cómo lo sabes?

—Tu marido ha estado enfermo. Mi madre murió de cáncer de ovario hace siete años. Sé cómo es. Lo intentas todo. Te pasas horas en internet buscando curas, investigando quién es el mejor médico, pero al final nada está en tus manos. Nosotros tuvimos mala suerte, tu marido no. Ni tú ni yo pudimos hacer nada para cambiar el resultado.

—Lo siento, no lo sabía.

—No tenías por qué. —Max se encogió de hombros, mientras el dolor, tan familiar, tan conocido, lo golpeaba en la cabeza—. Lo que quiero decir es que sé por lo que has pasado, aunque para ti debió de ser mil veces peor. Teniendo hijos pequeños. No puedo... —Sacudió lentamente la cabeza, incapaz de continuar.

—Fue horrible —dijo ella con un hilo de voz.

Se miraron con una sonrisa en los labios. La de ella era preciosa, perfecta, pequeña y con los dientes muy blancos. Se los imaginó hundiéndose en su...

¡Max! Estaba casada y tenía edad para ser su madre.

—Y qué —preguntó Karen, como si hubiese intuido sus pensamientos e intentara cambiar de tema—, ¿has visto algo bueno en el cine últimamente?

Gemma estaba sentada en la zona «chill-out» del altillo, contemplando las calles de Clerkenwell bañadas por el sol, sujetando el teléfono entre la barbilla y el hombro y hablando con Bridget. Por mucho que lo intentaba, no conseguía concentrarse en la conversación; solo podía pensar en el último revés. Habían pasado un gran fin de semana en Belfast celebrando los sesenta y cinco años del padre de Alex, pero al volver el lunes, Gemma había recibido las malas noticias. Bridget tenía un quiste en los ovarios, lo que quería decir que la extracción de óvulos tendría que posponerse, al menos de momento.

—Necesitamos que los óvulos estén en las mejores condiciones posibles —le explicó Sian, la enfermera de la clínica—. Por norma general, un quiste no es más que un problema temporal. Le hemos dado unas pastillas a Bridget que deberían hacerlo desaparecer.

—Todo saldrá bien —le decía Bridget ahora, al otro lado del teléfono—. Lo presiento.

—¿Cómo puedes estar tan segura? —Gemma no pudo evitar la amargura que destilaban sus palabras.

—No sé... No seas negativa, Gems. Así no llegaremos a ninguna parte.

—No estoy siendo negativa. He buscado en internet y hay miles de cosas que podríamos, o sea, podrías hacer. Por lo visto, las setas maitake van bien.

—¿Las qué?

—Veré si consigo encontrarlas. Y el aceite de hierba carmín. ¡Y no deberías utilizar loción para el cuerpo porque, al parecer, hace crecer los quistes!

—Sí, sí.

Por el tono de su voz, era como si Bridget tuviera quince años y su madre le estuviera echando la bronca para que hiciera los deberes.

—¿Cómo te va con Massy? —preguntó Gemma, sabiendo que era mejor no atosigarla.

—Muy bien, la verdad. Dice que soy el amor que siempre había soñado y que alguien me ha puesto en su vida para que la felicidad sea completa.

—Casi suena demasiado bueno para ser verdad.

—Y lo es. ¿Rellenaste todos los formularios la última vez?

—Sí, los dos. —Una hoja verde para cada uno, Gemma dando su consentimiento para que le implantaran un embrión en su interior y Alex para que su esperma pudiese ser utilizado para crear dicho embrión. Y ojalá llegase pronto el día.

—Yo también. Y tuve que escribirle una carta al bebé y una descripción de mí misma, lo cual es bastante absurdo porque el bebé me conocerá. De todas formas, está bien saber que si me atropella un autobús o algo así, mi bebé tendrá algo personal para recordarme.

—¿«Mi bebé»? —repitió Gemma, sintiendo su cuerpo más tenso por momentos.

—Mi bebé, tu bebé. Qué más da. Ya hemos hablado de eso. Espero que no me decepciones, ¿eh? Que seas capaz de recibir el embrión.

Gemma cada vez estaba más nerviosa.

—¿Y si me decepcionas tú a mí? —preguntó, intentando impostar una normalidad que no sentía.

—Tienes toda la razón. Dervla me ha hablado mucho de eso, de que no tengo por qué sentirme culpable si mis óvulos no son lo suficientemente buenos y bla, bla, bla. Como si eso fuera a pasar. Es decir, no depende de mí, ¿no? Por cierto, ¿cómo está Alex?

—Ocupado. Acaba de empezar un juicio, así que no duerme más de tres horas por noche. —Gemma miró por la ventana y respiró hondo, decidida a que Bridget no se diera cuenta de lo nerviosa que estaba.

Abajo, en la acera, una chica se había parado a mirar el edificio. Llevaba el pelo teñido de rubio y la piel morena de bote, y vestía un plumón corto de color azul y unos vaqueros blancos. Todo muy chillón, inapropiado para un barrio como Clerkenwell. Tenía una expresión de preocupación más que evidente en su hermosa carita redonda.

—Alex trabaja demasiado, ¿no? ¿Y la venta del piso?

—Ah, en eso nos hemos apuntado una victoria, más o menos. Está dispuesto a pagar veinticinco mil por debajo del precio inicial.

—Alex juega duro, como siempre.

Gemma ya había tenido suficiente.

—Oye, lo siento, me llaman por la otra línea. Te llamo más tarde, ¿vale? Adiós.

No se encontraba bien. ¿Qué demonios estaba haciendo? ¿Condenarse de por vida a tener que oír a Bridget refiriéndose a Chudney como su hijo? ¿Interfiriendo en sus vidas, juzgando las decisiones de Alex y de ella misma como padres? Sería una pesadilla. ¿Por qué no habría escogido una donante anónima?

En días como aquel echaba de menos trabajar, tener algo

que le hiciera olvidar las preocupaciones. Decidió ir a nadar. Cogió la bolsa de la piscina, se puso una gabardina y se dirigió hacia el ascensor. Al abrirse las puertas, se encontró cara a cara con la chica rubia de la calle. Miró a su alrededor, sin saber qué hacer o adónde ir. Gemma siempre observaba la primera norma de convivencia en Londres al pie de la letra: no hablar nunca con nadie, a menos que os hayan presentado en una cena, y nunca mirar a nadie directamente a los ojos si no es familiar directo. Pero esta vez no pudo resistirse.

—¿Puedo ayudarte en algo?

—Sí. Estoy buscando el apartamento 15.

—¿El 15? Ahí es donde vivo yo.

—¡Ah, vaya! —La mujer sonrió, nerviosa. Tenía acento del norte.

A Gemma se le acababa la paciencia. ¿Vendía algo o era testigo de Jehová?

—¿Puedo ayudarte?

—Creo que mi novio y yo vamos a comprar ese piso, y me preguntaba si podría echarle un vistazo.

—¿Tu novio? ¿Nick Crex?

—Sí, el mismo.

—Anda. —Gemma estaba sorprendida. No podía negar que aquella chica fuera guapa, y mucho, pero se la había imaginado de otra manera, más a la última moda, más extremada, una Alexa Chung en vez de la hermana pequeña y tímida de Jordan.

—No miento, ¿quieres que te lo demuestre? —No parecía enfadada, sino más bien sumisa, como si estuviera acostumbrada a que la gente arqueara las cejas al saber quién era—. Mira —continuó, abriendo el bolso—, esto es la factura del gas. Tenemos los servicios a nombre de los dos.

Gemma miró el papel: una dirección al noroeste de la ciudad y los nombres de Nicholas Crex y Kylie Baxter.

—¿Y cómo es que todavía no has visto el piso?

—Acabo de descubrir que está a punto de comprarlo y tenía curiosidad.

—Pero tu compañero vino a verlo el viernes —dijo Gemma—. Otra vez.

—¿Otra vez? ¿Cuántas veces ha estado aquí?

Parecía desconcertada. De repente, Gemma se sentía incómoda.

—Mmm, un par de veces, creo. No estoy segura.

—Claro. —Guardó silencio, pensativa—. Dice que lo va a comprar como inversión, para alquilarlo.

—¿Ah, sí? Pues nos está mareando bastante, así que, por favor, dile que se decida de una vez.

—Ya veo. Lo siento.

—No pasa nada —dijo Gemma, compadeciéndose de ella al ver lo pálida que estaba—. Mira, ya que estás aquí, entra a verlo.

—¿Estás segura?

—Totalmente. —Mientras recorría el pasillo de vuelta al apartamento, con Kylie siguiéndola de cerca, Gemma pensó que quizá aquello no era buena idea. El vendedor no debía tener contacto de ningún tipo con el comprador. ¿Y si a Kylie no le gustaba el piso y convencía a Nick Crex para que no lo comprara? Bah, a la mierda. Tenía que confiar en el karma. Si era amable con Kylie, la venta saldría sobre ruedas y el quiste de Bridget desaparecería.

—Oh —exclamó Kylie, mirando a su alrededor—. Es un único… espacio, ¿no?

—Mmm. —Gemma cerró la puerta tras ella. Ya se estaba arrepintiendo de su decisión. Se preguntó si debía abrir una ventana, pero eso implicaría pelearse con una barra de metal de aspecto amenazador que para un posible comprador quizá resultase un tanto descorazonadora—. ¿Té? ¿Café?

—Una taza de té, por favor. Pero solo si tú también tomas uno.

Gemma encendió la tetera eléctrica. Kylie seguía mirando a su alrededor, un poco aturdida.

—¿Las ventanas no tienen cortinas?

—No. —Gemma prefirió no decirle la verdad: que lo miraron hacía ya algunos años y acabaron descartando la idea porque les saldrían demasiado caras—. Después de todo, nadie nos ve, al menos no directamente. Por allí hay más pisos, pero están demasiado lejos para ver nada. No sé, quizá con un telescopio potente...

—Claro —dijo Kylie, con recelo, mientras Gemma servía el agua hirviendo sobre una bolsita de Earl Grey.

—¿Leche? ¿Azúcar?

—Solo leche, por favor.

Echó un chorrito en la taza.

—Yo prefiero las hierbas. —Y por alguna extraña razón, añadió—: Estoy intentando quedarme embarazada, así que mi marido y yo hemos dejado el té, el café, cualquier cosa que lleve cafeína.

—¿En serio? ¡Vaya! Tendré que recordarlo para cuando me ponga a ello. Porque quiero tener hijos. Pronto. De hecho —bajó la voz como si el planeta entero estuviera escuchando—, ya no tomo tantas precauciones. Lo dejo en manos del destino, ya sabes a qué me refiero.

No me digas. La amargura de Gemma estaba en estado de alerta. Ojalá lo tengas más fácil que yo.

—Mmm —musitó.

—¿Te importa si echo un vistazo arriba? —preguntó Kylie.

—Adelante —le espetó Gemma, y la siguió por la escalera de caracol hasta el altillo. Una vez arriba, Kylie miró a su alrededor, mordiéndose el labio.

—¿Esto es lo que llaman un *loft*?

—Oh, no —le aseguró Gemma—. Los *lofts* son un único espacio y nosotros tenemos montones de habitaciones distintas. Mmm, los dormitorios están por aquí. —Se felicitó a sí misma por ser del tipo de personas que hacían la cama todas las mañanas, a diferencia de Bridget, que siempre decía: «De todas formas, la vas a volver a deshacer luego, ¿no? ¿Por qué molestarse?». Kylie entró en el dormitorio principal, echó un vistazo y salió mordiéndose el labio.

—¿Has visto el vestidor? —le preguntó Gemma—. ¿No es genial? No sé cómo había vivido sin él hasta ahora.

—¿No es un poco raro dormir subido en esa plataforma?

—Oh, no, te acostumbras enseguida —mintió Gemma—. Es divertido.

—Entiendo por qué queréis mudaros si estáis buscando un niño.

Silencio. Gemma estaba furiosa consigo misma. ¿Cómo había podido pensar que dejar entrar a aquella mujer era una buena idea? Si lo más probable era que volviera corriendo a casa con su novio roquero y le señalara todos los defectos en los que él, como hombre, ni siquiera había reparado, sentenciando a muerte la venta del apartamento.

—Es una zona estupenda de Londres —se apresuró a añadir—. Hay un montón de bares y de restaurantes y de pequeñas *boutiques*.

—Ajá. Lo cierto es que no conozco muy bien la ciudad. Si te soy sincera, echo de menos mi casa. Me gustaría vivir allí. No veo por qué no podemos tener una casa en Burnley, aunque claro, el resto de la banda está aquí y... —Para asombro y consternación de Gemma, una lágrima rodó por la mejilla carnosa y rosada de Kylie hasta caer dentro de la taza de té—. ¡Oh, lo siento!

—No pasa nada. ¿Quieres un pañuelo?

Kylie asintió. Ahora las lágrimas eran más abundantes. Gemma corrió al lavabo y volvió con un fajo de Kleenex.

—Me estoy comportando como una tonta, lo sé, pero es que... todo es tan difícil. Vine a Londres con Nicky porque lo quiero, pero nunca nos vemos y, cuando coincidimos, él está de mal humor porque el nuevo álbum va muy mal y yo echo de menos a mi madre y... —Se sonó la nariz con uno de los pañuelos—. Lo siento. La verdad es que todo esto me está superando.

—No te preocupes —le dijo Gemma, señalando el sofá—. Vamos. Ven y siéntate conmigo.

—Te estoy entreteniendo. Seguro que tienes que ir a algún sitio.

—No tengo prisa.

Al final, acabaron tomándose dos tazas más de té. Kylie le confió lo extraña que se sentía en Londres, que las chicas de la peluquería imitaban su acento del norte a sus espaldas, que estaba aterrorizada porque en la prensa no dejaban de hablar de apuñalamientos; que Burnley también era un pueblo duro, pero que allí al menos conocía a sus vecinos y sentía que la gente se preocupaba por ella, y su madre y su hermana vivían en la misma calle; que todas las noches se sentía tan sola, a solas en aquel piso de lujo, esperando a que Nick regresara del estudio.

—Por eso quiero tener un bebé. Al menos así tendré compañía.

A pesar de que aún la odiaba por suponer que un bebé llegaba con tanta facilidad, Gemma no podía evitar sentirse mal por ella.

—Sé a qué te refieres. Aunque… aún eres muy joven, si no te molesta que te lo diga. Quizá lo único que necesitas es conocer a más gente.

—Eso es lo que dice mi hermana, pero no es tan fácil. Las chicas del trabajo a veces me invitan a salir, pero cuando lo hago me siento rara porque no estoy en la misma onda que ellas. No soy una persona de salir de marcha y rodearse de ruido y de tomar drogas. Me gusta ver culebrones en la tele. —De pronto, se levantó del sofá—. Da igual, ya te he hecho perder demasiado tiempo. Lo más probable es que te hayas aburrido como una ostra. Gracias por dejarme echar un vistazo. Es…, mmm…, es encantador.

—Hemos sido muy felices viviendo aquí —dijo Gemma.

—¿Y adónde os mudáis?

—A Saint Albans, al norte de Londres. Una zona muy familiar, ¿sabes?

—Vaya. —Una mirada de añoranza en los ojos de Kylie—. Creo que a mí también me gustaría un sitio así. En fin. —Le ofreció la mano. Unas uñas increíbles, pensó Gemma, de color fucsia—. Gracias de nuevo, es todo un detalle que te hayas tomado la molestia.

—Bajo contigo. Voy al gimnasio, a ponerme en forma para tener el bebé.

Bajaron juntas en el ascensor, sintiéndose un poco incómodas tras haber compartido tantas confidencias.

—Disculpa —dijo Kylie al salir a la calle—, ¿por dónde está el metro?

Gemma iba en la misma dirección, pero no le apetecía hacer el trayecto con ella. Habían compartido un momento de intimidad y no tenía especial interés en alargarlo, de modo que le dio las indicaciones.

—Mmm, gira a la derecha, luego a la izquierda y luego otra vez a la derecha.

—Muy bien, lo encontraré. Gracias otra vez. Adiós. —Levantó la mano con gesto tímido y se alejó, arropándose con la chaqueta.

Gemma esperó a que estuviera a una distancia prudencial para salir tras ella, camino del gimnasio. Una fina lluvia empezaba a caer.

Querida Gwen:

Me alegra saber de ti. Por lo que cuentas, las niñas deben de ser unos trastos, aunque parezcan unos angelitos. No sabes las ganas que tengo de verlas. ¿Amelia se lo pasa bien en el colegio? Parece imposible que mi pequeña ahijada ya sepa leer y escribir. Qué rápido pasa el tiempo.

Yo estoy bien, gracias por preguntar. La venta de la casa sigue su curso. Claro que tengo sentimientos encontrados, pero Sebby podrá salvar la compañía de viajes en la que ha invertido y Alfie empezará en su nueva escuela el próximo semestre, sin otra alternativa dadas las condiciones en las que están los colegios de la zona. No he vuelto a saber de Richie. Y tampoco es que lo esperara, fue una cita de una sola noche. Me he puesto con la búsqueda de empleo a tope. Desgraciadamente, no puedo permitirme llevar una vida de soltera adinerada. Espero saber de ti muy pronto.

Besos,
G

El correo salió hacia su destino con un sonido. Grace abrió el armario de la cocina. No había dejado de comer y comer desde el día de la cena. Después de todo, hacer dieta no le había servido para nada. El día anterior había comprado nata; quizá se la comería con un bol de Frosties. Al fin y al cabo, necesitaba energías antes de empezar a buscar en los portales de empleo. Hasta el momento, no había tenido demasiada suerte: era como si no hubiera nada disponible, aparte de trabajos manuales en granjas de la zona, o puestos de secretaria para los que había que saber Excel y XP. Grace era un hacha navegando por la red, pero no tenía ni idea de qué querían decir con eso.

Fue bajando por la página, preguntándose qué podía hacerse para comer, cuando de pronto un anuncio diferente de los demás llamó su atención.

Tienda de regalos. Kingsbridge. Se necesita asistente. Debe estar disponible para trabajar los sábados. Llamar a Carol.

Una tienda de regalos. Bueno, eso seguro que lo podía hacer. Quizá hasta fuese divertido. Toda clase de gente entrando y saliendo de la tienda, y Gemma aconsejándoles sobre qué regalos de cumpleaños debían comprar.

Sí, le gustaba cómo sonaba eso.

Cogió el teléfono y marcó el número de Carol.

23

Karen estaba de pie frente al espejo, pasando el aro de un pesado pendiente a través de su lóbulo izquierdo. Hoy había vuelto a quedar con Max para comer y quería estar bien guapa.

Tras unos inicios un tanto atropellados, comer juntos se había convertido en algo habitual. Dos días después del encuentro en el parque, habían comido tabulé en una cafetería libanesa; a la semana siguiente, shawarma en un iraní, seguido dos días después por hamburguesas y patatas fritas; para la tercera semana, ya se habían pasado a la cocina macrobiótica tailandesa.

Durante esos mismos días, Karen había empezado a cambiar cosas de su vida. El tiempo la inspiraba. Era principios de abril, pero los días de primavera, a cual más perfecto, se sucedían uno tras otro; por la tarde, el viento traía consigo el fuerte olor a barbacoa de los vecinos. Cuando soplaba del este, los acordes de James Blunt o Duffy (nada de hip hop, por algo estaban en Saint Albans) se colaban por encima de la verja de atrás.

Había abandonado su rutina habitual del trayecto entre su casa y el trabajo, que consistía en leer el periódico a la ida y confeccionar listas de cosas pendientes de hacer a la vuelta. En su lugar, se ponía los auriculares del iPod, cerraba los ojos y escuchaba discos de grupos nuevos que se había descargado la noche anterior. Porque de pronto Karen volvía a escuchar música, y es que una vez había sido lo más importante del mundo para ella. Se había pasado horas enteras sentada en su dormitorio, al norte de Gales, escuchando Adam and the Ants, Queen, Duran Duran o The Human League, mientras afuera la lluvia golpeaba los cristales de las ventanas; canciones que había grabado con mucho esfuerzo de la radio en su diminuto reproductor de casetes. Solía apretar el botón de pausa continuamente para poder anotar las letras de las canciones en una libreta. Ahora podía encontrarlas por internet en cuestión de segundos, pero ese no era el tema.

La cuestión era que por aquel entonces la música le parecía algo excitante. ¿En qué momento había dejado de ser así? Quería recuperar la capacidad para sorprenderse, saber qué películas estaban en cartelera y leer todo tipo de opiniones sobre los últimos avances en Oriente Medio. En definitiva, quería ser como la antigua Karen, la que Max recordaba, la que tenía el mundo a sus pies.

Superada la tensión de los primeros encuentros, habían descubierto que no podían dejar de hablar, de liberar uno sobre el otro un torrente de palabras que luchaban para abrirse paso hasta el exterior. Phil y ella nunca habían sido así, ni siquiera antes del cáncer. Las conversaciones de la pareja trataban temas mundanos: la necesidad de encontrar a alguien que se ocupara de solucionar las goteras del techo; las reservas para las vacaciones, que seguían pendientes; la logística para llevar a Eloise a clase de teatro y a Bea a flauta, o la invitación, siempre pospuesta, para que los vecinos se pasaran por casa a tomar algo. Más allá de eso, nunca intercambiaban ideas. Existían, pero sin llegar a vivir.

Era una locura, pensó Kate. No debería perder el tiempo escuchando a Kasabian cuando todavía quedaban tantas cosas pendientes relacionadas con la mudanza. Seguro que todo salía bien, se dijo Karen, aunque no sabía cómo.

Estaba especialmente risueña con las niñas, a veces de una forma casi impostada, como si alguien la estuviera vigilando. Un día, Bea llegó a casa del colegio con una nota en la que se pedía a los padres que confeccionaran un disfraz de geisha para el lunes siguiente; Kate puso los ojos en blanco y dijo «Pues vaya, pongámonos a ello», cuando normalmente su reacción ante algo así era gritar. Otro día, Eloise le pidió maíz tierno, un gorro de chef y seis tomates frescos para la mañana siguiente, y tampoco se quejó. Se montó en el coche y partió hacia el supermercado más cercano.

Karen no era tonta. Sabía que se estaba comportando, casi con toda seguridad, como Grace Porter-Healey alimentando la idea de una relación imposible con el párroco de la zona. Pero qué demonios, ¿por qué no dejarse llevar, aunque solo fuera un poco? ¿Por qué no disfrutar de la sensación, largamente olvidada, de tener algo por lo que levantarse por la mañana? De esperar con ansia lo que pudiera aportar cada nuevo día.

Estudió su imagen en el espejo. Había rescatado del fondo del armario las botas altas de Bertie que había comprado en un impulso, pero que casi nunca se ponía porque le empeoraba la ciática. Las llevaba por encima de unos pantalones ajustados (casi como unas mallas, aunque no tan apretados; le preocupaba que se le hubiera pasado la edad) que evidenciaban unas piernas bonitas.

Un top floreado de Primark que se había regalado unos días antes, al pasar por la tienda para comprar medias para las niñas. Un puñado de collares y brazaletes de Accessorize comprados en plan comando un día que su tren salía con quince minutos de retraso. Antes se pasaba horas de tienda en tienda, palpando las telas, probándoselo todo. Ahora, sin embargo, compraba como un hombre: entraba y salía sin que se notara su presencia.

Se preguntó si Phil se daría cuenta de que había algo diferente en su apariencia, pero, al entrar en la cocina, él apenas la miró. Estaba desayunando de pie junto a la radio, como siempre, para no perderse ni una sola palabra del *Today*. Lo normal hubiera sido que Karen sintiera ganas de gritarle por ello, pero hoy lo dejaría pasar.

Sophie, en cambio, arqueó una ceja al verla entrar por la puerta de la oficina.

—Estás increíble. ¿Qué pasa?

—Nada —respondió Karen, satisfecha de que alguien se diera cuenta del cambio y al mismo tiempo molesta por que un cambio a mejor en su aspecto suscitara comentarios.

—No te había visto ese top.

—¿No? Pues es viejísimo.

—Ah, vaya. ¿Te apetece que comamos juntas?

—Mmm, me encantaría, pero tengo comida con un relaciones públicas.

—¿Ah, sí? Últimamente te pasas el día comiendo con gente de esa. —Sophie sospechaba algo, lo cual era perfectamente comprensible.

Comer con un relaciones públicas equivalía a dos platos en restaurante importante en el que, a pesar de todas las delicias de la carta, como mucho podías permitirte una ensalada y un filete a la parrilla si no querías acabar como Mama Cass. Se entablaba conversación por puro compromiso y, al acabar, el relaciones públicas en cuestión te mostraba una colección de productos para el pelo o de pintalabios que esperaba que recibieras entre «ohs» y «ahs» como si fueran la mismísima Sábana Santa de Turín. Luego regresabas corriendo a la oficina, no sin antes prometer incluirlos en la revista, y te encontrabas dos mil correos nuevos esperándote.

Karen estaba pensando en una forma de explicarse cuando, de pronto, sonó el teléfono de Sophie y, en cuestión de segundos, estaba a kilómetros de allí.

—Así que a Natasha le pusieron la epidural. No sé, está claro que cada uno es muy libre de hacer lo que quiera, pero no veo la necesidad de usar ese método. Las mujeres nos las hemos arreglado durante millones de años, antes de que se inventara la epidural... Lo sé, pero está demostrado que el parto natural ayuda a estrechar el vínculo con el bebé... Yo voy a alquilar un Tens, un aparato de electroestimulación de esos, y también ayudan las técnicas de respiración.

Técnicas de respiración. Sí, claro.

Habían quedado en un restaurante japonés a casi un kilómetro de la oficina. A Karen le gustaban ese tipo de locales, no tan manidos. Cuando llegó, Max ya la estaba esperando en una esquina del local.

—Estás increíble —exclamó, sorprendido.

—¿Qué? ¿Por esto? Oh, gracias. —Karen se sonrojó como si alguien acabara de abrir la puerta de un horno. Volvió la cara a un lado y al otro para recibir los dos besos al aire de Max, solo que no fueron al aire, sino que sus labios le acariciaron levemente la mejilla. «¡Triste vieja!» se reprendió a sí misma, mientras desdoblaba la servilleta y tomaba asiento, el corazón latiéndole desbocado.

—Te pareces más a la Karen que yo recuerdo.

—¿Qué quieres decir?

—Bueno… Es como si brillaras más. No te lo tomes mal, pero pareces más joven.

—Solo me he cortado el pelo —murmuró, alagada y aterrada al mismo tiempo—. Hacen unos fideos muy buenos.

—Pues habrá que probarlos. ¿Una cerveza?

—¿Por qué no?

—Y ¿qué?, ¿ya lo has dicho en el trabajo? —preguntó Max, una vez hubieron pedido.

—¿Decir el qué?

—Que te vas.

—No. —Karen hizo una mueca—. Debería haberlo hecho, pero Christine está en un spa, invitada por una empresa, y me mataría si no le entregara la carta de renuncia personalmente.

—¡Karen!

—Lo sé. Vuelve la semana que viene. Se lo diré entonces.

—Tendrás que hacerlo, porque seguro que te hace dar los cuatro meses de antelación.

—Lo sé, es que... A veces actúo como si nada de esto estuviera sucediendo.

Max la miró a los ojos.

—¿Te puedo preguntar algo?

—Puede que no conteste.

—Cuando dijiste eso de la víspera del día de Navidad, que no querías quedarte despierta hasta medianoche, ¿lo decías en serio?

A Karen se le escapó la risa.

—Max. Espero que un día tengas hijos y lo entiendas.

—Pero mis amigos tienen hijos y siguen saliendo. No mucho, eso es cierto, pero... Y además tienes canguro o lo que sea, ¿verdad?, así que no tienes excusa.

—Phil no... —Karen se miró las manos recién pasadas por la manicura, sin saber qué decir—. Phil se cansa con mucha facilidad y ya no bebe, y es muy especial con su dieta y necesita dormir mucho, así que... No vale la pena. Y sí que salgo... A veces, con otras madres del colegio. Y Sophie y yo salíamos muy de vez en cuando, hasta que se quedó embarazada.

—¿Y qué me dices del cine?

—¿Para qué se inventó el DVD?

Max no daba crédito a lo que estaba oyendo. Alma de cántaro. Algún día se daría cuenta de que los videoclubs eran una de las mejores invenciones del ser humano desde los pañales desechables.

—Lo siento —dijo Max—. Es que te recuerdo como una chica muy fiestera, muy vital. Y, no te lo tomes mal, ahora eres más tú misma, pero la primera vez que nos encontramos en el comedor de la oficina parecías tan... mucho más seria.

Karen sintió un cosquilleo en la nariz y apartó la mirada.

—Quizá te iría bien salir más.

—Es que...

—¿Conoces a los Vertical Blinds?

—Yo, eh... —Había oído hablar de ellos—. ¿El cantante no es un yonqui?

—Esos, esos. Este viernes voy a un concierto suyo. El cantante acaba de salir de rehabilitación y hacen una actuación muy exclusiva en Camden. He tenido que utilizar todos mis contactos en los medios para conseguir entradas. ¿Quieres venir?

—Tengo que… —Consultarlo con Phil. Pero no podía decir eso. Tragó saliva—. Sí, me encantaría.

El rostro siempre pálido de Max se tiñó de un leve color rosado.

—Bien.

Karen sabía que era demasiado bueno para ser verdad.

—¿Tu novia también vendrá?

—Hemos roto. Hará una semana.

—¡Vaya! Lo siento. —Karen no conseguía recordar la última vez que alguien le había dado una noticia tan buena.

—No lo sientas, era cuestión de tiempo. —Y luego añadió, señalando su bol de fideos—: ¿Comemos?

—Adelante —respondió ella, con una sonrisa enorme.

24

Carol, la propietaria de la tienda Cosas Bonitas, había sido muy amable por teléfono. Le había dicho a Grace que se pasara por la tienda, que le haría una entrevista encantada. «Aunque justo ahora vamos a cerrar la tienda un par de semanas», le dijo con su aguda voz de pija. «Nos vamos de vacaciones a Antigua. ¿Podrías venir de aquí a quince días, el viernes? Estaré encantada de recibirte.»

Durante esos quince días, Grace retomó la dieta. Decidió intentarlo con una que había encontrado por internet, que consistía en comer únicamente cítricos y proteínas. Tras dos semanas, en las que solo flaqueó una vez con un paquete de Rice Krispies que guardaba en el fondo del armario para casos de emergencias, había perdido cinco kilos. Así pues, condujo por estrechas carreteras de campo en dirección a Kingsbridge con el ánimo por las nubes. La primavera estaba llegando, los lilos pronto florecerían, el avellano de bruja ya lo había hecho, los corderos correteaban por los prados y los rayos del sol eran claros como el limón.

Richie Prescott no había vuelto a llamar. Mejor así. Grace no dejaba de recordar todas las cosas que no le gustaban de él: la piel llena de manchas, el hecho de que tuviera su edad pero aparentara cinco años más, que hubiera estado casado antes… No, estaba mucho mejor sin Richie. Ahora tenía que centrarse en su futura carrera en el mundo del comercio.

Cosas Bonitas estaba en una de las calles laterales del pueblo. La fachada era de color rosa y el escaparate estaba decorado con plumas, en cuyo centro brillaban pequeños puntos de luz. Allí había un montón de cojines rosas, un tocador también rosa coronado por un espejo y una jaula enorme con los barrotes de bambú pintados de rosa. Grace abrió la puerta y recibió el impacto de una nube de vainilla, lavanda y sándalo, todo mezclado. La suave voz de Enya sonaba a través de los altavoces. En una mesa cubierta de encaje se apilaban montones de pañuelos de seda de color magenta y sombreros de terciopelo fucsia. Grace se fijó en el expositor de tarjetas de cumpleaños, adornado con purpurina y cuentas brillantes. Miró el precio. ¿Cinco libras? Seguro que estaba mal, pero todo era tan, tan femenino... Alargó la mano para acariciar una camisola de seda naranja.

—¿Puedo ayudarla?

De detrás de un panel grabado apareció una mujer alta y delgada, con el pelo rubio y vestida con una túnica de pedrería y unos vaqueros. Miró a Grace con desconfianza, como si le fuera a robar un taco de papel perfumado.

—Soy Grace Porter-Healey. He venido para la entrevista.

Los ojos azules de la mujer la escanearon de arriba abajo.

—¡Grace! Por supuesto. Hola, soy Carol. —Le ofreció la mano, que era todo huesos—. Encantada de conocerte. Bienvenida a mi pequeño imperio —le dijo, entre risas—. Llevamos unos seis meses abiertos. Mi hijo pequeño ya ha empezado en el colegio y yo no tenía nada que hacer, así que Bartie, mi marido, puso el dinero para montar este pequeño negocio. No es el mejor momento, con el grifo del crédito cerrado y todo eso, pero mi sueño siempre ha sido tener una tienda.

—Es preciosa —dijo Grace.

—Me alegro de que te guste. —Carol guardó silencio un instante, antes de añadir—: Mira, Grace, no querría decepcionarte después del trayecto que has tenido que recorrer para venir hasta aquí, pero por desgracia el puesto de ayudante ya está ocupado.

—Vaya.

—No sabes cuánto lo siento. Intenté llamarte, pero no obtuve respuesta.

—El contestador está encendido —dijo Grace. Sentía que tenía una piedra en la base de la garganta. Estaba demasiado gorda para Cosas Bonitas.

—¿En serio? Puede que me equivocara de teléfono. —Los ojos de Carol se hacían más y más grandes por momentos. Apoyó la mano en el brazo de Grace—. Pero escucha, Grace, no todo está perdido. Hay un trabajo que sí podrías hacer para mí; solo te necesitaría durante una semana, más o menos, pero me serías de mucha ayuda. Y te pagaría. En efectivo. Me temo que no puedo llegar al salario mínimo, con lo de los bancos y tal, pero podría pagarte seis libras la hora.

—Yo...

—Es por aquí —continuó Carol, al tiempo que guiaba a Grace a través de la tienda y por unas escaleras estrechas y oscuras hasta un sótano sin ventanas, lleno de cajas de cartón—. Estamos preparando cestas ecológicas de regalo —le explicó—. Una botella de jabón de algas, una pastilla de jabón, una manopla. Tienes que ponerlo todo en una de estas cestas de mimbre, encima de un poco de paja, cubrirlo todo con polietileno y asegurarlo con un bonito lazo. Tenemos que hacer unas cuatrocientas —continuó, guiñándole un ojo—. Compré el lote por internet. Con la preparación, darán unas ganancias del seiscientos por ciento.

—Vaya —dijo Grace.

—¿Quieres empezar ahora o prefieres volver mañana? Grace se encogió de hombros.

—Puedo empezar ahora.

—Por cierto, esta noche volveré tarde —dijo Karen durante el desayuno el viernes por la mañana.

Phil levantó la mirada, sorprendido.

—Pero yo también llegaré tarde. Tengo yoga.

—¿Y por qué no me lo has dicho? —preguntó Karen.

De todos modos, ya estaba de mal humor porque no había café. Nadie le había dicho que se estaba acabando, así que no había comprado más y ahora tenía que conformarse con una taza de Nescafé, con lo que lo odiaba. Para más inri, las botas le apretaban en los tobillos y todavía no eran ni las ocho. Le preocupaba el vestuario que había escogido: un caftán y unas mallas, y un collar de cuentas. Hacía menos de una hora estaba convencida de que le daba un aire de *jet set*, pero ahora sospechaba que le hacía parecer un payaso. Luego estaba lo de las uñas. Se había pasado la tarde del jueves pintándoselas para, acto seguido, retirar el esmalte con acetona porque parecía que se las hubiera pintado un niño de cinco años; luego volvía a intentarlo y fracasaba de nuevo, hasta que el bote que con tanto mimo había comprado estuvo medio vacío, momento en el que decidió no volver a intentarlo en lo que le quedaba de vida.

¿Cómo iba a ir a un concierto con Max? La gente pensaría que había confundido el local con un bingo y la avisarían de que no había ascensor adaptado para personas mayores.

—Te lo dije. Han cambiado las clases al viernes por la tarde —dijo Phil—. De todas formas, supuse que estarías en casa a la hora de siempre. Como todos los días.

—Tendremos que preguntarle a Ludmila si se puede quedar con las niñas —respondió ella, con un suspiro—. Ve a llamar a su puerta.

Ludmila nunca salía de su habitación antes de las diez.

—No puedo hacer eso. Podría pensar que le estoy tirando los tejos. ¿Adónde has dicho que vas?

—¿Qué es un tejo? —preguntó Bea.

—Nada —dijo Karen—. Tengo una fiesta de despedida. ¿Te acuerdas de Jamila? Ha encontrado otro trabajo.

—Ah, sí —mintió él.

Tal y como Karen sospechaba, Phil no recordaba a Jamila. Y con razón, porque Jamila había dejado el *Post* para trabajar como autónoma cuatro años atrás.

¿Por qué no se atrevía a decirle a Phil adónde iba?, se preguntó Karen mientras ocupaba su asiento en el tren, tras sobornar a Ludmila para que se quedara con las niñas. No vivían en Afganistán; salir con un amigo, fuera chico o chica, era perfectamente legal.

Legal sí, ¿pero inocente?

Cuando te casabas, dejabas de tener amigos del otro sexo. Era lo primero de lo que te olvidabas. Bueno, lo primero quizá no. Antes dejabas de depilarte las piernas regularmente, pero las amistades iban después. Al fin y al cabo, el punto de partida siempre era un cierto grado de tonteo y, una vez estabas fuera del mercado, ese mismo tonteo ya no parecía lo más correcto. En cualquier caso, todos sus viejos amigos ahora tenían pareja y verse a solas, sin los respectivos, era tabú. En matrimoniolandia, los amigos iban de cuatro en cuatro, nunca con un doble sentido sexual, o eran mujeres. Karen echaba de menos ese contacto de primera mano con el funcionamiento de la mente de un hombre.

Echaba de menos la amistad. Punto. Ya antes de que Phil enfermara, las niñas y el trabajo implicaban que raramente tuviera tiempo o energía para prodigarse con sus amigos. No pasaba nada, se decía a sí misma, Phil era su amigo, la única persona del mundo a la que le importaba —o eso le hacía creer— que Christine la humillara en una reunión o que la profesora de Eloise se riera disimuladamente del pastel de cumpleaños que tanto trabajo le había costado hacer. Ella, por su parte, lo escuchaba cuando hablaba de sus negocios, de las empresas en las que iba a invertir, del último novio de su secretaria. Muchas veces eran historias aburridas, pero a Karen no le importaba. A veces la vida era aburrida, pero cuando tenías a alguien que te prestaba atención, eso le daba la pátina de significado que le faltaba: la sustancia.

Sin embargo, la enfermedad de Phil lo había cambiado todo. Las cosas más triviales que hasta entonces habían conformado el tejido en el que se sustentaban sus vidas se volvieron irrelevantes. Solo existía un único enfoque: derrotar al cáncer. Y el cáncer le robó a su marido, como podría haberlo hecho otra mujer; aunque seguramente Phil nunca habría tenido nada con otra. Su naturaleza fiel era de las cosas que más le gustaban a Karen.

Entonces ¿por qué ahora deseaba que Phil se hubiera ido con otra? Porque así habría podido dejarlo sin que nadie pensara mal de ella.

Karen se estremeció mientras su tren se detenía en la estación de King's Cross. No tenía intención de analizar nada. Disfrutaría de una noche de fiesta. Se dejaría llevar por la corriente.

Grace consiguió montar ocho cestas de regalo esa misma mañana. No era tan fácil como parecía. La dificultad radicaba en conseguir que el polietileno quedara liso antes de fijarlo con el lazo de rafia. La paja la hacía estornudar y el fuerte olor de las algas le dejó un sabor amargo en la boca. El mimbre de las cestas se lo clavaba en los dedos. Y su estómago no dejaba de rugir. Había una panadería en la misma calle. Grace no dejaba de pensar si allí venderían hojaldre de salchicha. Se preguntó si tendría derecho a tomarse un descanso. Quizá debería decirle a Carol que tenía un doctorado en civilización clásica.

—¿Cómo lo llevas? —preguntó Carol, asomando la cabeza por la puerta.

—¡Bien! —respondió Grace con despreocupación.

—Mmm. —La nariz de Carol se arrugó—. Tienes que poner menos paja en cada cesta, Grace. Vale dinero. Tendrás que sacar un poco de cada una.

—¿Y rehacer la cubierta de polietileno? —preguntó Grace, horrorizada.

—Me temo que sí. Lo siento, Grace. Menos mal que he venido a comprobar cómo te iba, ¿eh?

Lo mejor del día fue la comida, aunque para desesperación de Grace no llegó hasta las tres.

—Lo siento, Grace, me había olvidado de ti —se disculpó Carol riéndose—. ¿Por qué no te coges media hora? —Miró el trabajo que Grace había estado haciendo. Después de rehacer las primeras seis cestas, le había dado tiempo a hacer dieciséis más—. ¡Oh, Dios mío! Grace, ¿qué son estos lazos? Son un poco… ¿Cómo decirlo? Tienen que estar mucho mejor que esto.

—Oh. —Grace la miró, claramente desanimada. Nunca se le habían dado bien las manualidades, pero se estaba esforzando mucho.

—No importa —farfulló Carol—. Nos vemos a las tres y media.

Para animarse, Grace se comió dos hojaldres con salchicha. Se sentó en un muro, sintiendo el sol primaveral en los brazos. Tenía trabajo. Bueno, algo así. Pero si trabajaba duro, quizá Carol olvidaría sus prejuicios y se daría cuenta de que Grace era la ayudante de ventas perfecta.

Podría apuntar más alto que ayudante de vendedora, se dijo a sí misma, no muy segura de sus propias palabras. Tienes un doctorado. Pero un doctorado en una asignatura del todo inútil. Podía volver a enseñar, o eso suponía, pero la idea de enfrentarse a una clase llena de estudiantes jóvenes y atractivos era más de lo que podía soportar.

Mañana empezaría una nueva dieta. Carol se daría cuenta de su talento. La ascendería al trabajo de tienda y luego tal vez a ayudante de gerente. Juntas crearían una especie de franquicia. Se adueñarían del suroeste y luego de Inglaterra entera. Luego vendrían Europa, América…

Carol la estaba esperando en la puerta de la tienda y, por la expresión de su rostro, algo no iba bien.

—Hola, Grace —le dijo, como si Grace fuera la tonta del pueblo—. Espero que hayas tenido un buen descanso. Mira, cariño, no te lo tomes a mal, pero he estado inspeccionando tu trabajo. Y me temo que no está a la altura. Creo que Cosas Bonitas no es el sitio apropiado para ti, querida. Así que… —Le puso un billete de veinte libras en la mano—. Toma esto, preciosa, y estamos en paz. Encontrarás un trabajo mejor para ti, ya verás. ¿Quizá en una residencia de ancianos? ¿Te parece bien? Sin acritud.

Y la puerta rosa se cerró en la cara estupefacta de Grace.

Las lágrimas la cegaron de tal manera que apenas podía conducir de vuelta a casa. Ni siquiera era capaz de trabajar en el sótano de una estúpida tienda de regalos. ¿Qué demonios le pasaba? Era una inútil, incapaz de inspirar amor en nadie. Toda su educación no había servido para nada.

Grace empezó a pensar en galletas. Pararía en la tienda de Mac Maschler para comprar unas de chocolate. Y de cereales. Y de mermelada de ciruela. Una rebanada enorme de pan. Y se lo comería todo de una tacada. Quizá le sentara mal, pero ella seguiría comiendo.

Aparcó delante de la tienda, formulando en su cabeza las excusas que le daría a Mac. «Espero visitas. Los Drake vienen de visita.» Estaba convencida de que Mac no se creía sus mentiras, pero tampoco le importaba.

Pero en la puerta de la tienda colgaba un cartel de cerrado.

Grace lo miró sin acabar de creérselo. Se bajó del coche. Tiró de la maneta de la puerta, pero era verdad. ¿Cómo se atrevía Mac? ¿Dónde habría ido? Solo eran las cuatro. Tendría que conducir de vuelta a Kingsbridge. Allí podría comprar en algún supermercado de forma anónima y llenar la cesta hasta arriba. Fingir que tenía la casa llena de invitados que alimentar.

Pero ya no le daba tiempo. Era la hora de cenar de los perros. No podía hacerles pasar hambre. Iría a casa, les daría de comer y volvería a Kingsbridge, donde podría comprar comida suficiente para un mes. Bueno, al menos para una semana.

Tomó el camino de entrada a Chadlicote, espantando pequeñas bandadas de pájaros de los setos con el rugido del viejo Mini. Cuando estaba a punto de llegar, vio un Bentley negro aparcado frente a la casa. Delante de él había dos hombres con trajes oscuros. De pronto, pudo ver sus rostros.

Uno era alto y moreno, tenía una mirada triste y vestía un traje de raya diplomática. El otro era Richie Prescott.

25

El concierto de los Vertical Blinds era en un pequeño teatro cerca de Camden Road. Karen se lo estaba pasando en grande. Sí, la música era atronadora, pero no le dolían los oídos. Las melodías eran muy pegadizas. Sin darse cuenta, empezó a seguir el ritmo con el cuerpo, luego a saltar un poco e incluso coreó alguno de los estribillos. Parte de la culpa la tenía la cena previa al concierto con Max en un indio, que había acompañado con tres botellas de cerveza Cobra, y el vaso de plástico que tenía ahora mismo en la mano. Aun así... Así era ella, pensó, mientras aplaudía apasionadamente la última canción. Había redescubierto a la Karen de verdad. La Karen a la que le gustaba el ruido, los espacios calurosos y llenos de gente, estar rodeada de desconocidos. Las praderas y los espacios abiertos nunca llegarían a gustarle. Pero Karen, tienes cuarenta y un años. No es momento de empezar a ir a conciertos. ¿Qué será lo próximo? ¿Hacerte dos coletas y llevar camisetas de Hello Kitty?

Si dejaras a Phil, podrías hacer lo que quisieras.

No, no podría, le dijo al demonio que levitaba sobre uno de sus hombros. Porque seguiría teniendo dos niñas. Niñas con el corazón partido, para ser exactos. Niñas que estuvieron a punto de perder a su padre una vez y que lo adoran.

Miró a Max, que tenía la frente cubierta de sudor. No podía seguir ignorándolo. Aquel chico despertaba necesidades en ella que creía muertas para siempre, necesidades sin las que los adultos aprendían a vivir, pero que ahora reconocía como vitales, tanto como respirar.

Ridículo. Max era casi un niño. Karen tenía dos hijas, que siempre serían lo primero en su vida.

Cuando terminara la velada, le daría un beso en la mejilla y las gracias, y correría para coger el último tren de regreso a casa. Frenaría lo de las comidas. De todas formas, en un par de meses ya se habría ido de Londres. Se inventaría una nueva vida en el campo, se uniría a un club de lectura, quizá aprendería a montar y...

—¿Estás bien? —le gritó Max al oído.

—Sí. Tengo calor.

—¿Te apetece otra bebida?

—No, no, gracias. Estoy bien. Es que... ¡Oh, mierda!

Un hombre que se abría paso entre la gente cargando con seis vasos de cerveza había tropezado con ella, empapándole el pelo, los pies y toda la parte delantera.

—¡Lo siento, cariño! Lo siento mucho. ¿Estás bien? —preguntó, mientras intentaba secarle la ropa con su chaqueta.

Max sacó un pañuelo de papel del bolsillo e hizo lo propio. Su mano se acercó peligrosamente a los pechos de Karen; al darse cuenta, la retiró. Mientras, el desconocido, al ver que otro se ocupaba del problema, desapareció entre la multitud con otro «¡Lo siento!», esta vez mudo.

—Estás empapada —gritó Max por encima del zumbido del bajo.

—Gracias. Si no fuera por ti, no me habría dado cuenta. Seguro que apesto. ¿Cómo voy a volver a casa así? —Debería estar enfadada, pero en realidad todo aquello le parecía divertido.

—¿Tienes algo con lo que cambiarte?

—Pues no.

Se produjo una pausa. Sobre el escenario, la música seguía rugiendo, pero cuando Max volvió a hablar, esta vez quitándole más importancia a sus palabras de la recomendable, ninguno de los dos oía nada.

—Vivo en esta misma calle. Podrías venir a casa y te dejo una camiseta.

El piso de Max era un estudio, en un edificio de apartamentos junto a un taxidermista. A través de los barrotes del escaparate, Karen descubrió un búho disecado con las alas listas para volar, varias cabezas de ciervo y un zorro sonriente. Se cubrió con sus propios brazos. Sitios como aquel eran los que daban personalidad a Londres. Sin embargo, al entrar en el piso, todo su optimismo se evaporó. Un piso de estudiante, pensó, con los pósteres enmarcados en la pared, montones de CD y periódicos viejos por todas partes, y una pantalla enorme de alta definición. Al menos estaba increíblemente limpio. ¿Y por qué había velas por todas partes?

—Lo siento, está hecho un desastre —se disculpó Max.

—No, no, nada de eso —dijo ella, pensando ¿Velas? ¿Ya estaban allí o todo aquello lo había planeado? Como si le leyera el pensamiento, Max cogió una caja de cerillas de la repisa de la chimenea y empezó a encenderlas una a una.

—¿Te apetece algo para beber? —le preguntó por encima del hombro.

—Bueno, ya que estoy aquí. —Ya había bebido demasiado, pero estaba asustada. El corazón le latía como las velas de un barco bajo la brisa.

—¿Una copa de champán?

—¿Champán?

—Es lo único que tengo en la nevera. Además de cerveza. Y supongo que ya has tenido suficiente cerveza por esta noche.

—Creo que sería mejor que primero me cambiara.

—Ah, sí, tengo que buscarte una camiseta. Ven y echa un vistazo tú misma.

Karen lo siguió hasta el dormitorio, no sin antes tragar saliva por lo que pudiera ser. La cama estaba perfectamente hecha. Junto a ella, una pila de libros. Ni rastro de revistas porno o Nintendos. Max abrió un cajón. Mirando sobre su hombro, Karen vio un amasijo de camisetas, calzoncillos y corbatas.

—Los cajones no están tan ordenados como la habitación —le dijo.

A Max se le escapó la risa.

—Muy observadora, pero no pensé que mirarías en mis cajones.

De pronto, ambos fueron conscientes de las implicaciones de lo que Max acababa de decir. Esperaba que volviera con él a su casa. Cogió una camiseta blanca del cajón y se la ofreció. Se había puesto colorado.

—¿Crees que esta te servirá?

—Es perfecta.

—Te espero.

—Vale —dijo ella.

Max salió del dormitorio, momento en que Karen aprovechó para respirar bien hondo, como si estuviera dilatada de siete centímetros. Se quitó el caftán, que apestaba a cerveza, y lo guardó en el bolso. Se quedó un momento allí de pie, con el sujetador negro de encaje al aire y la camiseta de Max en la mano. Gap. Un poco arrugada.

—¿Todo bien? —preguntó él desde el otro lado de la puerta.

—Todo bien —respondió Karen—. Es que…

—Puedo buscarte otra.

—Quizá será lo mejor —dijo ella.

Cuando Max abrió la puerta, ella avanzó unos pasos y de pronto estaba entre sus brazos, la lengua de él en su boca. El corazón de Karen latía con tanta intensidad que por un momento creyó que se le saldría del pecho. Se besaron, una vez tras otra. Era como si estuviera mudando la piel, deshaciéndose de la vieja capa que la convertía en esposa y madre, y regresando a la Karen que un día fue, la que bailaba toda la noche sobre las mesas y aun así a las diez de la mañana estaba en su mesa sin falta, la que había superado sus miedos y tenía el mundo a sus pies, la que lo sentía todo de forma apasionada. La vieja Karen, que sentía un cosquilleo en los pechos como si estuvieran electrificados cada vez que Max se los besaba, la que se dejaba llevar por una sensación líquida y cálida entre las piernas mientras empujaba a Max hacia la cama y lo invitaba a tumbarse encima de ella.

Grace se levantó temprano. Se moría de hambre. El día anterior por la noche no había comido nada, no tras la conversación que había mantenido con Richie Prescott mientras su amigo de pelo oscuro, que resultó ser un sudafricano de nombre Anton Beleek, echaba un vistazo por los alrededores.

—No sabes cuánto siento no haber mantenido el contacto contigo, Grace —le dijo—. He estado muy ocupado, ¿sabes? No es que eso sea una excusa, pero no siempre soy el tío más organizado del mundo. Eso sí, me gustaría compensártelo.

Grace murmuró algo indefinido, sintiendo que la llama se avivaba en su interior. Vale, seguía teniendo la cara como un tomate y unos dientes horribles, pero le estaba pidiendo disculpas. Quizá se había precipitado un poco al descartarlo con tanta dureza. Apenas habían pasado un par de semanas y la gente estaba muy ocupada.

—Podríamos salir otro día.

Grace se sobresaltó.

—¿En serio?

—¡Pues claro! No estés tan preocupada, ¡que no muerdo!

Anton Beleek caminaba frente a ellos, de camino al cenador.

—Unos jardines fabulosos —les dijo por encima del hombro—. Podrían hacerse grandes cosas aquí.

—De hecho, tenía mis planes —explicó Grace, jadeando por culpa del esfuerzo de caminar y hablar al mismo tiempo—. Pero mi madre enfermó y… Ya sabe.

—Se podrían restaurar y créame, serían algo maravilloso. ¿Conoce Garberton House en Yelverton? Me recuerda a esto, excepto que aquí todo es a mayor escala.

—Debería ir a echar un vistazo —dijo Grace.

—Debería, sí. La gente que va a comprar la casa, ¿son jardineros entusiastas?

—Bueno, entusiastas son pero…

—Mmm. Espero que no lo arruinen. —Anton subió al cenador—. Unas vistas maravillosas —le dijo a Grace por encima del hombro.

—¿Anton es amigo suyo?

—Un viejo amigo —respondió Richie, entre respiración y respiración—. Como le he dicho, le encanta la arquitectura Tudor. Y los jardines, el muy bendito.

—Ya veo.

Rechazaron una taza de té y se marcharon sobre las seis. Para entonces, los perros ya exigían la cena a aullidos. Grace, sin embargo, prefirió no cenar. Gracias a Dios que la tienda de Mac estaba cerrada. Y que le habían dado la patada; si no hubiese perdido el estúpido trabajo en la tienda de regalos, nunca se habría enterado de la visita. Esa noche no comió nada.

Mientras hablaba sola sobre las peculiaridades del destino, sonó el teléfono que tenía sobre la mesita de noche. Grace descolgó y se llevó el auricular a la oreja.

—¿Sí?

—Buenos días, soy Richie P. ¡Espero no haberla despertado!

—Oh, no.

Parecía que Richie tenía ganas de verla.

—Bueno, siento llamarla tan temprano pero tengo algo inesperado que comunicarle. A Anton le encantó Chadlicote y, para mi sorpresa, me llamó ayer por la noche y me preguntó si podría poner una oferta sobre la mesa.

—¿Una oferta?

—Sí. Le gustaría comprar la finca.

—¡Pero si la van a comprar los Drake!

—Estaría dispuesto a pagar cinco mil libras más.

—¡Santo Dios! Yo… No, no sabe cuánto lo siento, pero estamos a punto de formalizar la venta. No puedo dejar a los Drake en la estacada de esa manera.

—Pero ganaría cinco mil libras más.

—Pero a los Drake les encanta la casa. Quieren restaurarla, quererla, criar a sus hijas aquí.

—Anton también haría todo eso.

—No tiene familia.

—¿Cómo lo sabe?

—No sabría decírselo.

—Pero algún día la tendrá. Mire, Grace, piénselo… Anton es un tipo estupendo, usted misma lo ha visto. Y tiene mucho dinero. Podría hacer cosas increíbles con Chadlicote. —Se produjo una pausa, tras la cual Richie continuó—: En fin, no la llamaba por eso. Me preguntaba si le gustaría quedar para cenar un día de estos.

Grace no se lo esperaba.

—Pues… Me parece perfecto.

—Trato hecho. Reservaré en algún restaurante y se lo haré saber. Ahora piense en la oferta de Anton, solo piénselo. Sin ánimo de presionarla, pero la experiencia me dice que cada penique cuenta. Hablamos. ¡Adiós!

Karen estaba en el tren de la mañana camino de King's Cross. Había dormido cuatro horas, pero le brillaban los ojos y sentía un cosquilleo en la piel. Era una mala persona, se dijo. Una mala esposa, una mala madre, alguien que se cuela en casa a hurtadillas a las tres de la madrugada y se mete en la cama con su marido, después de acostarse con otro. Con sus hermosas hijas dormidas en la planta de abajo. Y lo único en lo que podía pensar era en las manos de Max sobre sus pechos, sobre sus muslos, la lengua deslizándose en su interior, ella montada a horcajadas sobre él y moviéndose al compás. Se había quedado dormida con una sonrisa en los labios mientras lo revivía todo, con Phil profundamente dormido a su lado.

Y luego se había despertado y se había dado una ducha, antes de bajar a la cocina y ladrar órdenes sobre deberes y juguetes perdidos y clases de flauta, como si no hubiera ocurrido nada.

Pero aquello había sido todo, se dijo. No podía permitir que volviera a ocurrir. Una sola vez podía achacarse a un ataque de locura, podía ignorarse por ser producto de un momento débil, de una noche de pasión causada por la bebida que nadie más que Max y ella debían conocer. Pero si se volvían a ver...

De pronto, sonó el teléfono dentro de su bolso y Karen sintió que le daban una patada en el estómago. Le temblaban las manos mientras lo buscaba con desesperación. Increíblemente, por primera vez en mucho tiempo, consiguió responder la llamada antes de que saltara el buzón de voz.

—Hola, Max —dijo, sorprendiéndose por lo serena que parecía.

—Hola. ¿Cómo estás?

—Muy bien.

—Me alegro. Yo también. Estoy... muy bien. Cansado, pero... bien.

—También me alegro —dijo Karen, debatiéndose entre el terror y la alegría más pura.

—Escucha, me preguntaba si podríamos volver a vernos. Pronto. ¿Esta noche?

—Es que...

Si decía que no, podía ser excusada basándose en una pérdida temporal del juicio. No sería una aventura, solo un ligue de una noche. Nadie lo sabría. Karen dejaría el trabajo, se mudaría a Devon y se pasaría el resto de sus días cocinando pasteles y ejerciendo de madre modélica para las asociaciones de padres de la zona. Lo único que tenía que hacer era decir que gracias, pero no, gracias. Había sido maravilloso, pero no volvería a repetirse.

—¿Esta noche? ¿Después del trabajo?

¿Phil hacía algo aquella noche? No que ella supiera.

—Esta noche estaría genial.

26

Max y Karen se habían visto tres veces durante la última semana. Bueno, «visto» era quedarse corto, porque Karen había tocado a Max, lo había saboreado, olido y escuchado de su boca todas las cosas que querría hacerle. Había conseguido convencer a Ludmila o a Phil para que se hicieran cargo del fuerte, y luego había corrido desde el trabajo hasta el piso de Max, donde se abalanzaban el uno sobre el otro como dos animales hambrientos.

Cada vez que se miraba al espejo, Karen se preguntaba cómo podía estar viviendo algo tan trascendental, ella que acababa de hacer la lista de la compra por internet, que incluía lejía de marca blanca e insecticida para hormigas. Se sentía como el personaje de una película. ¿Quién haría de ella?, se preguntó mientras cosía un botón de una de sus chaquetas que se había soltado hacía tres años. ¿Natalie Portman, tal vez? Karen se rió de su propia vanidad, aunque ahora mismo se sentía hermosa; hermosa y joven e invencible.

Estaba en esta especie de estado alterado cuando fue a ver a Christine para decirle que, sintiéndolo mucho, lo dejaba. Christine la miró con tanto resentimiento que necesitó quemar dos mil calorías para poder hacerlo. Karen se sintió como una mosca insignificante, encadenando una tontería tras otra: que si cuánto echaría de menos trabajar con una jefa tan inspiradora como ella; que si le encantaría trabajar por cuenta propia para la revista; que si haría todo lo posible para ayudarla a encontrar una substituta; y que por supuesto sabía que le quedaban cuatro meses en la empresa, el tiempo con el que tenía que avisar para que todo fuera legal.

Sabía que la reacción más normal en una situación como la suya era sentir pena; a ella, en cambio, casi le parecía divertido. Y tenía un punto de perversidad, porque dejar el trabajo significaba que en cuestión de meses se irían a Devon y lo suyo con Max se acabaría. Karen, sin embargo, se negaba a aceptarlo.

Debatiéndose entre el subidón del sexo y el sentimiento de culpabilidad, cogió las riendas de su trabajo y encargó docenas de nuevas ideas. Los días que no quedaba con Max para comer, se dejaba la piel en el gimnasio de la empresa. Presentó sus gastos, que se remontaban a 2008. En casa, limpió los cajones de la cocina y tiró todas las medias con carreras y los calcetines huérfanos.

No sabía por qué. No le importaba lo más mínimo contentar a Christine o a Phil, pero necesitaba concentrarse en los pequeños detalles de su vida que aún podía controlar, ahora que el conjunto se le había escapado de las manos. Ya tenían las fechas para las firmas, pero cuando Phil le hablaba de la mudanza, Karen se limitaba a asentir con una sonrisa en los labios, impidiendo que la ira y la frustración que su marido solía provocarle no empezara ni siquiera a penetrar en la nube de felicidad que la rodeaba.

Los fines de semana no podía escaparse. Max le decía que no se preocupara, que él también estaba ocupado con cosas de su familia, pero habían llegado a un punto en el que Karen no podía controlarse. Solo era sábado por la tarde y ya se moría de ganas de escuchar su voz. Las niñas estaban viendo telebasura en su habitación; Phil, en su despacho viendo golf, como siempre. Cogió el teléfono y lo volvió a dejar, y repitió el proceso unas seis veces antes de reunir el valor suficiente para llamar.

—Max, soy…, mmm, yo, Karen.

—Ah, hola.

—¿Puedes hablar? Es decir, ya sé que es fin de semana, pero… —De pronto, se sintió estúpida—. Solo quería…

—De hecho, no es muy buen momento.

Parecía un robot. Por un momento, Karen creyó que iba a vomitar. ¿Era el mismo hombre que le había lamido los pezones el viernes, que le había acariciado el pelo? No tendría que haberle llamado.

—Lo siento. Yo…

—Te llamo más tarde, ¿vale? Adiós.

—Adiós. —Karen se sintió como si le hubieran arrancado el corazón con un picahielos. No recordaba la última vez que se había sentido tan humillada. O tan estúpida.

La voz de Eloise se abrió paso a través de su autocompasión.

—¡Mamá! Bea es tonta. No me deja ver *El secreto de la última luna*. Quiere poner *Pretty Woman*.

—¿*Pretty woman*? ¿La de Julia Roberts? No es muy apropiada para una niña de nueve años.

—¡Eso es lo que le he dicho, mamá! Díselo tú. Dice que sale una princesa, pero yo creo que es una prostituta. Es tonta, mamá, la odio.

Karen suspiró y se puso en pie.

—Está bien. Veamos qué se puede hacer.

Querida Gwen:

¿Qué tal te va? ¿Te concedieron el permiso para cortar el árbol? Por aquí todo más o menos bien —la venta de la casa sigue adelante y a mí no me apetece mucho que digamos mudarme al pueblo, a esa casa tan húmeda y «a reformar», que es como creo que lo llaman. Aun así, ¡será todo un reto!

Mientras tanto, he vuelto a cenar con Richie Prescott y, para mi sorpresa, me ha propuesto ir un fin de semana a Salcombe. No está muy lejos, pero siempre me ha encantado ese sitio: Sebby y yo solíamos ir de niños y guardo recuerdos muy felices de los dos jugando en la playa. Así que ¡allá vamos! He metido en la maleta un gorro para el sol y unas botas de lluvia. Que no se diga que no estamos en las islas Británicas. Deséame suerte. Muchos abrazos y besos a las niñas. Cuando la venta/mudanza haya pasado, iré a visitaros.

Besos,
GRACE

Grace se reclinó en la silla, con una pequeña sonrisa dibujada en los labios, y miró hacia el jardín. Los limoneros estaban en flor, y su aroma dulce e intenso se colaba por las ventanas abiertas. Había sido la primera sorprendida con la invitación de Richie, primero a cenar —velada en la que, para ser sincera, no se lo había pasado demasiado bien—; Richie había vuelto a beber y no dejaba de insistirle para que vendiera la casa a Anton, quien, por cierto, había subido la oferta inicial otras cinco mil libras, luego diez mil y luego veinte mil más, por mucho que ella se negara en redondo. Pero luego la había invitado a pasar el fin de semana fuera, como hacían las parejas de verdad, parejas como Sebby y Verity. Era una invitación para que se convirtiera en una más, para que se uniera por fin al resto de la humanidad. No podía decir que no solo porque Richie Prescott fuera un poco aburrido. No le llovían las ofertas. Richie Prescott era su última oportunidad de enamorarse, de tener una relación, de sentirse normal y acompañada, todas las cosas a las que había renunciado por su madre, pero que ahora tanto necesitaba.

Por la noche, tumbada en la cama, imaginaba que encontraba una vía de escape para la pasión que se escondía en su interior, encogida como los pétalos de una rosa. Fantaseó con una boda en la iglesia del pueblo, ella —mucho más delgada— vestida con el viejo vestido de novia de mamá, él con chaqué. Las hijas de Gwen de damas de honor. Alfie y Basil vestidos como dos pajes adorables. Quizá a los Drake no les importara prestarle Chadlicote para celebrar un pequeño convite. Y, más adelante, niños. Todavía no era demasiado tarde. Cherie Blair había vuelto a ser madre y rondaba los trescientos cincuenta y cinco, como mínimo.

Desde que Richie le propusiera la escapada de fin de semana, Grace solo comía una barrita de cereales para desayunar, queso fresco y una hoja de lechuga para comer, y un trocito de pechuga a la plancha con brócoli hervido para cenar. Sacaba a pasear a los perros durante horas todos los días. En total, había perdido dos kilos, y confiaba poder perder dos más antes del fin de semana.

Ocupó las horas limpiando la casa. Hoy se había impuesto la tarea de separar la ropa en dos montones: uno para la beneficencia, y el otro, si la prenda era bonita, para conservarla y que le sirviera de incentivo con la pérdida de peso. Volvió al montón de encima de la cama. Una chaqueta de seda color crema con un ribete negro en el cuello. ¡Qué bonita! La acarició como quien acaricia una reliquia y se la acercó a la nariz para oler la suave fragancia del perfume favorito de su madre, Vent Vert. Como siempre, comprobó que no hubiera nada en los bolsillos. Metió la mano y tocó algo de papel, con una textura muy suave. Lo sacó y descubrió que era un paquete de semillas. La imagen de la etiqueta mostraba una explosión de pétalos granates y violetas sobre el nombre, «guisante de olor».

Sin saber muy bien lo que estaba haciendo, Grace bajó a la cocina y abrió la puerta que llevaba al jardín. Se arrodilló junto a una vieja maceta y abrió el paquete. Miró a su alrededor y, como no veía ninguna pala, cogió tierra del parterre con las manos, introdujo tres semillas diminutas y las hundió en el barro. Luego se puso de cuclillas, dominada de repente por una nueva ambición, por la fascinación de saber qué pasaría a continuación.

Cuando llegó el sábado por la mañana, Grace había perdido dos kilos más y los pequeños brotes de guisante de olor habían empezado a germinar. Grace los regó con cuidado y ajustó su posición mientras esperaba la llegada de Richie. Había dicho que la recogería sobre las diez y ya eran las once menos cuarto. Grace había metido en la maleta un neceser nuevo y un camisón blanco a estrenar, todo comprado por internet.

Richie apareció por el camino que llevaba a la casa quince minutos más tarde.

—¡Lo siento! ¡Lo siento! —se disculpó a través de la ventanilla bajada—. Tenía que atender unos asuntos urgentes. —Como era habitual en él, tenía la frente cubierta de gotas de sudor y estaba más colorado que hacía una semana—. Bueno, pues ¡allá vamos! —exclamó, dando unos golpecitos en el asiento del copiloto—. ¡Recuperemos el tiempo perdido!

Solo había una media hora en coche hasta Salcombe, siguiendo carreteras llenas de curvas y flanqueadas por setos de perifollos verdes y nomeolvides. El cielo era azul y los campos estaban llenos de ovejas y corderos. Grace estaba emocionada. Le encantaba Salcombe; Sebby y ella habían pasado horas en sus playas, construyendo castillos de arena y jugando a palas mientras un mar helado les acariciaba los pies.

—Es agradable cambiar de escenario para variar —murmuró Grace—. Cuidar de mamá fue tan duro… No me arrepiento de los años que pasé cuidando de ella. ¿Qué otra cosa podía hacer? No sé, ojalá Sebby me hubiera ayudado más. Verity y él siempre estaban ocupados atendiendo a clientes o con los niños, y siempre decían que los avisara con antelación, aunque nunca les parecía suficiente. Una vez fui a París. Fue maravilloso, pero cuando volví mamá estaba fatal. Decía que habían intentado darle sopa de tomate, cuando a ella solo le gustaba la de rabo de buey, que los niños eran muy ruidosos y que Verity no le había puesto las gotas de los ojos bien.

—He reservado una habitación en el hotel Tide's Reach —dijo Richie, sin apartar los ojos de la carretera—. Está en la misma playa y tiene unas vistas preciosas. Espero que le guste.

—Seguro que sí.

¡Una habitación, no dos! Así que aquella era la noche. Estaba tan nerviosa que no podía dejar de hablar.

—Y luego, otra vez, fui a la boda de mi amiga Gwen, en Escocia. Tenía la esperanza de conocer a algún escocés guapo y con falda, aunque no sé si a mi madre le hubiese parecido bien que me fuera a vivir tan lejos, y luego me tocó sentarme entre una prima de trece años y un tío sordo de ochenta y seis, y cuando llegué a casa Lou estaba a punto de dejar el trabajo porque mi madre le había levantado la voz por servirle la cena a las cinco y veintiuno, en lugar de hacerlo a y cuarto. Se ofreció para volver a cuidarla cuando se calmara, pero nunca llegó el día. Al parecer, no valía la pena.

—Ya falta poco —dijo Richie. Hizo una pausa y luego añadió—: Y ¿qué?, ¿ha pensado en la oferta de Anton?

Grace lo miró. Richie tenía los ojos clavados en la carretera.

—Gracias, pero ya le he dicho que no me interesa.

—Y yo ya le he dicho —respondió él, quitándole hierro al asunto— que haría un gran trabajo con la casa. La restauraría con mucho cuidado.

—No me parecería bien hacerles algo así a los Drake.

—Está dispuesto a ofrecerle cien mil libras más que ellos.

—¿Cien mil? —Con esa cifra, les sobraría dinero. Tal vez Sebby le dejaría gastar una parte en arreglar la casita. De pronto, ya no estaba tan segura de qué hacer.

—Debería hablarlo con los Drake. Quizá estén dispuestos a subir su oferta.

—No —dijo Grace—. No, no está bien.

—Bueno, tiene el fin de semana para pensárselo. —La expresión de Richie no flaqueó ni un segundo—. Aquí estamos por fin. ¡Salcombe! *Junto al mar, junto al mar, junto al her-mooo-so mar. Tú y yo, tú y yo...*

Cantaba fatal, pero a Grace no le importaba. El coche avanzaba por una carretera llena de parejas con camisetas descoloridas y niños cargando cubos y palas, y ella lo observaba todo emocionada como una niña. Aparcaron junto al hotel, desde el que podía verse el estuario, con el mar azul y brillante y una fina línea de playa al otro lado. Grace se bajó del coche y respiró la brisa salada que venía del mar. Sobre su cabeza, las gaviotas surcaban el aire.

Se registraron en el acogedor vestíbulo del hotel.

—¿Podría ocuparse alguien de subir las maletas a la habitación? —preguntó Richie—. Necesitamos tomar un pequeño refrigerio.

—¿En el bar? —quiso saber Grace. Le apetecía darse el capricho de pedir un sándwich y una taza de té. Sin azúcar. Pero Richie arrugó la nariz.

—Aquí huele un poco a cerrado. Prefiero ir al pueblo.

Grace supuso que irían a pie, siguiendo la carretera que discurría paralela al mar. Sin embargo, fueron en coche y lo dejaron en el aparcamiento municipal. Richie caminó unos metros por delante de ella hasta que se detuvieron en un pub, y no en un *gastropub* moderno y luminoso, con suelos de madera clara y una pizarra anunciando las especialidades de la casa —*bruschetta* y *porcini*—, sino en uno de viejos que desprendía un olor insoportable a rancio y en el que la moqueta estaba tiesa tras décadas vertiendo cerveza sobre ella.

—Creo que hay un pub en el centro del pueblo que es mucho más agradable que este —propuso Grace—. Tiene un jardín en la parte de atrás desde donde se puede ver el mar.

—Muy caro, seguro —dijo Richie con firmeza, mientras atravesaba la puerta del local—. Nos tomaremos una copita aquí y luego ya tendremos tiempo de tomar todo el aire que quiera. Jefe, una pinta de su mejor cerveza amarga —continuó, dirigiéndose al camarero—. ¿Grace?

—Tomaré un refresco de limón.

—¿Seguro? —Se volvió hacia el camarero con una mueca de estupefacción en la cara—. Mujeres, ¿eh?

—No tienen la misma capacidad que nosotros —asintió el camarero.

Richie se rió y le pagó las bebidas. Se sentaron en una mesa llena de marcas de vasos. A Grace le hubiera gustado ver a alguna mujer más en el local.

—Bueno, salud —brindó Richie—. Por nosotros.

Hicieron chocar los vasos y Richie bebió con avidez. Un hombre se acercó a la mesa. Tenía la nariz roja de los bebedores habituales y vestía una chaqueta gris que había conocido mejores tiempos.

—Ah, vaya, vaya. ¿Y qué hace la parejita en un establecimiento tan distinguido como este?

Grace sintió que hasta el último músculo de su cuerpo se ponía tenso, pero Richie se limitó a sonreír.

—Tomando algo —exclamó en voz alta, como si la suya no fuese la respuesta más perogrulla del mundo—. Siéntese con nosotros —añadió, dando palmaditas en la silla que había junto a él.

Poco después, los dos hombres se habían enfrascado en

una conversación sobre críquet y sobre quiénes eran mejores, los Tennants o los Carlsberg. Grace permaneció allí sentada, más y más tensa por momentos. Su bebida sabía a ácido. Un rayo de luz se colaba por las ventanas cubiertas de mugre y creaba un círculo de luz sobre la mesa. Grace quería estar fuera, disfrutando del aire libre. Intentó ignorar la conversación y concentrarse en la noche que le esperaba. Se imaginó a sí misma en el baño del hotel, cepillándose el pelo y vestida con su nuevo camisón. Se vio a sí misma abriendo la puerta y encontrándose a Richie esperándola en la cama. Se puso tan nerviosa, que se le hizo un nudo en la garganta.

Richie se volvió hacia ella.

—¿Estás bien, Grace?

—Sí —respondió ella, con un tono de voz glacial.

—Aquí mi querido amigo Tom dice que conoce otro abrevadero en el que recalar. ¿Te apetece?

—Pensé que iríamos a pasear —dijo Grace, odiando el tono quejumbroso de sus palabras pero sin poder remediarlo.

—Pero estamos hablando del mejor mesón en todo Salcombe. ¿Cómo resistirse a algo así? Vamos, no sea aguafiestas. Solo una copa. Luego tendremos tiempo de sobra para quemarlo antes de la cena.

—Bueno, si a la señorita le apetece pasear… —intervino Tom, a quien, incluso aturdido por la bebida como estaba, todavía le quedaba un mínimo de sensibilidad.

—Ah, no pasa nada —exclamó Richie—. Vamos, chicos.

Y así fue como acabaron en otro pub. Y luego en otro. Y en un tercero. Eran las ocho pasadas; Grace hacía rato que se había olvidado del paseo. Pensó en el menú del Tide's Reach y su estómago protestó débilmente, como Shackleton mientras soñaba.

—Es hora de cenar —le dijo a Richie en voz baja cuando este se levantó para pedir otra pinta, la quinta, para Tom y para él (ella estaba tomando un vodka con tónica para intentar animarse).

—¡Pero si no cierran la cocina hasta las diez!

Grace estaba a punto de romper a llorar. Se moría de

hambre, aunque sabía que no debería cenar. Estaba lejos de su casa. El humor de Tom empeoraba por momentos; se quejaba de que el país estaba lleno de vagos, perros y maleantes, y, según él, la culpa la tenían los inmigrantes. Al oír «perros», Grace pensó en Shackleton y en Silvester roncando a los pies de Lou, y sintió una añoranza tan violenta que la cabeza le empezó a dar vueltas.

No fue hasta las nueve y media pasadas cuando Grace consiguió convencer a Richie de que se fueran del pub. Richie se despidió efusivamente de su nuevo amigo Tom con la promesa de buscarlo al día siguiente, y luego condujo de vuelta al hotel por las estrechas calles del pueblo, llenas de gente de vacaciones. Cuando llegaron al comedor, eran las nueve cincuenta y cinco.

—Aún estamos abiertos, pero se nos ha acabado casi todo lo bueno —les explicó la camarera adolescente.

—Menuda mierda —dijo Richie en voz alta, arrancándole a Grace una mueca de vergüenza ajena—. Busquemos un *fish & chips*, que para algo estamos en la costa. —Se le escapó la risa y Grace se avergonzó de nuevo.

Así pues, cenaron pescado con patatas fritas sentados en silencio en un banco del puerto. Grace soportó como pudo el fuerte sabor del vinagre en los labios y los trozos calientes de bacalao descendiendo por su garganta. Se había imaginado aquel momento envuelto en un halo de romanticismo, y sin embargo, como siempre le sucedía, la comida era lo único en lo que podía confiar.

—¿Compartimos una pinta? —preguntó Richie, haciendo una bola con el trozo de periódico en el que venía la comida y lanzándola hacia una papelera, en la que no entró al menos por medio metro.

—De verdad, creo que deberíamos volver —respondió Grace.

—¿Eh? Está bien. Como la señorita quiera.

Cuando atravesaron el vestíbulo, el hotel ya estaba en silencio. La chica del mostrador los saludó con una sonrisa.

—Bonita noche —farfulló Richie entre dientes.

La cara de Grace estaba tan colorada de la vergüenza que amenazaba con arder por combustión espontánea en cualquier momento.

Al entrar en la habitación, vio su pequeña maleta sobre la cama y sintió una punzada de miedo. Menos mal que Richie tenía otras cosas en mente, concretamente en forma de minibar.

—Sé que estas cosas valen un riñón —murmuró mientras comprobaba el contenido de la pequeña nevera con auténtica codicia—, pero tenemos que brindar por su belleza.

—Creo que ya has bebido suficiente, Richie.

—Creo que ya has bebido suficiente, Richie —la imitó él con crueldad—. Venga ya, que estamos de vacaciones. Me merezco un poco de diversión.

—Vale —dijo Grace. Se metió en el lavabo y se miró detenidamente en el espejo. Aquella podía ser su última oportunidad.

Se cepilló los dientes, se lavó la cara, se puso un poco más de polvos y de colorete para estar más guapa. Luego se quitó la ropa y se puso el camisón, que se deslizó por su espalda como agua congelada. Quizá estaba siendo demasiado dura con Richie. Era cierto que estaban de vacaciones, o algo así, y su trabajo era tan estresante que necesitaba relajarse un poco. La predicción del tiempo era buena para el día siguiente, de modo que tendrían tiempo de sobras para montar en ferry y pasear.

Se armó de valor y salió del lavabo, casi temblando.

Richie se había quedado dormido en la butaca que había junto a la ventana. Roncaba ligeramente y le caía un pequeño hilillo de baba de la comisura de los labios.

Grace se lo quedó mirando un instante y luego apagó la luz principal. Echó un rápido vistazo al estuario por la ventana, corrió las gruesas cortinas y se metió en la cama. No lloró, como tampoco se permitió sentir ninguna otra emoción. Tanteó a oscuras en busca de su bolso y sacó de él la barrita de chocolate con leche tamaño familiar que siempre llevaba para emergencias. Abrió el papel plateado con suma destreza y partió un trozo de chocolate, aunque acabó comiéndosela entera y en silencio, mientras Richie roncaba plácidamente en su silla.

27

Max no sabía qué hacer. Decidió que esperaría un día antes de llamar a Karen. Le diría que esa semana estaba hasta arriba de trabajo, pero que quizá podían verse la siguiente. Durante el fin de semana había quedado con Heather, que lo había acusado entre lágrimas de hacerle perder el tiempo y que al oír la llamada de Karen le había recriminado que se hubiera buscado a otra tan pronto, otra a la que sin duda también le rompería el corazón. Max lo había negado todo, aunque como es evidente Heather había dado en el clavo.

De modo que ahora todo eran recriminaciones. Liarse con una mujer casada era peligroso. Solo podía acabar mal. Para los dos. Las noches que habían compartido en su piso habían sido como un sueño hecho realidad, demasiado perfectas para ser de verdad, pero tenía que analizarlo todo con objetividad. El sexo, sobre todo si era bueno, podía hacerte perder la cabeza. Y eso era a lo que se reducía lo suyo con Karen: buen sexo.

Había percibido la reacción de sorpresa en la voz de Karen ante la frialdad de su respuesta. Al principio se había preocupado; el plan era llamarla en cuanto hubiera acompañado a Heather, muy enfadada, hasta el bar. Sin embargo, una vez en la calle, sintiendo la brisa primaveral, Max decidió que había hecho lo correcto. Tampoco la llamó el domingo, ni le envió ningún mensaje de texto, porque en un caso así ser amable podía ser lo más cruel. Tenía que apartarse de ella. No demasiado deprisa para no hacer añicos un corazón que era demasiado frágil. Pero lentamente tampoco porque en ese caso las cosas podían ponerse mucho más serias. De una forma u otra, pondría fin a aquello. Y luego se uniría a la Legión Extranjera.

Sin embargo, su cabeza estaba llena de imágenes de Karen: los ojos oscuros y ligeramente inclinados bajo unas cejas gruesas —Max tenía una obsesión con las cejas; la piel de porcelana; el pelo, oscuro y rizado; el cuerpo, pequeño y estilizado; los pechos grandes. Pensó en su sonrisa traviesa y en lo divertida que era. Sentía tanto que hubiera acabado casada con semejante imbécil… Karen tenía algo, una cualidad que ni Heather ni las otras poseían, que lo empujaba a querer protegerla.

De repente, Max ya no estaba tan seguro de poder esperar para verla. Después de todo, tampoco es que ella buscara nada más allá de una aventura; estaba casada, tenía hijos, estaba a punto de mudarse al campo. No quería nada de él, a diferencia de Heather y de las demás, que habían sido muy claras al respecto: si pasados seis meses no había anillo, se acabó. Así pues, volvería a verla, tendrían otra sesión de sexo alucinante, controlaría con sumo cuidado sus palabras y luego empezaría a desaparecer lentamente de su vida.

Querida Gwen:
Muchas gracias por el e-mail y por las fotos de las niñas. Son preciosas. ¡Tessa ya camina! ¡Es maravilloso! Anoche volví de la costa. Hizo un tiempo increíble y el hotel era tan bonito ¡que me sentí un poco fuera de lugar! Al final, me vine el domingo por la mañana sin Richie porque estaba preocupada por los perros. Tuve que coger tres autobuses distintos, pero la espera entre unos y otros no se hizo larga. Además, disfruté viendo el paisaje de Devon pasar a toda velocidad por las ventanillas del tren.

Ahora mismo es lunes por la mañana y me dispongo a poner manos a la obra. Ya tenemos la fecha de la firma, así que puedes imaginarte lo ocupada que voy a estar. Espero que os vaya todo muy bien. Me muero de ganas de ir a veros, cuando las cosas estén más controladas.

Besos,
G

Verity la estaba llamando desde el dormitorio de su madre.

—¡Grace! ¡Grace! ¿Estás ahí? Estoy haciendo progresos con las joyas. He hecho cuatro montones distintos: guardar, tirar, vender y decidir más adelante. Tenemos que ponernos a ello. He de decir que algunas de las piezas son maravillosas. No sé si acabaremos llegando a las manos, tú y yo.

Grace estaba ausente. Ya nada le importaba: que Verity se llevara las joyas, que su hermano vendiera la casa. Había vuelto sola de Salcombe, después de que Richie se despertara el domingo por la mañana diciendo que le dolía un poco la cabeza y que por qué no iban a tomar algo para animarse un poco.

Se le había caído la venda de los ojos de golpe. Había llorado en los distintos autobuses de regreso a casa, dando gracias a Dios por llevar gafas de sol. Desde la estación, un taxi la llevó de vuelta a casa. Los perros se volvieron locos de alegría cuando Grace se pasó por casa de Lou para recuperarlos.

—Al menos a vosotros siempre os tendré conmigo —les dijo de camino a casa.

Abrió la puerta del dormitorio. Verity se estaba mirando en el espejo con la cadena de oro de su madre, que siempre había sido la preferida de Grace, alrededor del cuello.

—Oye, dime si tienes un interés especial por esto. No tengo intención de quitarte las piezas que tengan un valor sentimental más importante. Claro que si hubiera algo de valor, tendríamos que sortearlo.

—Mmm —dijo Grace.

—Bájate, Silvester. Tus perros están totalmente fuera de control. Al verlos, valoro más a mis hijos. Al menos ellos pueden decirte que te quieren y no van dejando regalitos en la alfombra.

—Mis perros están entrenados —respondió Grace, indignada.

—Bueno, pues Shackleton no está haciendo muy buen trabajo que digamos. Ha dejado un charquito abajo, en la sala de estar. Y un regalito en las escaleras de la entrada. No lo he limpiado porque había un poco de sangre y he pensado que querrías verlo con tus propios ojos.

—¿Un poco de sangre?

—Sí. Parece estreñido.

Grace corrió escaleras abajo y salió al jardín para inspeccionar las pruebas. Verity tenía razón: había sangre en uno de los regalitos de Shackleton. De repente, se le encogió el corazón. Tenía que llamar al veterinario.

—¿Karen? Soy Max.

—Ah, hola.

—¿Podemos... podemos vernos?

Karen estaba sentada en su mesa, practicando el discurso sobre lo bien que se lo había pasado, pero que, desgraciadamente, lo suyo tenía fecha de caducidad. La conversación del sábado, tan fría, tan extraña, le había devuelto la cordura. Estaba loca al arriesgar su matrimonio, al arriesgarlo todo por un hombre más joven que ni siquiera se preocupaba especialmente por ella. Tenía que ponerle fin.

Pero ahora que lo tenía al otro lado del teléfono, no podía dejar de pensar en lo sexy que era su voz. No solo su voz, él en general. Concéntrate, Karen. Díselo.

—¿Karen?

—Esta semana no. Yo... Estamos a tope en la redacción. Puede que la semana que viene. —Bien, eso le daba espacio para respirar. Después de todo, la había cogido por sorpresa. Todavía no había decidido qué le iba a decir.

—¿La semana que viene? —Parecía triste, tanto que ella no pudo evitar sentirse fatal. ¡Karen!

—Te mandaré un mensaje. Me tengo que ir, Max.

Maldita sea. Ahora es ella la que no quiere verme. Venga, Max, si en el fondo eso es bueno. Ya te habías decidido a poner punto final a lo vuestro y ahora solo te falta suplicarle... Pero parecía tan distante. ¿La habré perdido?

Max necesitaba saber que eso no era así. Volvió a llamarla.

—Has llamado a Karen Drake. Ahora mismo no puedo atenderte, pero puedes dejar un mensaje...

—Yo..., mmm. Por favor, dime algo cuando te vaya bien quedar para vernos. Soy Max, por cierto. Mmm. Adiós.

Karen pasó otra noche sin pegar ojo. No sabía qué hacer. Se había dejado llevar por la inconsciencia de su aventura por Max —engañándose a sí misma, repitiéndose que solo era una diversión pasajera, algo con lo que alegrarse la vida, que nunca nadie tenía por qué descubrir—, pero empezaba a darse cuenta de lo inocente que había sido. Tomara la decisión que tomara, saldría perdiendo: o perdía a Max, lo cual le rompería el corazón, o perdía a Phil.

Y, sin embargo, ya hacía tiempo que había perdido a Phil, pensó, dándose la vuelta para mirarlo, iluminado por la luz de la luna que se colaba a través de las cortinas. Tenía la boca ligeramente abierta y el antifaz sobre los ojos; por lo visto, había leído que era mejor dormir con antifaz porque aumentaba los niveles de serotonina del cuerpo, que al parecer se encargaba de luchar contra el cáncer.

Ella lo había perdido a él y él a ella. Karen sabía que cada vez que Phil la miraba, veía su enfermedad reflejada en ella y no podía soportarlo. Estaba tan conectada a su sufrimiento que ya no compartían nada íntimo. Lo que ambos odiaban más en el mundo era lo único que seguían teniendo en común.

Aparte de las niñas, a las que los dos adoraban casi con veneración.

Los hijos deberían ser razón más que suficiente para mantener a una pareja unida. Pero ¿era así? Era evidente que el padre de Karen no lo creía; se había largado como el tapón de una botella de champán que sale disparado. Karen nunca se lo había perdonado, aunque reconociera que la vida con una mujer manipuladora y algo trastornada como su madre debía de haber sido un infierno. Pero ahora, más de media vida más tarde, empezaba a comprender de dónde venía su padre, cómo quizá no había sido capaz de soportarlo ni un minuto más.

Sin embargo, Karen no podía abandonar a las niñas. Y si se quedaban con ella, Max no querría saber nada. Podía dejar igualmente a Phil, pero, si lo hacía, ¿sería capaz de enfrentarse a la vida ella sola? De hecho, sí, podía enfrentarse a los problemas diarios, pero ¿y las niñas? ¿Serían capaces de adaptarse a un padre al que solo verían los fines de semana? No podía hacer eso.

No, aquello no podía seguir así. Tenía que aclararse. De repente, estando allí tumbada en la cama, mientras afuera se hacía de día y Phil murmuraba en sueños, tomó una decisión. Hoy no iría a trabajar. Karen nunca se ponía enferma; Christine daría por sentado que se estaba tomando el día libre, pero había llegado la hora de cobrarse viejas deudas, de recibir el justo pago por todos los años que llevaba cubriendo las resacas de Sophie.

Cogería el coche e iría a Devon.

Llegó a Chadlicote sobre las dos de la tarde. Había empezado el viaje escuchando música en Radio 1, pero al pasar Swindon decidió que le apetecía algo más serio y cambió a Radio 4. Ya estaba bien de tanto infantilismo, tenía que empezar a actuar como la mujer madura que era. No había mucho tráfico en la autopista, pero cuando cogió la salida de Totnes empezó a sentirse menos cómoda. La primera carretera que tomó no estaba mal, pero todos los conductores que se encontró parecían mayores de sesenta y cinco años; nunca superaban los cincuenta kilómetros por hora y frenaban cuando les venía en gana. Después de eso, tuvo que tomar una carretera secundaria llena de curvas cerradas y flanqueada a ambos lados por una espesa vegetación que arañaba los laterales del Volvo.

Karen odiaba conducir. Tenía una percepción del espacio terrible y además, y esta era su excusa favorita, era malo para el medio ambiente. Pero si realmente pensaba vivir aquí, tendría que acostumbrarse a aquella ruta. Apretó los dientes y siguió adelante por otra carretera todavía más estrecha y sinuosa, donde tenía que retroceder varios metros marcha atrás cada vez que se encontraba con otro coche. Consiguió localizar el desvío que llevaba a la finca, escondido entre un grupo de árboles altos. Tomó el camino lleno de baches, pasó junto al lago, giró en una curva especialmente cerrada y, de pronto, Chadlicote apareció frente a ella. Por un momento, Karen se dejó seducir por su simetría casi perfecta. ¿Cómo podía no querer vivir allí?

Se sobresaltó al escuchar el timbre del móvil, que descansaba en su soporte. Creía que todo el suroeste del país era un agujero negro para las telecomunicaciones. Detuvo el coche y, al ver el nombre de Max en la pantalla, sintió que un cosquilleo le recorría el cuerpo, como si acabara de recibir una descarga eléctrica.

—¿Sí?

—Karen, soy yo otra vez, Max. Sé que te estoy molestando, pero... —Su voz sonaba entrecortada.

—No te oigo bien.

—Es...

No podía oír una sola palabra.

—Max —exclamó—. ¡Max! No te oigo.

La llamada se había cortado. Malditos pueblos en los que ni siquiera había cobertura. De algún modo, aquello fue la gota que colmó el vaso. Estaba agotada y la cabeza le daba vueltas; se inclinó hacia delante y apoyó la frente en el volante.

De pronto, oyó un ruido seco en una de las ventanillas de

atrás y no pudo reprimir un grito. Se dio la vuelta en el asiento. El rostro amable y sin pretensiones de Grace Porter-Healey apareció en la ventanilla.

—Hola —la saludó con una sonrisa.

—¡Lo siento! —Karen se apresuró a bajar la ventanilla—. Estaba… estaba por la zona mirando colegios para las niñas y no he podido evitar pasarme a echar un vistazo.

—Debería haber llamado a la puerta.

—No quería molestarla. Además, no es muy profesional hablar con la persona a la que le compras la casa, ¿no? Creía que solo podíamos hablar a través de los agentes.

—Puede ser —respondió Grace.

Tenía la punta de la nariz teñida de rojo. Estaría mucho más guapa con un poco de maquillaje, pensó Karen.

—Tampoco creo que debamos preocuparnos demasiado por eso. ¿Por qué no entra y se toma una taza de té conmigo? Y una galletita —añadió.

—Oh, no, de verdad. Tengo… tengo que volver a Londres.

—No sin un poco de combustible para el camino. Adelante. Insisto.

Karen no podía negarse. No le apetecía especialmente sentarse con Grace Porter-Healey a hablar de lo maravillosas que eran las asociaciones de mujeres de la zona, pero al mismo tiempo necesitaba un lavabo cuanto antes. Además, la idea de hacer todo el camino de vuelta sin una triste taza de té era, cuanto menos, desalentadora. Claro que también podía buscar una estación de servicio, pero en aquel agujero perdido de la mano de Dios le llevaría horas encontrar una. ¿Y por qué no aprovechar para echarle otro vistazo a la casa?, se dijo. Tal vez le gustara más de lo que recordaba.

—Suba —le dijo a Grace—. La llevo hasta allí.

Veinte minutos más tarde, Grace y Karen estaban sentadas en la segunda de las salas de estar con sendas tazas de porcelana entre las manos. El sol que brillaba en el cielo había resultado ser un espejismo: en cuanto se acercaron a la casa, el cielo se oscureció y empezó a llover. Desde más allá de las colinas, en dirección al mar, se oía el estruendo de los truenos.

—Creo que lo pasaría mal aquí sola con un tiempo como este —dijo Karen—. ¿A usted no le pasa?

—Bueno, no hace tanto que estoy sola. Mi madre murió a finales de enero.

—Vaya, lo siento. —Karen se pasó la mano por el pelo. Parecía cansada, menos arreglada que la última vez que Grace la había visto—. Qué poco tacto por mi parte. Debe echarla mucho de menos.

—Sí y no. Al final fue muy duro, ¿sabe?

—Seguro que sí. ¿Tenía…?

—Enfermedad de la neurona motora.

—Ah. No he oído hablar de ella, pero mi marido tuvo cáncer. Es difícil cuidar de alguien, ¿verdad? Al menos para mí lo fue. Me quito el sombrero ante la gente que es capaz de hacerlo sin quejarse. En mi opinión, los enfermos no siempre son tan agradecidos como deberían.

—Lo mismo digo —asintió Grace.

Y de pronto no podía dejar de hablar. Grace, que aparte de algún comentario con Lou, siempre se había guardado para sí misma lo frustrante que le resultaba estar al servicio de una madre que cada vez se mostraba más caprichosa. Y ahora era incapaz de callarse.

Karen la comprendía perfectamente.

—Pero si te compadeces de ti misma, te sientes fatal porque tú no eres la que está enferma, así que en realidad no tienes motivos reales para quejarte.

Se escuchó el estallido de un trueno a lo lejos.

—A menudo me sentía aislada —confesó Grace—. Y a veces todavía me siento así. En todos los años que me ocupé de mamá, nunca tuve tiempo para hacer amigos. A usted no le pasará lo mismo cuando se muden aquí. Es madre. Conocerá a las otras madres en el colegio de las niñas.

—Puede que sí —dijo Karen, no muy convencida. Tomó

un sorbo de té y rompió a llorar desconsoladamente, sollozando sin parar—. ¡Oh, Dios mío! —exclamó, mientras una gota se precipitaba en la taza de té—. Qué vergüenza. Lo siento. Lo siento.

—No se preocupe —dijo Grace, y le ofreció una caja de pañuelos de papel—. Tenga.

—Es que… Por favor, no se ofenda, pero la verdad es que no quiero vivir aquí. Es decir, la casa es preciosa y el paisaje también, pero… ya he sido un ratón de campo antes y no quiero volver a serlo.

Ahora le tocaba a Karen abrir su corazón. Le explicó que todo aquello era idea de Phil y que ella sentía que, como había estado enfermo, no podía decepcionarlo. Grace escuchó con atención.

—Comprendo. Es lo que hablábamos antes. Cuando alguien está gravemente enfermo, sentimos que no podemos negarle nada. Sus deseos son siempre lo primero.

Karen se sonó la nariz mientras la miraba con sus penetrantes ojos azul cobalto.

—¿Alguna vez se arrepiente de los sacrificios que tuvo que hacer?

Grace guardó silencio un instante.

—A veces sí, otras no. Quería a mi madre. Estaba a su lado cuando murió, pero… sí, ahora tengo que construir mi vida desde cero y me pregunto si tal vez tendría que haber sido más egoísta. —La sorprendió haber sido capaz de expresar aquel pensamiento en voz alta—. Así que si realmente no quiere vivir aquí —continuó—, debería mantenerse firme. De hecho, nos han hecho otra oferta.

Pero Karen no lo escuchó.

—No es solo que no quiera mudarme aquí. Tengo… —Tragó saliva—. Tengo un amigo.

—¿Un amigo? —Grace parecía confusa, hasta que de pronto lo entendió—. Oh, Dios mío. ¡Un amigo! ¿Se refiere a una aventura?

Karen sacudió lentamente la cabeza.

—No, no. Solo es… Bueno, sí, es una aventura y estoy tan… confundida.

—Bueno, nunca he tenido una, pero puedo imaginármelo. ¿Quién es él?

—Es el hermano de un antiguo novio. —Dios, qué mal sonaba—. Pero ese no es el problema. La cuestión es que me casé con el hombre equivocado.

—¿En serio? —No parecía que Grace la estuviera juzgando.

—Me he pasado los últimos trece años comportándome como una ostra, intentando convencerme de que lo que Phil y yo teníamos no era impulsivo ni pasional, que ser impulsivo y pasional es mala idea, que lo más importante es la amistad, la estabilidad. Y teníamos esa amistad. Podía hablar con él, me hacía reír, pero ya no sé si eso es posible. Le di tanto mientras duró la enfermedad que, cuando se recuperó, los últimos vestigios de mi amor por él se habían desvanecido. Él sobrevivió, pero el amor no.

Grace no decía nada. Karen continuó.

—Siempre fuimos muy diferentes y, al vivir algo que te puede cambiar la vida como es una enfermedad mortal, de algún modo acabamos siéndolo aún más. Él quiere paz, campos verdes y cuidar de un jardín. Yo sigo queriendo calles sucias, luces brillantes y ruido. Y lo peor es que no podemos hablar de ello. Él insiste en su plan y yo le digo que sí a todo, porque si no me siento fatal. No sé qué hacer.

—Tiene que hablar con Phil —dijo Grace—. Y poner fin a la historia con el otro chico.

—Lo haré —asintió Karen—. Bueno, en realidad ya lo he hecho. No le cojo el teléfono, aunque no hacerlo me mata por dentro. Y hablaré con Phil. En algún lugar donde no tengamos distracciones. Saldremos a cenar. El sábado. Reservaré mesa. Y no nos iremos del restaurante hasta que hayamos solucionado esto definitivamente.

28

De camino a casa, diseñó un plan de acción. Se mudaría a Devon. No volvería a ver a Max. Iría directa a casa y hablaría con Phil de una vez por todas. Organizarían una cena romántica en la que pudieran hablar.

¿Quién le hubiera dicho que al final su confidente acabaría siendo Grace Porter-Healey? Grace, que siempre había llevado una vida tan discreta, pero que había escuchado atentamente todo lo que tenía que decir, sin críticas ni interrupciones. Y que además tenía razón.

Se detuvo en una gasolinera y miró el teléfono. Tenía un mensaje de texto.

¿Estás libre esta noche? M

Con el corazón latiendo a mil por hora, escribió una respuesta.

No. Lo siento. Me temo que seguiré estando ocupada en el futuro. Saludos.

Pulsó «enviar» y se recostó en el asiento, ofuscada por el dolor de lo que estaba tirando a la basura. Pero ¿qué alternativas tenía? ¿Seguir así un par de meses más para acabar dejándolo cuando estuviera todavía más metida en la relación?

Tonterías. Había hecho lo correcto. No volvería a pensar

en Max. Concentraría toda su atención en construir una nueva vida para su familia en Devon. En *¡Todo mujer!* a eso se le llamaría «reparar una relación» e iría ilustrado con la fotografía de una pareja, tumbados en la cama y separados por una línea en zigzag.

La idea debería haberle arrancado una sonrisa, pero no fue así.

Gareth estaba en el centro del llamado «Puente Tambaleante» que cruzaba el Támesis —las vibraciones de la inauguración hacía tiempo que se habían solucionado, pero el mote permanecería para siempre—. Estaba haciendo tiempo antes de dirigirse a una visita en un pequeño piso de Ave Maria Lane. La cita era a las tres y media, pero el cliente había llamado para avisar de que llegaría tarde. A Gareth no le importaba. Así aprovechaba para disfrutar de la vista, dominada por la torre Gherkin: la catedral de San Pablo a la izquierda, la Tate Modern a la derecha. A veces Gareth echaba de menos Dorset, pero con una estampa como aquella antes sus ojos, sabía que estaba en la mejor ciudad del mundo. Se apoyó en la baranda, sintiéndose por un momento el dueño y señor de cuanto se extendía ante él.

—Hola —dijo una voz a su lado.

Gareth dio un brinco. Junto a él estaba Anton Beleek, con la mirada perdida en las profundidades de las aguas grises del Támesis.

—¡Anton! No te había visto.

—¿No? Te has puesto justo a mi lado. —A Anton se le escapó la risa—. Claro que es fácil no darse cuenta de mi presencia. —Volvió a reírse.

A Gareth su actitud le pareció un poco preocupante.

—¿Estás bien, Anton? —le preguntó.

—Tan bien como cabría esperar. ¿Y tú?

—Bien. Ya sabes que este último año vender casas no ha sido tan fácil como en el pasado, qué te voy a contar, pero vamos sobreviviendo. —Observando el pálido perfil del sudafricano, Gareth no sabía si estar tan seguro.

—Ah, sí —dijo Anton, y un segundo después sacudió la cabeza y añadió—: Perdona, ¿qué has dicho?

Gareth empezaba a preocuparse de verdad. La mente de Anton funcionaba como un cepo: nada escapaba de entre sus garras.

—Decía que vamos sobreviviendo.

—Sí, supongo que tienes razón. Sí. —Hizo una pausa antes de continuar—. Las cosas últimamente no han sido fáciles, Gareth. Empezaba a pensar en sentar la cabeza. Creía haber encontrado a la mujer adecuada para hacerlo.

—Lucinda y tú hacíais buena pareja. —Gareth estaba incómodo.

—Me he convertido en el hazmerreír de todo el mundo.

—¡Por supuesto que no! —mintió Gareth, recordando alguno de los comentarios que Joanne había hecho últimamente en el Fox & Anchor sobre viejos tristes y verdes.

—Claro que ella tiene derecho a hacer lo que le venga en gana. Nunca acordamos nada. —De repente, Anton se volvió hacia Gareth. Su cara parecía la fachada de un edificio en ruinas destrozada por una bola de demolición—. Creí... creí que me estaba recuperando, que podría ser feliz a su lado, pero el destino es muy cruel. Siempre me arrebata lo que más quiero. Tengo que empezar a aceptar que esto es así.

Dio media vuelta y empezó a caminar hacia la catedral de San Pablo. Gareth pensó que lo mejor sería ir con él. Le daba miedo que Anton saltara la baranda y se tirara al río. Pero de repente se dio la vuelta.

—No era tan importante como la gente dice. Hasta el día de hoy, ninguna mujer ha conseguido cazarme, ja, ja. Me alegro de verte, Gareth. Creo que puedo confiar en que no comentes con nadie lo que te he contado.

—Por supuesto que no —dijo Gareth, pero Anton ya se había perdido entre la multitud, su larga gabardina flotando tras él como las alas de un cuervo.

Ludmila no quería quedarse con las niñas.

—Lo siento, pero esta semana se celebra la reunión anual de au pairs en Durnstable y llevo todo el año esperando el momento. Tengo que ir. Si no lo hago, me mandarán de vuelta a Eslovenia en el primer avión. —El labio inferior de Ludmila empezó a temblar peligrosamente, por lo que Karen decidió retirarse.

Vale, pues nada de cena romántica. Daba igual. Prepararía alguna de sus especialidades y se quedarían en casa. Karen tenía épocas con lo de la cocina. Antes de que las niñas nacieran le encantaba, pero tras años de recetas, a cual más nutritiva, preparadas con todo el amor y que acababan en el suelo o, en el mejor de los casos, rechazadas «porque los guisantes están tocando los dedos del pez», lo que antes era una afición acabó convirtiéndose en otra tarea más. Para colmo, Phil no había hecho más que empeorar las cosas. Antes del cáncer, sobrevivían a base de pasta combinada con pescado y un pollo asado los fines de semana. Sin embargo, tras la recuperación, todo tenía que ser vegetariano, a poder ser vegano y ecológico. Si a Karen se le ocurría comentar, sin segundas intenciones, lo caro que era, la respuesta de su marido siempre era la misma: «Solo es dinero. No nos lo llevamos con nosotros. ¿Cuánto vale la salud?».

En cambio, esta noche pensaba consentir hasta el último capricho de su marido. Con las niñas viendo *Hannah Montana* en la nueva pantalla de alta definición, otro de los caprichos posrecuperación de Phil, se puso manos a la obra con una receta de cuscús sacada de la famosa web de Nigella. Nabos, chirivías, zanahorias, tomates —no podía ser más vegano—. Prepararía unas albóndigas de seitán como acompañamiento, abriría una botella de vino orgánico y se pondría un vestido. Haría que las aguas volvieran a su cauce.

De pronto, su teléfono emitió un pitido.

Por favor, ¿podemos hablar?

—¿Qué pasa? —preguntó Phil, entrando en la habitación y despeinando a Eloise y arrancándole un «¡Ay! ¡Papi, déjame!».

Karen, sintiéndose culpable, se guardó el móvil en el bolsillo y miró a su marido como si fuera un desconocido. Calvo —bueno, eso no era culpa suya— y pálido como un cadáver porque no dejaba que el sol le tocara un solo centímetro de piel. Max era mucho más masculino, con la espalda ancha y musculada y los antebrazos cubiertos por un vello sorprendentemente oscuro.

—¿Qué es todo eso que estás preparando?

—Una cena especial, para nosotros —respondió ella.

—¿Para esta noche?

—Sí.

La expresión de Phil cambió de inmediato.

—Pero, cariño, ¿no te lo he dicho?

—¿Decirme qué?

—Que vuelvo a tener yoga.

—¡Phil! ¿Qué mosca te ha picado con el yoga? Tienes todo el día para practicarlo, ¿por qué tiene que ser siempre por la tarde?

—Porque son las mejores clases.

—¿Y no te puedes saltar una? Estoy preparando una cena especial. Para los dos.

—Kaz, se trata de mi salud. No puedes discutírmelo.

—¿Y qué me dices de nosotros? ¿Es que no somos importantes?

—Lo eres todo para mí. Por eso es importante que me mantenga sano. Por eso tenemos que irnos a vivir a Devon.

—No quiero mudarme a Devon —gritó de pronto Karen—. Me encanta vivir aquí. Me encanta mi casa, me encantan mis amigos, me encanta mi trabajo. Nunca seré feliz en medio del campo. No puedo hacerlo.

Había sucedido lo imposible. Las niñas apartaron los ojos del televisor y la miraron.

—Pero, mamá, en Devon tendremos piscina —dijo Bea, y sus ojos se clavaron de nuevo en la pantalla.

Una expresión de incredulidad nubló el rostro de Phil, parecida a la que había puesto el día en que el doctor le comunicó el diagnóstico. Karen se sintió la peor esposa del mundo.

—Kaz, ¿de qué demonios estás hablando?

—Intenté decírtelo. No quiero ir a Devon.

—Es mi sueño, Karen. Llevo mucho tiempo concentrándome en ello. Sabes que es lo que me ha mantenido cuerdo, pensar en lo que nos depara el futuro.

—Querrás decir a ti, no a nosotros.

Phil respiró hondo.

—Te lo he dado todo. He trabajado durante años picando números, cogiendo trenes, llevando trajes y corbatas para darte lo mejor, la mejor casa, los mejores colegios, para que pudieras tener una niñera y no te vieras obligada a dejar tu adorado trabajo. Y mira qué me hice a mí mismo. Tengo que pensar en mí para variar. Estuve a punto de morir, Karen.

—Pero ya trabajabas en lo mismo antes de conocerme. Y no quiero decir que tengas que volver a hacerlo, pero… —Bajó la voz y miró a las niñas—. ¿Nos lo podemos permitir? ¿Cómo vamos a pagarles la universidad? ¿Qué pasará con nuestra jubilación?

Phil sacudió lentamente la cabeza.

—Estaremos bien. —Miró el reloj—. Amor, no te lo tomes mal, pero tengo que irme. Cenaremos cuando vuelva y podremos hablar más de esto.

—Puede que ni siquiera esté aquí cuando vuelvas —le espetó Karen, más alto de lo que pretendía.

Bea se volvió hacia ellos con cara de pánico.

—¡Mami! No puedes irte. ¿Quién cuidará de nosotras?

—Mamá lo dice en broma, cariño —intervino Phil.

Eloise se levantó del suelo con los ojos llenos de lágrimas.

—¿Por qué os habláis mal? ¿Qué os pasa?

—Lo siento, cariño —se excusó Karen. Tenía el corazón

encogido, reducido a cenizas—. No nos estábamos hablando mal, estábamos...

—Os estabais hablando mal. No estoy sorda, ¿sabes? Ahora pedíos perdón.

—Sí —intervino Bea—. Venga, dale un beso a papá. Luego papá se lo dará a mamá.

Karen miró a Phil. Ya no le quería. Se había casado con el hombre equivocado solo porque estaba asustada, se sentía insegura y creía que nadie más la querría. Había cometido un error terrible y nunca tendría una segunda oportunidad.

—¡Vamos!

Karen obedeció. Se inclinó hacia delante y besó a Phil suavemente en la mejilla.

—¡Papi!

Phil le devolvió el beso.

—Lo siento —masculló entre dientes.

—Estaré aquí cuando vuelvas —dijo Karen con voz firme—, pero en la cama. Dormida. Y mañana por la noche salgo. Te ocupas tú de las niñas.

—¿Adónde vas?

—Salgo. Ahora ya puedes irte, no sea que llegues tarde a yoga. Te dejaré preparado algo de cena.

Phil la miró un instante, dio media vuelta y se marchó. Furiosa, Karen empezó a pelar los nabos con un pelador. Un nabo era un objeto de odio bastante insatisfactorio. Lo tiró al suelo.

—Niñas —dijo—. ¿Os apetece ir al McDonald's?

Las dos la miraron sin acabar de creérselo.

—Sí, mamá —dijo Bea.

—No sé, mami. Es comida basura —añadió Eloise.

—Y eso qué más da. Poneos las zapatillas. Tengo que enviar un mensaje antes.

Sacó el móvil y le envió un mensaje de texto a Max.

¿Podemos vernos mañana?

29

En la clínica Parenthope, Bridget descansaba sobre una camilla mientras Sian, la enfermera, le embadurnaba el vientre con gel. Sentada bajo la galería de fotos de los bebés Parenthope, enviadas por sus agradecidos padres, Gemma observaba la escena ansiosa. Casi había pasado un mes desde el descubrimiento del quiste ovárico. Había llegado el momento de comprobar si había desaparecido.

—¿Visteis anoche *El aprendiz*? —preguntó Sian, que acababa de escanear el útero de Gemma y lo había encontrado preparado para lo que fuera—. No podía creérmelo. Echar a Maggie cuando era evidente que la culpa era de Ian por encargar demasiadas chuletas de ternera. No deberían permitir que sir Alan se saliera con la suya. ¿Alex no ha venido hoy?

—No, está esperando el veredicto del caso en el que está trabajando. El juez dio las declaraciones por cerradas ayer y el jurado podría pronunciarse en cualquier momento. Es decir, podría pasar un día o un mes.

—Qué locura —dijo Sian, algo ausente, con la vista fija en la pantalla—. No sé, supongo que al final escogerá al candidato equivocado, como siempre. ¿Os acordáis del año que dejó ganar a la chica joven en lugar de a la lesbiana y luego resultó ser una inútil? Vaya, lo siento. No quería que sonara ofensivo. Mmm. Bueno, el quiste ha desaparecido.

—¿En serio? —Bridget se incorporó de golpe y Gemma se cubrió la boca con las manos. ¿Cómo podía Sian darle tan poca importancia, cuando se trataba de las mejores noticias de la historia de la humanidad?

—En serio. Veamos. Tu útero está preparado, así que ya podemos iniciar el proceso. Podemos extraer los óvulos y obtener la muestra de esperma el… —Consultó el calendario—. Miércoles. Sí. Tu marido podrá venir a mediodía para dar la muestra, ¿no? No estará demasiado ocupado jugando a los jueces.

—Vendrá, seguro —respondió Gemma. Le había pedido a Alex que solicitara ante el juez un día libre para todos por «razones médicas urgentes».

—De acuerdo, pues empezaremos con el pesario y los parches para que tu matriz gane en grosor, y en nueve días tendrás que volver para saber si estás lista para recibir el embrión.

Nick iba camino del estudio. Un par de semanas más y el disco estaría terminado. Y luego saldrían de gira por América. Él no le había recordado a Kylie la inminencia del viaje y ella tampoco lo había preguntado. Tampoco le había contado que el intercambio de pisos era en un par de semanas, un viernes, y que la «conclusión» del proceso, que significaba que por fin tendría las llaves, sería un mes más tarde.

Y, claro está, tampoco le había dicho que Lucinda y él tenían algo más o menos estable. Se veían dos veces a la semana en el apartamento 15 mientras Gemma Meehan estaba en su sesión de reflexología, fuese lo que fuese, y que el sexo era increíble. Cuando terminaban, se quedaban allí tumbados, hablando durante una hora más o menos —sobre todo de sus respectivos padres y de cuánto les gustaría haberlos conocido mejor—. Algo que jamás había sido capaz de contarle a Kylie, una parte de su vida que siempre había mantenido cerrada bajo llave porque era demasiado dolorosa para sacarla y hablar de ella. Lo sorprendió la conexión que tenía con Lucinda, pero lo que él quería no era una conexión. No quería acercarse a Lucinda. No la quería. Era una mujer sexy, de eso no cabía la menor duda. También era pija, pero sus prejuicios le hacían perder la cordura. Odiaba que se sorprendiera al saber que Nick nunca había montado a caballo o esquiado, o su incapacidad para admitir que se podía vivir perfectamente sin un título universitario. Nick siempre había querido superarse, pero cuanto más conocía el mundo de Lucinda, menos enamorado estaba de él.

Mientras tanto, Kylie seguía siendo la chica dulce y amable de siempre. La misma chica que le preparaba sus platos favoritos y escuchaba todas las versiones de una canción nueva, la que le preparaba la bañera y luego se metía con él. Cuando pensaba en ella, el corazón de Nick se reblandecía como un albaricoque bañado en leche. ¿Por qué no podía vestir más sutilmente, tener un poco más de actitud?

Se daba cuenta de que en realidad lo que él quería era una mezcla entre las dos mujeres, alguien con la clase de Lucinda y la naturaleza dócil de Kylie. No tendría más remedio que darles puerta a las dos y seguir buscando a la mujer perfecta. Quizá la encontrara en América.

Sonó el teléfono móvil dentro del bolsillo del pantalón.

—Hola, Charles —dijo Nick, después de comprobar el nombre en la pantalla.

—Hola, colega. —Como siempre, la voz de Charles sonaba como si acabara de subir la cordillera de los Brecon Beacons a la carrera—. Te llamaba para saber qué tal te va.

—Bien. Hacemos el intercambio de pisos de aquí a dos viernes.

—Lo que pensaba. Te llamaba para darte un consejo sobre eso precisamente. El mercado sigue cayendo, así que creo que es hora de hacerles la cobra.

—¿Eh?

—Bajar la oferta en el último momento. No sé, cincuenta mil más, por ejemplo. Tendrás a los vendedores cogidos por las pelotas, su compra estará a punto para la firma y no les quedará más remedio que aceptar.

—Ah. Vale. —Nick no estaba muy seguro. Últimamente había pasado tanto tiempo en el apartamento 15 que en cierto modo casi conocía a los Meehan. Admiraba el gusto musical de Alex, que incluía a Dylan y mucho punk. Lo sintió por Gemma cuando vio todos los libros sobre concepción en las estanterías y las docenas de suplementos nutricionales en el armario de la cocina. Jugar sucio con ellos era…

—Ya he bajado la oferta dos veces.

—¿Y? Todo el mundo lo hace. Es decir, no estás obligado, pero serías un completo idiota si no lo hicieras, en mi humilde opinión.

—Claro —dijo Nick—. Lo haré.

—No tienes por qué.

—He dicho que lo haré —repitió, esta vez más enfadado. Escuchó el pitido que lo avisaba de que tenía una llamada en espera. Era Lucinda—. Tengo que dejarte —le espetó a Charles, y acto seguido saludó a su amante—. ¿Sí?

—Ah, hola, señor Crex —dijo ella, con su voz más estirada. Seguro que estaba en la oficina—. Le llamaba para solucionar algunos detalles antes del intercambio.

—Bien —respondió él—. De hecho, quería hablar contigo de eso.

—¿Ah, sí? ¿Quiere que nos veamos?

—Podríamos —respondió, consciente de que a Lucinda no le gustaría lo que le tenía que decir. A la mierda. Era la hija de un millonario. Si su comisión sufría un pequeño recorte, tampoco es que le fuera a afectar demasiado, ¿no?

—¿En el sitio de siempre? —preguntó ella, pero luego bajó la voz y añadió—: O, para variar, había pensado que podríamos cenar juntos.

—¿Cenar? —Aquello era nuevo y Nick no quería cambios en la rutina.

—Había pensado en el Moro. Podría reservar mesa para esta noche. A las ocho. ¿Has estado alguna vez?

—No, nunca.

—Es sencillamente estupendo.

A Nick no le gustó que utilizara aquel vocabulario tan anticuado con él.

—Me parece sencillamente perfecto —dijo con un tono de voz ligeramente sarcástico.

—¿Te estás burlando de mí? —preguntó Lucinda.

Malditas mujeres, por qué tenían que ser tan intuitivas.

—Pues claro que no.

—Nos vemos a las ocho. ¿Sabrás encontrarlo?

—Lo encontraré —respondió Nick, y colgó.

En cuanto cruzó las puertas del estudio, Nick descubrió que tenía otros problemas de los que preocuparse. Andrew estaba de los nervios. Jack no se había presentado.

—Le cuesta mantenerse de pie. Los médicos dicen que necesita unas vacaciones. —Andrew levantó una mano en el aire—. Lo sé, lo sé, y opino lo mismo. La gira está a punto de empezar, tengo que ocuparme de los patrocinadores. —Se rascó la cabeza y una nube de caspa se dispersó por la estancia—. Creo que a todos nos vendría bien una semana libre. ¿Por qué no te llevas a Kylie a algún país cálido? Cuando volvamos, estaremos ansiosos por ponernos manos a la obra.

—¡Bien dicho! —exclamó Ian—. Becky lleva meses pidiéndome que nos vayamos de vacaciones. Una semana en Dubai, creo que dijo. Eh, Nick, ¿por qué no os venís Kylie y tú con nosotros? Últimamente está un poco irritable. Necesita que la mimen un poco.

—Sí, puede que sí. —Nick se encogió de hombros—. Aunque tendría que escribir algunas canciones más.

—Buen chico —intervino Andrew, claramente aliviado—. Tú dedícate a eso.

—Puedes hacerlo en Dubai exactamente igual que aquí —dijo Ian—, y ponerte moreno al mismo tiempo.

Sí, claro. Para Nick, Dubai era la personificación del infierno. Un centro comercial en la playa. Pero al pensar que Ian se llevaría a Becky, se sintió culpable. Salió del estudio y cogió un taxi en dirección a casa, sintiéndose extrañamente inquieto. Kylie trabajaba hasta tarde, así que no tenía por qué no ir a la cena con Lucinda. Sabía que lo que no le gustaba del plan era que tendría que comer cosas extrañas. Bueno, tendría que enfrentarse a sus miedos. Estaba ascendiendo en la escala social y parte del trabajo de Lucinda era ayudarlo a escalar.

El restaurante estaba lleno. Lucinda estaba sentada en una mesa junto a la ventana, haciendo girar el brazalete de Cartier en su muñeca. No sabía por qué, pero estaba nerviosa. Nick siempre producía ese efecto en ella. Se habían estado viendo de forma regular las últimas, qué, ¿cuatro semanas? Nada del otro mundo. Además, Lucinda sabía que él seguía con su novia. Sabía que lo que había entre ellos no era más que una aventura, pero no podía evitarlo. Estaba obsesionada. Pensaba en su cuerpo sobre el de ella a todas horas, escuchaba sus canciones constantemente. Nick había despertado un sentimiento, una emoción, un deseo que no sabía que tenía dentro y nunca tenía suficiente de él.

La lógica le decía que aquel chico no era para ella, que no tenían futuro, pero su lado irracional se preguntaba: «¿Por qué no?».

Aquello no era Arabia Saudí, podía estar con quien quisiera. ¿Por qué conformarse con un inversor forrado escogido por sus padres, cuando podía decantarse por alguien más ambicioso, más impulsivo —como ella—? De acuerdo, Nick en ningún momento había hablado de matrimonio, pero con el tiempo quizá conseguiría convencerlo.

Había disfrutado de unas cuantas semanas de sexo *nonstop*, pero ahora Lucinda había decidido que había llegado la hora de pasar al siguiente nivel, de empezar a comportarse un poco más como las parejas normales. Por eso había reservado mesa en aquel restaurante.

Nick avanzaba hacia ella entre las mesas, con cara de enfadado, como siempre. Al verlo, sintió que el corazón le daba un vuelco.

—Hola —lo saludó, mientras se ponía de pie. ¿Se besaron? Por supuesto que no. Nick ocupó su silla.

—¿Por qué estamos aquí? —preguntó él, mirando a su alrededor.

—Bueno…, pensé que te gustaría. La comida es genial y…

—¿Y?

—Y he pensado que sería algo distinto. Ya sabes, cenar juntos, disfrutar de la comida y de un buen vino, hablar… Ya sabes, lo que suelen hacer las parejas normales.

—¿Quieres que seamos una pareja normal?

—Bueno, no. No he dicho eso, pero ya sabes, hay más cosas que…

—¿Que qué?

—Nada —se excusó Lucinda, en el momento en que aparecía la camarera—. Una botella de Vega Sicilia —le dijo con seguridad, decidida a hacerse valer—. Y una botella de… —Lo miró—. ¿Prefieres con gas o mineral?

—La que te salga a ti del coño.

Lucinda se sintió como si le hubieran dado una bofetada. Se concentró en no reaccionar y sonrió a la camarera.

—Mineral, por favor.

—¿Sueles decir palabrotas delante del personal? —preguntó con frialdad, mientras la camarera se retiraba.

—Claro que no. —Una pausa, y luego—. Lo siento.

—Pareces molesto por algo. ¿Te gusta la comida marroquí?

—No tiene nada que ver con eso —le espetó—. Mira —continuó, esta vez con un tono de voz más suave—, he tenido un día de mierda. Y no me emociona especialmente la comida. Y quiero estar cerca de ti, no metido en un restaurante hablando sobre el tiempo.

—No pasa nada —le dijo, aliviada—. No tenemos por qué quedarnos aquí. ¿Por qué no vamos a casa de los Meehan? Esta noche no están.

Nick puso una cara extraña.

—Oye, Lucinda. Los Meehan. Tenemos que hablar de ellos.

30

Habían pasado ocho días. El tiempo era inusualmente cálido para ser principios de mayo; las calles de Clerkenwell estaban llenas de chicas con camisetas ajustadas y los tirantes del sujetador al aire, piernas falsamente bronceadas y hombres en pantalones cortos que desprendían un leve olor a sudor. Sobre el altillo del apartamento 15, Gemma se estaba preparando para el verano pintándose las uñas, mientras hablaba con Bridget por el manos libres.

—¿Qué tal te va con las pastillas? —preguntó Bridget.

—Bueno, no puedo decir que me encante meterme pastillas trasero arriba todas las mañanas. Y las hormonas me provocan más gases que a una vaca que se acaba de zampar un comedero entero de lentejas. Para más inri, los gases apestan. Alex se pasa el día abriendo las ventanas.

—Oh, Dios mío. ¡Y esto de la mujer que nunca ha hecho pipi delante de su marido!

—Exacto.

Con el tiempo, Bridget y ella habían discutido varias veces sobre si las funciones fisiológicas deberían ocultarse a la pareja o no.

—Ahora me paso la noche tirándome pedos —añadió Gemma.

Bridget se rió a carcajadas.

—E, ironías de la vida, las hormonas han hecho que los músculos de mi vientre se relajen y parece que esté embarazada de tres meses. El otro día, una mujer me ofreció su asiento en el metro.

Más risas. Gemma sonrió para sus adentros. Nunca tenía esta clase de conversaciones con Bridget. Todo el tema de la donación de óvulos las estaba acercando a muchos niveles distintos. ¿Quién lo habría imaginado?

—¿Qué me dices de ti? ¿Cómo van las inyecciones de hormonas? ¿Y qué tal con Massimo?

—Genial. ¿Te he dicho que hemos encontrado piso? Una habitación en Western Avenue. Un poco caro, pero es un hogar. Y me trata tan bien, Gems. Pero no hablemos de mí. ¿En qué estás ocupando el fin de semana previo al día de la extracción de los óvulos?

—Tenemos una boda, mañana. Mi vieja amiga Lalage de la escuela primaria, ¿te acuerdas de ella?

—Os recuerdo a las dos encerradas en tu habitación y sin dejarme jugar con vosotras. Así que se casa. Felicítala de mi parte.

—Lo haré. He de reconocer que me da mucha pereza. Preferiría disfrutar de un fin de semana tranquilo y que el esperma de Alex esté descansado antes del gran día.

—Una boda podría ser una buena distracción.

—Sí.

Lo malo era que Gemma odiaba las bodas, como odiaba cualquier tipo de reunión familiar. Siempre estaban repletas de madres y aspirantes a madres, niños y metomentodos que, tan seguro como que nadie tocaría la galleta de coco del surtido, le daría unos golpecitos en el hombro y le preguntarían «¿Cuánto tiempo llevas casada ya? ¡Tres años! Bueno, seguro que dentro de nada oímos las pisadas de los pequeños pies de tu primer hijo». Claro que los que ni siquiera se acercaban a ella eran aún peores. Había visto a mujeres embarazadas esconderse tras una puerta como si fueran el hombre del saco, y a madres con tres niños cruzar una estancia para evitarla. Tal vez creían que su infertilidad era contagiosa, o seguramente no sabían qué decir.

—Nos alojamos en un hotel precioso. Servicio de habitaciones, spa... Todos nuestros amigos con hijos hablan de esa clase de hoteles como si fueran la clave de la evolución, así que voy a intentar disfrutarlo al máximo. Ya sabes, por si tenemos suerte con el bebé y no volvemos a salir de casa.

—Tendréis suerte, ya verás. Además, ¿de qué estás hablando? ¿Por qué no se puede salir de casa con un bebé? El año pasado, Kaia se llevó a su hijo al festival de Glastonbury y al Big Chill.

Gemma hizo caso omiso. Hacía tiempo que había tomado la decisión de criar a Chudney como un bebé de costumbres, con su siesta siempre a la misma hora, en su cuna y en una habitación en penumbra.

—¿Y qué pasa con el piso?

—Va bien. El intercambio es de aquí a dos viernes y la formalización en un mes más, lo cual significa que para el verano ya estaremos en Saint Albans. ¡Podremos organizar barbacoas!

—Será genial —dijo Bridget, mientras de fondo sonaba el timbre.

—Tengo que dejarte, Bridge. Hablamos más tarde.

—Pásatelo bien en la boda.

Gemma bajó por las escaleras de caracol, intentando no estropearse las uñas pintadas de coral.

—¿Quién es? —preguntó a través del interfono.

—Flores.

—¡Oh! ¡Suba.

Alex le enviaba flores. Qué raro en él, pero al mismo tiempo qué detalle. Abrió la puerta y alguien le puso un ramo enorme de rosas y azucenas, con un «Entrega para Alex Meehan». Pesaba tanto que Gemma se tuvo que inclinar hacia atrás para compensar el peso. Era uno de los ramos más espléndidos que Gemma había visto en toda su vida. Pero ¿quién podía enviarle flores a Alex? Tenía que tratarse de un error. Debían de ser de Alex para ella. A menos que estuviera teniendo una aventura. En un ataque de pánico, estudió detenidamente la tarjeta.

Me has salvado el pellejo. Cuenta conmigo para lo que necesites. FH

Se escuchó el sonido de una llave en el cerrojo y la puerta se abrió de nuevo. Tras ella estaba Alex, con el pelo alborotado y agitando una botella de champán en el aire.

—Cari, ¡he ganado! Frankie Holmes es libre.

—¡Oh, Dios mío! —FH. Frankie Holmes, el conocido barón del hampa, le enviaba a su marido azucenas y rosas de color lila.

—Veredicto unánime. Es culpable hasta la médula, pero me puse al jurado en el bolsillo. Soy el rey del mundo, nena.

—Te acaba de enviar flores.

—¿En serio? —Alex se rió mientras miraba el ramo que su esposa tenía en los brazos—. No parecen muy típicas de Frankie.

—¿Estás seguro de que solo lo has defendido en los tribunales? —Parapetada tras aquella jungla de colores, Gemma arqueó las cejas con gesto pícaro, justo en el mismo momento en que se le escapaba una ventosidad. El aroma de las azucenas disimuló el hedor de los gases.

—Bueno, hubo alguna felación antes de entrar en la sala. Al fin y al cabo, me dijo que haría cualquier cosa por mí si lo libraba de la cárcel. Supongo que esto es el principio. Qué curioso, nunca hubiese imaginado que a Frankie le fueran las flores de color lila. Supongo que así es como piensa en mí.

El teléfono empezó a sonar. Alex levantó el auricular.

—Alex Meehan —anunció, y acto seguido le cambió la cara—. Hola, Lucinda... Sí... Sí. ¡Pues que le den por culo!

Se produjo una pausa larga.

—¿Qué? —preguntó Gemma, formando la interrogación con los labios. Alex le pidió que guardara silencio con un gesto de la mano.

—¡Cómo coño se atreve! No. Bueno, pues dígale que la venta no sigue adelante. Adiós. —Se volvió hacia Gemma—. Vaya, esto sí que es arruinarle el buen humor a alguien. Nick

Crex ha vuelto a bajar la oferta cincuenta mil libras más. No podemos aceptarla. Estamos jodidos.

Lucinda estaba sentada en su mesa, haciendo girar el brazalete alrededor de su muñeca. La semana estaba resultando ser un completo desastre. La cena en el Moro había sido horrible; dar las malas noticias a los Meehan, todavía peor.

Y luego estaba lo de Anton. Desde que se marchó corriendo del Sheekey's, la había estado llamando a la oficina unas seis veces al día y le enviaba correos electrónicos a docenas. Marsha empezaba a cansarse de darle largas.

Lucinda le había comprado un ramo de flores.

—Lo siento, Marsha, pero solo serán un par de días más y luego seguro que capta el mensaje.

—Podrías decirle que se fuera a la mierda tú misma y ahorrarme el sufrimiento —masculló Marsha entre dientes—. Suficiente tengo ya con encontrar la forma de pagar la fianza de Duwayne.

En realidad, no estaba tan enfadada. Lucinda se daba perfecta cuenta de que disfrutaba sabiéndose parte de aquella pequeña intriga.

Así pues, allí estaba Lucinda, sentada en su mesa, mordiendo un lápiz e intentando encontrar la forma de arreglarlo todo. Tenía que reunir la valentía y la energía necesarias para llamar a Anton y explicarle de una vez por todas que se había acabado —aunque tampoco es que hubiera llegado a empezar—. ¿Por qué se negaba a captar el mensaje? Lucinda estaba agotada. Necesitaba tomarse un descanso, irse de vacaciones. No había disfrutado de una escapada desde que empezó en Dunraven Mackie. Podía ir a las Mauricio, pensó. Tal vez Nick quisiera acompañarla, aunque no estaba segura de que llegara a sentirse cómodo en el Saint Géran. En el Moro se había comportado como un auténtico cascarrabias; ¿cómo reaccionaría cuando un lacayo le ofreciera una toalla de mano perfumada en la playa o se encontrara la cama cubierta de pétalos de rosa? Y entonces fue cuando se le ocurrió.

Tobago.

Cómo no se le había ocurrido antes. Su familia tenía una casa allí. ¿Y a quién podía no gustarle un paraíso como aquel?

Con las pilas recargadas, cogió el ratón y empezó a buscar vuelos. Irían en primera clase. Un lujo, sin duda —su padre siempre insistía en que sus hijos viajaran en turista, a menos que él también formase parte del grupo, en cuyo caso utilizaban su jet—, pero Lucinda podía permitírselo.

—Lucinda —dijo una voz severa detrás de ella.

Sintió como si una mano helada la hubiese agarrado por las tripas. Se dio la vuelta lentamente, con una sonrisa congelada en los labios.

—Hola, Anton.

La oficina estaba en silencio. Todos fingían no estar escuchando ni mirando.

—¿Se puede saber por qué no me has devuelto las llamadas? ¿Ni los correos electrónicos? La última vez que te vi estabas enferma. Me tenías preocupado.

—Lo siento, Anton. Es que he estado muy ocupada.

—No me vengas con esas —le espetó Anton—. Yo sí que estoy ocupado y jamás se me ocurriría ser tan desconsiderado como para no coger el teléfono y decirle a alguien que me siento mejor, gracias. Pensé que eras una jovencita bien educada. Es evidente que me equivocaba.

—¿Salimos a la calle un momento? —susurró Lucinda—. ¿Lo hablamos allí?

Le guió fuera de la oficina y giraron una esquina.

—Solo quiero saber qué está pasando —dijo Anton—. Creí que teníamos algo, pero de pronto ignoras mis correos y mis llamadas. No lo entiendo.

—Anton, de verdad que lo siento. No teníamos nada. Solo éramos amigos. Y… he estado ocupada y… Lo siento si te di una impresión equivocada.

—No lo comprendo —dijo él—. Ni siquiera me había fijado en ti antes de que me enviaras la tarjeta de San Valentín. ¿Por qué lo hiciste si no querías que me fijara en ti? Ponía «Cásate conmigo», por el amor de Dios.

—Fue una estupidez. —Lucinda deseó que un alienígena le disparara con su pistola de rayos láser y la hiciera desaparecer. ¿A qué había venido aquel comportamiento tan infantil?—. Una broma estúpida.

—¿Una broma estúpida? —Anton estaba muy pálido—. Santo Dios, Lucinda. Iba a pedirte que te casaras conmigo.

¡Madre mía, estaba loco!

—¿Casarme contigo? Si apenas nos conocemos.

—Estás con otro, ¿verdad?

—¡No!

—Sé que hay alguien más. Bueno, solo espero que no te trate como tú me has tratado a mí. Utilizas a la gente, Lucinda. Ahora lo veo claramente.

—Yo solo…

Pero Anton ya había dado media vuelta y se alejaba calle arriba, una figura delgada, elegante y furiosa.

Lucinda regresó a la oficina temblando. Cuando la puerta se cerró detrás de ella, Joanne empezó a reírse.

Marsha se encogió de hombros.

—Te lo dije, Luce. Tendrías que haberle llamado.

Niall se levantó de su mesa. Tenía la cara del color de la masa sin cocinar; era evidente que no había pasado buena noche con los niños.

—Lucinda, ¿podemos hablar en mi despacho?

—Mira —empezó, nada más cerrar la puerta—, me conoces y sabes que soy un blandengue, pero ¿se puede saber qué te pasa? Entiendo que lo que haya entre Anton y tú es asunto vuestro, pero si él se presenta así en la oficina nos involucra a todos. Mantenlo en privado, por favor. E intenta pisar el acelerador un poco. Tus objetivos se han desplomado en las últimas semanas. Menos visitas. Ninguna venta. No sé, te di un voto de confianza y parecía que funcionaba, pero…

—No sabes cuánto lo siento, Niall —se excusó Lucinda.

Y lo decía de verdad. Lo siguiente, sin embargo, no era más que una patraña—. Creo que es porque estoy un poco cansada. No he tenido días libres desde que empecé a trabajar aquí y necesito recargar pilas.

—¿Me estás pidiendo unas vacaciones?

Lucinda sabía que estaba forzando la máquina, pero de repente necesitaba ir a Tobago más que ninguna otra cosa en el mundo.

—Me debes unos días. Estoy agotada, Niall. Cuando vuelva, te prometo que lo daré todo. Y siento lo de Anton. Sabes que nunca ha habido nada entre nosotros, es él que se ha… confundido.

—Bueno, pues basta de confusiones. —Era evidente que Niall odiaba aquella situación. No era de extrañar que su mujer hiciera con él lo que quería—. Anton es un contacto muy importante para la empresa. A partir de ahora no volveremos a hablar de esto. Ve a vender unas casas.

—Lo haré —respondió ella, agradecida.

Y lo decía de verdad. Quizá en aquel momento de su vida estaba deslumbrada por Nick, pero su carrera seguía siendo importante. De pronto sintió la necesidad de destacar en su trabajo más que nunca, de demostrarle a Nick que no era una niña malcriada y mucho menos una sanguijuela como Kylie. Llamaría hasta al último de sus contactos y cerraría unos cuantos tratos, a cual más espectacular. Aunque primero llamaría a Nick y le propondría que se vieran esa noche en el apartamento 15. Gemma y Alex estaban en una boda. Podían quedarse toda la noche.

Adiós al fin de semana relajante. Gemma y Alex discutieron todo el viernes por la tarde de camino a Sussex, durante la cena en un restaurante de estrella Michelin, mientras desayunaban el sábado en la habitación del hotel y de camino al caserío donde se celebraba la boda, a diez kilómetros de allí.

—Alex, tenemos que aceptar la oferta o perderemos Coverley Drive —le suplicó Gemma, mientras daban vueltas por el pueblo en busca de aparcamiento—. Ya se nos ocurrirá de dónde sacar el dinero que nos falta.

—No podemos. Estamos jodidos. No tenemos ni un triste penique de sobra, y menos con la factura de la clínica pendiente de pago. Esperemos que...

—¿Qué?

—Esperemos que al menos funcione —dijo Alex con un hilo de voz.

—Qué, ¡porque tendrías que soltar la pasta para intentarlo una segunda vez! ¡Dios, Alex!

—Yo no he dicho eso —protestó, mientras aparcaba marcha atrás delante de un monovolumen—. Es que..., bueno, es muy caro.

—¿Puedes ponerle precio a un hijo?

—Claro que no, pero tampoco se tendría que poder comprar un bebé. Esto es aparcar y lo demás son tonterías.

A Gemma le daba igual que su marido hubiese sido capaz de aparcar en un espacio del tamaño de una caja de cerillas.

—¿Me estás diciendo que es mala idea?

—Cari, no pongas palabras en mi boca que yo no he dicho. Las hormonas empiezan a afectarte.

—Cómo te atreves a decirme eso —le espetó Gemma, y se bajó del coche.

Una mujer con lo que parecía ser un cojín metido debajo de un vestido de Diane von Furstenberg se quedó mirándola fijamente.

—¡Eh, Gems! —exclamó.

—¡Oh! ¡Christina! —Gemma abrió los brazos para recibir a su antigua amiga del colegio, sintiendo que se mareaba por momentos al darse cuenta de que no era un cojín lo que escondía bajo el vestido.

—¿Cómo estás? —Abrazo. Beso. Beso—. Esperaba poder verte. —Presentación de los respectivos—. Sentaos con nosotros. Oh —añadió Christina, un tanto forzada, acariciándose la barriga mientras recorrían a toda prisa el pintoresco camino que llevaba a la iglesia—, no creas que he engordado. Estoy esperando un niño. Para julio.

—¿Ah, sí? —preguntó Gemma, fingiendo que no se había dado cuenta—. Felicidades.

—Ha sido una sorpresa —le confesó Christina en voz baja—. Justo acabábamos de ponernos manos a la obra. Creía que me quedaba al menos un año de libertad, pero no. De un día para otro ¡pum!, estábamos embarazados. Se acabaron las copichuelas y los cigarritos para *moi*. No sabes cuánto hecho de menos el sushi.

Una de las cabezas del banco que tenían delante, cubierta con un sombrero, se dio la vuelta.

—¿Christina? Oh, Dios mío. No he podido evitar escuchar lo que estabas diciendo. ¡Mira!

Se produjo un estruendo considerable cuando Christina y Nicola, otra de las chicas de su promoción que a Gemma nunca le había gustado, empezaron a comparar barrigas. De pronto, la conversación giraba en torno a salidas de cuentas y yoga para embarazadas. ¿Dónde demonios estaba Lalage? Alex le apretó la mano suavemente.

—Que les den —le susurró al oído—. Te apuesto lo que quieras a que sus estrías serán mucho peores que las mías y que no podrán mantener ni una triste tostada en el estómago.

Gemma sonrió con serenidad y mantuvo esa misma sonrisa durante toda la ceremonia y también durante la recepción, en la que les tocó en una mesa llena de parejas que solo sabían hablar de escuelas primarias y de cómo tener un hijo era sencillo, y era con el segundo cuando podía afirmarse que «empezaba lo bueno».

—Vosotros no tenéis hijos, ¿no? —preguntó una de las madres, aprovechando que la madre que tenía al otro lado había ido al lavabo («¡Mi vejiga ya no es lo que era! Quién me mandaría saltarme los ejercicios pélvicos»)—. Dios, qué suerte. ¿Te acuerdas, Diane —se dirigió a otra madre por encima del centro de flores de la mesa—, cuando no teníamos hijos? ¿Cuando podíamos leer siempre que nos apetecía?

—No teníamos que pescar caquitas del agua de la bañera.

Las dos rieron a carcajadas. Mientras tanto, Gemma sintió el pie de Alex acariciando el suyo por debajo de la mesa.

—¿Dónde has dejado a los tuyos este fin de semana? —le preguntó la madre número uno a la madre número dos.

—Con su abuela. He de reconocer que tengo sentimientos encontrados al respecto. No sé, obviamente que es agradable poder descansar de los diablillos de vez en cuando, pero sigo pensando que es muy desconsiderado. Es decir, si una boda no es un asunto familiar, entonces ¿qué lo es? ¿Y si no tienes con quién dejar al niño?

—Totalmente de acuerdo. Lo entenderán en cuanto tengan hijos.

—¿Champán? —le preguntó una camarera adolescente a Gemma.

—No, gracias. —Por muy desesperada que estuviera, no tenía intención de envenenar su cuerpo el día antes del acontecimiento que estaba destinado a cambiarles la vida.

Mamá Uno arqueó una ceja.

—¿Hay algo que nos tengas que contar? ¿Cuánto tiempo lleváis casados ya?

—Estoy tomando antibióticos —explicó Gemma.

—Antibióticos, ¿eh? —Le guiñó un ojo—. Felicidades —añadió en voz baja—. Tranquila, no se lo diré a nadie. Ya me había parecido que desprendías esa especie de brillo de las embarazadas.

—Gracias —respondió Gemma.

Sin embargo, y a pesar de no estar de muy buen humor, se divirtió bastante. Decidida a exorcizar todos los demonios de su interior, y en cuanto Dave el DJ estuvo preparado, Alex y ella se lanzaron a la pista a bailar «Vida loca» como si no hubiera un mañana y a besarse dulcemente al compás de «I'm Not in Love». No volvieron a hablar de la venta del piso. Se desplomaron sobre la cama, exhaustos, a eso de las dos y no bajaron a desayunar hasta casi las diez.

—Disfrútalo —dijo Alex, mientras el camarero le servía

su desayuno continental—. Cuando nazca Chudney, se acabó comer tranquilos.

—Tendremos que ocuparnos de un diablillo berreando desde lo alto de su trona —asintió Gemma, antes de meterse un trozo de kiwi en la boca—. Tú le mancharás toda la cara de papilla intentando que se la coma.

—Y tú le cambiarás el pañal sucio en el lavabo de señoras. —Alex se aclaró la garganta—. Oye, en cuanto entreguemos la llave de la habitación, salimos para casa. Así podré ponerme a trabajar después de comer.

—¿Ni siquiera un paseo antes de irnos?

—No si quieres que sea tu donante de esperma el miércoles por la mañana. Tengo que ocuparme de una montaña de papeleo.

—Dios, eres un aguafiestas —suspiró Gemma, pero sonriendo, justo cuando su móvil empezaba a sonar—. ¿Qué es esto? Será mejor que conteste. —Sacó el teléfono del bolsillo, miró la pantalla y tuvo un mal presentimiento—. Es Bridget. ¿Sí?

—¡Hola! —Bridget parecía tan feliz como siempre—. ¿Qué tal ha ido? ¿Os lo habéis pasado bien?

—Sí, gracias —respondió Gemma. Algo no iba bien y Gemma lo sabía.

—Me alegro. Oye, lo siento, pero… no sé si podré ir el miércoles.

Lo dijo como si acabara de darse cuenta de que no podía ir al cine porque le coincidía con las clases de meditación. Gemma se sintió como si algo en su interior se hubiera hecho añicos y los restos se le clavaran en la base de la garganta. Le pitaban los oídos.

—¿Por qué no? —se oyó preguntar a sí misma, con el tono de voz más calmado que pudo encontrar.

—¿Qué pasa? —preguntó Alex, y Gemma le hizo un gesto con la mano para que se callara.

—Lo siento. Lo siento mucho, de verdad. Massy y yo hemos estado hablando. Y creemos que es una mala idea. Porque, no sé, algún día queremos tener hijos. Pronto. Y si te doy esos óvulos y luego descubro que no puedo quedarme embarazada... ¿Cómo crees que me sentiría? Además, lo de sacar los óvulos no es cualquier cosa. Mi amiga Arianne, que es homeópata, el otro día me explicó que la anestesia general es muy mala para el cuerpo y que podría morir, y cuando Massy lo escuchó se enfadó mucho y me dijo que no quería que me muriera y...

—Pero esto ya lo habíamos hablado —le susurró, apretando los dientes—. Dijiste que no te importaba.

—Sí, pero eso fue antes de conocer a Massy.

Lo sabía. Gemma siempre había intuido que aquella era la clave, que preguntarle a su hermana si pensaba tener hijos en el futuro justo antes de conocer al amor de su vida eran ganas de buscarse problemas, del mismo modo que sabía que intentar que cambiara de opinión no era lo más indicado en aquel momento. Bridget tenía derecho a dudar, incluso a echarse atrás.

—¿Cuánto quieres? —preguntó.

—¿Perdona?

—Ya me has oído. ¿Cuánto quieres a cambio de reconsiderar tu decisión?

La línea se quedó en silencio.

—No es una cuestión de dinero. —Bridget parecía ofendida—. Lo hablamos con la consejera, ¿recuerdas? Si te daba mis óvulos y luego no podía tener hijos, me arrepentiría el resto de mi vida... No, Massy, déjame terminar... No creo que...

—¿Cuánto quieres? —repitió Gemma con voz fría.

—Massy, ahora hablamos tú y yo, ya te lo he dicho. Gemma, de verdad que lo siento pero he tomado una decisión.

—Tenemos que hablarlo.

—Estamos hablando, cariño. He cambiado de opinión.

—¿Y no crees que podrías haberme avisado un poco antes?

—Te he llamado en cuanto he tomado la decisión.

—Envíame tu dirección en un mensaje. Voy a ir a verte. Ni se te ocurra salir de casa.

Gemma colgó, se dejó caer sobre una butaca tapizada en lino blanco y escondió la cara en su regazo. Sentía que algo dentro de su pecho había empezado a sangrar.

31

Gemma y Alex regresaron a Londres en silencio, escuchando Magic FM en la radio del coche. Alex ya estaba inmerso en su siguiente caso. Gemma, en cambio, pensaba en lo mucho que le gustaría colgar, arrastrar por el suelo y descuartizar a su hermana. Menudo bicho raro. Siempre había sido tan digna de confianza como unos zapatos de papel en un día de lluvia. ¿En qué momento se había permitido el lujo de creer lo contrario?

—¿Qué quería Bridget? —preguntó Alex.

—Ah, ya la conoces. Estaba leyendo el horóscopo por internet y quería contarme cómo será la personalidad de Chudney.

—¿Y...?

Si sale a su madre biológica, no sabrá qué es la lealtad. Será un vago, un irresponsable.

—Ah, ya no me acuerdo. Tonterías. Oye, creo que esta tarde iré de compras para que puedas trabajar tranquilo.

—No te gastes demasiado dinero. —Alex no se hubiera enterado de nada aunque Gemma le hubiera dicho que Chudney estaba predestinado a convertirse en un sepulturero transexual y que iba comprarle unos ataúdes de juguete para que empezara a practicar.

—Tranquilo, no lo haré. Eh, ¿esta canción no es de los Vertical Blinds?

Escucharon con atención las notas discordantes de la

guitarra, la voz dura aunque extrañamente emotiva del cantante.

—Cabrones. Están todo el día sonando en la radio y luego van de pobres. Pienso bajarme toda su música para grabarla en CD y luego venderlos por ahí.

—Seguro que afectaría muy positivamente a tu imagen de representante del estamento legal.

—Pues te encargarás tú.

—Si me enseñas a hacerlo. —Por primera vez desde la llamada, Gemma sonrió. No demasiado, también es cierto, pero al menos durante un segundo las comisuras de su boca apuntaron hacia arriba.

El piso de Bridget y Massy estaba en la planta más alta de un viejo edificio de los años treinta, junto a una vía de doble sentido en la zona oeste de Londres. Era el tipo de casa que, al pasar junto a ella con el coche de camino al hermoso West Country (la zona suroeste de Inglaterra) para pasar unos días de descanso, Gemma no podía evitar preguntarse quién sería el pobre desgraciado que vivía allí. Llamó al timbre. Estaba temblando. Al salir de casa, le había parecido que hacía buen tiempo, uno de esos días típicos de cerezos en flor y tulipanes floreciendo. Sin embargo, durante el trayecto el cielo se había cubierto de nubes. El viento levantaba las bolsas abandonadas del suelo y le arañaba las piernas. Ojalá me hubiera puesto medias, pensó.

Volvió a llamar al timbre. Quizá no funcionaba, aunque lo más probable era que Bridget estuviera apoyada en la pared, como si intentara esquivar los disparos de un francotirador. Ya estaba sacando el móvil del bolsillo dispuesta a acosarla, cuando el rostro soñoliento de Massy apareció al otro lado del cristal.

—Bridget ha salido —dijo, mientras abría la puerta.

—Puedo esperarla.

—No quiere verte. Dice que está avergonzada. Que dirás que sabías que esto pasaría, que siempre ha sido un bicho raro.

Gemma necesitó hacer un esfuerzo titánico para mantener la boca cerrada, pero finalmente lo consiguió.

—Sabe que estás molesta, pero, en serio, Gemma, le estás pidiendo mucho. Que permita que invadan su cuerpo de esa manera, que regale uno de sus futuros hijos. Soy católico, ¿sabes? Así que toda esta mierda es, no sé, muy fuerte para mí.

Gemma ignoró sus palabras.

—¿Puedo entrar? ¿Y tomarme una taza de té? Creo... Creo que podríamos llegar a un acuerdo.

Fue como si una luz se encendiera tras los profundos ojos de Massy.

—Adelante.

Gemma lo siguió hasta el interior del piso. Unas cortinas amarillentas ocultaban los coches de la vista, pero el rugido del tráfico era constante. Había un sofá cama gris y gastado en el cuarto que hacía a la vez de sala de estar y de dormitorio, un lavabo minúsculo con el suelo cubierto de linóleo que se deshacía por momentos y una pequeña cocina con el fregadero lleno de platos sucios. La estancia apestaba a porro y había ceniceros llenos de colillas por todas partes. Gemma miró a su alrededor, obligándose a sonreír mientras se preguntaba cómo afectaría la marihuana a los ovarios de Bridget.

—¡Qué bonito!

A Massimo se le escapó una carcajada.

—¿En serio?

—Solo necesita unos cuadros en la pared. Quizá unas cortinas nuevas. Podríais convertirlo en un sitio realmente acogedor.

—Sí, claro —dijo él, sin dejar reírse.

Gemma se sentó en el sofá.

—Como ya he dicho —empezó Gemma, sin poder apartar la mirada de la enorme mancha de humedad del techo—, me encantaría darle algo a Bridget a cambio de su ayuda... ¿Tenéis calefacción central?

Massy se encogió de hombros.

—No, pero da igual. Casi estamos en verano.

—¿Y bañera?

—No. Un plato de ducha. Pierde agua, pero no pasa nada. Bridget siempre dice que en la India puedes pasarte días enteros sin ducharte.

De pronto, se escuchó la voz de una mujer a través de las paredes. *Cuán grande es Dii-oos.*

—Es Gloria, la del piso de arriba —explicó Massy, encogiéndose de hombros—. Canta en un coro.

Gemma intentó disimular su incomodidad. Nadie debería vivir de aquella manera. ¿Cómo podía Bridget siquiera plantearse la posibilidad de traer niños al mundo? Un agujero como aquel no era sitio para criar a un bebé. Sin duda estaría mucho mejor en Coverley Drive, en la habitación que Gemma ya había escogido para él, con vistas al jardín.

—Podría ayudaros a salir de aquí.

—¿Cuánto? —preguntó Massy, rápido como un rayo.

—Suficiente para la entrada de un piso. —Gemma se apresuró a hacer los cálculos. Si lo que había visto en televisión era cierto, y puesto que el mercado inmobiliario seguía sin levantar cabeza, se podía encontrar un buen piso por menos de doscientas mil libras. Así que el diez por ciento serían...

—Cuarenta mil.

—Veinte —replicó ella.

—Treinta y cinco.

—Veintisiete.

—Treinta. —Era evidente que Massy se estaba aguantando la risa. Y lo cierto es que la cosa no dejaba de ser cómica, aunque de un modo bastante retorcido.

—Estoy dispuesta a daros veintisiete mil quinientas libras. Y es mi última oferta. —Se puso en pie.

—Hecho —aceptó Massy, y le tendió la mano.

Gemma la estrechó; tenía la piel mucho más áspera que Alex.

—Por supuesto, me gustaría tener esta conversación con Bridget —dijo Gemma—. ¿Le dirás que me llame cuando vuelva?

—Claro —respondió Massy.

Mi canto es Amo-o-or desconocido.

Gemma empezaba a arrepentirse de su impulsividad. Estaba segura de que Bridget se habría conformado con menos dinero. Quizá debería haber esperado a que llegara. Pero sabía cómo era su hermana, sabía que dormiría fuera los días que hiciese falta si se enteraba de que Gemma la estaba esperando. Una vez sus padres montaron en cólera porque Bridget le robó la tarjeta de crédito a su madre para comprarse un billete de avión a Ibiza; Bridget fue de sofá en sofá, de casa de un amigo a otro, hasta que finalmente la tormenta se disipó. Alex tenía razón: siempre cedía, nunca se mantenía firme el tiempo suficiente porque, a la primera señal de problemas, salía corriendo en busca de cobijo.

—Espero verla en la clínica el miércoles —dijo Gemma.

—Sí, claro. Siempre y cuando tenga el dinero.

—Tendrás el dinero, no te preocupes. Te lo traeré mañana. —Abrió la puerta—. ¿Crees que Bridget estará de acuerdo con esto? —preguntó, incapaz de contenerse.

—Me aseguraré de que así sea —respondió Massy.

Gloria subió el volumen. *Su-u-bli-me gracia del Señor, que a un infeliz salvó.*

—Adiós, Massy.

—Adiós, Gemma.

Llegó a casa sobre las tres. Alex se levantó del sofá de un salto.

—Cari, ¡hola! A que no sabes qué. —Señaló una enorme cesta que descansaba sobre la barra de la cocina—. Otro regalo de Frankie. Muy poco ético, lo reconozco. Los clientes no pueden enviar regalos a sus abogados. Bueno, sí pueden, pero tienen que ser relativamente modestos, según el Colegio de Abogados. Calculo que una botella de Krug Vintage entra dentro de la categoría de «relativamente modesto». Y el queso Stilton entero, y el jamón, y el montón de diferentes delicias. —Se frotó las manos—. Pienso representar a más criminales, aviso. ¿Y tú cómo estás?

—Bien. —Le dio un beso en la frente, se dirigió a la cocina y encendió la tetera eléctrica.

—¿Dónde has estado?

—De compras, te lo dije.

—¿Dónde están las bolsas?

—No he comprado nada. ¿Té?

Gemma dio un bote al escuchar un pitido procedente de su móvil. Rápidamente, lo sacó del bolsillo y leyó el mensaje.

He hablado con Massy. Cambio de opinión. Siento mareart. Nos vemos el miérc xxxxx

Como si se estuviera disculpando por haber llegado tarde a un concierto, pensó Gemma. Intentó que la expresión de su rostro no cambiara, mientras apretaba el botón de «borrar».

—¿Quién era? —preguntó Alex.

—Lalage dándonos las gracias por asistir a la boda. ¿Sabes si hay té del bueno en la cesta? ¿O galletas?

—Ah, por cierto, he encontrado un brazalete tuyo —dijo Alex.

—¿Un brazalete?

—Debajo de la mesa. —Sujetó en alto tres filas de perlas unidas por un cierre de diamantes.

—Eso no es mío. Dios, Alex, llevamos... ¿Qué? ¿Cuatro años? Y todavía no te has dado cuenta de que no tengo nada tan hortera como eso.

Alex le pasó el brazalete y ella estudió los diamantes, se lo puso alrededor de la muñeca y lo hizo girar de un lado a otro, admirando la forma en que la luz se reflejaba en las perlas, enormes y de color crema, como los huevos de codorniz.

—Tiene que ser de Lucinda. Es la única persona que conozco que lleva este tipo de joyas. La llamaré por la mañana y le preguntaré si es suyo. Podría aprovechar para darle una respuesta sobre la oferta de Nick Crex.

Se miraron el uno al otro con cautela.

—Está bien —dijo Alex—. He estado pensando en ello. Podemos hacerlo, por mucho que me duela, pero no podré hacer una sola contribución a mi jubilación en todo el año que viene.

—¡Oh, gracias! —exclamó Gemma, lanzándose a sus brazos. ¿A quién le importaba la vejez? Le urgía mucho más encontrar 27.500 libras en veinticuatro horas.

32

El lunes por la mañana, Massy llamó a Gemma.

—Tardé un buen rato en convencer a Bridget —le dijo—. No estaba nada segura. Me dijo que no le parece bien que compres un bebé, que ya lo había hablado con la consejera. Yo le dije que no estabas comprando nada, que solo quieres demostrarle cuánto valoras el esfuerzo que está haciendo.

—Exacto —asintió Gemma, con el teléfono entre el hombro y la barbilla. Bajó la mirada. Allí estaba, sobre la barra de la cocina, el brazalete de Lucinda. Tenía que llamarla para decirle que aceptaban la oferta de Nick El Tacaño Crex. Cogió el brazalete y lo estiró sobre la palma de una de sus manos mientras preguntaba—: ¿Por qué no me ha llamado Bridget personalmente?

—Ya sabes cómo es. Siempre tan sensible —respondió Massy—. Luego está lo de qué pasaría si luego nosotros no pudiéramos tener un hijo propio. Lo reconozco, eso fue culpa mía. Me explicó que había tenido esa conversación con la consejera y yo me puse hecho un basilisco. Soy italiano, ¿sabes? La familia lo es todo para mí.

—Lo sé. Ya lo dijiste. Católico y todo eso. Hasta el último espermatozoide es sagrado.

Massy ignoró el tono sarcástico de sus palabras.

—Ya has visto el agujero en el que vivimos. Quiero algo mejor para mis hijos. Si puedes conseguirnos esas 27.500 libras antes de que se acabe el día, me ocuparé de que Bridget se presente el miércoles en la clínica.

Gemma habló muy lentamente, a pesar de que el corazón le iba a mil por hora.

—No estoy segura de conseguir esa suma en efectivo. Al menos no antes de mañana. Pero puedo ponerlo todo en movimiento.

—Hay bancos que hacen transferencias para el mismo día. Pregunta en el tuyo. Te voy a dar los datos de mi cuenta. Quiero saber que el dinero estará en ella antes de que acabe el día.

—¿No estaría mejor en la cuenta de Bridget? —Gemma estaba sorprendida de lo bien informado que estaba Massy.

—¿De verdad crees que Bridget se abriría una cuenta de banco a su nombre? —preguntó él, con un suspiro—. Si sigue guardando el dinero debajo del colchón.

—Tendrás tu dinero.

No estaba tan segura como quería aparentar. Había tres mil libras en la cuenta común y quinientas treinta en la suya. Revolvió los archivos de Alex, buscando desesperadamente en carpetas con nombres como «Pensiones» o «Inversiones», carpetas que, por increíble que le pareciera ahora, era la primera vez que tocaba. Eso era cosa de hombres. ¿Qué demonios le pasaba? ¿Cómo podía plantearse seriamente ser madre cuando ni siquiera sabía cuánto dinero tenían entre los dos? Gemma sintió asco de sí misma, asco por los años que había desperdiciado de escaparate en escaparate y tumbada en una camilla mientras le hacían la pedicura, cuando podría haberlos invertido en aprender a controlar todas aquellas cuestiones.

No tenía ni idea de cómo liquidar un fondo de pensiones. O retirar en efectivo de una cuenta de ahorro. Estaba convencida de que si lo intentaba, desataría una tormenta de llamadas al despacho de Alex. Miró a su alrededor, calculando el valor de los muebles. El puñetero sofá de cebra había costado tres mil quinientas libras. ¿En qué se supone que estaban pensando? Ni siquiera era cómodo, limpiarlo era una auténtica pesadilla y representaba casi una quinta parte de la cantidad que necesitaba: el equivalente a los muslos y las rodillas del bebé.

El televisor; dos mil libras más solo porque Alex había insistido en que fuera de alta definición. ¿La cocina? Veinticinco mil, aunque difícilmente podría desmantelar las encimeras de mármol italiano ella sola y venderlas por eBay antes de que llegara la noche.

Revisó sus joyas, su ropa, sus zapatos. Miles y miles de libras tiradas a la basura —un poco como las eyaculaciones de Alex— en marcas como Nine West y Jigsaw, alguna cosa de Nicole Farhi y bastantes de Zara, todo por unas veinticinco mil libras más, aunque no valdría lo mismo de segunda mano. ¿Por qué no había previsto aquella situación? ¿Por qué no había empezado a ahorrar hacía años? ¿Por qué, en lugar de comprar sales de baño de diez libras el paquete, no había ingresado cada uno de aquellos billetes en una cuenta bajo el nombre «cuenta para sobornar a Bridget»? El dinero siempre le había parecido algo abstracto que se movía sigilosamente de una cuenta a otra, sin que ella llegara a verlo o a tocarlo. Pero las consecuencias de su uso eran cualquier cosa menos abstractas. Dictaban los detalles más concretos de su vida.

Gemma se miró las manos. Otra vez se había estado mordiendo las cutículas. Miró el anillo que llevaba en el dedo. La banda de platino salpicada con pequeños diamantes, y en la parte superior un pedrusco cortado en mil facetas y rodeado de zafiros que nada tenía que envidiarle a Gibraltar. De la abuela de Alex. Una reliquia de su familia.

Si desaparecía, ¿se daría cuenta Alex? Seguro que no. Solía estar siempre tan inmerso en su trabajo que si a Gemma se le ocurriera pasearse por casa vestida con un paño de cocina sucio y unos calzoncillos en la cabeza, ni siquiera se daría cuenta. Y si por casualidad se diera cuenta, le diría que lo había llevado a limpiar. No pondría en duda una explicación tan lógica como esa.

Se sentó frente al ordenador y buscó en Google «empeñar joyas zona hatton garden».

Se había imaginado una tienda oscura y anticuada al fondo de un callejón. Un gato negro ronroneando sobre el alféizar de una ventana. Una vieja moqueta roja y un hombre mayor con una larga barba blanca emergiendo con paso renqueante de la trastienda, llena de tesoros cubiertos de polvo. Sin embargo, las casas de empeños tenían exactamente el mismo aspecto que cualquiera de las joyerías de la zona de Hatton Garden: luminosas, modernas, con escaparates de vidrio donde se exponían brazaletes de oro y relojes Rolex. Solo tres discretas esferas sobre la puerta de entrada indicaban que no solo se podía comprar, sino también vender. Aun así, una casa de empeños. Aquello era para viejecitas necesitadas que tenían que pagar el gas, no para mujeres jóvenes desesperadas por costearse lo último en tratamientos de fertilidad.

Gemma llamó al timbre y la puerta se abrió. Un hombre asiático salió de detrás del mostrador. No tendría ni treinta años. Iba trajeado y no dejaba de sonreír.

—Buenos días, señora.

—Buenos días. —Gemma miró a su alrededor, sin saber muy bien qué hacer. Se oía el sonido de una radio de fondo. No había nada con lo que extraer medio kilo de carne de un cuerpo.

—¿Puedo ayudarla en algo?

—Querría empeñar algo —respondió Gemma, con el volumen de la voz un poco descontrolado.

—Acompáñeme a la trastienda, señorita —dijo él con soltura, arruinando el efecto general al gritar por encima del hombro—: Eh, Sharmila. Ven a ocuparte de la tienda, ¿quieres?

En la trastienda, Gemma se quitó el anillo y lo dejó sobre la mesa, frente al hombre.

—Es consciente de que cualquier préstamo equivale aproximadamente a la mitad del precio del objeto —dijo el hombre, que se había presentado como Raf—. El interés es ahora mismo del cuatro por ciento al mes, por un mínimo de seis meses, y si al final no ha devuelto la cantidad prestada, el objeto será vendido y la cantidad sobrante, una vez descontados nuestros gastos y los intereses, le será devuelta.

—¡Oh! —exclamó Gemma. Era todo un consuelo—. Así que, aunque no pueda devolverles los intereses, recobraré parte del precio de venta.

—No sería mucho —la avisó Raf, mientras cogía el anillo de la mesa y lo examinaba con gesto serio—. Los intereses se lo habrían comido casi todo. Pero menos da una piedra, ¿no? —Le guiñó un ojo y luego se puso la lupa de joyero para examinar el anillo.

Una larga pausa. Era como ver uno de esos programas de telerrealidad sobre antigüedades, cuando la viejecita está a punto de descubrir que la vieja tetera del desván vale medio millón de libras. Gemma se preparó para las buenas noticias. Seguramente le sobraría dinero para cubrir la oferta del Aguijón Crex.

—Mmm. No sé cómo decirle esto.

—¿Sí? —Inquieta, se inclinó hacia adelante.

—Este anillo… ¿Creía que era…? Bueno, que el anillo es falso. No creo que cueste más de treinta libras.

—¿Qué?

—Lo siento —dijo Raf—. Pasa muy a menudo. La gente miente sobre el valor real de los regalos.

—¡Mi marido no me ha mentido! Fue su abuela quien se lo dijo. Le contó que el anillo fue un regalo del rajá de no-sé-qué-stán. De cuando trabajó en la India. —¿Había sonado racista? Gemma se puso colorada, pero Raf se estaba riendo.

—Más bien en la trastienda de un restaurante indio. Lo siento, preciosa. Puedo darle cuarenta libras por él, si le sirve de algo. Como un favor, porque parece una buena chica.

Gemma no podía creérselo.

—¿Está seguro?

—Lo siento. No estoy intentando timarla. Existen leyes para evitar que eso pase.

Gemma se levantó de la silla y Raf señaló su muñeca derecha.

—Pero ese brazalete que lleva... Podríamos hacer algo con él.

Gemma bajó la mirada. Las perlas de Lucinda, doble fila, el cierre de diamantes.

—Eso es Cartier *vintage*. ¿No lo sabía?

—No. Yo...

Raf se rió.

—Tiene suerte de haber escogido a alguien tan honesto como yo. Querida, ese brazalete seguramente cuesta más que toda esta tienda. Puedo darle treinta mil por él. En efectivo. Claro que los intereses serán desorbitados, así que si cree que no podrá pagarlos, quizá prefiera pensárselo dos veces. Herencia de familia, ¿verdad? —preguntó Raf, mientras tecleaba números en una calculadora—. Mire. Esto es lo que tendría que pagar al mes.

—¿Pero saldría de aquí con treinta mil libras? —preguntó Gemma lentamente.

—Por supuesto.

—Y si no puedo pagar los intereses, venderán el brazalete, ¿verdad?

—Así es como funciona.

Gemma empezó a pelearse con el cierre.

—Pues adelante.

33

Durante las siguientes cuarenta y ocho horas, Gemma apenas durmió. Estaba bastante segura de que todo funcionaba según lo previsto. Después de que Raf le entregara el fajo de billetes de cincuenta libras, Gemma se montó en el coche, cruzó Londres hasta el trabajo de Massy y le entregó una bolsa de plástico llena de dinero.

El miércoles, Alex acudió a la clínica solo para la donación del esperma. Gemma mintió y le dijo que estaba demasiado estresada para acompañarlo, y aprovechó para recordarle que él no había asistido a ninguna de las ecografías. Alex no tuvo más remedio que estar de acuerdo, aunque de mala gana; tres horas más tarde llamó desde el bufete para explicarle que la selección de revistas porno era decepcionante, pero que, aun así, había cumplido con su cometido. No, no había visto a Bridget, pero le habían dicho que había llegado a su cita sin problemas y que todo había salido bien.

—Pero hablarás con ella directamente, ¿no? —preguntó Alex.

—Sí, pero quería dejarle su espacio —mintió Gemma—. Le han puesto anestesia general, ahora mismo lo que necesita es descansar.

—Vale. ¿Has hablado con Lucinda?

A Gemma se le escapó una mueca. Encontraría la forma de devolver el dinero y algún día le devolvería el brazalete. Solo necesitaba un par de meses.

—Sí. Le he dicho que aceptamos la oferta. Y luego he llamado a la agente de los Drake para comunicarle que nosotros también bajábamos la nuestra. Como era de esperar, se ha puesto como una fiera.

—Era de esperar —repitió Alex—. Pero alegra esa cara, cari. Ahora mismo mi esperma se está mezclando con un óvulo de Bridget.

Phil estaba del peor humor que Karen recordaba desde el día en que le comunicaron el diagnóstico. Los Meehan habían bajado la oferta con la excusa de que no tenían más remedio, puesto que su comprador había hecho lo mismo.

—No me puedo creer que los muy inútiles nos estén haciendo esto —gritó, mientras se preparaba para meterse en la cama—. ¿Cómo coño se atreven? ¿Qué se creen, que seguimos en los ochenta y que todo está permitido? Solo les falta presentarse en casa con unos vaqueros lavados a la piedra y escuchando Kajagoogoo a todo volumen.

—Cariño, no te estreses, sabes que no es bueno para ti —dijo Karen.

Estaba tumbada en la cama, observándolo. Los pantalones del pijama eran demasiado cortos para sus piernas delgadas y largas. Las de Max, en cambio, eran firmes y musculosas. Desde el día en que Phil antepuso el yoga a su relación, se había visto con Max más a menudo. Cuando estaba con él, sentía una felicidad completa; el tiempo que compartían era delicado y brillante, intocable como una mariposa atrapada en ámbar. Seguía repitiéndose que no era más que una aventura, aunque en el fondo se daba cuenta de que era mucho, mucho más. Pero ¿por qué no? ¿Por qué no podía ser feliz, aunque no fuese por mucho tiempo?

—Me estreso si me da la gana. Ya sabes cuánto significa Chadlicote para mí. Y ahora el margen que nos queda es cada vez menor.

—Bueno —dijo Karen—, si tanto significa para ti, no tienes más remedio que aceptar el golpe.

—Pero apenas nos llega el dinero, no si incluimos el presupuesto de la reforma.

Karen habló con sumo cuidado.

—¿Y si yo siguiera trabajando? Podría alquilar un piso, quedarme en Londres con las niñas durante un año más o menos. Ahorrar hasta el último penique y luego…

Por un momento, creyó que Phil le diría que sí. Hasta que de pronto negó con la cabeza.

—No. Tenemos que estar juntos. De otro modo, todo esto no tiene sentido. —Miró a Karen y sonrió—. Gracias de todas formas, cariño. Te agradezco el gesto.

—No pasa nada —dijo ella.

—Ya se me ocurrirá algo —continuó Phil—. No pienso permitir que me arrebaten mis sueños.

Karen, mientras tanto, contaba las horas hasta que pudiera encontrarse con Max de nuevo.

Pasaron dos días. Y llegó el viernes por la mañana, el día en que la clínica tenía que llamar con los resultados. Podía ser un «Ven, los embriones están preparados» o un «Lo sentimos, no se moleste, no le haremos perder el tiempo».

El teléfono sonó a las nueve y cinco.

—Gemma, soy Donna. Me alegra comunicarte que estamos preparados. Tenemos ocho embriones de cuatro células, todos de grado uno estándar. El mejor resultado posible. ¿Podríais venir Alex y tú esta tarde? Y recuerda, bebe toda el agua que puedas. El traspaso funciona mejor con la vejiga llena.

Lucinda llamó a Nick.

—¿Quieres que nos veamos? —le preguntó.

—Vale —respondió él, a secas.

Lucinda sintió que el estómago se le arrugaba como una nuez. Últimamente, Nick estaba muy frío con ella. Sin darse cuenta de lo que hacía, se llevó la mano a la muñeca derecha para hacer girar el brazalete de Cartier, y recordó que llevaba días buscándolo. Tenía el horrible presentimiento de que se lo había dejado en casa de los Meehan el viernes por la noche. El sexo había estado muy bien, pero Nick estuvo distante y no quiso quedarse a pasar la noche, a pesar de que los Meehan no volvían hasta la tarde del día siguiente. ¿Quizá pensaba volver con Kylie? Fuera como fuese, Lucinda necesitaba saber cómo estaban las cosas entre ellos. Ya había reservado las vacaciones, ahora faltaba ver cómo reaccionaba cuando se lo contara.

—De acuerdo —le dijo, hablando con calma—. Gemma tiene reflexología esta tarde, así que quedamos en el apartamento a la hora de siempre.

—Vale —dijo Nick, y colgó.

La consulta estaba iluminada con una luz muy brillante. Presidía la estancia una camilla con estribos, como un aparato de tortura. Había monitores conectados. Con la máscara y los guantes, Sian era prácticamente irreconocible.

—Hace un tiempo increíble. Quítate las braguitas, siéntate aquí y luego me temo que toca subir las piernas a los estribos otra vez. ¿Viste ayer *Esta casa es una ruina*? Era una repetición, pero el programa fue tan bueno…

Gemma se escondió detrás del biombo, se quitó las braguitas y la falda y, tras unos segundos de duda, las dobló y las colgó de un gancho. Tenía la vejiga tan llena que le preocupaba muy seriamente la posibilidad de orinarse encima. Se subió a la silla de tortura y se tapó sus partes bajas con una sábana. Sian seguía hablando con Alex.

—No escucharon ni una sola palabra del presentador. Y eran tan tiquismiquis. Tenía que ser un jardín mirando al sur y cuatro habitaciones dobles. No sé, a veces la gente no sabe comportarse.

Alex asintió educadamente, mientras Sian se ponía un par de guantes blancos. Gemma repasó la pared de retratos de bebés para distraerse de la necesidad, cada vez más imperiosa, de orinar. Estaba segura de que había un par de fotos nuevas desde la última vez que estuvo allí. Incluso ahora, a pesar de lo cerca que estaban, no podía evitar sentir celos de los que habían tenido más suerte que ella.

—¿Ese bebé estaba antes? —preguntó Gemma, señalando una niña rubia, con la cara gordita y vestida con un pelele de color rosa.

Sian no parecía muy segura.

—Mmm, tendría que comprobarlo. Posiblemente. Recibimos muchas fotografías de bebés, como podrás imaginarte. Vosotros también me enviaréis la vuestra.

De pronto, se escuchó un zumbido y una compuerta eléctrica se abrió en la pared. Dentro había un televisor, en el que Gemma vio un enjambre de células aumentadas mil veces y que nadaban de un lado a otro. La escena era hipnótica y de una belleza emocionante. Los Meehan se quedaron boquiabiertos.

—Vaya. —Vamos, no pierdas el tiempo o me haré pipí encima.

—Vaya, y que lo digas. Tu hermana es muy fértil. Claro que solo permitimos el uso de dos embriones al mismo tiempo. Créeme cuando te digo que, por mucho que quieras tener un hijo, no quieres tener trillizos. Gemelos sería… Oh, no me hagas caso. Olvida que he dicho eso.

Cogió una inyección enorme y succionó el embrión. Dio media vuelta y se acercó a Gemma. Vamos, vamos. Apartó la sábana. Gemma soltó aire mientras Sian introducía el frío metal del espéculo en su interior e insertaba la jeringa. No te hagas pipí en su mano.

—¡Detente! —gritó una voz desde la puerta.

Todos se volvieron para mirar. Allí estaba Bridget, con los ojos abiertos de par en par.

—No quiero que lo hagas —dijo—. Han pagado por mis óvulos. Nadie me lo dijo. Yo no quería ese dinero. Y ahora Massy se ha ido. Se lo ha llevado todo. ¡Quiero que pares ahora mismo!

Sian se llevó una mano al cuello, como una damisela de la época victoriana al ver la pata de una mesa.

—¿Quién te ha dejado entrar?

—He intentado detenerla —se excusó una Donna muy nerviosa detrás de ella—. No he podido.

—¿Ya es demasiado tarde? —preguntó Bridget. Tenía el pelo alborotado y las mejillas color fucsia.

—Sí, es demasiado tarde —respondió Sian—. Y lo es desde que firmaste la donación. Ahora fuera de aquí. —Y chasqueó los dedos enguantados como si Bridget fuera una mosca especialmente molesta.

—¡Gemma!

Gemma intentó levantarse, a pesar de tener las piernas subidas en los estribos, las partes pudendas expuestas a la vista de todos y su vejiga amenazando con vaciarse sobre la camilla en cualquier momento.

—Es demasiado tarde, Bridget. Has firmado los papeles.

—Y además, los óvulos ya están dentro —dijo Sian—. ¡Ahora fuera! ¡Chist!

—¿Qué quieres decir con eso de que hemos pagado por ellos? —quiso saber Alex—. No hemos pagado nada.

—Sí, sí lo habéis hecho. Le habéis pagado a Massy 25.000 libras para que me convenciera. Me lo contó y discutimos sobre ello. Yo quería devolver el dinero y ahora él se ha ido.

—Oh, Bridge —se apiadó Gemma.

—¿Le has pagado a Bridget? —preguntó Alex.

—Sacadla de aquí —gritó Sian—. Estamos en medio de un procedimiento médico.

—¿Te ha pagado? —le preguntó Alex a Bridget.

—A mí no, a Massy. Y ya te lo he dicho, se lo ha llevado todo.

Gemma se incorporó sobre los codos, olvidando por un momento el dolor del estómago.

—Mira, Bridge, de verdad que lo siento. Siento haberle pagado. Siento que lo aceptara. Pero nada de esto habría sucedido si confiara un poquito más en ti. Si no estuviera acostumbrada a tus cosas. Si jugaras según las normas para variar.

—¿Según las normas? ¿De qué coño estás hablando? Eres tú la que rompió las reglas y le pagó a Massy.

—Sí —intervino Alex.

—El dinero era para ti, no para Massy. ¿Y qué elección tenía? Soñaba con tener un bebé y tú eras mi única posibilidad y dijiste que sí y luego que no y... —Las lágrimas empezaron a rodar por sus mejillas—. Siempre haces lo mismo, siempre cambias de idea. Siempre haces trampas.

—¿Trampas? ¿Y tú qué? Eres tú la que, al darse cuenta de que no ibas a tener carrera como bailarina, resbalaste «accidentalmente» en las escaleras y te torciste el tobillo. Bonita forma de escribirte tú misma una cláusula de salida. Así no tenías que admitir ante nadie que no eras capaz de lograrlo.

Fue como si le hubieran dado un golpe en la cabeza. Gemma nunca había confesado aquello a nadie. Ella era la hermana buena y en la que se podía confiar, la que no se rinde cuando las cosas se ponen difíciles. Torcerse el tobillo había sido la excusa del siglo que le había permitido dejar el trabajo que tanto odiaba. Pero ¿cómo lo sabía Bridget?

—Es verdad, ¿a que sí? —la retó Bridget.

—¡No, no lo es!

—¡Quieres salir ahora mismo! —exclamó Sian—. O llamo a la policía y que Dios nos asista.

—Por favor —dijo Gemma—. Necesito ir al lavabo.

Lo primero que había que hacer tras la implantación era visitar al reflexólogo.

—Puedo coger un taxi —dijo Gemma mientras salían de la clínica.

—No seas ridícula. Te llevo yo en coche.

Recorrieron el camino en silencio. Todos los pensamientos positivos que Gemma pretendía dirigir hacia su útero se habían ahogado en un mar de reproches. Había tomado prestado —no, para ser sinceros, había robado— el brazalete de Lucinda para conseguir dinero. Y ahora Massy lo había robado todo. A Britget la habían acompañado fuera de las instalaciones angustiada y bañada en un mar de lágrimas, repitiendo una y otra vez que no quería que Gemma llevase en su vientre a un hijo suyo.

Fue un desastre. Gemma se sentía mal por su hermana y por Lucinda, y por Alex, incluso por sí misma. Pero su prioridad era el bebé. Con tanto estrés, podría perderlo, sabía que podía ocurrir. Y si pasaba, perseguiría a Massy hasta donde hiciera falta y lo mataría muy lentamente, usando técnicas propias de Abu Ghraib.

Recorrieron Camden High Street hacia Belsize Park, donde vivía Raquel, la reflexóloga. Pasaron frente a tiendas con percheros llenos de vestidos *vintage* en la puerta y escaparates repletos de botas de motero llenas de hebillas. Por los altavoces sonaba reggae. Un grupo de adolescentes franceses fumaban marihuana. Los mendigos se sentaban junto a los cajeros con las piernas cruzadas. En otras palabras, la vida seguía su curso.

—Lo siento mucho. Tendría que habértelo dicho.

—¿De dónde sacaste el dinero? —preguntó Alex, el tono de su voz impasible.

—Empeñé… una joya que tenía. Resultó ser más valiosa de lo que creía.

—¡No será el anillo de mi abuela!

—No, cariño —mintió Gemma, enseñándole la mano para que pudiera comprobarlo—. Jamás podría separarme de él. Significa mucho para mí. Era un viejo collar.

—¿Y de dónde pensabas sacar el dinero para recuperarlo?

Decidió no contarle sus planes de vender toda su ropa por eBay.

—Me he comportado como una idiota.

—Cierto. —Alex detuvo el coche en un semáforo y se volvió hacia ella—. Bueno, si nos ayuda a tener un hijo, habrá valido la pena.

—¿En serio? —A Gemma se le llenaron los ojos de lágrimas.

—Pues claro. Pero me siento mal por Bridget. Acaba de pasar por un procedimiento médico muy desagradable y resulta que, de pronto, su novio la deja y se escapa con un montón de dinero. Tendremos que compensárselo de alguna manera.

—¿Cómo?

—No lo sé, pero se lo debemos. Le debemos mucho. —Alex hizo una pausa y luego añadió—: ¿Qué ha dicho de cuando te torciste el tobillo…?

Gemma podría haberle confesado la verdad, pero todos los matrimonios tenían sus secretos.

—Tonterías. Y lo sabes.

Alex sonrió mientras detenía el coche frente a la consulta de Raquel.

—Te espero aquí, cari. Luego te llevo a casa.

—Eres un amor —dijo Gemma.

—Oye, no te me pongas melosa. Quiero este bebé tanto como tú, quizá más, así que no me vengas con que soy un amor. Estoy siendo egoísta, eso es todo, intentando perpetuar mis genes.

—¿Estás seguro?

—Mira —le dijo—, sé cuánto has sufrido. Fingiendo que no te importaba nada cada vez que el test daba negativo, haciéndote la dura. Has sido muy valiente, pero ya no hace falta. Estamos juntos en esto. Si se va a la mierda, estaré tan jodido como tú. Si funciona…, bueno, será genial.

Gemma lo miró con lágrimas en los ojos.

—Nos vemos dentro de una hora. Haz que la mujer de los pies obre su magia.

—Sí, señor.

Regresaron a casa en silencio. Tomaron el ascensor hasta la segunda planta. Recorrieron el pasillo hasta su puerta.

—Te voy a preparar un baño —anunció Alex, mientras ponía las llaves en la cerradura y entraba en el piso con un—: ¡Oh!

—¿Qué? —Pero al mirar más allá de su marido, lo vio.

Un tipo delgado y rubio, con los pantalones por las rodillas. Y Lucinda, con la camiseta levantada y peleándose con el cierre de la falda.

—¿Qué coño está pasando aquí? —preguntó Alex.

34

Lucinda estaba colorada como un tomate. Le temblaban las manos y tenía las piernas como si fueran de gelatina. Tenía la sensación de que en cualquier momento se pondría a vomitar.

No podía mirar a Nick mientras el ascensor los llevaba hasta la planta baja. Todo había pasado muy deprisa. Ella había murmurado algo sobre tomar medidas y Alex Meehan le había preguntado si era así como lo llamaba ella y les había ordenado a gritos que se marcharan. Lo habían hecho. Y rápido.

¿Qué dirían en la agencia? ¿Qué diría papá? Oh, Dios, había sido tan increíblemente estúpida. ¿En qué estaba pensando?

Pero no tenía intención de demostrarle a Nick lo afectada que estaba. Ese no era el estilo de Lucinda Gresham. Si se hundía, lo haría con honor: como el capitán Hardy a los mandos de un barco moribundo. ¿O era el capitán Oates perdiéndose en la nieve? ¿Qué le estaba pasando? Lucinda debería saber algo así.

—Siento lo que ha pasado —le dijo a Nick mientras salían a Summer Street—. Nos olvidamos de echar el cerrojo. Nos hemos vuelto descuidados.

Los rayos del sol le habían borrado el color de la cara, así que Lucinda apenas podía ver su expresión.

—¿Se lo dirán a todo el mundo? ¿Acabará en los periódicos?

—Pues claro que no —respondió ella con firmeza. Oh, Dios, no. Al periódico no—. Aunque yo seguramente perderé el trabajo.

—Si llegara a los periódicos, estaría acabado.

¿Qué? Lucinda lo miró fijamente. Aquella no era la reacción más caballerosa del mundo.

—¿Perdona? Te acabo de decir que probablemente me quede sin trabajo. ¿Qué puedes perder tú a cambio?

—Mi novia.

—¿Tu novia? La novia por la que tanto te preocupas, sobre todo teniendo en cuenta que llevas varias semanas acostándote conmigo.

—Tu trabajo, que es tan importante porque necesitas el dinero para vivir.

Se miraron fijamente el uno al otro.

—No trabajo por el dinero. Lo hago porque me gusta.

—Sí, claro. Vender pisos. Qué estimulante.

—Pues lo es —dijo Lucinda, sorprendida al sentir que se le llenaban los ojos de lágrimas. De pronto, su móvil empezó a sonar. Sería de la oficina. Niall, seguramente. Para echarla. Miró la pantalla. Cass. Irritada, desvió la llamada al buzón de voz.— Tengo que volver al trabajo..., para que puedan echarme.

—Claro. —Nick evitaba mirarla a los ojos.

De pronto, Lucinda lo odió con toda su alma. ¿Por qué actuaba como si no le importara lo más mínimo? Se sentía como si tuviera un trozo de hielo clavado en el diafragma. ¿Había perdido su trabajo por un hombre como aquel?

—Adiós —se despidió Lucinda y, dando media vuelta, partió calle abajo para encontrarse con su destino.

Gemma y Alex se miraron el uno al otro y rompieron a reír. Y a reír. Y a reír.

—Increíble —dijo Alex, cuando finalmente consiguieron controlar la risa—. Ahora mismo voy a llamar a esa pandilla de sinvergüenzas y les voy a contar a qué se dedica su agente estrella.

—¡Ni se te ocurra! —le gritó Gemma cuando él ya se disponía a coger el teléfono móvil.

—¿Por qué no? ¿Qué quieres que hagamos?

—Es que... —Gemma no tenía intención de contarle lo del brazalete. Había hecho algo malo y Lucinda también. Una cosa anulaba la otra—. Es que no quiero estresarme más aún.

—Estás loca —se burló Alex, sonriendo.

—Mira, la venta está casi completa. A partir de hoy, no creo que tengan la cara de volver, ¿no? Dejémoslo así.

—Pero...

—Ya hemos sufrido demasiado estrés con todo esto... —Se puso la mano sobre el vientre, todavía plano—. Por favor, dejémoslo estar. Por favor te lo pido.

Alex miró a su mujer y negó con la cabeza.

—Está bien, cari. Tus deseos son órdenes para mí.

—Empiezo a cansarme de esto —dijo Max.

Karen tragó saliva. Había llegado el día. Max le diría que lo suyo se había acabado. Se aburría. Quería encontrar a alguien de su edad. ¿Quién podía culparlo?

—Lo entiendo —respondió ella, sin muchos ánimos.

Max se apoyó en un codo y la miró. Tenía los ojos de un color increíble, entre el gris y el azul, y los labios carnosos. Karen no sabía cómo podría seguir viviendo sin poder besarlos.

—¿Tú no? Todo este tiempo robado, que siempre pasamos en la cama. Y que conste que estar contigo en la cama es lo mejor que hay en el mundo. Pero quiero más, Karen. Quiero salir contigo. Comer, ir al cine. Que conozcas a mis amigos. Estoy cansado de que siempre sea todo tan precipitado.

—Pero ¿de qué otra forma podríamos hacerlo? —preguntó ella—. Yo tengo que volver a casa con las niñas. Con Phil. Ya me las veo y me las deseo para sacar tiempo de donde puedo para verte.

—Lo sé.

—Sabías que sería así. Siempre te he dicho la verdad.

—Lo sé. Pero es que… yo…

Karen estaba aturdida. Sabía que iba a decir algo importante.

—No sabía que me importarías tanto —susurró Max.

Sintió que el corazón le daba un vuelco. Sentía que iba a explotar.

—Yo tampoco —respondió, acercándose a él para darle un beso en la mejilla.

Max se incorporó.

—¿Y qué vamos a hacer al respecto? Porque no estoy seguro de poder seguir así. ¿No puedes quedarte a pasar la noche de vez en cuando?

—Sabes que no puedo. Me encantaría, pero no puedo.

—Joder.

—Max, ojalá pudiera. Si hubiese una manera…

—Vayamos a algún sitio. El fin de semana. Solo dos días y una noche. Sería mejor que nada.

—Creía que éramos las chicas las que siempre queremos hacer escapadas de fin de semana. —Al ver la expresión de confusión en la cara de Max, a Karen se le escapó la risa—. No me hagas caso. Max, no puedo. Es difícil de explicar, pero cuando estás casada, por no hablar de cuando eres madre, no puedes desaparecer durante dos días.

—Otras madres lo hacen. Quiero decir que tienen aventuras.

—No muchas, que yo sepa. —Pero el cerebro de Karen se había puesto en funcionamiento, como los pistones de una locomotora de vapor, e intentaba encontrar algo que pudiera organizar. Una despedida de soltera. ¿La de Jamila? A Phil le interesaban tan poco sus compañeros de trabajo que era poco probable que lo pusiera en duda. Si le regalaba a Ludmila un bote de perfume…

Max vio cómo cambiaba su expresión.

—¿Lo intentarás? ¿Qué te parece este fin de semana?

—Quizá.

—Reservaré en algún sitio maravilloso. Venga. Inténtalo.

—Veré qué puedo hacer.

Para cuando llegó a casa, Nick estaba muy preocupado. Lo habían pillado literalmente con los pantalones bajados. Podría llegar a los periódicos. Kylie lo descubriría. También le preocupaba Lucinda, aunque solo un poco. Le había contado que su padre era un hijo de puta prepotente y avasallador con una fobia considerable a salir en los medios. No encajaría bien una cosa así.

Esperaba que Lucinda llamara en cualquier momento para confirmarle que la habían despedido, pero no supo nada de ella. La tarde fue como una bomba de relojería. Se sentó con Kylie frente al televisor, viendo *Gran Hermano* y comiendo *fish and chips* para llevar. En cualquier momento sonaría el teléfono: Andrew avisándolo de que la prensa tenía algo sobre él, Lucinda despidiéndose de él desde el avión que la llevaba de vuelta a Suiza. ¿Por qué? ¿Por qué? Si ni siquiera había valido la pena. Vale, se había tirado a una chica pija y guapa, pero solo había sido una distracción que no significaba nada para él.

Sintiéndose culpable y consciente de que sería la última vez, hizo el amor con Kylie con una ternura especial. A la mañana siguiente, se despertó tarde, cuando ella ya se había ido, deseando saber si había pasado algo.

Nada.

Al final, no pudo resistirse y la llamó.

—Ah, hola, señor Crex —lo saludó con frialdad—. Parece que todo va según lo previsto y podremos completar la compra la semana que viene. Si tiene algún problema durante mi ausencia, no dude en hablar con mi compañero Gareth Mountcastle.

—¿Tu ausencia?

—Sí. Mañana me voy de vacaciones. Una pequeña pausa. Cuatro días.

—Vale —dijo Nick. Los sentimientos se agolpaban en su cabeza. No quería que Lucinda se marchara.

—Adiós, señor Crex.

—¿Adónde vas?

—A Tobago. Tengo que dejarle.

Tobago. Alguna vez le había dicho que su familia tenía «algo» allí. Ni siquiera estaba seguro de dónde estaba Tobago. En alguna zona cálida, eso seguro.

—Yo...

—Adiós.

Dos segundos más tarde, recibió un mensaje de texto.

> Puedes venir conmigo si quieres. Pero necesito saberlo como muy tarde mañana por la mañana. L

Nick sopesó las posibilidades. ¿Realmente quería irse tan lejos, a un país caluroso en el que solo comían cosas extrañas y encima con Lucinda? La misma Lucinda que, y acababa de decidirlo, no merecía la pena. Pero luego pensó, esta es la vida que quieres. Villas en países remotos. Mujeres inteligentes. ¿Quieres pasarte el resto de la vida con una chica de Burnley?

Respondió el mensaje.

> Iré contigo.

35

Eran las cinco de la madrugada y Karen seguía despierta. Phil dormía a su lado, ajeno a todo. La noche anterior, al llegar a casa después del yoga, Karen estaba despierta, pero había permanecido inmóvil en la cama, con los ojos cerrados y respirando regularmente, mientras él se paseaba por la habitación a oscuras y de puntillas, desvistiéndose y maldiciendo entre dientes cada vez que tropezaba con algo. En cierto momento había dicho su nombre. «¿Karen? Son solo las diez.» Ella había subido el volumen de sus respiraciones y él se había dado por vencido.

Bajó a la cocina. Hoy era el gran día. Ahora que finalmente se había decidido, lo mejor era acabar con ello cuanto antes. Al final había utilizado la historia de la despedida de soltera de Jamila y, aunque al principio Phil se había quejado por tener que quedarse a cargo de la casa todo el fin de semana, no había hecho más preguntas.

—¿Mami?

Karen dio un brinco. Bea estaba de pie detrás de ella, con su pijama de Tolola. Tan pequeña, tan frágil, tan inocente.

—¿Hay magdalenas?

—No, cariño, pero creo que hay cruasanes.

Normalmente, los cruasanes se guardaban para Navidad y los cumpleaños, pero ahora no era momento de centrarse en nimiedades.

—No me gustan los cruasanes. ¡Solo me gustan las magdalenas!

En otras circunstancias, un comportamiento tan caprichoso habría sido suficiente para encender la mecha, pero Karen prefirió hablarle a su hija poco a poco.

—Bueno, pues luego le pides a papá que te lleve al supermercado y compras unas cuantas. Porque yo no estaré en casa este fin de semana, ¿recuerdas?

—Ah, sí. —Bea se subió a los muslos de su madre y pasó sus delgados brazos alrededor del cuello de Karen—. Te echaré de menos, mamá.

—Y yo a ti —le dijo Karen, preguntándose en qué estaba pensando cuando creyó que aquello funcionaría.

Nick no estaba muy seguro de cómo había llegado allí. Estaba sentado a bordo de un avión de British Airways, en primera clase, a medio camino sobre el océano Atlántico, con los auriculares puestos y viendo la nueva película de Batman en su reproductor de DVD personal. A su lado, Lucinda leía *The Economist*. Todo había sucedido muy deprisa. Menos de veinticuatro horas después de decir que iría con ella, una limusina se había detenido frente a su piso de Belsize Park y le había sonado el móvil.

—Te estoy esperando —dijo la voz de Lucinda—. Espero que tengas el pasaporte en regla.

—Mmm, sí. —Nick llevaba una pequeña bolsa de viaje, con un par de camisetas y otro de vaqueros. La había preparado la noche anterior a escondidas, mientras Kylie miraba *Gran hermano*—. Ahora bajo.

—Bien.

—¿Adónde vas? —le preguntó Kylie con una sonrisa desde la barra de la cocina, al verlo aparecer con la bolsa colgando del hombro.

Nick no podía ni mirarla a la cara.

—Me marcho unos días.

Kylie lo miró, horrorizada.

—¿Por qué no me lo habías dicho?

—Pensé que lo había hecho.

—¿Adónde?

—Por ahí. A un retiro secreto. Para trabajar en nuevas canciones. Andrew pensó que sería buena idea.

—¿Cuánto tiempo estarás fuera?

—No lo sé. Tres o cuatro días. —El teléfono volvió a sonar—. No mucho. —Le dio un beso en la mejilla—. Te llamaré.

—Pero ¿por qué no me lo habías dicho? —preguntó Kylie, justo en el momento en que él cerraba la puerta.

Ahora no conseguía quitarse de la cabeza la imagen de la expresión desencajada de Kylie. Intentó distraerse mirando a su alrededor. Era increíble que una nueva estrella del rock como él nunca hubiera volado en primera clase. Había volado por Europa con el resto del grupo para asistir a entregas de premios, pero siempre con Easyjet o Ryanair. Eran tiempos difíciles para la industria musical.

Intentó mantener la boca cerrada al ver el interior del avión. Intentó no mirar a Naomi Campbell ni a otra chica que se parecía sospechosamente a una de las participantes de *Factor X* de la edición anterior, que además resultaba ser una de las preferidas de Kylie. Intentó recordar que él mismo era una de las estrellas del rock más de moda en Gran Bretaña, y se concentró en controlar el miedo cada vez que los motores hacían algún ruido extraño. Lucinda seguía pasando las páginas del periódico como si aquello no fuera con ella, con una copa de champán al lado. Estaba claro que no era la primera vez que volaba en primera clase.

Y eso lo hacía menos divertido. De pronto, deseó que Kylie estuviera a su lado, dándole codazos, muerta de miedo. Miró el mapa en la pequeña pantalla. Estaban sobrevolando el océano Atlántico. Todavía faltaban tres horas más. Al parecer, harían escala en Granada y luego volarían una hora más. Nick intentó olvidarse de las preocupaciones. El tiempo en Tobago era tropical. Nick odiaba el calor. Le provocaba sarpullidos. Pero alguna sombra habría, ¿no? Todo iría bien. Por fin estaba viviendo la vida con la que siempre había soñado.

Lucinda se volvió hacia él.

—¿Sabes que podemos tener toda la privacidad que queramos aquí mismo?

—¿Ah, sí?

—Sí. Nadie nos molestará. Si pulsas este botón, aparece una pantalla. Y los asientos se echan hacia atrás hasta convertirse en camas.

Lucinda le sonrió. Tenía los dientes de arriba un poco adelantados, un detalle que a Nick le parecía increíblemente sensual, tal y como atestiguaba el cosquilleo que sentía entre las piernas.

—¿Qué te parece?

—Adelante —dijo él. Había tomado la decisión acertada. Aquello prometía ser un desmadre.

Max esperaba a Karen frente a la estación de Thameslink, al volante de su Mini Cooper rojo. Ella estaba acostumbrada a verlo vestido con traje para el trabajo o directamente desnudo, y sin embargo ahora llevaba una camiseta negra ancha y unos vaqueros. Al verlo, Karen sintió que el pánico se apoderaba de ella. Max era tan joven, tan guapo, tan libre comparado con ella.

—¿Adónde vamos? —preguntó, mientras se dirigían al oeste por Euston Road.

—Ah, es un misterio.

—¡Venga ya! —Cogió el CD de los Vertical Blinds del montón que Max guardaba en el coche y lo introdujo en el reproductor.

—No. De todas formas, lo sabrás en cuanto veas hacia dónde nos dirigimos. ¿Qué le has dicho a Phil? —preguntó Max, sin apartar la mirada del tráfico.

—Que iba a una despedida de soltera. —Karen sintió uno de sus habituales ataques de remordimientos—. Oh, Dios, Max. No debería haber venido. Esto no está bien.

—¿En serio? Pues a mí no me lo parece. De hecho, a mí me parece que es bastante… perfecto.

Se hizo el silencio. De fondo, el cantante yonqui de los Vertical Blinds berreaba: *Somos piezas de un mismo engranaje. ¿Sabes a qué me refiero?*

—Si quieres que demos la vuelta, solo tienes que decirlo —propuso Max, resignado.

—¡No! No des la vuelta.

En cuanto se bajó del avión, Nick sintió como si le hubieran envuelto el cuerpo en toallas mojadas. El corazón le latía como una polilla atrapada en el interior de una lámpara. ¿Cómo iba a soportar aquello? El edificio de la terminal, que él había imaginado como una especie de centro comercial reluciente y con aire acondicionado, como los aeropuertos europeos que había visitado con el grupo, resultó ser poco más que una chabola. Un ventilador giraba sobre sus cabezas mientras hacían cola con el pasaporte en la mano.

—¡Oh, mira! —exclamó Lucinda mientras pasaban al pequeño vestíbulo para recoger las maletas, que daban vueltas en una vieja cinta transportadora—. Ahí está Dolly. —Saludó con entusiasmo a alguien que esperaba entre la ruidosa multitud, al otro lado de la barrera.

—¿Dolly? —Por un momento creyó que estaba hablando de uno de los juguetes de su infancia.

—Se encarga de la casa. Los conozco de toda la vida, a él y a su mujer, la señora Marilia. Son adorables. ¡Eh, Dolly! ¡Eh!

Un hombre delgado y con el pelo cano les salió al paso en cuanto pasaron por el control de aduana.

—Lucinda —dijo el hombre, dándole un abrazo afectuoso—. Me alegro de verte. Qué placer tenerte aquí.

—¡El placer es mío! Me encanta oler el aire de Tobago. Dolly, este es mi amigo Nick. Nick, Dolly.

A Nick no le gustó la forma en que el tal Dolly lo miraba. Era como si la situación le pareciese divertida y sorprendente al mismo tiempo.

—Encantado de conocerte.

—Lo mismo digo.

La maleta de Nick parecía muy pequeña, muy normal, comparada con la Louis Vuitton de Lucinda. Dolly subió las dos a la parte trasera de su jeep en cuyo interior, gracias a Dios, sí había aire acondicionado. El coche se incorporó a una carretera llena de baches que probablemente hacía las veces de autopista, aunque era una cuarta parte de cualquiera de las que recorrían Gran Bretaña. Casi era de noche y apenas se veía nada, más allá de algún edificio de techo bajo con gente sentada en hamacas frente a la puerta, cerveza en la mano y conversando tranquilamente, con una melodía de reggae sonando de fondo.

—¿Cómo está tu padre, Lucinda?

—Muy bien. Trabajando demasiado, como siempre. ¿Y tu familia?

—Tengo otra nieta —respondió Dolly, sonriendo—. Se llama Jean.

—Oh, Dolly, eso es fantástico. ¿Cuánto tiempo tiene?

—Dos semanas. Ya la verás. Es una criaturita llorona, pero la queremos.

—Qué ganas. Tendrías que habérmelo dicho. Te hubiera traído un regalo.

—Precisamente por eso no te lo dijimos. —Dolly miró a Nick por encima de hombro—. Lucinda es una chica muy generosa. A veces demasiado.

—No digas eso, Dolly —se quejó Lucinda, entre risas.

Allí parecía más joven, incluso más dulce, pero también más vulnerable. Nick no estaba seguro de si le gustaba esta nueva Lucinda. Su punto fuerte era que aparentaba ser una reina de hielo. Una señal en un cruce de caminos indicaba, sin demasiado criterio, hacia Scarborough y Plymouth. Tomaron el camino a Plymouth. Apenas había farolas y la oscuridad era casi total. Dolly dio un volantazo para esquivar a un perro que dormía tumbado en medio del camino. Nick se estaba poniendo nervioso por momentos. No debería haber venido. Había cometido un error. Era imposible que le gustara todo aquello.

36

—Esto es la M4 —dijo Karen—, así que vamos hacia el este. No a Devon, espero.

Estaba bromeando, pero Max frunció el ceño mientras cambiaba de carril.

—Pensé que sería buena idea.

—No lo dices en serio.

—Pues sí. —Max tenía los ojos fijos en la carretera—. Mira, sé que te parecerá una locura, pero quiero ver Chadlicote contigo. Ayudarte a decidir si podrás soportarlo o no.

—Pero…

—Tenemos habitación en un hotel precioso, pero si no quieres ir, no vamos. Puedo ir hacia el norte por la M5, hacia Gloucestershire o Cotswolds. O por el puente de Severn hacia Gales. Tú decides.

—Pero odio el campo y lo sabes. —Lo dijo bromeando—. Vacas y barro.

—Y tú sabes que yo también lo odio. Pero quiero saber si seguimos odiándolo estando juntos.

Era una locura, algo totalmente inesperado. Significaba tener que enfrentarse a todo lo que pretendía olvidar durante el fin de semana. Pero Max tenía razón. Las cosas habían llegado a un punto de no retorno. Tenía que plantarles cara.

Eran casi las tres cuando cruzaron la verja de metal de Chadlicote y se dirigieron hacia la casa, dejando la caseta del guarda en ruinas a un lado.

—¿Y si nos ve alguien? —Karen no le había hablado a nadie, ni siquiera a Max, de su visita a Chadlicote hacía un par de semanas; ese era su secreto.

—Vas a comprar la casa, ¿no?

—Sí, pero… He venido contigo.

—Di que soy tu hermano.

—Vale —asintió Karen.

Grace jamás se lo creería. Siguieron avanzando. Max miraba a los lados, sin salir de su asombro.

—Santo Dios, Karen. Esto no puede ser real.

—Lo sé.

Cruzaron el puente que atravesaba el riachuelo. Un ciervo se cruzó en su camino. De pronto, la casa apareció frente a ellos, mucho más majestuosa de lo que Karen la recordaba.

—No quiero acercarme más. Para aquí. —Señaló con la cabeza hacia un claro bajo un grupo de olmos.

Observaron la casa a través del parabrisas.

—Es increíble —dijo Max—. Phil tiene que estar forrado para poder permitirse esto.

—No tanto como él cree.

Max negó con la cabeza.

—Karen, ¿sabes cómo vivo yo? En un estudio con una cocina en miniatura y un balcón ridículo en el que ni siquiera da el sol.

—¿Y?

Max volvió a negar con la cabeza.

—No puedo competir, Karen. Mira la clase de vida que Phil puede darte.

—¿De verdad crees que soy tan superficial? —preguntó ella, acaloradamente—. ¿De verdad crees que escojo a la gente según lo que puedan darme?

—Tú misma dices que elegiste a Phil porque te hacía sentir segura. Yo no puedo ofrecerte nada ni remotamente parecido. Es un puto palacio. Mierda, Karen, ahora me siento estúpido.

—Pues no te sientas así. ¡Ni se te ocurra pensar que todo

esto va de lo que puedes o no puedes ofrecerme! —Karen estaba desesperada, como si su vida dependiera de sus palabras. Sentía que todos los errores que había cometido a lo largo de los años le susurraban al oído que había llegado la hora de saldar cuentas por la inseguridad y la avaricia que, y ella en el fondo lo sabía, habían sido su principal motivación a la hora de casarse con Phil. Pero ¿cómo podía creer Max que prefería vivir en aquella casa fría y desolada, con un marido igualmente frío y desolado, en lugar de estar con él en su nidito de amor, rodeados de autobuses de dos pisos con el taller de la esquina lleno de zorros y gatos disecados?

—Te quiero, Max. Nunca he querido a Phil de la misma manera. Ni a él ni a nadie. Y siempre te querré, pase… pase lo que pase.

Se miraron el uno al otro durante un buen rato. De pronto, se estaban besando.

—Dios —exclamó Max, cuando finalmente se separaron, ambos sin aliento—. Este sitio me pone sentimental. —Lo dijo con acento del norte, intentando romper la tensión. No funcionó.

—A mí también.

Volvieron a besarse.

—Opino que necesitamos llegar al hotel cuanto antes —dijo Max, con la voz ronca.

—Opino exactamente lo mismo —asintió Karen.

Nick se despertó desorientado. Estaban en una cama con dosel rodeados por una mosquitera, en la habitación principal de la casa. Decir casa era quedarse corto: era más una mansión, al final de un interminable camino de tierra por el que incluso el jeep de Dolly rebotaba peligrosamente, y luego colina arriba por un tramo empinado y lleno de curvas hasta atravesar las puertas de la finca y encontrarse con un edificio enorme de madera blanca. El porche recorría tres de los cuatro lados de la casa y detrás de ella, en medio de una pradera inmaculada, estaba la piscina, iluminada por la noche con luz artificial.

—Las pistas de tenis están por allí —le había dicho Lucinda, señándole el camino con la mano—. Si quieres mañana jugamos un partido.

—No sé jugar a tenis.

Lucinda parecía un poco confundida, como si le acabara de decir que no hablaba inglés.

—Vaya, no pasa nada. Puedo enseñarte. Será divertido.

—Claro.

La mesa del comedor estaba cubierta de platos que recordaban a caldos, guisantes negros y una especie de pan de naan.

—La señora Marilia es tan buena —exclamó Lucinda—. Nos ha preparado su roti.

—¿Roti?

—Se parece al curri —respondió ella, un poco impaciente.

Se sirvieron un plato y lo calentaron en el microondas. Nick se puso nervioso, pero Lucinda tenía razón. Era como el curri, de hecho mucho mejor que el que Kylie compraba para llevar en el Lancero Bengalí. La nevera estaba llena de cervezas. Nick se tomó una y empezó a relajarse.

—¿Oyes el mar? —Lucinda sonrió—. Por la mañana podrás verlo. Estamos en lo alto de un acantilado. Tenemos incluso playa privada, aunque hay una buena bajada. Pero vale la pena. Me muero de ganas de bañarme. De hecho, creo que me voy a dar un chapuzón ahora mismo.

—Pero es de noche.

—¿Y? —Lucinda empezó a quitarse la ropa—. ¡Vamos!

A Nick le daba vergüenza admitir que no sabía nadar.

—No tengo por qué hacer siempre lo que a ti te venga en gana —le espetó.

Lucinda lo miró fijamente un instante, allí de pie, vestida con un sujetador de encaje color moca y unas braguitas a juego.

—No —respondió por fin—, claro que no. No era más que una proposición.

Se sacó el resto de la ropa, abrió la puerta doble por la que se accedía al jardín y se lanzó de cabeza a la piscina. Nick la siguió con la mirada hasta que vio aparecer su cabeza de nuevo en la superficie. Se estaba riendo. De repente, se sintió fuera de sitio. Aquella mujer jugaba en otra liga, estaba totalmente fuera de su alcance. Lucinda nadó de una punta a otra de la piscina con movimientos rápidos y limpios.

—Está muy buena —gritó Lucinda—. ¡Pruébala!

—No —dijo él—. Mañana. —Para entonces, ya se le habría ocurrido alguna excusa.

Lucinda nadó unas cuantas piscinas más, salió del agua y corrió hacia la casa desnuda en busca de una toalla. Y obviamente estaba tan atractiva que acabaron haciendo el amor en el sofá de la sala de estar. Luego se trasladaron a la habitación a dormir, con el ventilador girando sobre sus cabezas. Y ahora el amanecer empezaba a colarse a través de las enormes contraventanas. Lucinda seguía dormida, con una expresión de felicidad en la cara como nunca antes le había visto.

Nick se levantó de la cama y, caminando descalzo sobre el suelo de madera, bajó por la impresionante escalera hasta la sala de estar. Los ventanales se abrían sobre acantilados de color blanco, curvándose hacia el horizonte. Más abajo, las aguas turquesas acariciaban la roca. Había árboles por todas partes; no solo las típicas palmeras, sino también árboles muy altos con ramas largas y frondosas.

Si aquella era la segunda residencia de Lucinda, ¿cómo sería la primera? También tenía una casita para esquiar y otra junto al mar, en Francia. A Nick no le iban mucho los ordenadores, pero cuando volviera quizá investigaría al padre de Lucinda en Google e intentaría descubrir un poco más de él.

Sobre la barandilla descansaba un pájaro extraordinario con las plumas del color del cobre, un tupé dorado en lo alto de la cabeza, el pico curvado como una hoz y los ojos pintados de zafiro. Se dio la vuelta y miró a Nick con frialdad. Nick le devolvió la mirada. El pájaro no pensaba ceder.

Nick fue el primero en parpadear.

—Está bien, tú ganas —le espetó.

Acababa de salir el sol, pero ya hacía calor y Nick se notaba la piel pegajosa. Miró a su alrededor e inspeccionó un grupo de fotografías que descansaban sobre un mantel; la noche anterior no había tenido tiempo de mirarlas. Aquel tenía que ser el padre de Lucinda: un hombre grande y de aspecto campechano, vestido con un polo y unos pantalones de pinza; pelo grueso y negro y un perro con aspecto de roedor sobre las rodillas. Detrás de él estaba la que debía de ser la madre de Lucinda, una mujer de aspecto quebradizo y rasgos como si se conservara en el interior de un bote de formol, el pelo recogido en una coleta rubia, la boca dibujando una pincelada recta con pintalabios.

Otras fotografías mostraban a la que debía de ser la hermana de Lucinda, la pequeña, una versión de su madre pero un poco más relajada, con una camisa de rayas de cuello vuelto, decorado con una ristra de perlas. El hermano también llevaba pantalones de pinza y lucía una sonrisa burlona. Todos ellos muy guapos y muy mimados. Nick pensó en las fotografías de su familia; él sin la mitad de los dientes y vestido con el pichi escarlata del colegio, montado en un trozo de cartón. Una instantánea de su madre con un vestido naranja, riéndose en la cena de Navidad, sus dientes de oro visibles del primero al último. No podían compararse.

—Ya estás levantado —dijo una voz a su espalda. Lucinda, vestida con unos pantalones cortos minúsculos y una camiseta negra—. ¿No es increíble?

—Precioso —admitió Nick de mala gana.

Lucinda se dirigió hacia la cocina y él la siguió.

—La señora Marilia nos ha dejado un plato de fruta —dijo ella, sonriendo—. Mi favorita. Fruta estrella. Buenísima.

—¿Hay pan o algo así?

Nuevamente, Lucinda negó con la cabeza, con un cierto aire de desaprobación.

—Podemos comprar hoy, en el supermercado de Punto de la Corona. Pero deberías probar la fruta. Está increíble.

—No tengo hambre —mintió Nick.

Sus desgracias no hicieron más que crecer cuando descubrió que no había té en la casa, solo café. Se bebió un vaso de agua mientras Lucinda se zampaba el plato de fruta y luego se tomaba un vaso de zumo de guayaba recién exprimida. Menos mal que había comido bien en el avión.

—Había pensado que hoy podríamos bajar a la playa —dijo ella— y hacer esnórquel. Luego podríamos coger el coche e ir a la bahía del Inglés y comer en un chiringuito que hay allí. Hacen el roti delicioso. Y por la tarde he quedado con mis amigos Michelle y Angus para tomar algo en el hotel Blue Haven. Un sitio maravilloso. Bueno, las vistas son mejores desde aquí, pero preparan unos cócteles alucinantes. Hay uno de ponche de ron...

—¿Has quedado con unos amigos?

—Sí. Michelle y Angus. Viven en una propiedad enorme cerca de Argyle. Tienen un montón de caballos. Podríamos ir a montar...

—¿Por qué tenemos que quedar con ellos? —preguntó Nick, enfadado.

—Porque son muy majos —respondió Lucinda, que empezaba a perder la paciencia. Sonrió y le dio un beso en la mejilla—. Cariño, sé que te gustaría que estuviéramos siempre solos, y es muy bonito por tu parte, pero la vida no es así, ¿verdad? No puedes vivir metido en una burbuja.

—¿Por qué no?

Lucinda se rió.

—Me encanta cuando te pones tan posesivo. Solo será una copa. Y luego podremos cenar solos. Hay un restaurante italiano muy bueno en Buccoo. Si quieres, puedo reservar mesa.

Nick se sentía débil como un gatito. Ojalá se hubiera quedado en casa.

—Está bien —se rindió finalmente—. Lo que tú digas.

—¡Nick! —Lucinda lo sacudió por los hombros—. Nick, despierta. Tenemos que irnos.

Nick abrió los ojos lentamente y le sonrió. Se había echado una buena siesta de no menos de tres horas. Hasta el momento, el día había sido bastante perfecto, o eso creía Lucinda. Había bajado hasta la playa privada, donde ella había nadado en las aguas cristalinas mientras él estaba tumbado en la toalla. Lucinda no sabía por qué no quería meterse con ella en el agua, y le hubiera gustado que se pusiera protección solar, pero Nick se negaba. En consecuencia, tenía los hombros y la nariz de un color rojo intenso.

A Lucinda no le apetecía conducir hasta el chiringuito para comer, así que deshicieron el camino de subida de regreso a casa. Allí descubrieron que la mágica señora Marilia había estado limpiando y les había preparado una comida copiosa a base de roti, cállalo y una especie de croquetas de masa; Nick no quiso ni probarla. Luego hicieron el amor, con resultados bastante satisfactorios —Lucinda se corrió tres veces— aunque, y odiaba admitirlo, sin demasiada pasión. Aun así, una vez finalizado el acto, ella apoyó la cabeza en el pecho de él, que era la clase de cosas que hacían los amantes, y se quedó dormida escuchando el latido del corazón de Nick en su escuálida caja torácica.

Pero ahora tenían que ponerse en marcha.

—Tenemos que ducharnos y vestirnos. Hemos quedado en el Blue Haven a las seis.

—¿Por qué? —farfulló Nick.

—Ya te he dicho por qué. Porque hemos quedado con Michelle y Angus.

—Llámales. Diles que quedaremos mañana con ellos.

—No puedo. Eso sería muy grosero. ¿Quieres bañarte primero o empiezo yo? Yo en tu lugar me pondría unos pantalones más de vestir. Y una camisa de manga larga para tapar el tatuaje. No es que Tobago sea un sitio exclusivo, no se parece en nada a Ginebra, pero cuando se trata del vestido, son bastante tradicionales.

—Pero si no me he traído pantalones de vestir. ¿Y qué le pasa al tatuaje?

Dios, ¿de verdad tenía que preguntarlo?

—Bueno, no es muy… Los amigos de mis padres se llevarían una buena sorpresa.

—Tatuarse ya no es solo cosa de presidiarios, ¿sabes? —respondió Nick—. En el siglo diecinueve, las clases altas británicas se reunían en salones y, después de quedarse casi desnudos, se enseñaban los tatuajes mutuamente. Creo que ya te conté que Jorge V se hizo uno. Y sus dos hijos. Winston Churchill también. Y su madre, o eso dicen. Y un piercing.

—¿En serio? ¿Su madre? ¿Cómo sabes eso?

—Pues… leyendo.

—Fascinante. No lo sabía. —Pero ya era hora de volver al tema—. Podrías vestirte con ropa de mi padre. Guarda algunas cosas aquí.

—¡No pienso ponerme la ropa de tu padre! —exclamó Nick.

—De todas formas, no te sentaría bien. En serio, Nick, ¿en qué estabas pensando?

—En nada. ¿Por qué coño tendría que haberme traído ropa de vestir para quedar con una pareja que me importa una mierda?

A Lucinda se le congeló la expresión de la cara.

—Has sido muy maleducado —le dijo, sin alterarse—. Voy a darme una ducha.

Lucinda aprovechó la ducha para pensar. Quizá estaba siendo demasiado dura. Al fin y al cabo, lo había avisado del viaje con muy poca antelación y ni siquiera le había aconsejado qué llevarse. Que ella supiera, Nick no sabía leer mentes.

Se cubrió con una toalla y regresó al dormitorio. Él seguía tumbado en la cama sin apartar los ojos del techo. Lucinda se inclinó sobre él.

—Lo siento. Tendría que haberte avisado de que habría un mínimo de socialización. No era mi intención hacer planes, pero Dolly le contó a la asistenta de Michelle que íbamos a venir y ella me envió un correo electrónico preguntándome si podríamos vernos y… Ya sé que no eres muy de llevar traje. Cosas como esa hacen que te quiera más cada día.

Lucinda no sabía cómo se le había podido escapar una palabra tan fuerte como «querer». La pausa mientras esperaba para saber cuál era la reacción de él era como si no tuviera fin.

—Quedemos mañana con ellos —insistió Nick—. Me apetece volver a la cama. —Como vio que Lucinda dudaba, decidió comprometerse un poco—. Podemos ir de compras por la mañana y buscar unos buenos pantalones para mí.

—Es que…

—No pienso ir esta noche, Lucinda. Quiero estar a solas contigo.

—Está bien —asintió ella finalmente.

¿De verdad le quería? Tal vez sí. Otras veces se había encaprichado u obsesionado, pero la idea de que aquella vez las cosas podrían ser mucho más profundas la dejó sin aliento. No estaría mal enamorarse como Dios manda para variar, vivir algo diferente, algo que le proporcionaría el punto de vista que siempre había sospechado que le faltaba para entender cómo funcionaba el mundo. Pero ¿por qué él no le había dicho «Yo también te quiero»?

37

Nick disfrutó un poco más de su segundo día en Tobago, aunque le habían salido ampollas en la piel y le dolía continuamente la cabeza.

—Deberías ponerte un sombrero —dijo Lucinda.

—No tengo ninguno.

—Coge uno de mi padre.

Esta vez no tuvo más remedio que acceder, a pesar de que el panameño que le consiguió Lucinda le parecía horroroso. Menos mal que la playa era privada y nadie podía verlos. Lucinda nadó mientras él tomaba el sol con la camiseta y el sobrero puestos. Luego jugaron a las palas y se echaron otra siesta. Lucinda no volvió a mencionar a Michelle y a Angus (más allá de un breve comentario sobre lo comprensivos que habían sido al entender que su amigo tenía demasiado *jet lag*), pero le había propuesto cenar en el Waterwheel, en el valle de Arnos. A Nick no le quedó otro remedio que aceptar, y es que era un poco raro quedarse todas las noches en casa. A las seis ya era de noche y no había nada que hacer, excepto comer la deliciosa comida que la señora Marilia les dejaba preparada en la cocina, ver un DVD de la colección de dudosa calidad que cubría desde las viejas películas bélicas hasta las peores comedias de Meg Ryan, e irse a dormir a eso de las diez.

Así pues, fueron a cenar al restaurante Waterwheel, que ocupaba las instalaciones de una vieja fábrica de azúcar en el centro de la isla, rodeados de parejas de mediana edad vestidos con colores pastel que hablaban en voz baja.

—Preparan una cocina caribeña buenísima —explicó Lucinda, con su forma de hablar siempre tan segura de sí misma—. Cuando lo intentan con otras cocinas, la cosa se les va de las manos. No sé, por ejemplo ensalada de caviar y langosta con vinagreta de frambuesa. ¡Por favor! Limítate a hacer lo que se te da mejor. Ahórrate los platos más innovadores para cuando estés en casa.

—Sí, siempre lo hago —dijo Nick, cargado de sarcasmo.

—Te gusta hacerte la víctima, ¿verdad? —preguntó Lucinda, intentando quitarle hierro a sus palabras, pero sin conseguirlo.

A Nick, para su sorpresa, le gustó que entrara al trapo. Estaba un poco asustado desde que le había dicho eso de que le quería.

—Pidamos una buena botella de vino —respondió, mientras una mujer gritaba a lo lejos «¡Lucinda!».

—¡Maureen!

Maureen era una mujer de una cierta edad ataviada con un caftán de colores a cuál más violento, complementado con una buena colección de joyería étnica. Nick la odió instantáneamente, pero Lucinda ya se había levantado y le estaba dando dos besos, mientras le contaba que su padre estaba muy bien.

—Hola —dijo Maureen, taladrándolo con la mirada—. Soy Maureen Berowne. Y tú eres…

—Nick —murmuró él, dándole la mano sin demasiado convencimiento.

—Nick Crex —se apresuró a añadir Lucinda.

—No puedo creer que nos hayamos encontrado por casualidad —dijo Maureen sin quitarle los ojos de encima a Nick, como si fuese el bicho raro del zoo—. Mira que venir y no decirnos nada… Qué mala eres. ¿Por qué no os sentáis con nosotros?

Nick aguantó la respiración, pero Lucinda estuvo rápida.

—De hecho, si no te importa, estamos un poco cansados... Quizá un café luego.

—Queréis estar solos, tortolitos. Me parece perfecto. ¿Por qué no venís a comer mañana a casa?

—¡Vaya! Justo nos vamos mañana. Ha sido una visita relámpago.

—Pero cogeréis el vuelo de British Airways, ¿no? No sale hasta última hora de la tarde. Venga.

—Maureen tiene una casa maravillosa —dijo Lucinda, excusándose—. Te encantaría.

Nick asintió. Le dolía la cabeza y tenía unos picores insoportables. Se había quedado sin apetito.

—Karen —dijo Max, con los ojos fijos en las curvas de la carretera—. No puedo seguir así. Sé que es lo que digo siempre, pero necesito que tomes una decisión. Que dejes a Phil. Que estés conmigo.

Para Karen fue como si se hubiera quedado sin aliento. La cabeza le daba vueltas y tenías ganas de vomitar. Trago saliva e intentó hablar, pero descubrió que no podía.

—Tienes que ser mía —continuó él—. Nunca querré a nadie como te quiero a ti. Sé que será duro. Sé que están las niñas y que el divorcio puede ser un auténtico infierno y... Pero estoy dispuesto a hacerlo. Lucharé por ti. Porque no puedo soportar la idea de seguir viviendo si no es contigo a mi lado.

Karen estaba bloqueada, aunque en un sentido positivo. Tenía el estómago lleno de mariposas que batían las alas a un ritmo frenético. ¡Max quería estar con ella! Podía escoger a la chica que quisiera, más joven, más guapa, más recauchutada y sin responsabilidades a su espalda, pero la prefería a ella.

—De hecho, creo que deberíamos casarnos.

—¿Qué? —Por el amor de Dios. Una broma era una broma, pero aquello ya se estaba saliendo de madre.

—Porque pedirte que vengas a vivir conmigo no es suficiente. Tiene que haber un compromiso más sólido entre nosotros. Si piensas seguir adelante..., dejar a Phil, quiero decir...

Al ver la expresión de incredulidad en su rostro, Max ya no parecía tan seguro de sí mismo, como un niño pequeño que acaba de perder de vista a su madre entre la multitud. Karen no dijo nada, se limitó a mirarlo fijamente.

—¿Y? —preguntó él, incapaz de esperar un segundo más.

—¿Y qué?

—¿Te casarías conmigo?

—Pues claro que sí. Me encantaría. Te quiero, pero... Oh, Max. Solo han pasado qué, ¿ocho, diez semanas? No te casas con alguien a quien apenas hace ocho semanas que conoces. Nunca te dejaría hacer algo tan ridículo. Por no mencionar que yo ya estoy casada.

—Infelizmente.

—Da igual. Hice una promesa.

—Mira, te quiero. Tú me quieres a mí. ¿Vale? ¿O me equivoco? —De pronto había dejado de ser un niño perdido para convertirse en un hombre adulto y enfadado. El contraste fue tan fuerte que a Karen casi se le escapa la risa.

—Por supuesto que tienes razón. Sabes perfectamente cuánto te quiero.

—Vale. Así pues, nos queremos el uno al otro. El sexo es espectacular. Nos hacemos reír mutuamente. Hablamos. Y tú no quieres a tu marido. Sé que eso es así. Vale, ha estado enfermo, pero eso no quita que sea un manipulador.

—¡Yo nunca he dicho eso!

—No, no lo has dicho. En realidad, eres considerablemente leal con él. Pero es un manipulador, eso es evidente. Te mereces algo mejor, Karen. Y mira, siempre me he compadecido de mis amigos casados que ya no tienen tiempo para sí mismos y no pueden pasarse el día viendo fútbol, y ahora resulta que soy yo el que quiere vivir con alguien. Con las hijas de otro hombre. Ya sé que no será fácil, que tus hijas seguramente me odiarán, y a veces tú también, y tendré que aprender a cocinar y todo eso, e irme de Islington y mudarme a las afueras, pero todo eso merece la pena. Por ti.

—Ya veo.

—¿Entonces?

—Max, me lo tengo que pensar. Mucho. Las niñas...

—Muchos de mis amigos tienen padres divorciados y están bien. Dicen que es peor cuando se odian y siguen juntos.

Karen negó lentamente con la cabeza, emocionada por la intensidad del amor de Max, pero sin acabar de creerse sus argumentos. Las parejas que se divorciaban causaban un daño irreparable. Solo había que mirarla a ella, que todavía no había sido capaz de superar la traición de su padre después de tantos años.

—¿Eso es un no? —preguntó, totalmente abatido, mientras entraban en un patio amplio y cubierto de gravilla, dominado por una construcción en ladrillo y madera con un cartel en el que podía leerse «Hotel Faldingley House».

—Registrémonos.

La habitación era acogedora, coqueta, con vistas a unos jardines cuidados con la precisión de una manicura. A través de la ventana volada se colaban los gritos de niños jugando. Karen se sentó en una butaca, lo más lejos de la cama que pudo. Ahora no podía permitir que el sexo fuese otra incógnita de la ecuación. Tenía que pensar, pero estaba tan cansada... Nunca lo había estado tanto, ni siquiera en las primeras semanas con Eloise, o cuando había tenido que lidiar con las secuelas del cáncer. ¿Qué le estaba pasando? ¿Cómo podía ser que Max le afectara más que un marido moribundo?

—¿Sigue siendo un no? —le preguntó Max con dulzura, arrodillándose a sus pies.

—¿Sabes qué? Me apetece echarme una siesta.

—Vale. —Permaneció en silencio un segundo y luego añadió—: ¿Te importa que me acueste a tu lado? Estoy cansado de tanto conducir.

Lucinda miró a Nick de reojo, intentando no reírse con todas sus fuerzas. Nick tenía la nariz tan roja y brillante como las luces de freno de un coche. Llevaba una camiseta vieja y gastada de Benjie —las suyas le iban muy ajustadas, ahora que tenía los hombros en carne viva— y unos pantalones cortos que revelaban unas rodillas peludas, pálidas y bastante huesudas. Estaba ridículo. Se estaría mintiendo si dijera que toda aquella situación no desmerecía lo que sentía por él, aunque solo fuera un poco. Por no mencionar las faltas de educación que había presenciado en los últimos días.

—Eso es el estadio Dwight Yorke, en honor al futbolista —dijo Lucinda—. Nació aquí. —Estaba al volante del jeep, de camino a la temida comida en casa de Maureen—. Sigue siendo un país aletargado —continuó—. Los perros se echan a dormir en medio de la carretera, las gallinas corretean por donde les da la gana. Luego un día te enteras de que ha habido un tiroteo o una redada antidroga. Obviamente todo eso viene de Trinidad; tienen muchos problemas con las drogas. Los contrabandistas venezolanos desembarcan en la playa por la noche y… Ah, mira, ese es el desvío a la catarata Argyle. Muy bonita. Podríamos pararnos a verla de camino a casa.

—Lucinda, ¿podrías parar de hacerte la guía turística?

Una lengua de lava le atravesó el cuerpo. Detuvo el coche en el arcén con un frenazo.

—¿Qué problema tienes? —le espetó.

—¿A qué te refieres?

—Te comportas así desde que llegamos.

—¿Así cómo?

—Malhumorado, como si nada te interesara. Muy hostil. Pensaba…

—¿Qué pensabas?

—Pensaba que eras diferente.

Él se encogió de hombros.

—Yo soy así —murmuró.

—Ya veo —replicó Lucinda, que decidió intentarlo con una táctica distinta—. ¿Te apetece conducir?

—Bah, da igual.

—¿Seguro? Te lo pasarías bien al volante.

—¡No!

—No sabes conducir, ¿verdad? —preguntó Lucinda en voz baja.

—¿Es que es delito?

—Claro que no —respondió ella, preguntándose por qué algo así empeoraba la opinión que tenía de él. Muchos adultos no sabían conducir, aunque lo cierto es que no recordaba haber conocido a ninguno—. Bueno, ¿quieres ir a la comida o no?

Se hizo el silencio.

—Por qué no —respondió finalmente.

Así pues, retomaron el camino hacia casa de Maureen. Lucinda no volvió a hablar. La cabeza le iba a cien por hora, y es que no estaba segura de querer que todos los amigos de sus padres conocieran a Nick. La noticia acabaría llegándoles y su padre se pondría como una fiera. Hacía apenas una semana quería que descubrieran su relación y así poder enfrentarse a ellos, pero ahora ya no estaba tan segura. Le costaba admitirlo, incluso a sí misma, pero la breve fantasía en la que Nick era el amor de su vida empezaba a venirse abajo. Consideró la posibilidad de llamar a Maureen y decirle que el coche los había dejado tirados o algo así.

Pero Lucinda era una mujer tozuda. Había invertido mucho en aquella relación. Quería que llegara a buen puerto. Se negaba a admitir la derrota. Lo cierto es que quería a Nick, por absurdo que fuese su comportamiento, y estaba segura de que si superaban aquel pequeño contratiempo, podrían seguir adelante con la relación e incluso salir reforzados de ella.

Karen estaba convencida de que una insomne como ella no conseguiría quedarse dormida, dadas las circunstancias, pero se le cerraron los ojos y cayó en el sueño más profundo que había tenido en meses, si no en años. Cuando despertó, ya se había hecho de noche.

—Hola —dijo Max desde la otra almohada.

—Hola. ¿Qué hora es?

—Deben de ser las nueve. Estabas cansada.

—Pero ahora estoy despierta.

Rodó hacia él, que la atrajo hacia su cuerpo, y empezaron a besarse.

—Lo haremos —susurró Karen—. Lo haré. Dejaré a Phil. Y podremos estar juntos.

38

—No me puedo creer lo que has hecho —exclamó Lucinda.

—¿Qué he hecho?

Estaban de vuelta en el avión, rodeados por el mismo lujo que un par de días antes, con la bandeja del desayuno delante, pero el humor de ambos no podía ser más diferente. Lucinda se había pasado todo el vuelo revolviéndose en su asiento cada vez que recordaba el último día en Tobago. Nick se había comportado como un maleducado, ignorando por completo a Elsa Morgan-Plaide, que estaba sentada a su lado, y a Barty, el marido de Maureen. El pobre hombre había hecho todo lo posible para que se sintiera cómodo, preguntándole si había salido en la MTV y si se podía bailar con su música. De acuerdo, no era el mejor entrevistador del mundo, pero solo intentaba ser agradable. Y Nick le había contestado con gruñidos y risitas, igual que un quinceañero.

Ahora, en cambio, se encogía de hombros. Lucinda sintió que algo se rompía en su interior.

—Esto no funciona —le dijo.

Nick la miró. La nariz se le empezaba a pelar.

—¡No seas ridícula!

—No lo soy. Ya no quiero estar contigo y sinceramente creo que tú tampoco quieres estar conmigo. Estos últimos días no me has tratado demasiado bien. A la mayoría de hombres les hubiera encantado disfrutar de unas vacaciones gratis.

—Que te den —le espetó—. Me puedo pagar mis propias vacaciones.

De pronto, Lucinda se dio cuenta de cómo había sonado eso.

—Lo siento —se disculpó.

—Yo también lo siento —respondió él, después de un breve silencio.

Por alguna extraña razón, ambos empezaron a reírse por lo bajo.

—Es mejor así —dijo Lucinda, suspirando—. Antes o después nos habríamos dado cuenta de que esto no funciona, así que mejor que haya sido antes, ¿no te parece?

—Muy típico de ti —dijo él, incapaz de disimular una sonrisa—, empaquetarlo todo limpiamente. Como si fuera una especie de ejercicio de marketing. «Vaya, me he olvidado de marcar las cajas. Bueno, será mejor que las tiremos.»

—No quería decir eso. —Aunque lo cierto es que, en el fondo, sí quería—. Lo hemos pasado bien.

—Cierto —asintió Nick. No dejaba de pensar en Kylie. Menos mal que no le había contado nada. Una semana con Lucinda había sido suficiente para valorarla como nunca antes lo había hecho. Se había comportado como un auténtico gilipollas. Pasaría del piso (el intercambio de llaves era a finales de semana) y buscaría una casa para los dos.

Pero hasta entonces…

—¿Te apetece echar el último? ¿Por los viejos tiempos?

—No, gracias —respondió Lucinda, siempre tan educada.

Nick no le dio mayor importancia.

—Me parece bien —dijo.

Se puso los auriculares y se dispuso a ver la última de James Bond. Se sentía tan aliviado que era como si su cuerpo estuviera lleno de helio. No podía creerlo. Se había terminado. Y sin ningún problema. Siempre había sabido que aquella relación no estaba bien, y sin embargo había terminado de la mejor manera posible, sin lágrimas, sin reproches, y con la certeza por ambas partes de que aquello había sido un error que harían bien en olvidar cuanto antes.

—Señoras y señores, nos aproximamos a Londres, Gatwick. Por favor, abróchense sus cinturones y pongan las bandejas en posición vertical.

Max estaba dormido. Karen lo observaba en silencio, deseando poder dibujar el contorno de su cara con el dedo, pero sin atreverse. No quería que se despertara, quería seguir disfrutando del placer de seguir su respiración, de querer estar tan cerca de alguien, de acariciarle el pecho con la punta de los dedos, de colocar la mano sobre la clavícula y cubrir su cuerpo de besos.

No habían hecho el amor. Karen no pudo ir más allá de los preliminares. Estaba demasiado confundida. Phil estaba en casa, las niñas con él. ¿Cómo podía pasar la noche bajo un techo distinto al suyo? ¿Cómo podía hacer planes con Max, después del infierno por el que habían pasado? Phil le pondría las cosas difíciles para llegar a un acuerdo, y no podría culparlo por ello. Max y ella acabarían viviendo en un cuchitril con dos niñas furiosas. Dos niñas que no querrían perdonar ni entender que sus padres también eran personas. Con derecho a vivir cada uno por su lado. Y en felicidad.

Y tendrían toda la razón. Porque nadie tenía derecho a ser feliz. Y nadie que tuviese un hijo podía ponerse a sí mismo por delante. Estaba en las bases del contrato.

¿Y si esperaban a que las niñas crecieran? ¿Y si Phil le contaba un día que se había enamorado de su profesora de yoga y que la dejaba?

Max se movió en sueños y suspiró. Karen no podía dejar de mirarlo, consciente de que el amor inconmensurable que sentía por él solo lo conocía en relación a sus hijas, pero nunca en su faceta más adulta. Y mucho menos en los últimos años, desde que había aprendido a no sentir demasiado por nada, a mantener su corazón en un estado de congelación constante.

Pero ahora el hielo se estaba derritiendo, y rápido.

Se le llenaron los ojos de lágrimas, en una mezcla de felicidad y dolor, justo antes de dejarse llevar por el sueño, profundo, reparador, puro éxtasis.

Se despertó antes de que amaneciera. Max le estaba besando los pezones, marrones y erectos.

—Lo digo en serio —susurró—. Te amo. Quiero pasar el resto de mi vida contigo.

—Yo también.

Más tarde pidieron el desayuno, vestidos con los albornoces del hotel. Salchichas, huevos, beicon, pudin y una taza de té humeante tras otra.

—¿Cómo alguien tan pequeño como tú es capaz de comer tanto? —preguntó Max, entre risas.

Karen se sintió culpable. Todo eran alimentos prohibidos, sustituidos por el muesli, el germen de trigo, la quinua y la miel de Manuka. Pero no podía contárselo a Max —sería como burlarse de Phil por preocuparse por su salud—. ¿Qué otra cosa debía hacer?

Miró el móvil, que descansaba sobre la mesita de noche. No tenía cobertura. Se preguntó cuándo volvería a la vida, cuándo tendría noticias del mundo exterior.

—Hace un día precioso —dijo Max, señalando hacia la ventana, desde donde se veía una sucesión de praderas interminables. Con semejantes vistas, la certeza de vivir en una isla superpoblada, en un planeta moribundo, parecía tan ridícula como sostener que Elvis seguía vivo—. ¿Te apetece dar un paseo?

—Me encantaría.

A pesar de su inclinación por el campo, a Phil no le gustaba salir a pasear. Karen recordaba un fin de semana en particular en el Distrito de los Lagos, poco después de que empezaran a salir como pareja. Hacía una tarde perfecta de verano. Karen quería pasear alrededor del lago antes de la cena, pero Phil se negó a acompañarla porque estaba viendo el golf. Karen aún recordaba la ira, la exasperación, mientras daba vueltas sola alrededor del lago, demasiado enfadada para disfrutar de su belleza. Tendría que haber puesto punto y final a la relación aquel mismo día, después de que Phil se negara a pasear alrededor del lago.

Tragó saliva y miró a Max.

—Y luego regresamos a casa.

—Lo sé. Pero entonces tendrás que hablar con Phil.

—Puede que no hable con él hoy mismo, pero será pronto.

El rostro de Max se oscureció.

—No te echarás atrás, ¿verdad, Karen?

—Tranquilo, no lo haré. —Y lo decía de verdad—. Pero hoy no puedo. Tendré que buscar el momento, cuando las niñas estén en el colegio o algo así. Quizá me coja el día libre. No puedo soltárselo así como así.

Karen no quería pensar en ello. Solo deseaba sentir la brisa veraniega en la cara, ver las amapolas mecidas por el viento, escuchar el canto de las alondras en la copa de los árboles; ironías de la vida, todo lo que disfrutaría a diario si se mudara a Chadlicote. Pero ya no se trataba de un duelo entre Devon y Saint Albans, sino entre Phil y Max, el hombre al que nunca había entregado su corazón por completo frente al que la consumía con sus besos.

No quería pensar más en ello.

Subieron hasta lo alto de una colina en la que había un menhir.

—¡Mírame! —exclamó Max, subiéndose a la piedra y tambaleándose peligrosamente—. Soy el rey del mundo. Desde aquí puedo ver kilómetros a la redonda.

Karen se estaba riendo de él, que con los brazos estirados para no perder el equilibrio seguía balanceándose sobre el menhir, cuando de pronto notó la vibración del móvil en el bolsillo.

—Oh, Dios mío. Tenemos cobertura.

Lo sacó del bolsillo. En la pantalla ponía *Phil*. Fue como

si hubiese chocado con una turbulencia y el suelo se estremeciera bajo sus pies.

—Hola. —Se preparó para escuchar la voz de su marido, pero no fue él quien respondió, sino Eloise.

—Mami, soy yo. Mami, ¿dónde estás?

¿Mami? Eloise había dejado de llamarla así hacía ya seis años, un día en que anunció, sin que viniera a cuento, que era «cutre» y que, por cierto, Santa Claus no existía. Ni el Ratoncito Pérez. Bea lloró durante días.

—Cariño, estoy… fuera. ¿Estás bien, amor mío?

—No soy yo, mami. Es papá. Está enfermo. Mucho. Esta mañana ha vuelto al hospital. Mami, te necesitamos en casa. Te necesitamos ya.

—Te acompaño a casa —le dijo Lucinda a Nick, mientras caminaban por la terminal de Gatwick a primera hora de la mañana hacia la aduana—. Tengo un coche esperando.

La decisión de dejarlo había sido precipitada, pero Lucinda se había quitado un peso de encima. Sabía que, después de la comida, la máquina de cotilleos de Tobago se habría puesto a trabajar a pleno rendimiento, pero había suplicado a Dolly y a Marilia que mantuvieran la boca cerrada porque pensaba decirles a sus padres, o a quien fuera, que Nick solo era un conocido que se había encontrado en la isla y que obviamente no había dormido en la villa. Era una huida por los pelos, algo de lo que se reiría cuando tomara las riendas del imperio de su padre y Nick fuera tan famoso como Mick Jagger. Nadie lo sabría, pensó con aires de suficiencia, un segundo antes de que un hombre se interpusiera en su camino.

—¡Nick! ¡Nick! —gritó el desconocido, acompañado por el destello de un flash.

Cegado por el brillo del flash, Nick se tapó los ojos con una mano.

—¡Lucinda! —exclamó un segundo hombre.

—¿Se puede saber qué está pasando aquí? —les espetó ella—. Fuera de aquí.

El hombre, que llevaba barba y lucía una barriga cervecera, se limitó a reírse y siguió corriendo delante de ellos, el objetivo de su cámara cerrándose como las mandíbulas de un cocodrilo hambriento.

—Supongo que no habéis visto los periódicos de hoy, ¿no? —preguntó el extraño.

—¿Qué?

El fotógrafo le puso una copia del *Sunday Post* en la mano. Lucinda miró la portada, incapaz de dar crédito a lo que estaba viendo. «La estrella del rock y la heredera», rezaba el titular. Debajo, en letras más pequeñas, decía: «La novia del roquero en el hospital tras un intento de suicidio».

El fotógrafo siguió inmortalizando sus expresiones de incredulidad.

—Bienvenidos a casa.

39

Lucinda estaba sentada en la sala de estar de la suite de su padre, en el hotel Claridge. Tenía la mirada clavada en los muebles de la marca Linley que decoraban la estancia. De un gusto impecable, sin duda, aunque un poco sobrevalorados gracias a que los fabricaba el sobrino de la reina, que se aprovechaba del título para hacer caja. Se concentró en ese pensamiento, con la esperanza de que así consiguiera contener las lágrimas.

—¿Cómo has podido hacer algo así? —gritó su padre, de pie frente a ella. Había cogido el avión esa misma mañana para celebrar una reunión familiar de emergencia—. Has avergonzado a tu familia.

—Pero ¿por qué no, papá? —dijo ella, mirándolo a los ojos y cruzando los dedos para que no se diera cuenta de cuánto le temblaban. ¿Dónde estaría el maldito brazalete?—. Soy joven y soltera. Él también. ¿Por qué no deberíamos irnos de vacaciones con quienquiera que nos apetezca? —Le gustó el uso que había hecho de «quienquiera». Lucinda Gresham no se olvidaba de la gramática, ni siquiera en momentos de crisis como aquel.

El rostro de Michael Gresham estaba colorado como un tomate.

—Porque tu amigo, la estrella del rock, es cliente de tu agencia. ¿Eres consciente de la falta de profesionalidad que eso implica?

—Además, no está soltero —intervino su madre en voz baja desde una butaca en una esquina de la habitación, desde donde se estaba inspeccionando la manicura a conciencia—. Tiene novia.

—Lo sé —dijo Lucinda, bajando la cabeza.

—Has perdido el trabajo y has deshonrado la imagen pública de la familia, cuando siempre hemos intentado ser tan discretos.

—No sabes cuánto lo siento, papá. De verdad.

—Con sentirlo no es suficiente. De momento, no trabajarás para mí, ¿eres consciente de eso?

—Sí, papá. —Lucinda estaba destrozada, pero mantenía la expresión de la cara tan fría como le era posible.

Aquello no podía estar pasando. Encontraría otro trabajo en el que tendría un éxito fulgurante y su padre le suplicaría que se uniera a la empresa familiar. Lucinda no tenía intención de dejarse derrotar por un absurdo malentendido. Esa idea daba vueltas y más vueltas en su cabeza como la ropa dentro de una lavadora.

Su padre se puso en pie.

—Te voy a congelar la paga y echarte de casa. Alguien que agradece la generosidad de su padre con semejante comportamiento no se merece ni un solo penique más.

—¡Michael! —protestó su madre—. Eso es demasiado.

—Lucinda puede buscarse la vida por sí misma. Como el resto de mujeres del mundo. Ellas se las arreglan perfectamente y Lucinda hará lo mismo.

—Está bien, papá. —Seguía con los ojos clavados en la alfombra, pero no dejaba de darle vueltas a la cabeza. ¿Adónde iría? ¿Qué haría? Todavía le quedaba algo de efectivo en acciones, pero se había llevado un buen palo hacía poco y solo le llegaría para cubrir uno o dos meses.

Tenía que encontrar trabajo. ¿Con quién podía hablar?

Había más gente ahí afuera, gente a la que le resultaría menos humillante acercarse. Pero en aquel momento no se le ocurría nadie. Podía volver a Suiza, claro está, pero eso sería peor aún, viviendo en la misma ciudad que su padre y su madre, haciendo ¿qué? ¿Relojes de cuco en una fábrica?

—Hay otra cosa que debes saber —continuó su padre—. Le he ofrecido a Benjie el puesto que tan arrogantemente considerabas que debía ser tuyo. Empezará después de Navidad.

Todos los sentimientos que había almacenado en lo más profundo explotaron con la fuerza de un géiser.

—¡Benjie! Pero si no le interesa el mercado inmobiliario. Ni lo que haces. Lo único que le interesa es...

—Benjie es mi hijo. Siempre he creído que debía ser él quien se hiciera cargo del negocio. Claro que si no se le da bien, quizá el marido de tu hermana sería un buen candidato. O, más probablemente, ninguno de vosotros.

Lucinda miró a su madre. Seguía mirándose las uñas como si fuesen la edición de la semana de la revista *¡Hola!* Estúpida. Pero de repente levantó la mirada y la preocupación en los ojos de Gail le revolvió las tripas. La sensación de culpabilidad, que ya era insoportable, fue todavía peor. Su madre la quería y estaba destrozada por la suerte de su hija. Nunca antes se había dado cuenta. Hasta ahora.

—Eso es todo, Lucinda. Que tengas suerte. Espero que puedas superar esta fase tan convulsa. Pero no esperes recibir noticias nuestras.

—Pero papá...

—Hija, te he malcriado. Ahora lo veo claro. Pero a partir de ahora tendrás que arreglártelas tú sola. Benjie regresa a Ginebra a finales de semana, el mismo tiempo que tienes tú para encontrar otro sitio en el que vivir. —Miró la hora en el Rolex—. Bueno, será mejor que te vayas. Tengo una reunión a las cinco. —Cogió su Blackberry y empezó a leer mensajes.

—Adiós, papá. —Lucinda se volvió hacia su madre y sonrió. La frente bien alta. Que no te vea sufrir.

Gail le devolvió la sonrisa, al menos lo que los servicios del doctor LeGrand le permitieron.

—Adiós, cariño. Yo...

Lucinda salió de la estancia; las piernas le temblaban como si fueran bisagras sueltas. Recorrió el pasillo. Era como si todos los sonidos estuviesen amortiguados; solo podía escuchar el latido de su propio corazón. ¿Qué había hecho? Se había comportado como una estúpida, y todo porque se sentía muy sola, pero era demasiado orgullosa para admitirlo. Y demasiado vanidosa. Nick le había lanzado un par de piropos y ella había caído sin molestarse en hacer una sola pregunta. Tenía tan poca seguridad en sí misma que lo había arriesgado todo por el sexo y unos cuantos cumplidos. ¿Cómo era posible? Y había sido tan cruel con Kylie. Pobre Kylie, que lo sabía todo desde el principio y había sufrido mucho. Los periódicos decían que se estaba recuperando, pero eso no era consuelo alguno.

Lucinda se dio cuenta de que se había fijado en Nick porque eso era lo que hacía su padre: mantenía aventuras con quien le daba la gana, sin que le importaran los sentimientos de la gente. Y era horrible. Lucinda había aprendido la lección. No volvería a repetirse.

Pero aun así tenía que aceptar el castigo.

Apretó el botón del ascensor y entró en él, mientras intentaba pensar en sus opciones. ¿Dónde viviría? ¿Quién le daría trabajo?

No tenía amigos en Londres a los que preguntar. Seguramente podría encontrar trabajo en una cafetería o en una tienda, lo que fuera, pero no era lo que quería. Claro que tampoco sabía cómo podía encontrar trabajo en el mundo inmobiliario sin acudir a los canales habituales, y en Dunraven Mackie difícilmente le darían una carta de recomendación después de semejante fiasco. Gemma Meehan seguro que ya se habría chivado.

El ascensor llegó a la planta baja y Lucinda se apeó de él; de pronto, un nombre le vino a la cabeza.

Anton.

Anton era el propietario de un negocio en expansión. Contrataba a gente por sus conocimientos y sus habilidades, y le había dicho que tenía grandes ideas y que ojalá hubiese más gente como ella.

Y además estaba enamorado de ella. Bueno, quizá enamorado no, pero sí albergaba sentimientos importantes. Si era buena idea explotarlos o no, Lucinda no lo sabía. Ya lo investigaría más tarde. Una vez que se le ocurría una idea, era físicamente incapaz de abandonarla.

Cogió el teléfono móvil y busco su número en la agenda.

Gemma estaba frente al piso de Western Avenue. Había llamado a la puerta tres veces, pero era evidente que no había nadie en casa. Incluso había sobornado a los vecinos, pero de momento nada.

Había estado llamando a Bridget a diario, pero lo único que conseguía era silencio. Un día probó en el Costa, la cafetería en la que trabajaba Massy.

—Se ha ido —le dijo una mujer—. No tengo ni idea de adónde.

Sudando levemente por los primeros calores del verano, Gemma sacó un bolígrafo del bolso y escribió algo en su bloc de notas.

> Si lees esto, quiero hablar contigo. Siento que Massy no te contara lo que estaba pasando. Te pagaré la cantidad que quieras. Besos, G

La metió por debajo de la puerta, consciente de que no serviría para nada, pero sin saber qué más hacer. Luego se dirigió hacia el metro. Durante un segundo, se cubrió el vientre con las manos. Aún faltaban doce días para que pudiera hacerse la primera prueba de embarazo y no estaba segura de que sus nervios pudieran soportarlo. Era su última oportunidad para ser madre, y aunque habían congelado cuatro embriones más, no sabía si sería capaz de usarlos. Una cosa era decirle un «lo siento» a Bridget con los embriones ya dentro;

otra bien distinta, sacarlos de la nevera y utilizarlos a sangre fría, sabiendo que su hermana estaba en contra de ello.

De camino al metro, le llamó la atención la portada del *Standard*.

LA ESTRELLA DEL ROCK Y LA HEREDERA.
LA NOVIA DE UNO DE LOS BLINDS, EN COMA.

¿Uno de los Blinds? Gemma le pagó cincuenta peniques al quiosquero y, una vez en el andén, mientras esperaba el tren que llegaba con retraso, empezó a leer. Seis páginas de cobertura, incluidas imágenes aéreas de una mansión «a orillas del lago Ginebra», con piscina interior, dos pistas de tenis y establos propios. También había una pequeña biografía de Michael Gresham, en la que se destacaba la forma en que había capitalizado la fortuna de su padre. Una fotografía de la madre, con la boca de una trucha y vestida con un traje rosa con tejido trenzado alrededor del cuello y los bolsillos, sosteniendo en alto unos prismáticos en alguna carrera de caballos. Otra de su hermano y su hermana, y finalmente una de Lucinda. «Se cree que estaba trabajando de incógnito en la inmobiliaria Dunraven Mackie con el objetivo de acumular experiencia antes de unirse al imperio empresarial de su padre. Sus compañeros manifiestan estar "patidifusos ante la noticia". "Siempre supe que había algo diferente en ella. Era muy altiva y era evidente que no tenía los pies en la tierra", afirma uno de sus colegas de trabajo, que prefiere no ser identificado. "Pero ¿la hija de Michael Gresham? Jamás lo hubiéramos imaginado."»

Sin embargo, la anécdota de la verdadera identidad de Lucinda pasaba a un segundo plano ante la situación de la dulce e inocente Kylie, todavía en coma. Al parecer, se había tomado una sobredosis de pastillas al descubrir el paradero de su novio, y había sido encontrada justo a tiempo por la novia de Ian, uno de los miembros del grupo. De pronto, a Gemma le asaltó una duda mucho más egoísta. ¿Qué pasaría con la venta del piso? Todo este drama ralentizaría el proceso. Nada más salir del metro, llamó a las oficinas de Dunraven Mackie y le cogió el teléfono un hombre de voz amable y acento del suroeste de Inglaterra.

—¿Puedo hablar con Lucinda? —preguntó Gemma, aunque ya sabía la respuesta.

—Me temo que Lucinda ya no trabaja con nosotros —respondió él, un poco avergonzado—. ¿Puedo ayudarla en algo?

—Sí. Lucinda se estaba ocupando de la venta de mi piso. Al hombre con el que…, mmm, con el que estaba de vacaciones. —Y al que se estaba tirando en nuestro piso, aunque esto vosotros nunca llegaréis a saberlo.

Gemma le explicó quién era. El hombre, que se llamaba Gareth, se mostró muy comprensivo.

—Bien, conocemos la situación y estamos intentando localizar al señor Crex. De momento no responde al teléfono, lo cual es comprensible, pero estoy seguro de que lo hará en los próximos días o cuando las cosas se calmen. La mantendré informada en cuanto sepa algo, se lo aseguro.

—De acuerdo. Porque supongo que sabrá que estamos a punto de hacer el intercambio de llaves.

—Lo sé y la entiendo perfectamente. Vender una casa siempre es estresante en el mejor de los casos, y eso sin que el comprador se vea envuelto en un escándalo con la agente inmobiliaria.

—Lo que no entiendo —dijo Gemma, animada por el tono amable de Gareth— es por qué Lucinda estaba trabajando de agente inmobiliario.

Gareth suspiró.

—Nosotros tampoco lo entendemos. Ojalá me lo hubiese contado. Le habría guardado el secreto.

Y no sabes ni la mitad, pensó Gemma.

—Gracias por su ayuda. Espero noticias suyas.

El teléfono de Lucinda no dejaba de sonar. Tenía la bandeja de entrada del correo hasta los topes. Amigos a los que el escándalo les parecía divertidísimo. Periodistas que querían hablar con ella. Al menos el siguiente mensaje la animó un poco.

«Qué pasa. Soy Gareth. Espero que estés bien. Por aquí todo ha sido una locura, como comprenderás. Siento mucho lo que ha pasado. Te echaremos de menos.» Una pequeña pausa. «Aunque tú a nosotros no mucho. Y he de decir que algunos están un poco cabreados por la forma en que Niall y tú lo habéis llevado todo en secreto. En fin, si algún día te apetece salir a tomar algo, solo tienes que decirlo. Bueno, pues un saludo. Eh… Adiós.»

—Eres un puto gilipollas —le dijo Martine Crex a su hijo.

—Lo sé, mamá —respondió Nick, con la vista clavada en el suelo.

—¿Cómo has podido hacerle algo así a Kylie? ¿Después de lo que tu padre me hizo a mí? Si es que los hombres sois todos iguales.

Nick podía oír cómo su madre le daba una calada a uno de sus Embassy sin filtro, su marca favorita.

—Joder, es que es in-cre-í-ble —añadió.

—¿Has visto a Kylie? —preguntó él.

Al volver al piso de Belsize Park, las cosas de Kylie habían desaparecido. Los armarios estaban vacíos, las fotografías de ellos dos habían desaparecido de las estanterías y no quedaba ni un solo potingue en el lavabo. El piso parecía tan vacío que su voz rebotaba en las paredes. Sabía que era un hipócrita por echarla de menos, pero no podía evitarlo. Lo único que quedaba de ella era un suave aroma afrutado. Los peluches de la cama, los montones de revistas, los tampones, los bolsos, el maquillaje. Todo había desaparecido.

—¿Y a ti qué te importa? Ahora tienes una novia nueva. Lucinda Gresham. —Martine se aclaró la garganta, taponada por la nicotina—. Según dice aquí, hija del magnate inmobiliario Michael Gresham, número veintisiete en la Lista de

Ricos del *Sunday Times*. Muuuy bonito, Nicky. ¿Y cuándo la vas a traer a Burnley para presentársela a tu madre?

—Lo hemos dejado —dijo Nick.

—¿Ya? Joder, Nicky. ¿Se puede saber entonces por qué te enrollaste con ella?

—No lo sé. No quería hacerle daño a Kylie.

—¿Y por qué no te esforzaste un poco? ¡Ah, mejor no contestes! No quiero oír ni una sola de tus patéticas excusas. Hombres. Sois todos iguales. ¿De verdad quieres saber cómo está Kylie? Pues te lo diré. Sigue en cuidados intensivos. Dicen que puede que tenga daños cerebrales. Y luego está lo del bebé que, como es lógico, ha perdido.

Nick sintió que se mareaba.

—¿Estás segura?

—¿Por qué me iba a mentir Sharon? Mi única oportunidad de tener un nieto. ¿Cómo has podido hacerme esto?

—Lo siento, mamá. No sabía que estaba… —Nick estaba nervioso y tenía mucho calor.

—Da igual. Vete a tomar por saco. Ni siquiera sé si quiero seguir hablando contigo. Mi propio hijo, tratando así a una mujer. ¿Es que no aprendiste nada de lo que tu padre me hizo a mí? —Y de pronto colgó.

Nick se quedó mirando el teléfono. ¿Cómo podía Kylie haberle ocultado algo así? Repasó los acontecimientos, rescribiendo la historia sobre la marcha. Si lo hubiese sabido, nunca habría ido a Tobago. ¿Por qué demonios no se lo había contado? Un niño. Su hijo, obviamente. El bebé de los dos. Y Kylie lo había matado. ¿Cómo podía ser que ni siquiera lo hubiese consultado con él?

De pronto, sonó el teléfono. Número oculto. Quizá era Kylie. Le sorprendió la necesidad tan visceral de hablar con ella.

—¿Sí? —Le temblaba la voz como si anduviera sobre unos zancos.

—Hola, Nick —dijo una voz empalagosa al otro lado del hilo—. Soy Charles. He recibido llamadas de tu abogado y de la agencia inmobiliaria. Quieren saber qué ha pasado con el piso mientras tú estabas bronceándote en el Caribe. Perdona, pero hay que seguir adelante con el papeleo.

¿El piso? Por un momento, Nick no supo de qué le estaba hablando. De pronto lo recordó. El apartamento 15. Pues claro. ¿Cómo podía haberlo olvidado? ¿No tenía que pagar a la semana siguiente o algo así? Pero ya no lo quería. Ni hablar. Le recordaría a Lucinda y al incidente con los Meehan. Y a Kylie, a la que tanto daño había hecho. ¿Cómo se había atrevido?

—Ya no quiero el puto piso para nada. No vuelvas a mencionarlo. Diles que se vayan a la mierda y empieza a buscar otro.

40

Karen esperaba haber cubierto su cuota de hospitales para toda la vida. Y sin embargo allí estaba, de nuevo en la sala de espera, sintiendo que se había sumergido en un mundo submarino en el que las luces eran demasiado brillantes y los sonidos, apagados; rodeada de gente drogada de miradas vacías; bebiendo café aguado de la máquina y hojeando revistas antiguas sin comprender nada; con los ojos clavados en las manetas del reloj, que se movían a cámara lenta.

Finalmente el médico hizo acto de presencia.

—Señora Drake. Por aquí, por favor.

Karen no lo conocía. Era mayor que el doctor Munro, que se había ocupado de Phil la última vez, y menos extravagante. A diferencia de su colega, no era fácil imaginárselo en el campo de golf, jactándose de las vidas que había salvado ese mismo día, lo cual no dejaba de ser algo bueno.

—Señora Drake —empezó, invitándola a sentarse en una silla verde—. Me temo que se ha reproducido. Y se ha movido. A otra parte del cuerpo. La parte positiva es que podemos tratarlo. En esta rama de la medicina, los medicamentos son muy avanzados.

Habló durante un buen rato. Karen intentó concentrarse, pero todo daba vueltas a su alrededor. Solo le importaba una cosa.

—¿Se va a...? ¿Podría ocurrir?

—Esta noche se vuelve a casa con usted. Eso sí, mañana a primera hora tiene que estar de vuelta.

—Sí, doctor.

Gemma estaba subiendo una fotografía de la chaqueta negra de Alexander McQueen que se había comprado con la esperanza de parecerse a Elle Macpherson en una foto de la modelo en el aeropuerto, aunque en realidad se acercaba más a uno de los extras de *¡Oliver!*, el musical, pero adaptado por una compañía *amateur* cualquiera. Tenía un plan: reunir todo el dinero que pudiera vendiendo su ropa por eBay y dárselo luego a Bridget. Se había pasado la mañana revisando los armarios, para descubrir, horrorizada, que tenía veintisiete camisetas a rayas. En cada tienda en la que entraba, una fuerza sobrenatural la empujaba hacia la sección de las camisetas rayadas, en la que siempre encontraba alguna con un corte un poco diferente o un grueso en las rayas distinto al de las otras dos docenas que ya tenía en casa. Pero ahora había llegado el momento de deshacerse de algunas de ellas. Las de Nicole Farhis, no las de Primark. Pero ¿podría soportar separarse de esta en concreto, que había comprado en Bond Street para darse un capricho aquella vez que...?

Mientras intentaba recordar cómo había justificado el gasto, sonó su teléfono móvil.

—¿Dígame?

—Hola, señora Meehan. Soy Gareth de Dunraven Mackie. Me temo que tengo malas noticias sobre la venta del piso.

Le explicó lo sucedido. Gemma se sorprendió de la calma con la que había recibido la noticia.

—No pasa nada —dijo—. Ya me lo esperaba.

El teléfono sonó en Chadlicote alrededor de las cinco. El sol brillaba con fuerza en un hermoso cielo de verano y Grace estaba de cuclillas sobre sus macetas. Regados y atendidos a diario, los guisantes dulces habían crecido con bastante rapidez. Cuando aparecieron las primeras flores rosas y púrpuras, Grace empezó a revisar el resto del jardín, cubierto de ortigas y malas hierbas. En el parterre de las rosas, las campanillas habían acabado con los pocos arbustos que quedaban vivos. Grace decidió empezar por allí. Desde que salía el sol hasta que se ponía, limpiaba las malas hierbas, podaba las plantas y arrancaba las flores marchitas, devolviendo un cierto orden al caos en que se había convertido el jardín.

Las horas que antes dedicaba a comer o a ver episodios de *Doctor Who* por internet, ahora las invertía en investigar sobre el cultivo de las plantas en páginas especializadas. Dedicó un día entero a rastrillar la tierra y luego plantó semillas para ensalada, cuyas hojas pronto podría cosechar. Los tomates empezaban a salir, verdes y muy pequeños. El fin de semana, en vez de pasárselo limpiando, lo aprovechaba para visitar tres centros de jardinería distintos. Se gastaba demasiado dinero, eso seguro, pero lo ahorraba en galletas, helado y caramelos.

Pronto se volvió más ambiciosa y decidió trazar un plan. Cogió el mapa de la inmobiliaria y dividió el jardín en secciones. Escribió «clemátides» junto al muro oeste de la casa y «rosas» en los parterres que tendría que arrancar. *Delphiniums*, geranios… La lista era interminable. A veces plantaba algo con toda la ilusión que no arraigaba en la tierra y se desanimaba, pero rápidamente se le ocurría otra idea.

Al principio, solo era capaz de cargar la carretilla con un poco de abono. Ahora, sin embargo, podía llenarla hasta arriba y cruzar el jardín hasta su destino. Le dolían los músculos, tenía las uñas llenas de tierra y se sentía increíblemente en paz consigo misma.

Sí, de acuerdo, sus esfuerzos estaban abocados al fracaso. La casa se vendería con acres de jardín todavía sin tocar. No importaba. Grace transformaría la parcela de la casita del pueblo, descuidada desde hacía años. Se apuntaría a las listas del ayuntamiento para que le cedieran un pequeño huerto.

El teléfono seguía sonando. Sería mejor que lo cogiera.

—¿Dígame? —dijo Grace, apartándose un mechón de pelo de la cara.

—¿Señorita Porter-Healey? Soy Nina de Bruton Bradley, agentes inmobiliarios.

—¿Sí?

—Siento avisarla tan tarde, pero ha surgido un problema con el intercambio de propiedades.

—¿Cómo dice?

—Acabamos de saber que los Drake tienen que retrasar la fecha de la firma.

Un latido.

—¿Perdone?

—Acabamos de hablar con Philip Drake. La venta de su casa ha sido anulada, de modo que tiene que retrasar el intercambio hasta que encuentre otro comprador. No sabe cuánto lo siento. Estoy segura de que no será mucho tiempo, si le sirve de consuelo. Tengo entendido que la casa de los Drake es una propiedad muy valiosa y...

—No pasa nada —dijo Grace—. Por favor, no se preocupe.

—Lo siento —insistió Nina.

—Pues no lo sienta. —Grace descubrió una nueva ampolla en la mano y sonrió—. La culpa no es suya.

Karen apenas registró la llamada.

—De acuerdo —respondió, distraída—. Manténganos informados. —Y colgó.

Phil, pálido y demacrado, descansaba sobre una montaña de cojines en su dormitorio. Frente a él, una bandeja con un plato de fideos soba y brócoli sin tocar.

—¿Cómo te encuentras?

—Bien —respondió con un hilo de voz. Iban a empezar con otra sesión de quimio por la mañana, una nueva combinación de medicamentos porque había desarrollado cierta resistencia en la sesión anterior. El especialista confiaba en que funcionaría.

—Oh, Phil —exclamó Karen, con el corazón desbordado de dolor—. Lo siento, no sabes cuánto. —Lo sentía por él, claro está, pero también por lo que había hecho. Aunque él nunca llegaría a saberlo.

—Yo también lo siento —dijo él, para su sorpresa.

—Por el amor de Dios, ¿qué tienes que sentir tú? —Soy yo la que…, pensó Karen, pero se deshizo de la idea de un manotazo. No había tiempo que perder arrepintiéndose del pasado. Todas sus energías se focalizaban otra vez en el cáncer.

—Te he decepcionado. Pensé que me estaba recuperando. Siento que te casaras conmigo, Karen. Siento haberte arruinado la vida.

A Karen se le llenaron los ojos de lágrimas; tenía la garganta seca y dolorida.

—No lo sientas, Phil. Nada de esto es culpa tuya y lo sabes.

—Últimamente te he hecho la vida más difícil. Primero la enfermedad. Y luego organizar la mudanza. Debería haberlo consultado antes contigo, no esperar a que siguieras mi camino.

—No pasa nada. —Más adelante le diría que la mudanza se había tenido que posponer, al menos de momento. Irónico cuanto menos, ahora que estaba dispuesta a instalarse en la luna si hiciese falta con tal de que Phil se recuperase.

—Sí, sí pasa. Devon está muy lejos. No sé en qué estaba pensando. Podemos vender la casa si quieres, pero no hace falta que nos vayamos tan lejos. Por mí como si nos quedamos en la misma calle.

—No te preocupes por eso ahora. Por favor, descansa un poco. Voy a buscar una pastilla.

—¿Karen? —La miró y en sus ojos se escondía una súplica.

Fue entonces cuando lo supo. Supo que nunca dejaría a Phil, por mucho que adorara a Max. No importaba si sus sentimientos hacia él eran encontrados. Phil era el padre de sus hijas. Había visto las caras de pánico de las niñas, cuánto dependían de ellos dos como una unidad y viceversa. Eran el centro de su vida y sin ellas no era nada. Por muchas diferencias que hubiese entre ellos dos, los unía el hecho de haber creado dos criaturas tan preciosas y brillantes.

—¿Sí, cariño?

—Por favor, no te vayas a dormir a la habitación de invitados. Por favor, quédate aquí. Conmigo.

Era tal la agonía por todo a lo que tendría que renunciar, por el sufrimiento, que Karen sintió que algo se rompía en su interior. Pero ese dolor no era nada comparado con lo que Phil y las niñas estaban soportando.

—Pues claro que sí, cariño.

41

A través de los cristales tintados de la limusina, Nick observó las calles de Burnley en las que había crecido: las hileras de casas adosadas a cual más destartalada; los adolescentes con chalecos y vaqueros cortados, tirados en las puertas de sus casas, bebiendo cerveza de lata, con un pitbull tumbado a sus pies y escuchando música a todo trapo, pasándose un porro entre ellos; una chica embarazada que se había levantado la camiseta para que le diera el sol en la barriga, pálida y enorme —no debía de tener más de catorce años—. Nick sintió un escalofrío al verla. Aquella chica representaba todo de lo que él había querido escapar. Pero al mismo tiempo, la imagen de Kylie en su misma situación le desgarró el corazón. Kylie embarazada, esperando un hijo suyo, un hijo de los dos, quitándole la vida con todas aquellas pastillas porque había descubierto su viaje a Tobago con Lucinda.

Se estaban acercando a su casa. Dios, el mismo Santa Claus de plástico en la ventana, que se pasaba allí todo el año. La misma puerta negra con la pintura desconchada, protegida por una reja metálica para mantener a los administradores del juzgado alejados.

—¿Quiere que le espere aquí? —preguntó Ken, el chófer.

—Sí —respondió Nick.

Se bajó del coche con el corazón latiendo a mil por hora. Llamó al timbre. Ding dong. No obtuvo respuesta. Dio media vuelta, entre decepcionado y aliviado, pero de pronto escuchó ruidos. Alguien se dirigía hacia la puerta. Consideró la posibilidad de volver corriendo a la seguridad de la limusina de Ken, pero la puerta se abrió antes de que tuviera tiempo a decidirse.

Michelle, la hermana mayor de Kylie. También llevaba un chaleco, que no le hacía ningún favor a sus brazos carnosos, y unos pantalones de chándal de terciopelo lila. Miró a Nick como si la mismísima reina de Inglaterra se hubiera presentado en la puerta de su casa una cálida tarde de verano.

—¿Qué coño haces aquí?

—Ya lo sabes. He venido a ver a Kylie. ¿Está aquí?

Michelle clavó sus ojos fríos y muertos en él. Tras ella apareció un dóberman, que miró a Nick fijamente, como si estuviera hambriento.

—No está.

Nick no sabía qué hacer. ¿Por qué había ido? Recordó todo lo que no le gustaba de la familia de Kylie, de Burnley, de su antigua vida.

Pero ahora estaba allí.

—¿Y cuándo volverá?

—Ni idea. Se ha ido de vacaciones. Para recuperarse de lo que le has hecho.

—¿Así que está bien?

Uno de los muchos hijos de Michelle apareció a su lado, vestido únicamente con un pañal.

—Mamma, mamma.

—Eso esperamos. Tiempo al tiempo. Ahora, por favor, haz el favor de largarte, antes de que llame a la policía.

—Pero...

—Capullo —le espetó, y le cerró la puerta en las narices. Unas casas más abajo, alguien abrió la puerta. Una señora mayor (¿cómo se llamaba? ¿Nora Brightman?) lo miraba fijamente. Las cortinas se movieron detrás de otra ventana. Nick regresó al coche, cegado por la ira.

—A casa, llévame a casa —le gritó al conductor, mientras se subía en la limusina.

—¿Quiere decir a Londres? —preguntó Ken. No parecía sorprendido de que la visita hubiera durado tan poco porque en realidad no lo estaba. Ya lo había visto antes con la panda de idiotas que tenía que transportar de un lado a otro. Al menos su mujer disfrutaba escuchando historietas de famosos.

—Sí, a Londres. —¿Era Londres el hogar de Nick? Tenía que serlo. Allí ya no había sitio para él.

Grace cogió en brazos a Shackleton y lo subió a la parte de atrás del Land Rover. Unos meses antes le habría costado horrores levantarlo del suelo, pero ahora el perro era ligero como el algodón de azúcar. Al principio todo parecía ir bien; no había vuelto a encontrar sangre en las deposiciones del perro. Pero un día volvió a sangrar, y desde entonces había perdido peso y siempre estaba cansado, así que Grace llamó al veterinario.

Silvester intentó subirse al coche con su compañero.

—No, cariño. Tú no puedes venir. —Grace intentaba transmitir calma.

Sin embargo, Silvester sabía que algo no iba bien. Podía intuirse la tristeza en su carita de perro y no dejaba de quejarse, como los sobrinos de Grace cada vez que se quedaban sin ver los *Teletubbies*. Tan pronto como puso el pie en el acelerador, las lágrimas le nublaron la vista. Tuvieron suerte de llegar a la consulta del veterinario de una sola pieza. El señor Jepson, el veterinario, miró a Shackleton con mucho cuidado. Shackleton, que normalmente disfrutaba sabiéndose el centro de atención, ni siquiera se molestó en menear la cola.

—Mmm. Me alegro de que lo hayas traído —dijo el señor Jepson—. No le queda mucho tiempo. Yo te recomendaría que lo sacrificáramos para ahorrarle el sufrimiento.

—¿No sería mejor dejar que la naturaleza siguiera su curso?

El veterinario sacudió la cabeza.

—Depende de ti, pero solo durará unos días más. Como

mucho una semana. Y serán días de sufrimiento. Yo le pondría fin cuanto antes.

¿Por qué no había sido capaz de hacer lo mismo por su madre?, pensó Grace, furiosa consigo misma, al tiempo que buscaba los ojos del señor Jepson y le decía: «Está bien».

—¿Quieres estar un momento a solas con él? —preguntó el veterinario.

Grace asintió, incapaz de hablar. Abrazó a Shackleton y lloró con la frente apoyada en su cabecita arrugada. Había vivido seis años con ella. Era un cachorrito tan dulce, siempre cálido como una bolsa de agua caliente. Silvester lo pasaría mal cuando se diera cuenta de que su viejo amigo se había ido. Podía adoptar otro perro, aunque también acabaría muriéndose. Al final, todos la dejaban sola.

—Adiós, precioso —le dijo, y lo besó en la cabeza.

El señor Jepson tosió desde la puerta. Jilly, la enfermera, estaba a su lado con una jeringuilla enorme en la mano. La aguja se hundió en el hirsuto pelaje de Shackleton. Grace lo acarició, mientras susurraba: «Tranquilo, bonito, tranquilo».

El perro siguió resollando más tiempo del que Grace había imaginado. Poco a poco, sus respiraciones se fueron ralentizando hasta detenerse por completo.

—Creo que… —dijo Grace.

El señor Jepson puso el estetoscopio sobre el pecho arrugado de Shackleton.

—Sí, se ha ido —afirmó—. Pero estoy seguro de que tuvo una vida maravillosa correteando por los jardines de Chadlicote.

—La tuvo —asintió Grace—. La tuvo.

Había mucho papeleo que rellenar antes de poder volver a Chadlicote, con el cuerpo inerte de Shackleton metido en una caja en el maletero. Ahora tendría que pensar cómo quería enterrarlo. ¿Llegaría el día en que no se le presentara un nuevo problema?

—Deja de compadecerte de ti misma —se dijo, e intentó pensar en galletas. Después de consolar a Silvester, iría a comprar una de esas cajas enormes de varios sabores. De pronto se dio cuenta de que había perdido peso en las últimas semanas. Nunca había creído a mujeres como Verity, que afirmaban con orgullo que a veces se olvidaban de comer, pero aunque ella difícilmente se saltaba una comida, lo cierto es que la comida ya no ocupaba el primer puesto en su cabeza. Estaba demasiado ocupada podando las plantas o calculando cómo revivir el jardín de hierbas aromáticas. Se había puesto morena, y cuando se miraba en el espejo por las noches, brillaba del agotamiento. En el pasado, había intentado rellenar el agujero de su corazón con comida, pero cultivar plantas resultaba ser mucho más efectivo. Era casi como tener una relación amorosa, pero en la que ella tenía el control.

Aun así, un día era un día. Hoy tocaba noche de galletas, seguidas de un buen bote de helado y una pastilla de chocolate tamaño familiar.

Aunque primero tenía que regar las plantas.

De pronto lo vio. Un Ford Cortina aparcado frente a su casa.

Richie.

Grace pisó el acelerador y recorrió los últimos metros del camino, flanqueado por dedaleras. Estaba que echaba humo. ¿Qué querría esta vez? Ya había superado la humillación sufrida en sus manos, pero no tenía ni la menor intención de pasar otra vez por lo mismo.

Bajó del coche y se dirigió furiosa hacia la puerta principal.

—Hola, Grace —la saludó Richie, junto al capó del coche.

—Hola, Richie —le espetó ella por encima del hombro.

—¡Grace! No seas así. Espera. Escucha, solo quería que supieras que lo siento. Lo he estropeado todo.

—No pasa nada —dijo ella, muy seria, mientras se peleaba con las llaves.

—Yo… —empezó Richie, con la mirada clavada en el suelo—. No espero que me perdones. Últimamente he tenido problemas. Por eso me dejó mi mujer. En el trabajo me han dado un ultimátum. Me he apuntado a Alcohólicos Anónimos.

—Me alegro, Richie. Adiós, Richie.

—De veras que lo siento, Grace —se excusó, levantando la voz para que lo oyera—. Y escucha, he oído que la casa vuelve a estar a la venta. Anton…

Grace le cerró la puerta en las narices.

Todo en la vida de Lucinda había cambiado. Había dejado el piso de Kensington, al igual que Benjie, que había vuelto a Ginebra.

—No quiero ir —se había quejado su hermano, mientras tiraba al cubo del papel los últimos números de la revista *Attitude*, una de las tantas publicaciones para gays que coleccionaba—. No quiero vivir con mamá y papá. La escena gay en Ginebra es una porquería.

—Bueno, pues no vayas —respondió Lucinda, un tanto tensa. Le costaba ponerse de su parte. Ella habría hecho cualquier cosa para que su padre la enviara de vuelta a casa a trabajar en las oficinas centrales de la compañía, y allí estaba su hermano quejándose porque en Ginebra andaban escasos de discotecas con cuarto oscuro.

—No tengo otra alternativa. Papá dice que me deja sin dinero si no obedezco. Dice que está harto de que sus hijos le hagan perder el tiempo y quiere verme manos a la obra.

—Te echaré de menos.

—Vendré a verte a menudo y te llevaré a cenar a cargo de la compañía.

—Eso —suspiró Lucinda.

—¿Y dónde dices que está tu nuevo piso?

—En Hackney. Es pequeño, de una sola habitación. Cerca del centro. Mi amigo Gareth del trabajo me ayudó a encontrarlo.

—¡Hackney es chungo! —exclamó su hermano.

—En realidad no —mintió Lucinda.

De hecho, la primera vez que visitó el piso lo pasó fatal. Salió del metro en la parada de Old Street, rodeada de un tráfico de mil demonios, y recorrió las calles paralelas, llenas de tiendas de baratijas y viejas saunas, hasta llegar al piso, que estaba encima de una tienda de licores ilegal, en una calle muy transitada. El piso estaba limpio y los muebles eran neutros, para no alienar a nadie. Tenía dormitorio, lavabo, sala de estar y cocina independiente, aunque del tamaño de una caja de cerillas.

Un piso que Lucinda habría vendido con todo el entusiasmo del mundo, pero que para ella, que no conocía la vida sin un lavabo en suite, resultó ser una sorpresa desagradable. Aun así, pensaba hacer de él un lugar acogedor, en la medida de sus posibilidades, con pósteres coloridos, colchas, velas, todas las cosas que aconsejaba a sus clientes que hicieran. Y pensaba disfrutar de los bares de la zona, de sus restaurantes asequibles —al parecer, había muchos vietnamitas—, de las exposiciones de arte vanguardista. Con quién, no tenía ni idea. Probablemente con nadie. Cass estaba muy ocupada haciendo planes de boda y Lucinda era demasiado orgullosa para pedirle más a Gareth. Pero de algún modo conseguiría sacar algo bueno de aquella experiencia.

—Es una zona con mucha vida. Qué suerte tienes. —Benjie sonrió con nostalgia—. ¿Te lo pasarás bien en mi nombre?

—Se hará lo que se pueda.

Karen estaba sentada en la sala de espera, hojeando distraídamente números atrasados de la revista *Cosmopolitan* mientras su marido se sometía a una sesión de quimioterapia, cuando de pronto su móvil sonó. Lo sacó del bolsillo y se quedó petrificada al ver el número en la pantalla. Podía colgar, pero eso sería demasiado descortés por su parte. Tenía que enfrentarse a los problemas.

—¿Sí? —preguntó.

—Karen, ¿qué está pasando? No sé nada de ti desde el domingo. ¿Estás bien? ¿Cómo está Phil?

—Ahora mismo, en una sesión de quimioterapia.

—Oh.

Karen escuchó el tictac del reloj del hospital. Frente a ella, un hombre chino vestido con una bata empujaba la silla de ruedas de una anciana conectada a una máquina de oxígeno.

—Lo siento mucho —dijo Max.

—Sí.

—¿Crees que podremos...?

—Lo siento, Max. Tengo que dejarte.

—Pero Karen...

—Adiós. —Y apagó el teléfono.

Poco a poco. Así lo hacían los drogadictos y los alcohólicos. Aquella sería su estrategia. Concentrar todas sus energías en que Phil mejorara. No malgastar ni un ápice en lamentaciones sobre lo que podría haber sido y nunca fue.

Poco a poco.

La primera vez que Lucinda llamó a Anton, le respondió el contestador, así que colgó y volvió a intentarlo una segunda vez. Y luego otra. Al quinto intento, por fin lo consiguió.

—Hola, Lucinda. —Parecía tan contento de oír su voz como Madonna descubriendo que la única comida disponible es la de un Burger King. Y tampoco es que fuera ninguna sorpresa.

—Anton, siento muchísimo molestarte. Quería pedirte consejo.

—¿Y por qué debería querer aconsejarte? He estado leyendo sobre tus aventuras.

—No deberías... Es decir, es decisión tuya, pero sé que eres un tipo decente y que no te gusta ir por ahí tratando a patadas a la gente.

—Un problema que, al parecer, tú nunca has tenido, Lucinda.

Lucinda sintió que su estómago se tensaba.

—Lo sé —admitió humildemente—. Pero creo que he aprendido la lección.

Anton suspiró.

—Y dime, ¿qué quieres?

—Quería pedirte trabajo.

A Anton se le escapó la risa.

—Tienes mucha cara, ¿lo sabías?

—Sí, pero Anton, ya sabes cómo me apasiona el mercado inmobiliario. Tú mismo dijiste que tenía algunas ideas brillantes. Podría ser muy útil para tu empresa.

—Nos va bastante bien sin ti, Lucinda. Incluso en estos tiempos que corren.

—Pero podría ayudarte a que fuera aún mejor. Por favor…

—Crees que soy idiota, ¿verdad?

—Por supuesto que no. —Lucinda estaba siendo sincera en esto, hasta la última fibra de su persona—. Si pensara eso, ¿crees que querría trabajar para ti?

—No me puedo creer que no me contaras que eres hija de Michael Gresham. ¿Tienes idea de cuántos tratos he cerrado con él a lo largo de los años?

—Muchos, seguro —respondió Lucinda humildemente.

Se hizo el silencio.

—El sueldo no sería gran cosa —dijo Anton.

—Me parece bien. —Una sonrisa iluminó la cara de Lucinda—. Siempre que sea revisable en seis meses.

—Maldita sea, Lucinda. —Anton suspiró—. Está bien. Ven el lunes. A las ocho. Uno de mis contactos me ha hablado de una mansión en Devon que podríamos restaurar. Yo ya la he visto, pero me interesa tu opinión.

42

Habían pasado quince días. Nick estaba en su habitación del Comfort Inn, en Cleveland, Ohio, con un sándwich club enfriándose en el plato frente a él y cambiando de un canal de televisión a otro, aunque todos anunciaban los mismos bufetes de abogados ofreciendo asesoramiento para denunciar al ayuntamiento de turno por no arreglar las aceras adecuadamente.

Los Vertical Blinds ya habían completado la mitad de la gira estadounidense. Habían tocado en Filadelfia, Boston, Nueva York y Pontiac, Michigan. Algunas partes habían sido muy glamurosas, como el vuelo sobre el Atlántico, aunque esta vez en *business*, o cruzar el puente de Brooklyn en un taxi amarillo, mientras las luces de Manhattan parpadeaban a lo lejos.

—Vaya —había exclamado Ian—. Estamos en Nueva York. Vamos a ver humo saliendo del suelo. La Estatua de la Libertad. La Gran Manzana.

—Algún apuñalamiento, espero —dijo Paul.

—Pues te podrías haber quedado en Burnley si lo que quieres es ver apuñalamientos. ¿Qué os parece el Empire State Building?

—Yo quiero ir a un sitio donde sirvan sándwiches y pedir uno de pastrami en centeno. Siempre he querido saber qué es eso. Y una soda.

Pero Nick no sentía ningún deseo de ver Nueva York. No dejaba de pensar en Kylie. Kylie en el hospital, conectada a un gotero, pálida como una sábana. Todo era culpa suya por ser un cobarde, por no tener el valor de decirle que la relación se había acabado. Por permitir que se enterara de lo suyo con Lucinda a través de la llamada de un periodista. Se había comportado increíblemente mal, pero ni siquiera podía decir que había recibido su justo castigo, porque por mucho que le doliese el corazón, no había estado a punto de morir.

Empezó la gira. Viajaban en un autocar, como en las películas. Al principio era divertido, pero después de pasar unos días encerrados en él —a pesar del lujo, de los televisores, de la comida—, lo que al principio era la novedad empezó a perder la gracia. La costa este de Estados Unidos no era tan bonita como Nick se la había imaginado; estaba llena de autopistas interminables, flanqueadas por centros comerciales, salones de belleza, lavanderías y locales de Taco Bell. Las ciudades que visitaron se parecían las unas a las otras: Camden, Nueva Jersey. Upper Darby, Pennsylvania. Detroit. Las salas no se llenaban y las críticas por internet eran tibias, pero a nadie parecía importarle excepto a Nick. Estaban demasiado ocupados disfrutando de las *groupies*. Obviamente Nick no iba a ser menos y se había acostado con un par —chicas rubias y delgadas que gritaban como sirenas de la policía mientras se las tiraba y le clavaban las uñas en la espalda—, pero en pleno acto se acordaba del rostro rosado de Kylie y de sus rizos dorados y la erección se venía abajo.

Nick apartó el sándwich a un lado, asqueado por el recuerdo.

Cogía el teléfono a todas horas para escribir mensajes. Pero luego no los enviaba. ¿Cómo iba a hacerlo? Le había arruinado la vida a Kylie y ahora no podía meterse otra vez en medio. Tenía que respetar su espacio, dejar que llevara la vida que siempre había querido.

Gemma también estaba cambiando de canal, sin prestar demasiada atención al televisor. Mañana se cumplían las dos semanas. Los embriones ya se habrían adherido a la pared del útero, o no. Había comprado un test de embarazo de última generación que, además de confirmar la gestación, ejecutaba movimientos de ballet, limpiaba lavabos y te hacía la declaración de la renta. ¿Las doce de la noche sería demasiado pronto? ¿Las cinco, quizá? ¿Y a la hora de comer? ¿Cuál era la hora mágica en la que los embriones que habían sido introducidos en su cuerpo de pronto, casi como por arte de magia, se adherían a las paredes de su útero?

O, al contrario, se desprendían en un caos de sangre y pena.

—Te lo harás a las siete de la mañana —decidió Alex—. Cuando suene el despertador.

—¿Y si es un no? —Gemma estaba convencida de que el resultado sería negativo. Y entonces su vida se habría acabado. Ya no le quedaría ninguna esperanza.

—Si es un no, nos meteremos en internet y empezaremos a investigar agencias de adopción. Al final del día ya habremos solicitado una primera entrevista.

—Pero dijiste que nada de adopciones...

—He cambiado de idea. Lo solucionaremos. Ahora duérmete.

A Gemma le hubiera gustado hacer el amor con su marido, pero no podían arriesgarse. Demasiado peligroso. Aunque, claro, había otras cosas que podían hacer para pasar el rato.

—¿Te apetece que te la chupe? —le preguntó.

Fue como si el salto en el reloj digital del 6.59 al 7.00 durara una eternidad.

—Venga, adelante —la animó Alex, tan dormido como lo estaba ella—. ¿Quieres que vaya contigo a mirar?

—No seas desagradable.

Incluso en semejante situación, los dos consiguieron reírse.

Gemma salió del dormitorio y se dirigió al peculiar lavabo para el cual cada uno de los compradores potenciales que había visitado el piso parecía tener objeciones. Sacó el envoltorio de plástico y abrió la caja. Más plástico aún. A la papelera. Se subió el camisón de algodón, se sentó en el váter, introdujo la mano con la que sujetaba el aparato entre las piernas y dejó que los músculos de la vejiga se relajaran. Un segundo después, el lavabo se había llenado del olor ácido del primer pis del día.

Sacó la mano de entre las piernas y observó la ventanita ovalada del aparato. No pasa nada, se dijo. Porque adoptaremos. Quizá un bebé indio. O guatemalteco. Pero la parte superior se estaba oscureciendo. Empezaba a formarse una línea vertical. Al principio de un violeta pálido, cada vez más oscuro. Otra línea en la parte de abajo, esta vez roja.

Oh, santo Dios.

—Déjame entrar —gritó su marido al otro lado de la puerta—. Libérame de este sufrimiento.

—Entra.

Alex abrió la puerta. Gemma se levantó del váter.

—Mierda, lo siento —dijo él, al ver lo pálida que estaba.

Gemma levantó la mirada.

—No, cariño. No lo sientas. Es positivo. Vamos a tener un bebé.

Grace estaba en cuclillas frente a los calabacines. Era verdad lo que decían en los nuevos foros de jardinería a los que se había apuntado: aquella planta crecía como mil demonios. ¿Qué iba a hacer con tantos? Ya comía pan de calabacín a mediodía y pasta con ajo y calabacín para cenar, y sus existencias seguían intactas.

—Hola, señorita Porter-Healey —dijo una voz a su espalda.

Grace se dio la vuelta, perdió el equilibrio y se cayó de culo al suelo. Al levantar la mirada, se encontró con la de Anton Beleek.

—Ah, hola —dijo ella, enjugándose el sudor de la frente.

—¡Lo siento! ¿La he asustado? He llamado al timbre y nadie contestaba, así que...

—No pasa nada. Estaba... ¿Le gustan los calabacines?

—De donde yo vengo, solemos llamarlos *zucchinis*. Pero sí, me gustan bastante. Pueden ser un poco insulsos, pero si se cocinan con aceite de oliva, limón y albahaca, están muy buenos.

—Probaré la receta. —Grace se levantó, limpiándose las manos en los vaqueros—. Y dígame, ¿en qué puedo ayudarle, señor Beleek?

—Ya sabe por qué estoy aquí.

—Cierto. Y no puedo decir que me alegre por ello.

—He hablado con su hermano. Está muy interesado en que la venta siga adelante.

—Seguro que sí —dijo ella, no sin cierta malicia.

—Tienen deudas importantes que pagar, señorita Porter-Healey.

—Por favor, llámeme Grace. Señor Beleek, estoy al corriente de la gravedad de la situación.

—Por favor, llámeme Anton —dijo él, sonriendo.

—Estoy al corriente de la gravedad de la situación y soy consciente de que al final no tendremos más remedio que venderle la casa a usted. Si no aparece ningún otro comprador, claro. Pero eso no significa que me guste que me hagan perder el tiempo. —Como antes ya me lo hizo perder Richie. Lo miró a los ojos con una sonrisa en los labios y de repente fue increíblemente consciente del brillo que desprendía su piel bajo el sol de la tarde. Al final no se había permitido el lujo de zamparse una caja de galletas enteras el día en que murió Shackleton; en su lugar, había marcado su tumba plantando sobre ella una variedad de semillas de rosal muy especiales que había comprado por internet para la ocasión.

Anton Beleek miró a su alrededor.

—Ha estado usted trabajando muy duro desde la última vez que la vi. ¿Le gustaría enseñarme lo que ha estado haciendo? Me encantan los jardines.

—Lo recuerdo perfectamente —dijo Grace con una sonrisa. De todas formas estaba un poco distraída aquel día, aunque eso él no tenía por qué saberlo.

Karen se sentó frente a la mesa de Christine, que la miró fijamente, oculta tras las gafas de sol que se había puesto para disimular la milésima operación en los ojos.

—Así que ya no piensas renunciar.

—No. Lo de Devon se ha terminado.

—Bueno, doy gracias a Dios por ello. ¿Y cómo está Phil?

—Estable. Tiene otra ronda que quimio dentro de una semana.

—Madre mía. Todo ese veneno penetrando en el cuerpo. Quizá debería visitar a un chamán del que me han hablado. —Christine parecía ajena al hecho de que, irónicamente, su cuerpo estuviera lleno de Restylane y Botox—. ¿Quieres que intente localizarlo por ti?

—Gracias, Christine —respondió Karen, como hacía siempre ante aquella clase de sugerencias. La gente no pretendía molestarla. Se levantó de la silla.

—Nos vemos más tarde.

—Karen. Hay algo más que quería comentarte. Me voy. Acabo de entregar mi renuncia. Jamal y yo nos vamos a la India. Él quiere escribir una novela y yo… Bueno, yo quiero poner mi dinero donde ha estado mi boca todos estos años y ser una buena esposa, de las que apoyan a sus maridos.

Karen se tapó la boca con la mano.

—Así que, como es lógico, estábamos a punto de empezar a buscar un sustituto, pero ahora que no te vas, tú podrías ser el relevo más natural. ¿Te gustaría ser editora?

—¿Yo? —Tras nueve años esperando—. Me encantaría.

—Bien, me alegro. Ha sido más fácil de lo que creía. Hablaré con los de arriba para comunicarles que eres la elegida. ¿Serás capaz de soportar la carga de trabajo, con lo de Phil y todo eso?

—He descubierto que, cuantas más cosas hago, mejor lo llevo.

—Me alegro. —Christine sonrió—. Felicidades, Karen. Te lo mereces.

—Espero que seas muy feliz en la India.

—Yo también. —El teléfono de Christine empezó a sonar—. Oh, es Jamsie. Será mejor que conteste. Puedes irte. Hablamos luego.

Karen cerró la puerta del despacho de Christine. La cabeza le daba vueltas. No se lo esperaba. El puesto de Christine. Y podía aceptarlo, ahora que Phil había accedido a quedarse en Saint Albans, aunque en una casa distinta.

Aturdida, avanzó por el pasillo, giró la esquina y se encontró cara a cara con Max. Las mejillas, que hasta ahora tenía sonrojadas por la conversación con Christine, perdieron el color al instante y las manos le empezaron a temblar.

—¿Qué estás haciendo aquí?

—Trabajo aquí.

—Pero en el *Daily*. Esto es el *Sunday*. —Qué comentario tan trivial para el hombre al que más quería del mundo, más que a nada excepto sus dos hijas, con el que soñaba y por el que lloraba en silencio todas las noches. Apenas los separaba medio metro. Los ojos marrones de Max se clavaron en los suyos.

La tentación de gritar «He cambiado de idea, me iré contigo» le resultaba casi insoportable. Pero ¿cómo iba a hacerlo, rodeada como estaba por sus compañeros de trabajo, escribiendo en sus teclados ajenos a todo? Y lo que era peor, ¿cómo iba a hacerlo, con su marido recuperándose de la quimioterapia en casa y las niñas petrificadas del miedo?

—Tengo que hablar con Nicky —dijo Max, señalando con la cabeza al editor de noticias, que estaba sentado a unos metros de ellos—. Tenemos que decidir qué historias cubrimos en los próximos meses para no chocar demasiado.

—Ah. Vaya. —Y con voz temblorosa, añadió—: Bueno,

nos vemos. —Empezó a andar. Una pierna detrás de la otra. ¿No era así como se hacía?

—¡Karen!

Se dio la vuelta. No debía mostrar sus emociones.

—¿Sí?

—Me mudo.

—¿Perdona?

—A Sudáfrica. Hay un puesto de corresponsal libre. Armas, guerras, aventura. Ese voy a ser yo a partir de ahora.

—No podría haber sonado más infeliz.

—Sudáfrica. ¡Es maravilloso! —Igual que ella.

Sophie se acercó a ellos, balanceándose ligeramente.

—¡Eh! ¿Qué te ha dicho Christine? Hola, Max, ¿cómo estás?

—Ahora te lo cuento —dijo Karen, justo mientras Max decía:

—Hola, Sophie. Yo bien, ¿y tú?

—Muy bien. Todavía me quedan seis semanas. —De pronto, Sophie miró el rostro pálido de Max y luego el de Karen, y abrió los ojos de par en par. Los había descubierto—. Me muero de ganas de oírlo —le dijo a Karen, la voz impregnada de un segundo sentido, y siguió su camino, dejándolos aún inmóviles.

—¿Cómo está Phil? —preguntó Max.

—Recuperándose. Por ahora. Va a ser un camino muy largo. Aunque el médico cree que tiene posibilidades.

—Eso espero.

—Yo también.

Se miraron el uno al otro. Karen no tenía ni idea de cómo podría soportarlo, pero Phil sobrellevaba su dolor, así que ella tenía que hacer lo mismo con el suyo.

—¡Karen! —gritó una voz detrás de ella, obligándola a darse la vuelta.

—¿Sí, Christine?

—Necesito ver las páginas de cocina antes de irme a comer.

—De acuerdo —respondió Karen.

—Nos vemos —se despidió Max. Una última mirada y continuó pasillo abajo. No miró atrás.

Karen lo siguió con la mirada. Era como si tuviera un iceberg dentro del pecho.

Consiguió volver a su mesa en modo piloto automático. Se sentó y cogió la taza de té que se había preparado justo antes de que Christine la llamara. A pesar de que ya estaba frío, su sabor ácido y robusto fue suficiente para deshacer el hielo de las venas y devolverla a la normalidad. Una normalidad triste y desesperada, pero, a pesar de ello, un paso más con respecto a la semana pasada. Sobreviviría, de eso no le cabía la menor duda. Saldría adelante, seguro que sí. Cogió la foto de Bea y Eloise, abrazadas la una a la otra, sonriendo exageradamente a la cámara, y —mirando a su alrededor para asegurarse de que nadie la estaba mirando— les dio un beso a cada una en la cara. Hoy se escaparía un poco antes. Necesitaba ver sus caras más que nada en el mundo.

43

Habían pasado siete meses. El verano había dado paso a un otoño sorprendentemente templado y a un invierno prematuro. Incluso ahora, cuando solo faltaban unas semanas para Navidad y las tiendas estaban llenas de acebo y de espumillón, el tiempo seguía siendo seco y agradable.

Para Gemma, las semanas habían pasado con una lentitud más propia de una agonía. Había superado el infierno de las primeras doce semanas, cuando apenas se atrevía a moverse del sofá, asustada porque no se encontraba lo suficientemente mal, porque no tenía los pechos tan hinchados como le habían dicho que los tendría. Se preocupaba porque no sufría indigestiones cada dos por tres, porque quería tener estrías y de momento no le había salido ni una. Era imposible que aquel bebé decidiera quedarse; hoy en día, los abortos eran muy comunes. Se hizo un test de embarazo todos los días, a veces incluso dos. Alex ya no se burlaba de ella, ni siquiera se quejaba. La comprendía perfectamente.

El día de la ecografía, llegaron al hospital demasiado pronto. Luego el especialista se retrasó. A Gemma le dolía la vejiga de tanta agua como había bebido para que la imagen fuera buena. Cuando finalmente les tocó entrar en la consulta, tenía tantas ganas de orinar que casi no recordaba qué hacían allí. Se tumbó en la camilla, le untaron el vientre con gel y el ecógrafo, un hombre delgado y de carácter alegre, presionó contra su vientre un objeto parecido al morro de una aspiradora. Casi al instante, en la pantalla aparecieron dos minúsculos humanoides. Alex y Gemma contuvieron el aliento y se cogieron de la mano. El ecógrafo sonrió con ironía.

—Son gemelos.

Impactados por la noticia, fueron a ver a un ginecólogo. Todo parecía normal, aunque claro, lo más probable era que los bebés tuvieran que nacer antes de tiempo. La barriga de Gemma empezó a crecer a un ritmo acelerado. Comunicaron la buena noticia a sus allegados. Algunos, los más diplomáticos, les decían: «Qué maravilla», pero la mayoría respondía: «Preparaos para lo que se os viene encima», «Mejor que te pase a ti que a mí» o «Madre del amor hermoso».

—¿Por qué son así? —le preguntó Gemma a Alex—. ¿Por qué no se limitan a alegrarse por nosotros?

—Tienen envidia porque hemos sido doblemente bendecidos. Dos bebés. Tendremos que buscar otro nombre además de Chudney. ¿Qué te parece Chudwina?

A las veinte semanas, volvieron para hacerse una segunda ecografía.

—Todo va bien —les dijo el ecógrafo—. De momento, están los dos boca abajo, aunque lo más probable es que se muevan. ¿Quieren saber el sexo?

—¡No! —respondió Alex.

—¡Sí! —exclamó Gemma.

—¿Por qué? —dijo Alex—. ¿No quieres que sea una sorpresa?

—La verdad es que no. Ya sabes que me gusta tenerlo todo controlado.

—Vaya, pues a partir de ahora puede ir olvidándose —intervino el ecógrafo, con una media sonrisa en los labios—. Sobre todo con gemelos. Lo siento, pero es la verdad. Necesitará toda la ayuda del mundo y más.

—Tiene razón —dijo Alex—. Venga. Ya hemos llegado hasta aquí. Dejemos que la vida nos lleve donde ella quiera.

El ecógrafo imprimió unas imágenes borrosas en blanco y negro. Dos manchas en lo que parecía ser un espacio muy pequeño. Chudney tenía la frente más ancha, Chudwina los mofletes más suaves. Gemma se pasó horas mirándolos, como una arqueóloga inspeccionando un trozo de cerámica sumeria en busca de pistas. ¿Se parecerían uno a Alex y el otro a Bridget? ¿O quizá, fruto de un extraño mecanismo, acabarían pareciéndose al abuelo Meehan, que tenía una mandíbula enorme y una nariz desproporcionadamente pequeña, por no mencionar un humor de mil demonios. No importaba. Siempre que no salieran a la suegra de Gemma.

Necesitaba hablar con Bridget para darle la buena noticia. Sabía que nadie más en el mundo se emocionaría viendo las fotos como ella ni compartiría los nervios con ella como su hermana.

Sin embargo, Bridget seguía desaparecida. No contestaba los mensajes y cada vez que la llamaba saltaba el contestador automático.

—¿Por qué no les preguntas a tus padres? —le sugirió un día Alex.

A Gemma no le parecía buena idea. No quería que su madre supiera que sus dos hijas no se hablaban; la mujer ya estaba suficientemente estresada desde que los vecinos habían decidido construir una segunda edificación entre el jardín de sus padres y sus vistas al mar. La última vez que había llamado a su madre, esta le dijo que estaba demasiado afectada para hablar de ello, aunque Gemma podía seguir los acontecimientos casi en tiempo real a través de su página de Facebook.

Facebook.

¿Cómo podía ser que no se le hubiera ocurrido antes? Gemma siempre se había enorgullecido de no tener perfil en Facebook porque, según ella, era para gente triste y con ganas de perder el tiempo. Exactamente el tipo de entretenimiento al que su hermana dedicaría horas. Entró en la página y buscó el perfil de Bridget Hobson. La encontró a la primera. Su hermana había subido una foto de sí misma con una boa de plumas moradas y haciendo el signo de la paz. Tenía cuatrocientos noventa y cinco amigos de todo el mundo que había recopilado con el paso de los años en retiros de yoga, ashrams, talleres de conocimiento personal en la selva amazónica y casetas en las playas de Tailandia.

No sabía si Bridget aceptaría la ramita de olivo que le tendía, pero al menos tenía que intentarlo. De mala gana, en contra de sus principios, se abrió un perfil en Facebook, subió su foto escaneada y, ahora que ya formaba parte del sistema, le pidió a Bridget que fuese su amiga. Como si tuvieran seis años. Añadió un mensaje a la petición.

> Si quieres ver a tus hijos biológicos, clica en este enlace. Espero que seas feliz y que todo te vaya muy bien. Te echo de menos. G

El mensaje desapareció en el ciberespacio con un beso que Gemma lanzó tras él. Tenía esperanzas en que funcionara, aunque no demasiadas.

Grace estaba encantada con su jardín de hierbas aromáticas. La salvia, el tomillo y la lavanda crecían rápidamente, y el romero tampoco se quedaba atrás. El tiempo había cambiado y cada vez se hacía de noche más pronto, pero Grace aprovechaba el tiempo al máximo. Había perdido doce kilos. Anton Beleek había vuelto tres veces para negociar con ella, una de ellas con una chica bastante estirada llamada Lucinda, y las tres veces le había enseñado sus progresos antes de rechazar la oferta. Él siempre parecía tomárselo bien.

Entró en la cocina con la cara roja del esfuerzo y miró hacia el contestador. Tenía un mensaje. Pulsó el botón de «play».

«¡Grace! Soy Verity. Acabo de recibir una llamada de Lucinda Gresham, de Construcciones Beleek. Al parecer, llevan meses intentando comprar la casa y tú no nos has dicho nada. ¡No me lo puedo creer! Sabes lo preocupados que estamos con los pagos del colegio de los niños. De verdad, Grace. Es horrible. Llámame inmediatamente, y espero que tengas una explicación razonable.»

Grace sonrió y pulsó el botón de borrar. Tenía otro mensaje.

«Grace, tengo una propuesta para ti. Nosotros compramos la casa. Tú te quedas en calidad de jardinera. Te quedas la casa del guarda para siempre y te ocupas de los jardines. ¿Qué me dices? ¿Eh? Llámame.»

Mensaje número tres.

«Soy yo otra vez, Anton. ¿Por qué no me has dicho nada? Oye, ¿qué te parece si te recojo, te llevo a cenar y hablamos de mis planes?»

A Grace le pareció buena idea. Le llamaría en cuanto hubiese plantado el siguiente lote de bulbos. Tenía que darse prisa, pronto empezarían las heladas.

Alex llegó pronto a casa esa noche. Encontró a Gemma sentada frente al televisor, viendo un canal de documentales sobre partos. No podía evitarlo, era adicta a ellos; lloraba cada vez que el niño finalmente aparecía. Sabía que lo suyo estaba destinado a ser una cesárea, pero aun así quería saberlo todo de cada una de las opciones y mantenerlas abiertas por si acaso.

—Traigo noticias —dijo Alex.

—¿Ah, sí?

La mujer de la pantalla, que al principio del programa parecía tan inmaculada, ahora jadeaba subida a cuatro patas sobre la cama. A Gemma le pareció cuanto menos alarmante. ¿Dar a luz era así? ¿En serio? Pues quizá la cesárea no era tan mala idea.

—Sé dónde está Massy.

—¿Qué? —Eso bastó para captar toda su atención.

—Frankie Holmes lo ha encontrado.

—¿Frankie Holmes?

—Sí. El cerdo al que libré de la cárcel. Me debía una, así

que le pedí que buscara a Massimo Briganza. No le ha costado mucho. Vive en Penge. Hace trabajillos de vez en cuando. Resulta que es adicto a la heroína. Ha estado en la cárcel por robo y fraude.

—Oh, Dios mío. Y era el novio de Bridget.

—Lo sé. Menuda pieza.

—¿Podemos denunciarlo? —Gemma se imaginó a Massy escoltado hasta un furgón de la policía.

Uno de los bebés —Chudney seguramente— le propinó una patada para mostrar su aprobación.

—No, cari, no podemos. No ha cometido ningún crimen. Tú le diste el dinero.

—Pero era para Bridget.

—Eso no podemos demostrarlo. Lo siento, cari. —Los ojos de Alex se iluminaron tras los cristales de las gafas—. Pero no todo son malas noticias. Frankie le ha puesto el ojo encima. Está hablando con sus contactos.

—¿Sus contactos?

—Mejor no quieras saberlo. Algo me dice que a partir de ahora todos los trapicheos de Massy serán especialmente vigilados. En otras palabras, que tiene bastantes posibilidades de acabar en urgencias antes de que acabe la semana. Y por supuesto en los tribunales por tráfico de drogas.

—¿Frankie ha hecho todo eso por ti?

Alex se encogió de hombros.

—Te lo dije. Me debe una, y muy grande. Algún día tendrás que admitir que mi trabajo tiene usos muy interesantes.

Era Nochebuena. En Hawthorns, Briar Road, Saint Albans, Karen estaba instalada delante de la tele, con un ojo en Jonathan Ross, el presentador, que estaba entrevistando a las Girls Aloud, y el otro en la nueva bicicleta de Bea, mientras intentaba envolverla. Había cajas de la mudanza por todas partes. Habían sacado algunas cosas de la cocina y la ropa de cama, pero todo lo demás seguía sepultado bajo kilos de papel de burbujas.

Todo había pasado muy deprisa. Un mes atrás, a pesar de la distracción que suponía tener a Phil entrando y saliendo del hospital continuamente, Karen había vuelto a poner la casa en venta. El mercado seguía sin recuperarse y no esperaba recibir ninguna respuesta, pero sentía que tenía que hacer todo lo que estuviera en su mano para sacar a su familia de aquella casa en la que tanto habían sufrido. Sin embargo, aquella misma noche había llamado el agente diciendo que una pareja con dos niños pequeños de Londres estaba interesada en la casa. La visita fue a la mañana siguiente. Ofrecieron por debajo de lo que ellos pedían, pero estaban dispuestos a pagar en efectivo, con la condición de que se mudaran antes de tres semanas.

Karen había oído hablar de Hawthorns, una casa a las afueras del pueblo con un jardín enorme, cuya propietaria, una señora mayor, había muerto en ella hacía poco —las niñas no lo sabían, se habrían asustado—. Se pusieron en contacto con la familia e hicieron una oferta formal, que fue aceptada con la condición de que la venta fuese rápida. A finales de semana ya habían dejado su casa, no sin algunas lágrimas por parte de Karen y de las niñas, lágrimas que no tardaron en secarse al ver el tamaño del jardín y de sus nuevas habitaciones. Las primeras noches las niñas se habían quejado porque no había calefacción, pero Phil no tardó en solucionar el problema. Ahora mismo dormían plácidamente en sus cuartos.

—¿Todo en orden? —preguntó Phil, asomando la cabeza por la puerta.

Venía de la bodega, donde estaba ultimando los detalles de la nueva casa de muñecas de Bea que había construido con sus propias manos. Karen nunca le diría que en el círculo de amistades de Bea, las casas de muñecas eran «cutres» desde hacía ya tres años. Le sentaba bien tener un proyecto entre manos. La quimio y la radioterapia habían ido bien; la próxima ronda no sería hasta un año después, pero los médicos eran optimistas.

Y Phil... Esta vez Phil había reaccionado mucho mejor. A veces estaba de mal humor, o saltaba a la mínima, pero se esforzaba por controlarse. Parecía contento con el nuevo trabajo de Karen y el consecuente aumento de sueldo. De momento se entretenía reformando Hawthorns; cuando acabara, había pensado en hacerse con un par de propiedades más mientras el mercado siguiera a la baja y tenerlas listas para cuando se recuperara.

—Todo en orden —dijo Karen, sonriendo—. ¿Te sientes mejor estando aquí? ¿Lejos de Coverley Drive?

—Sí. Sé que no son más que supersticiones, pero es como si los demonios se hubieran esfumado. Eso sí, me equivocaba al pensar que teníamos que irnos tan lejos. El otro lado del pueblo es más que suficiente. ¿Y qué me dices de ti? ¿Se te rompe el corazón cuando te acuerdas de Coverley Drive?

—No. Me he dado cuenta de que, por mucho que me gustara Coverley Drive, una casa no puede romperte el corazón. Lo que cuenta es la gente que vive en ella, aunque ayuda que la calefacción funcione.

—Te dije que la arreglaría. Ahora soy un hombre de verdad.

Karen sonrió a su marido. Phil estaba delgado, del mismo color pálido que su camisa y completamente calvo —seguramente para siempre—. Pero bajo las luces intermitentes del árbol de Navidad, Karen vio al viejo Phil, el hombre al que había querido mucho más de lo que nunca había sido consciente. El Phil junto al que quería acurrucarse en la cama y celebrar que habían salido adelante un año más.

No se había olvidado de Max. De hecho, lo echaba de menos con una furia tan intensa que le resultaba físicamente dolorosa. Al menos una vez al día se encerraba en el lavabo para llorar a escondidas. Soñaba con él todas las noches y se despertaba confundida y bañada en sudor. Max todavía tenía que cumplir con el plazo legal antes de dejar el periódico, de modo que a veces lo veía al otro lado del comedor y sentía que se le paraba el corazón. Leía todos sus artículos.

De vez en cuando, le llegaba algún mensaje suyo o un correo electrónico. Karen los borraba, sin molestarse en leerlos. A medida que pasaban los días, le resultaba más fácil reírse de las cosas que decían las niñas. El trabajo la mantenía increíblemente ocupada. Por fin podía hacer realidad todos los cambios que llevaba años queriendo hacer, y aunque las ventas no subían, al menos se mantenían, lo cual ya era algo en los tiempos que corrían. También invertía mucho tiempo en hablar con los médicos sobre Phil. Pero Max se iba a Sudáfrica aquella misma semana. Cuando regresara al trabajo el día de Año Nuevo, Max se habría ido para siempre. Entonces todo sería más fácil. Saldría adelante. Con el tiempo, volvería a ser feliz.

—¿Puedes demostrarlo? —le preguntó a Phil, forzando una sonrisa, que era lo único que la ayudaría a salir adelante.

—¿Demostrar el qué?

—Que eres un hombre de verdad.

Phil sonrió.

—Ah. Bueno —dijo, encogiéndose de hombros—, si no queda más remedio...

La levantó en brazos y ella gritó. No podía estar tan débil como Karen se temía. O eso, o ella había perdido peso.

—En esta casa hay un montón de habitaciones pendientes de estrenar —dijo Phil, sonriendo desde arriba—. ¿Te acuerdas cuando nos mudamos a Coverley Drive? Bautizamos el invernadero.

—Y la ducha. Y el lavadero.

—Y la buhardilla, con el frío que hacía.

—Será mejor que empecemos cuanto antes —dijo Karen, animada. Lo cierto es que no estaba de humor, pero tenía que intentarlo. No sería tan malo como se temía.

—Totalmente de acuerdo —respondió él—. Creo que la cocina sería un buen punto de partida. Junto al fregadero.

—¡Manos a la obra, señor Drake!

—Te tengo. Gracias a Dios.

Empezaron a besarse. Había pasado mucho tiempo desde

la última vez. Phil le metió la mano por debajo de la camisa. En la mente de Karen se sucedían las imágenes de Max.

—Feliz Navidad, señora Drake —le susurró Phil al oído—. Sabes que te lo debo todo a ti.

—Feliz Navidad a ti también, cariño.

El cuerpo de Gemma ya era del tamaño de un luchador de sumo. Se pasaba el día sentada en el sofá, viendo películas sensibleras en televisión y encargando regalos por internet que ya venían envueltos. Tenía hemorroides y un ardor de estómago insoportable. Iba al lavabo unas diecinueve veces al día, fuera la hora que fuera. Y le encantaba.

En las últimas semanas, las facturas de Raf, el prestamista, con el desglose de los intereses se habían convertido en cartas amenazantes: si no pagaba lo que debía, Raf vendería el brazalete. Hacía solo un par de días había recibido una comunicándole que el brazalete ya estaba a la venta y que recibiría lo que sobrara, una vez restados los intereses y gastos varios. Unas mil libras, calculó Gemma. Cuando llegara el cheque, lo donaría a alguna causa benéfica.

Sus padres no tenían intención de dejar España y los de Alex estaban de visita en casa de su hermano, en San Francisco, así que aquel año pasarían las fiestas tranquilos y en casa. Para la comida de Navidad, Alex prepararía un pato con col lombarda, patatas y grasa de oca. Nada de pudin, los dos lo odiaban; en su lugar, compartirían una pastilla de chocolate.

—Tienes que mantenerte fuerte —dijo Alex, sonriendo. No dejaba de repetirle cuánto le gustaba su nuevo cuerpo, tan lleno de curvas.

—Al parecer, si doy el pecho a los gemelos tendré que comer como un caballo.

—No te preocupes, te compraré un saco de avena.

Gemma le alborotó el pelo con una sonrisa en los labios.

—¿Sabes? Soy muy feliz aquí. Y es extraño, porque antes de quedarme embarazada estaba obsesionada con que teníamos que vivir en la casa perfecta, cerca del colegio perfecto, como si nuestras vidas no fuesen a funcionar si algo no encajaba en los planes que habíamos trazado. Ahora me doy cuenta de que he visto demasiados programas sobre casas en la tele. No hace falta vivir en una casa enorme para ser feliz. Mientras tengas a tus seres queridos alrededor y un techo encima de la cabeza, eso es lo que realmente importa.

—Maldita sea —dijo Alex, aprovechando que Gemma había parado para coger aire—. Creo que has ignorado una vocación más que evidente para escribir tarjetas de felicitación de Hallmark.

—Vete a tomar por saco —exclamó Gemma, mientras de fondo sonaba el timbre.

—¿Puedes ir tú? Con un poco de suerte, será el repartidor de DHL con la cámara para los bebés. Con eso completo la lista.

—¿Sí? —preguntó Alex en el teléfono de la entrada—. ¿Hola? —Guardó silencio un segundo y luego dijo:— Bridget. Sí, claro que puedes subir.

44

Lucinda y Gareth estaban sentados en un pub en la City, rodeados de trabajadores sin corbata y con las mejillas coloradas, por fin de vacaciones, brindando y llenos de buenos deseos navideños para toda la humanidad.

—¿Y cómo va todo en Dunraven Mackie? —gritó Lucinda por encima del sonido atronador de la máquina de discos.

Jona Lewie suplicaba que alguien detuviera la caballería. Titutí, pum-pum. Titutí-pum.

—Igual que siempre. El hijo de Martha está en libertad condicional por agresión. La mujer de Niall vuelve a estar embarazada. Joanne sigue robándome clientes. En otras palabras, todo normal. Ah, y el otro día recibí una llamada de un tal Daniel Chen. Quería que supieras que se va a casar con la mujer que sorprendisteis en la ducha. No sé qué quería decir.

Lucinda se rió a carcajadas.

—Es una historia muy larga.

—¿Nos echas de menos?

—Te echo de menos a ti. Por lo demás, no.

—Bueno, por lo que sé, las cosas te van muy bien. He leído que has comprado el solar del antiguo hospital de Fitzroy Square. La localización es fantástica. ¿Cómo lo has conseguido?

—Ajá —respondió Lucinda, guiñándole un ojo.

—Así qué, ¿te va bien con Anton? —preguntó Gareth, con todo el tacto que fue capaz de reunir.

—No me puedo quejar. —Lucinda fue igual de cautelosa—. Soy algo así como su esclava. Me dio una oportunidad y se lo debo. Me ha puesto a cargo de un proyecto muy importante en Devon. Vamos a transformar una propiedad isabelina en una mansión de lujo. Todo el mundo dice que el clima económico no es el mejor para un proyecto así, pero quien ríe último, ríe mejor. Cuando regresen los buenos tiempos, estaremos en funcionamiento, preparados para recibir a millonarios dispuestos a gastarse el dinero en neveras forradas de visón.

—Suena genial. Sabes que soy de Dorset, muy cerquita de allí. Tendrás que hacerme una visita guiada la próxima vez que vaya a ver a mis padres.

—Me encantaría. Ven a ver la casa cuando quieras. Podríamos darnos un baño rápido en la piscina. O ver una película en la sala de cine. —Lucinda sonrió.

Últimamente había pensado mucho en Gareth. El ritmo de trabajo era frenético y se sentía muy realizada, pero a pesar de ello a veces se daba cuenta de lo sola que estaba. Había considerado la posibilidad de buscar chicos por internet o participar en citas rápidas, pero la idea se le antojaba demasiado deprimente. Al fin y al cabo, en el supuesto poco probable de que conociese a alguien y que no fuera un asesino en serie, tendría que mentirle sobre quién era en realidad, como siempre. Normal que nunca estrechase lazos con nadie.

Gareth aparecía a menudo en sus recuerdos. Amable, divertido, digno de confianza. Interesado en el mundo inmobiliario. Realmente muy guapo, si te parabas a pensarlo. Y últimamente había pasado tanto tiempo en Devon que sabía que tener acento del oeste no equivalía a tener pocas luces. Más bien al contrario, a juzgar por la dureza con la que los contratistas habían negociado con ella.

—En fin, ¿tú qué te cuentas? —continuó Lucinda.

—De hecho, tengo novia nueva —confesó Gareth con timidez.

—¡Vaya! ¡No me digas! ¡Me alegro! —Lucinda tomó un

trago de su gin-tonic más largo de lo normal—. ¿Cómo se llama?

—Mia.

—¿Y cuánto tiempo lleváis saliendo?

—Oh, solo un mes más o menos. Ya sabes, acabamos de empezar. Ya veremos. —Gareth se encogió de hombros, las mejillas sonrosadas—. De hecho, llegará en un minuto. Trabaja en un bufete de abogados cerca de aquí. Así la conocí. Estaba haciendo unos trámites.

—Ah, qué bien —dijo Lucinda, apurando su bebida. En realidad no era tan atractivo. ¿En qué estaba pensando?—. Pero ¿sabes? Tengo que irme. Voy a una fiesta de Navidad. Lo siento, se me olvidó por completo cuando quedamos.

—Qué lástima. —Como siempre, Gareth le estaba echando una de esas miradas, como si supiera lo que le pasaba por la cabeza y pensara «Lo siento, ¡demasiado tarde!». Se encogió de hombros—. ¿Otro día, entonces?

—Por supuesto —dijo Lucinda, quizá con demasiado entusiasmo. Se levantó, se puso el abrigo y le dio dos besos—. Que pases unas felices fiestas.

—Tú también. ¿Qué vas a hacer? No me lo digas. Esquiar en el chalet de la familia en Saint Moritz. Lo siento, Luce, pero salió en los periódicos. Nos preguntamos por qué no nos habías invitado. Eh, ¿estás bien? Era broma.

—Estoy bien. Creo que se me ha metido algo en el ojo.

—Mia está ahí. —Gareth levantó una mano.

Lucinda salió disparada hacia la multitud.

—Tengo que irme —gritó sin darse la vuelta—. Llego tarde.

Corrió hacia la puerta. En cuanto pisó la calle, el aliento se convirtió en vapor delante de su cara y sintió que las mejillas se le ponían moradas del frío. Tenía lágrimas en los ojos. De pronto, la idea de volver a su pequeño piso fue más de lo que podía soportar. ¿Cómo iba a sobrevivir los próximos días?

Su móvil estaba sonando dentro del bolso. Lo sacó, sin dejar de llorar. Seguro que era Anton; le gustaba tenerla controlada. Todo un alivio. Así tendría una excusa para volver a la oficina y pasarse la noche trabajando, algo que nunca le había molestado.

Pero el número era de Suiza. Sería Benjie, otra vez, para contarle lo mucho que odiaba trabajar para su padre.

—¿Sí?

—Lucinda, cariño. Soy mamá.

—¡Mamá! —Lucinda no recordaba la última vez que había oído la voz de su madre al otro lado de la línea. Siempre era papá, ladrándole órdenes—. ¿Va todo bien? ¿Tú estás bien?

—Todo está perfecto, cariño. Quería saber cómo estás.

—Muy bien. —Pero le temblaba la voz—. El trabajo va bien y…

—Quería preguntarte algo —dijo su madre.

Lucinda se dio cuenta de que ella también estaba nerviosa.

—Sobre qué vas a hacer en Navidad —añadió.

—Estaré con unos amigos —mintió Lucinda—. No te preocupes por mí, mamá.

—Oh, no me preocupo. Sé que tú siempre estás bien. Pero te echo de menos. Y los demás también. Así que, aunque papá no te deje venir a casa el día de Navidad, me preguntaba si querrías unirte a nosotros en San Esteban. Ginevra, Benjie y yo, nadie más. Iremos a la casa de Saint Moritz; papá no vendrá con nosotros. Se va a Australia a unas reuniones.

O seguramente estará con alguna de sus amantes, pensó Lucinda. Pero el cinismo fue substituido por un sentimiento de gratitud profundo y genuino. Al final vería a su familia en Navidad. Bueno, a una parte de ella. La parte que más le gustaba. Se sentarían a comparar sus botas de nieve de diseño y discutirían sobre si echar a la nueva encargada de la manicura y sobre quién hacía los mejores cócteles para después de esquiar. Lucinda, en una esquina, con la edición de Navidad del *The Economist*, se sentiría molesta. Un poco aburrida.

Pero ahora se daba cuenta de que las familias podían ser molestas. Y aburridas. No importaba. Aun así, quería estar con ellos.

—Mamá, por supuesto que iré con vosotros —respondió.

—¿Tienes un buen mono de esquí? Stella McCartney tiene una línea, si no recuerdo mal. Tu hermana tiene algunos muy bonitos. Podrías preguntarle dónde conseguir uno.

—¡Mamá! —exclamó Lucinda.

—Tengo muchas ganas de verte.

—Yo también. —Lucinda lo decía sinceramente.

Grace estaba subida a una escalera, en la gran entrada de la casa, poniendo los últimos detalles para decorar el árbol de Navidad que había traído el hijo de Lou: el ángel de madera con las alas rojas que su madre había traído de unas vacaciones en Austria, una bola dorada un poco gastada que había pertenecido a su abuela, un payaso de plástico rosa que alguien le había regalado hacía algunos años.

Las temperaturas habían bajado de forma dramática. Grace llevaba medias térmicas, dos chalecos, dos camisetas, dos jerséis y un forro polar por encima, y aun así estaba temblando. Por las noches dormía con el abrigo puesto, abrazada a una botella de agua caliente. Pero nunca más tendría que soportar un frío como aquel. El año que viene, a estas alturas, ya estaría en la caseta del guarda, la misma que Construcciones Beleek estaba modernizando para ella. El año que viene, a estas alturas, decoraría el árbol ataviada con un vestido de seda para celebrar los cristales dobles y la calefacción radiante. El año que viene, a estas alturas, sus planes para el jardín avanzarían a pleno rendimiento.

Ahora no tenía tiempo para pensar en ello. Tenía que cambiarse. Ponerse el vestido de la talla cuarenta y dos que había comprado en una pequeña *boutique* en Totnes, porque Anton Beleek iba a llevarla a cenar al hotel en el que se hospedaba, en Dartmouth. Grace no estaba segura, pero tenía el presentimiento de que esta vez sí se quedaría a pasar la noche.

Gemma podía sentir el corazón en la garganta mientras Bridget subía en el ascensor. ¿Qué querría? ¿Estaría enfadada con ella? ¿Les anunciaría que pensaba pedir la custodia? Lentamente, se levantó como pudo del sofá y caminó balanceándose hasta la barandilla del altillo.

Alguien llamaba a la puerta del piso.

—Ve —le dijo a Alex, que parecía extrañamente nervioso.

Alex fue a abrir. Gemma intentó asomarse por encima de la barandilla para ver algo, pero solo oía voces en la entrada.

—¡Eh! ¿Cómo estás? —Alex sonaba tan auténtico como un bote de perfume en un puesto de mercadillo en el East End.

—Muuuy bien. Me alegro de verte. Supongo que Gems está en casa.

—Por supuesto, adelante, adelante.

Y allí estaba su hermana, de pie en la sala de estar. El pelo despeinado como un nido de pájaro, como siempre. La cara roja del frío. Envuelta en una chaqueta horrible, incluso para los estándares de Bridget, con un dibujo que parecía caca de oso polar. Y había vuelto a ganar peso. Gemma no se podía creer lo contenta que estaba de verla.

—¡Gems!

—¡Bridge! ¿Se puede saber dónde te has metido?

—Ah, ya me conoces. He estado por ahí, pero ya era hora de volver a casa. Dios, qué calor hace aquí. —Empezó a abrir los botones de la chaqueta—. ¿O soy solo yo?

Cuando la chaqueta cayó al suelo, Gemma vio un bulto bajo la ropa de su hermana, no el típico bulto de beber demasiado lassi de mango.

—Estás… ¡Oh, Dios mío, Bridget!

Bridget sonrió, con esa sonrisa tan irresistible que Gemma había echado tanto de menos.

—Lo estoy, pero de un solo feto. Menos mal. No como tú, bruja avariciosa.

—¿Cuándo sales de cuentas?

—El dos de febrero.

—No, pero si yo…

—El cuatro de febrero. Miré el enlace que me enviaste. Pero si vas a tener gemelos, lo más probable es que nazcan antes.

—Oh, Dios mío. —Gemma intentó procesar lo que de hecho era tan obvio—. Entonces fueron concebidos...

—Más o menos el mismo día, sí. La última vez que me acosté con ese imbécil.

—Así que van a nacer tres niños.

—Todos con la misma madre —dijo Bridget. Al ver la cara de su hermana, añadió—: Es decir, ya sé que tú serás la madre de los gemelos, pero yo seré su madre biológica. Hablamos de esto con la consejera. Seré madre de tres niños.

—Un experimento social fascinante, sin duda —intervino Alex—. Ver cómo acaban siendo los nuestros en comparación con el tuyo.

—Pero ¿dónde vas a vivir? —interrumpió Gemma a su marido—. ¿Qué vas a hacer?

—Me he apuntado a la lista de viviendas sociales del ayuntamiento. Ahora que voy a ser madre soltera, subiré directamente a los primeros puestos. —Levantó una mano—. Lo sé, Alex. Lo siento, pero el sistema está ahí, así que ¿por qué no abusar de él? O quizá me vaya a España. Podría quedarme una temporada con papá y mamá. A los españoles les encantan los niños, ¿no? *Bambinos* los llaman.

—Eso es en Italia —la corrigió Alex, incapaz de contenerse.

—¿Y Massy tendrá alguna participación en todo esto?

—¿Quién? —Bridget se puso a silbar—. No lo creo ni por un segundo. Para empezar, no sabe que estoy embarazada. Y no tengo intención de decírselo. —Laboriosamente, empezó a subir las escaleras de caracol hacia su hermana—. Ven, dame un abrazo. Oh, madre de Dios. Por primera y última vez, estás más gorda que yo. Alex, saca la cámara para grabar este momento histórico.

Las dos hermanas se abrazaron. Sus barrigas chocaron entre ellas.

—¿Y qué vas a hacer en Navidad? —le preguntó Gemma a su hermana con la cara hundida en su pelo.

Aquel olor tan familiar a pachuli la hizo querer vomitar y llorar de alegría, todo al mismo tiempo. Por encima de su hombro, vio que Alex ponía los ojos en blanco y gesticulaba exageradamente hacia la sala de estar.

—¿No has visto mi maleta? Puedes decirme que me largue si quieres, aunque seas mi hermana. Pero puesto que me debes una, he pensado que podría quedarme hasta que nazca el niño. Algo así como para hacerte compañía. Luego el bebé y yo nos buscaremos algo. En fin, ¿qué clase de parto tenías pensado? A mí me gusta la autohipnosis.

Nick y Martine Crex estaban sentados frente a la enorme pantalla de plasma. Acababan de ver la última de James Bond y dentro de un rato pedirían comida para llevar. China o india. Esa era la cuestión.

—Ese Daniel Craig está bien formado —dijo Martine, asintiendo con la cabeza—. No me importaría hacerle un favor.

—Claro.

—Tráeme otra lata de cerveza de la nevera, ¿quieres, amor? Mierda, me estoy quedando sin tabaco. ¿Crees que el quiosco de la esquina seguirá abierto?

—Seguramente. ¿Quieres que vaya yo?

Fuera hacía un frío de mil demonios, pero Nick no estaba seguro de poder soportar un minuto más en aquella habitación fétida y llena de humo.

—¿No te importa? —Señaló hacia su bolso sin demasiada convicción.

—Mamá, no te preocupes. Invito yo.

—Gracias, amor —dijo ella, mientras cogía el mando a distancia y cambiaba a la teletienda.

Afuera, Nick tomó una bocanada de aquel aire congelado. Esperaba que nadie se enterara de cómo había pasado las

Navidades. Tener a su madre con él en Londres era, cuanto menos, humillante. Los otros dos chicos del grupo se habían ido a Barbados. Jack, cómo no, volvía a estar ingresado en la clínica Priory desintoxicándose. Nick también tendría que haberse ido, pero no se había organizado a tiempo. Se preguntó dónde estaría Lucinda. Seguramente de vuelta en Tobago. O esquiando. Sí, esquiando, seguro.

¿Y Kylie? Le había escrito varias veces. Nada. Lo había intentado vía Bebo, enviado flores, mensajes.

No quería saber nada de él.

Su madre le había dicho que ahora estaba con Robbie Gwyther. Había encontrado trabajo en su antigua peluquería y las cosas le iban bien. Nick se preguntó qué estaría haciendo en aquel preciso momento. Las Navidades pasadas habían sido una locura: Kylie llenó el piso de lucecitas de colores y se pasaba el día escuchando una recopilación hortera hasta decir basta llena de canciones de Wham! y Slade. También había insistido en poner un árbol de plástico con un hada en lo alto.

Ojalá ahora estuviera allí con él para sacarlo de quicio.

La gira estadounidense había sido un fiasco. La crítica los tildó de importación británica sobrevalorada y demasiado publicitada. Solo llenaban las salas a medias y los fans que iban a verlos eran muy duros en sus comentarios en internet. El nuevo disco saldría en primavera y la discográfica les aseguraba que seguía apostando por ellos, pero Nick no estaba tan seguro. Tal vez debería haberse quedado en Burnley. No haberse metido en todo aquello.

Ya no se pudo resistir más. Sacó el móvil del bolsillo y marcó un número. Sonó varios kilómetros al norte. Nick esperó a que saltara el contestador, que era lo que siempre pasaba.

—¿Nicky? —Esa voz tan dulce. Era como una flecha que le atravesaba el corazón.

—¿Cómo estás? —preguntó bruscamente.

Una pequeña pausa.

—Estoy bien. ¿Y tú?

—¿Recibiste mis cartas?

—Sí.

—Kylie, lo siento, de verdad. —Se detuvo un segundo—. Te echo de menos. Me he comportado como un imbécil. Estoy dispuesto a hacer lo que sea para compensártelo.

Un grupo de oficinistas borrachos con sombreros de Santa Claus y espumillón alrededor del cuello pasó junto a él, abrazados los unos a los otros. *Noche de paz, noche de amor.*

—¿Puedo ir a verte? —preguntó Nick.

Silencio.

Todo duerme en derredor, cantaban los trabajadores.

—Me gustaría que vinieras —respondió Kylie.

Entre los astros que esparcen su luz.

En el pecho de Nick explotó un castillo de fuegos artificiales.

—Nos vemos la mañana del día de Navidad —le dijo, emocionado.

Bella anunciando al niñito Jesús.